北京大学“双一流”建设成果
方李邦琴北京大学人文学科文库出版基金赞助

北京大学人文学科文库 | 北大欧美文学研究丛书

# 狄更斯小说汉译研究

Dickens's Novels in Chinese

柯彦玢 著

**图书在版编目 (CIP) 数据**

狄更斯小说汉译研究/柯彦玢著. —北京：北京大学出版社，2023.8
（北京大学人文学科文库·北大欧美文学研究丛书）
ISBN 978-7-301-34240-4

Ⅰ.①狄… Ⅱ.①柯… Ⅲ.①狄更斯(Dickens, Charles 1812–1870) –小说–文学翻译–研究 Ⅳ.①I561.064

中国国家版本馆 CIP 数据核字 (2023) 第 137694 号

| | |
|---|---|
| **书　　名** | 狄更斯小说汉译研究<br>DIGENGSI XIAOSHUO HANYI YANJIU |
| **著作责任者** | 柯彦玢　著 |
| **责任编辑** | 李　颖 |
| **标准书号** | ISBN 978-7-301-34240-4 |
| **出版发行** | 北京大学出版社 |
| **地　　址** | 北京市海淀区成府路 205 号　100871 |
| **网　　址** | http://www.pup.cn　　新浪微博：@ 北京大学出版社 |
| **电子邮箱** | 编辑部 pupwaiwen@pup.cn　　总编室 zpup@pup.cn |
| **电　　话** | 邮购部 010-62752015　发行部 010-62750672　编辑部 010-62759634 |
| **印 刷 者** | 北京中科印刷有限公司 |
| **经 销 者** | 新华书店<br>650 毫米 ×980 毫米　16 开本　23.25 印张　334 千字<br>2023 年 8 月第 1 版　2023 年 8 月第 1 次印刷 |
| **定　　价** | 139.00 元 |

**迭　更　司 (1839)**

**Daniel Maclise 繪 Finden 刻**

此木刻图是《迭更司论:为人道而战的现实主义大师》的附图,载《译文》,1937 年新 3 卷第 1 期,第 114 页。

# 总　序

袁行霈

人文学科是北京大学的传统优势学科。早在京师大学堂建立之初，就设立了经学科、文学科，预科学生必须在五种外语中选修一种。京师大学堂于1912年改名北京大学，1917年，蔡元培先生出任北京大学校长，他"循思想自由原则，取兼容并包主义"，促进了思想解放和学术繁荣。1921年北大成立了四个全校性的研究所，下设自然科学、社会科学、国学和外国文学四门，人文学科仍然居于重要地位，广受社会的关注。这个传统一直沿袭下来，中华人民共和国成立后，1952年北京大学与清华大学、燕京大学三校的文、理科合并为现在的北京大学，大师云集，人文荟萃，成果斐然。改革开放后，北京大学的历史翻开了新的一页。

近十几年来，人文学科在学科建设、人才培养、师资队伍建设、教学科研等各方面改善了条件，取得了显著成绩。北大的人文学科门类齐全，在国内整体上居于优势地位，在世界上也占有引人瞩目的地位，相继出版了《中华文明史》《世界文明史》《世界现代化历程》《中国儒学史》《中国美学通史》《欧洲文学史》等高水平的著作，并主持了许多重大的考古项目，这些成果发挥着引领学术前进的作用。目前，北大还承担着《儒藏》《中华文明探源》《北京大学藏西汉竹书》的整理与研究工作，以及《新编新注十三经》等重要项目。

与此同时，我们也清醒地看到，北大人文学科整体的绝对优势正在减弱，有的学科只具备相对优势了；有的成果规模优势明显，高度优势还有待提升。北大出了许多成果，但还要出思想，要产生影响人类命运和前途的思想理论。我们距离理想的目标还有相当长的距离，需要人文学科的老师和同学们加倍努力。

我曾经说过：与自然科学或社会科学相比，人文学科的成果，难以直接转化为生产力，给社会带来财富，人们或以为无用。其实，人文学科力求揭示人生的意义和价值，塑造理想的人格，指点人生趋向完美的境地。它能丰富人的精神，美化人的心灵，提升人的品德，协调人和自然的关系以及人和人的关系，促使人把自己掌握的知识和技术用到造福于人类的正道上来，这是人文无用之大用！试想，如果我们的心灵中没有诗意，我们的记忆中没有历史，我们的思考中没有哲理，我们的生活将成为什么样子？国家的强盛与否，将来不仅要看经济实力、国防实力，也要看国民的精神世界是否丰富，活得充实不充实，愉快不愉快，自在不自在，美不美。

一个民族，如果从根本上丧失了对人文学科的热情，丧失了对人文精神的追求和坚守，这个民族就丧失了进步的精神源泉。文化是一个民族的标志，是一个民族的根，在经济全球化的大趋势中，拥有几千年文化传统的中华民族，必须自觉维护自己的根，并以开放的态度吸取世界上其他民族的优秀文化，以跟上世界的潮流。站在这样的高度看待人文学科，我们深感责任之重大与紧迫。

北大人文学科的老师们蕴藏着巨大的潜力和创造性。我相信，只要使老师们的潜力充分发挥出来，北大人文学科便能克服种种障碍，在国内外开辟出一片新天地。

人文学科的研究主要是著书立说，以个体撰写著作为一大特点。除了需要协同研究的集体大项目外，我们还希望为教师独立探索，撰写、出版专著搭建平台，形成既具个体思想，又汇聚集体智慧的系列研究成果。为此，北京大学人文学部决定编辑出版“北京大学人文学科文库”，旨在汇集新时代北大人文学科的优秀成果，弘扬北大人文学科的学术传统，展示北大人文学科的整体实力和研究特色，为推动北大世界一流大学建设、促进人文学术发展做出贡献。

我们需要努力营造宽松的学术环境、浓厚的研究气氛。既要提倡教师根据国家的需要选择研究课题，集中人力物力进行研究，也鼓励教师按照自己的兴趣自由地选择课题。鼓励自由选题是“北京大学人文学科文库”的一个特点。

我们不可满足于泛泛的议论，也不可追求热闹，而应沉潜下来，认真钻研，将切实的成果贡献给社会。学术质量是“北京大学人文学科文库”的一大追求。文库的撰稿者会力求通过自己潜心研究、多年积累而成的优秀成果，来展示自己的学术水平。

我们要保持优良的学风，进一步突出北大的个性与特色。北大人要有大志气、大眼光、大手笔、大格局、大气象，做一些符合北大地位的事，做一些开风气之先的事。北大不能随波逐流，不能甘于平庸，不能跟在别人后面小打小闹。北大的学者要有与北大相称的气质、气节、气派、气势、气宇、气度、气韵和气象。北大的学者要致力于弘扬民族精神和时代精神，以提升国民的人文素质为己任。而承担这样的使命，首先要有谦逊的态度，向人民群众学习，向兄弟院校学习。切不可妄自尊大，目空一切。这也是“北京大学人文学科文库”力求展现的北大的人文素质。

这个文库目前有以下17套丛书：

**“北大中国文学研究丛书”（陈平原 主编）**

**“北大中国语言学研究丛书”（王洪君 郭锐 主编）**

**“北大比较文学与世界文学研究丛书”（张辉 主编）**

**“北大中国史研究丛书”（荣新江 张帆 主编）**

**“北大世界史研究丛书”（高毅 主编）**

"北大考古学研究丛书"（沈睿文 主编）

"北大马克思主义哲学研究丛书"（丰子义 主编）

"北大中国哲学研究丛书"（王博 主编）

"北大外国哲学研究丛书"（韩水法 主编）

"北大东方文学研究丛书"（王邦维 主编）

"北大欧美文学研究丛书"（申丹 主编）

"北大外国语言学研究丛书"（宁琦 高一虹 主编）

"北大艺术学研究丛书"（彭锋 主编）

"北大对外汉语研究丛书"（赵杨 主编）

"北大古典学研究丛书"（李四龙 彭小瑜 廖可斌 主编）

"北大古今融通研究丛书"（陈晓明 彭锋 主编）

"北大人文跨学科研究丛书"（申丹 李四龙 王奇生 廖可斌 主编）①

这 17 套丛书仅收入学术新作，涵盖了北大人文学科的多个领域，它们的推出有利于读者整体了解当下北大人文学者的科研动态、学术实力和研究特色。这一文库将持续编辑出版，我们相信通过老中青学者的不断努力，其影响会越来越大，并将对北大人文学科的建设和北大创建世界一流大学起到积极作用，进而引起国际学术界的瞩目。

2020 年 3 月修订

① 本文库中获得国家社科基金后期资助或入选国家哲学社会科学成果文库的专著，因出版设计另有要求，因此加星号注标，在文库中存目。

# 丛书序言

北京大学的欧美文学研究具有深厚的历史积淀，承继五四运动之使命，早在1921年便建立了独立的外国文学研究所，系北京大学首批成立的四个全校性研究机构之一，为中国人文学科拓展了重要的研究领域，注入了新的思想活力。新中国成立之后，尤其是经过1952年的全国院系调整，北京大学欧美文学的教学和研究力量不断得到充实与加强，汇集了冯至、朱光潜、曹靖华、杨业治、罗大冈、田德望、吴达元、杨周翰、李赋宁、赵萝蕤等一大批著名学者，以学养深厚、学风严谨、成果卓越而著称。改革开放以来，北大的欧美文学研究进入了新的历史发展时期，形成了一支思想活跃、视野开阔、积极进取、富有批判精神的研究队伍，高水平论著不断问世，在国内外产生了重要的学术影响。21世纪初，北京大学组建了欧美文学研究中心，研究力量得到进一步加强。北大的欧美文学研究人员确定了新时期的发展目标和探索重点，踏实求真，努力开拓学术前沿，承担多项国际合作和国内重要科研课题，注重与国内同行的交流和与国际同行的直接对话，在我国的欧美文学研究中发挥着越来越重要的作用。

为了弘扬北京大学欧美文学研究的学术传统、促进欧美文学研究的深入发展，北大欧美文学研究中心在成立之初就开始组织撰写“北大欧美文学研究丛书”。本套丛书涉及欧美文学研究的多个方面，包括欧美经典作家作品研究、欧美文学流派或文学体裁研究、欧美文学与宗教研究、欧美文论与文化研究等。这是一套开放性的丛书，重积累、求创新、促发展，旨在展示多元文化背景下北大欧美文学研究的成果和视角，加强与国际国内同行的交流，为拓展和深化当代欧美文学研究做出自己的贡献。通过这套丛书，我们也希望广大文学研究者和爱好者对北大欧美文学研究的方向、方法和热点问题有所了解；北大的欧美文学研究者也能借此对自己的学术探讨进行总结、回顾、审视、反思，在历史和现实的坐标中确定自身的位置。此外，我们也希望这套丛书的撰写与出版有力促进外国文学教学和人才的培养，使研究与教学互为促进、互为补充。

这套丛书的研究和出版得到了北京大学、北京大学外国语学院以及北京大学出版社的大力支持。若没有上述单位的鼎力相助，这套丛书是难以面世的。

2016年春，北京大学人文学部开始建设“北京大学人文学科文库”，旨在展示北大人文学科的整体实力和研究特色。“北大欧美文学研究丛书”进入文库继续出版，希望与文库收录的相关人文学科的优秀成果一起，为展现北大学人的探索精神、推动北大世界一流大学建设、促进人文学术发展贡献力量。

申　丹

2016年4月

# 目　录

# 导　论

## 1. 小说文体与小说翻译

小说翻译的批评势必要涉及小说的语言，除了要研究一般的语言问题外还要研究小说艺术与小说文体。一般人觉得小说翻译与诗歌翻译相比似乎容易得多。因为诗歌的语言与形式联系非常紧密，语言上些许的变动就会影响诗歌的艺术效果。而小说的语言较接近散文，散文翻译的弹性比较大，较容易操作。由于上述的这种观念，在小说翻译的实践中小说的艺术往往被人忽略。那么小说的语言是否真的如人们所想象的，只是讲故事或者表达思想的工具，喜欢怎么用就怎么用呢？小说的语言是可以随意改写的，还是有其独特的表达模式，应当予以尊重呢？关于这些问题，大卫·洛奇在《小说的语言》中做出了回答。他提到两点，说明小说的语言也是艺术。首先他引用保罗·瓦雷里(Paul Valéry)的一个比喻来解释在很多人眼里散文与诗歌的差异：散文如走路，诗歌如舞蹈。人们走路总有一个确定的目标，为了达到一个目标或愿望而调整自己的步伐，决定方向、速度和目的地；而舞蹈是一套动作，动作的目标就是其本身，是追求愉悦，是一种状态。所以诗歌的语言是纯语言，是情绪语言，是倾向于音乐和舞蹈的文学语言;而小说的语言是散文,或许根本就算不上文学语言。[1] 洛奇讲的第二点是关于诗歌和小说的可译性的问题。诗歌不可译是现代批评的一个基本信条,但人们普遍认为小说是可译的,当一部小说被翻译成另一种文字时,小说还是那本小说。洛奇对此论断表示怀疑,他认为文字改变了意思也会改变,小说是不能改写的,或者也是不可译的。[2] 洛奇说:"形式和内容是不可分割的,风格不是装饰主题的摆设,而恰恰是将主题转化为艺术的媒介。"[3]作品的风格,作者写作的方式,文字排列的顺序,各种修辞手法的应用,都是由小说家决定的。一个作家的作品,只要是能够经受时间的考验成为名作的,都值得我们尊敬,他的文字是不可随意改动的。

关于小说语言的独特性和设计感,H. G. 威多森在《文体学和文学教学》中也有详细的论述:

> 因为文学作品与其他社会信息是分离的,这就要求作家把语言编排成模式。由于文学作品不与其他语篇相关联,它必须经过设计才能自成体系,而这种设计,创造独特的语言模式,必然反映一种不同于可以用常规的语言代码进行交流的现实。[4]

在创造语言模式的同时,作者就把他要表达的思想牢牢锁进作品的语言模式中。如果不了解原著的语言模式,读者/译者就很容易以自己的风格改写原著,以为不管怎么写,只要把故事讲清楚就行。威多森认为,小说里说什么和怎么说是两码事,而二者又是紧密关联的:

> 对表达作者对这另一个现实感知的语言模式,文学作品的读者

---

① David Lodge, *Language of Fiction: Essays in Criticism and Verbal Analysis of the English Novel*, New York: Columbia University Press, 1966, p. 11.(本书引文除特别标注外,均为笔者译)

② Ibid., pp. 18—19.

③ Ibid., p. 29.

④ H. G Widdowson, *Stylistics and the Teaching of Literature*, London: Longman, 1975, p. 54.

> 先是有自己的期待，而后感觉它难以捉摸，因为当模式改变时，期待便落空了。对其交流方式的理解是：说什么和怎么说没什么区别。正是因为这个原因，我们无法以单一的诠释令人满意地改写或解释文学作品：这么做是把它们至关重要的含混表述重塑成常规陈述的确定形式。①

文学语言是特殊的带有歧义的含混的语言，它在文本语境中以某种特殊的模式运作。含混的表述一旦被非文学的、实用性的、确定的语言所代替，原著的语言模式和设计就失去了其原有的文学特征或文学形态。

彼得·拉马克在《叙述的不透明性》中也阐述了文学语言的特殊性：

> 但是小说、传奇、神话和叙事诗在人类自我意识中占有特殊的地位，它们为大众文化和个人反思提供了一个参考框架。令其倍受赞美的不仅仅是高超的想象力，还有文学的表现手法。它们展示了语言如何能够大大地超越日常交流的世俗实用性，升华到崇高的境界，以近乎魔术般神奇的能力变出各种意象，把思想传播到遥远的世界。②

所谓的"不透明性"指的是"在文学的语境中，形式与内容是不可分割的"③。"不透明"（opacity）是与"透明"（transparency）相对应的。文学作品叙述的不透明意味着不允许改写。在这一点上，拉马克与威多森持相同的见解：

> 文学作品的改写不能替代原著，因为我们在确定作品的内容时非常重视表达的精确。阅读文学作品，我们要的就是不透明。事实

---

① H. G Widdowson, *Stylistics and the Teaching of Literature*, London: Longman, 1975, p. 70.

② Peter Lamarque, *The Opacity of Narrative*, London: Rowman & Littlefield, 2014, p. vii.

③ Ibid., p. x.

> 上，如果我们放松对“内容”的要求，就很容易对文学叙事作品进行改写。[①]

拉马克进而指出，作为改写的一种特殊情况，翻译有时能得到读者的认可，但在某些情况下，读者会觉得译文跟原文终归不是一回事。[②]从以上三位批评家的论述里，我们不难发现，小说和诗歌一样，都有形式与内容不可分割的问题，像诗歌一样，小说也不可译，或者说译好小说也是一件极不容易的事。

安托纳·贝尔曼在《翻译与外语的试验》中对比了诗歌翻译和小说翻译的不同特点，提出有必要研究小说翻译中的变形（deformation）问题。变形的方式多种多样，贝尔曼总结出 12 种主要的变形：

1. 合理化
2. 解释说明
3. 扩展
4. 高尚化与通俗化
5. 质量下降
6. 数量减少
7. 破坏节奏
8. 破坏潜在的词义网络
9. 破坏语言模式
10. 破坏方言土语的网络及其异国情调
11. 破坏固定表达法及习语
12. 消抹不同语言的叠加[③]

---

① Peter Lamarque, *The Opacity of Narrative*, London: Rowman & Littlefield, 2014, p. 12.

② Ibid.

③ Antoine Berman, “Translation and the Trials of the Foreign,” in *The Translation Studies Reader*, 2nd edn, ed. Lawrence Venuti, New York & London: Routledge, 2004, p. 280.

变形的原因也比较复杂,有时是译者无意识的行为,有时是在译者观念的影响下所作的有意识的调节,有的是在两种语言转换过程中产生的不可避免的变异现象。除了第三种情况,前两种都跟译者作为读者的身份有关。作为译者的读者与一般的读者不同,作为译者的读者不仅需要读懂小说中的每一句话,还要了解小说的结构、文体等艺术特征。只有在了解一部小说的艺术特征之后,译者才能清楚地知道自己在译本里做了什么,为什么这么做。另外,在阅读和翻译过程中,译者本人的思想观念及文学修养也会在不同程度上影响其翻译过程中的各种选择。译者的价值取舍往往是跟他们的语言、形式的取舍分不开的。因此在评价译者或译本时还要运用文体学和叙述学的方法做全方位的分析。

在研究具体译本的时候,我们不能忽略申丹提出的"假象对等"(deceptive equivalence)的问题。[①]申丹关注的是涉及美学效果的假象对等,本文也关注涉及内容的假象对等。本文的研究对象狄更斯通常被认定为现实主义作家。一般人认为现实主义小说的内容重于形式,学者们对现实主义小说的评论也通常更倾向于探讨小说的内容与社会现实的关系。实际上,若仔细对比、考察译文和原文,我们会发现有的表面上看起来对等(故事内容大致相当)的译文,因为文体或语言上的改变,而造成了审美效果和内容的变化。申丹也指出,由于文体或语言的变动,故事也会随之走样。[②]语言的变化会带着故事偏离原著,其结果就是在不同程度上呈现出罗兰·巴特所说的政论写作的特点,即"一种体现价值论的写作,其中把事实与价值观隔开的距离消失在字里行间,文字既是描述也是判断"。[③]

## 2. 小说叙述与小说翻译

人们对文学常常有两种截然不同的看法,一种认为文学是超越社会

① 申丹:《文学文体学与小说翻译》,北京:北京大学出版社,1995 年,第 90 页。

② 同上书,第 91 页。

③ Roland Barthes, *Writing Degree Zero*, New York: Hill & Wang, 1977, p. 20.

历史文化的纯艺术，另一种则认为文学是对现实生活的反映，不过是表现了某个历史阶段的社会主流观念。20 世纪六七十年代的经典叙述学持前一种看法，而 80 年代中期发展起来的后经典叙述学则关注文学与社会文化的关系，注重探讨结构技巧与思想观念的关联。

米克·巴尔指出“叙述学是研究‘讲述故事’的叙述手法、叙述文本、意象、场景、事件、文化遗产的理论”①。杰拉德·普林斯认为叙述学有助于我们理解叙述语篇（如视角、叙述者、时间关系）、故事（因果关系、年代顺序、最小组成成分）、人物与环境、虚构世界和规约。②叙述学的源头是形式主义和结构主义理论，一开始是作为叙述形式和结构的科学而出现的。如什克洛夫斯基关注“诗歌与小说是如何不断换着花样地整合、转化非文学的语域与经验域”，蒲洛普关注人物所扮演的角色及角色在故事情节中的作用等等。③韦恩·布思的《小说修辞学》也在很大程度上影响了叙述学。在研究作者如何影响读者时，布思排除了社会文化因素的考虑。他说：“我武断地把技巧与影响作者与读者的社会、心理因素隔离开……以便把问题的范围缩小一些，充分的探讨修辞与艺术是否协调的问题。”④因此他的研究对象不是说教式的、有教育意义的小说，“我的研究对象是非说教性小说的技巧，我把技巧视为与读者交流的艺术——史诗、小说或短篇小说的作者有意识或无意识地试图把虚构世界强加给读者时可采用的修辞资源”⑤。布思要探讨的是小说的美学原理，但是他的研究方法为叙述学日后的社会文化研究的发展指引了方向。比如作者的判断

---

① Mieke Bal, *Narratology: Introduction to the Theory of Narrative*, 2nd edn, Toronto, Buffalo, London: University of Toronto Press, 1997, p. 3.

② Gerald Prince, “On Narrative Studies and Narrative Genres” in *Poetics Today*, Vol. 11, No. 2, *Narratology Revisited I 1990*, pp. 271-274.

③ Richard Bradford, *Stylistics*, London & New York: Routledge, 1997, p. 53.

④ Wayne C. Booth, *The Rhetoric of Fiction*, 2nd edn, Chicago & London: The University of Chicago Press, 1983, p. 40.

⑤ Ibid., Preface, p. 1.

在小说中是无处不在的、[1]作者与读者间的秘密恳谈[2]等都被研究社会文化的学者加以利用。

结构主义叙述学的代表人物热奈特与布思在研究思路上有很多相似之处。热奈特研究的语式范畴包括叙述距离(事件的展示或概述以及人物话语或直接或间接的表达形式)和叙述聚焦这两种调节信息的方式。热奈特同意布斯的看法,认为尽管根据叙述距离的不同,小说叙述可以分成展示(showing)和讲述(telling)两种,但它们的区别是技巧上的。展示型的小说给人一种模仿生活的假象,好像作者是在客观地呈现现实,没有在作品中发表自己的看法。其实在展示型的作品中,作者一样表达自己的思想观念,只是方式不同。[3]热奈特也指出距离和视角是作者控制信息的两种方式。虽然常常被人称为结构主义叙述学家,热奈特并不像布思那么排斥对思想意识的研究。热奈特在讨论叙述声音的时候总结了叙述者的五种功能:叙述功能,指导功能,交际功能,见证功能和思想意识功能。[4]热奈特认为这五种功能中只有"叙述功能"是不可或缺的,其他几种则或多或少必然会伴随叙述功能而存在。指导功能是指叙述者组织语言、构建文本的指导作用,相当于话语的"舞台指导"的功能;交际功能指叙述者与读者之间的对话关系,与读者交谈以引起共鸣;见证功能指叙述者作为见证人说明其信息来源、记忆的准确度及对某个情节的感想等;思想意识功能指叙述者通过对事件、人物做说教式的权威评论,直接或间接地干预或介入故事。这些功能的分类揭示了叙述声音的诸多层面,不同的叙述技巧传递不同的信息,多种声音组成一个复杂交错的整体。读者在解读或破译小说的时候自然会感受到叙述者的存在,听到一个或多个叙述声音,但不一定能马上听出叙述者的立场。热奈特关于视角、距离和

---

① Wayne C. Booth, *The Rhetoric of Fiction*, 2nd edn, Chicago & London: The University of Chicago Press, 1983, p. 20.

② Ibid., p. 300.

③ Gerard Genette, *Narrative Discourse: An Essay in Method*, trans. Jane E. Lewin, Ithaca: Cornell University Press, 1980, p. 164.

④ Ibid., p. 256.

声音的理论为叙述的社会文化研究提供了技巧分析的理论依据，因此也成为女性主义叙述学的重要分析工具。

自热奈特以后叙述学开始转向社会文化研究，出现了后结构主义经典叙述学。这种转向与整个学术界的风气有关。在前一部分我们提到文体学的社会文化研究时已经说过，当学者们发现纯粹的文本分析或语言分析无法体现文学作品的历史语境时，他们就转向社会历史文化研究。学者们认为应该把文本与历史语境结合起来，把作者、读者与他们的社会生活、思想观念、价值观联系起来，才能全面了解语言与思想、艺术与观念的关系。批评的重点从欣赏转向了解释。①西摩·查特曼对布思的观点质疑，认为文学修辞既有美学功能又有社会文化功能。说教性小说不一定有什么主张，非说教性的小说也可能蕴涵丰富的思想内涵。②

迈克尔·S. 卡恩斯认为查特曼尽管说到了点子上，但没有解释如何分析修辞效果，或说明某个叙述技巧是如何打动或没能打动读者的。他提出了"折中主义叙述学"的说法，就是结合结构主义的叙述学与社会、政治、历史、文化等研究方法来分析文学作品。他的理论是建立在言语行为理论之上的，把叙述看作是社会行动，因此他更关注叙述语篇与读者的交流，关注语境与读者的作用。③

彼得·J. 拉比诺维茨对叙述形式的看法与卡恩斯基本相似。在他的《阅读之前：叙述规约与阐释的政治》的"绪言"中，詹姆斯·费伦总结了他的形式观：

> 在他看来，形式不只是文本的可识别的特征，更不只是把那些特征"按一定的顺序"组织成"这些文字"的一种内在的原则。形式还包

---

① Pierre Macherey, *A Theory of Literary Production*, trans. Geoffrey Wall, London: Routledge & Kegan Paul, 1978.

② Seymour Chatman, *Coming to Terms*: *The Rhetoric of Narrative in Fiction and Film*, Ithaca: Cornell University Press, 1990, p. 197.

③ Michael S. Kearns, *Rhetorical Narratology*, Lincoln: University of Nebraska Press, 1999, p. 2.

> 括另一个方面,那就是作者的设计与读者对这种设计的感知之间的互动,这种互动依赖他们对社会建构的写作和阅读习惯的共同意识。这样,形式就不仅是文本的一个特性、作者的思想,或读者的活动。形式是作者、文本、读者和文化共享的东西。①

拉比诺维茨也认为,真正的读者有自己的个人信仰、约束、义务、偏见、怜悯和恐惧,作者的意图不一定会成为阐释的对象。作者的读者需要具备共有和个人知识与信仰之外的知识与信仰,而文化读者则需要了解规约。②

米克·巴尔在把叙述学用于文化分析方面有一套系统的理论,巴尔的理论分六点来陈述:

> 1. 叙述无处不在,但它并不总是重要的。
> 2. 叙述学的目的不是说明文本的叙述性质。
> 3. 叙述学不是工具,至少不是现成的制造知识的工具。
> 4. 叙述是一种文化态度,所以叙述学是文化透视。
> 5. 从这个角度看问题,才能仔细分析文化遗产、事件或领域。
> 6. 这样的理论在提出文化视角的同时,也谨防若干谬论和危险:
> (1)把模式等同于事物:把相信叙述的"真实性"变为相信什么是叙述的真实性。
> (2)不加区别:理论繁多,却无助于对具体问题的理解。
> (3)客观性的错觉:认为讲故事是讲述目击的事件,对叙述的分析是科学的发现。③

与拉比诺维茨和卡恩斯一样,巴尔反对结构主义叙述学不考虑思想观念

---

① James Phelan, "Foreword", in *Before Reading: Narrative Conventions and the Politics of Interpretation*, ed. Peter J. Rabinowitz, Columbus: Ohio State University Press, 1987, p. xxiii.

② Peter J. Rabinowitz, *Before Reading: Narrative Conventions and the Politics of Interpretation*, Columbus: Ohio State University Press, 1987, p. 26.

③ Mieke Bal, *Narratology: Introduction to the Theory of Narrative*, 2nd edn, pp. 220—229.

的做法。如果不考虑社会文化因素,我们研究不同的叙述模式又有什么意义呢?在巴尔看来,结构主义叙述学如果不用于文化研究就没有用武之地。他的理论也指出后经典叙述学的一个重要观点,即对叙述的思想观念研究不仅限于文学,还包括其他各种文本。其他致力于文化、思想研究的叙述学家还有费伦、赫尔曼等。①费伦则从比较具体的方面,如思想观念与某个叙述因素(如人物)之间的关系。

就后经典叙述学而言,在思想研究方面影响最大、成果最为丰硕的当推女性主义叙述学。1986 年,苏姗·S. 兰瑟在《文体》杂志上发表了《建构女性主义叙述学》,首次提出"女性主义叙述学"这种说法,同时阐明了女性主义叙述学的研究目的与研究方法。②但女性主义的叙述批评早在 20 世纪 80 年代初就出现了。③女性主义叙述学"从性别差异的角度来研究故事和语篇"④。它主要从社会文化或政治的角度研究作者的性别、作者读者、真实读者、人物、叙述者、受述者、视角、声音、话语形式等叙述技巧,"结合性别和语境来阐释作品中叙事形式的社会政治意义"⑤。沃霍尔在总结了女性主义叙述学对文化研究的贡献时说:"女性主义叙述学是批评领域的一场后现代主义运动,它试图把文本置于历史语境的考虑之

---

① James Phelan, "Narrative Discourse, Literary Character, and Ideology," in *Reading Narrative: Form, Ethics, Ideology*, ed. James Phelan, Columbus: Ohio University Press, 1989.

David Herman, *Narratologies: New Perspectives on Narrative Analysis*, Columbus: Ohio State University Press, 1999.

② Susan S. Lanser, "Toward a Feminist Narratology," in *Feminisms: An Anthology of Literary Theory and Criticism*, ed. Robyn R. Warhol and Diane Price Herndl, New Brunswick: Rutgers University Press, 1997, pp. 674—693.

③ Nancy K. Miller, *The Heroine's Text: Readings in the French and English Novel 1722—1782*, New York: Columbia University Press, 1980.

Susan S. Lanser, *The Narrative Act: Point of View in Prose Fiction*, Princeton: Princeton University Press, 1981.

④ Robyn R. Warhol, "Feminist Narratology," in *Routledge Encyclopedia of Narrative Theory*, ed. David Herman et al., London & New York: Routledge, 2005, p. 161.

⑤ 申丹、韩加明、王丽亚:《英美小说叙事理论研究》,北京:北京大学出版社,2005 年,第 291 页。

中,认为叙事形式与其创作者和读者所处的时代、阶层、性别、性取向以及种族和民族环境有着必然的联系。”①

谈到性别问题的重要性,兰瑟说如果作者的性别是男性,那么叙述者就自然被认定是男性,如果作者是女性,人们不一定会认为叙述者就是女性。在女性作者的作品中,叙述权威因此就出现问题。②她甚至把性别研究提高到技巧的高度:“我的观点是,性别、性特征和性是叙述学的重要组成部分。也就是说,不管存在还是不存在——有时不存在更有意思,性是叙述的一个‘技术特征’,如同其他的重要的叙述元素一样,‘会导致意义的建构’。”对性别的研究有助于探索普林斯所说的“表现媒介”的种种可能性。③

女性主义叙述学主要研究作者或叙述者的性别对叙述方式的影响。关于作者或译者的性别对叙述方式的影响,兰瑟、沃霍尔及杜普赖斯都有论述。④在《虚构的权威》一书中,兰瑟以英国、法国和美国一些女性作家的小说为例研究女性叙述声音,她认为“女性声音(本书中仅仅指叙述者语言形式上的性别)实际上是意识形态斗争的场所,这种意识形态张力是在文本的实际行为中显现出来的。”⑤为了吸引读者,女性作品中女性叙述者既颠覆又容纳叙事作品中隐含的权威。兰瑟把叙述声音分成三种:

---

① 罗宾·R.沃霍尔:《歉疚的追求:女性主义叙事学对文化研究的贡献》,载戴卫·赫尔曼主编《新叙事学》,马海良译,北京:北京大学出版社,2002年,第231页。

② Susan S. Lanser, “Sexing Narratology: Toward a Gendered Poetics of Narrative Voice,” in *Narrative Theory: Critical Concepts in Literary and Cultural Studies*, Vol. IV, ed. Mieke Bal, London & New York: Routledge, 2004, p. 132.

③ Susan S. Lanser, “Sexing the Narrative: Propriety, Desire, and the Engendering of Narratology,” *Narrative*, Vol. 3, No. 1 (Jan., 1995), p. 90.

④ Susan S. Lanser, *Fictions of Authority: Women Writers and Narrative Voice*, London: Cornell University Press, 1992.

Robyn R. Warhol, *Gendered Interventions: Narrative Discourse in the Victorian Novel*, New Brunswick: Rutgers University Press, 1989, pp. 25—44.

Rachel Blau DuPlessis, *Writing Beyond the Ending: Narrative Strategies of Twentieth Century Women Writers*, Bloomington: Indiana University Press, 1985.

⑤ 苏珊·S.兰瑟:《虚构的权威——女性作家与叙述声音》,黄必康译,北京:北京大学出版社,2002年,第5页。

作者型叙述声音、个人叙述声音和集体型叙述声音，分别讨论不同类型的女性声音的思想斗争。沃霍尔的研究对象不仅有女作家还有男作家。在《性别化的介入》一书中，沃霍尔比较了维多利亚小说中男性与女性作者的写作模式。她根据作者对被述者说话的模式区分了小说的两种叙述干预模式："吸引型叙述"和"疏远型叙述"。前一种叙述诚恳，给人一种真实感，使读者更加投入，更相信叙述者的评论；后一种叙述多嘲讽，带有元小说的特征，让读者与故事保持一定的距离。根据两种叙述在男女作家文本中出现的频率，沃霍尔称前者为女性叙述模式，称后者为男性叙述模式。但是沃霍尔指出，实际上这两种在男性和女性作家的作品里都会出现，因此女性叙述模式不是女性专用的，也不是由女性的心理、生理特征决定的。作者采用什么模式更多的是出于某一特殊历史时期叙述的需要，而不是性别差异。[①]其他研究女性主义叙述的学者还有米克·巴尔、凯西·梅齐、伊丽莎白·阿贝尔和莫莉·海特等。[②]

在一般人看来，小说叙述与小说翻译并无太大的关系。小说翻译的关键是遣词造句，因为内容和风格均受语言文字的影响，措辞不当，句式不对，都会改变内容和风格。但是，除了风格笔调，叙述也是小说形式的一个重要部分，语句的确定不仅仅要参照词语、句子、段落这样的小语境，还要参照叙述结构和叙述手法这样的大语境，因为叙述模式也是由语言的组织和文本的建构来决定的。如果不了解原著的叙述手法，只是照着译者熟悉的叙述模式和套路去翻译的话，那么原著以叙述模式所传达的

---

① Robyn R. Warhol, *Gendered Interventions: Narrative Discourse in the Victorian Novel*, pp. 17—18.

② Mieke Bal, *Lethal Love: Feminist Literary Readings of Biblical Love Stories*, Bloomington: Indiana University Press, 1987.

Kathy Mezei, *Ambiguous Discourse: Feminist Narratology and British Women Writers*, Chapel Hill: University of North Carolina Press, 1996.

Elizabeth Abel, Marianne Hirsch and Elizabeth Langland, eds. *The Voyage In: Fictions of Female Development*, Hanover: University Press of New England, 1983.

Molly Hite, *The Other Side of the Story: Structures and Strategies of Contemporary Feminist Narrative*, Ithaca: Cornell University Press, 1989.

思想和感情就会随着话语的改变而悄然流变、遗失。如果变化太大，遗失的甚至可能是小说的精华。研究小说译本与原著在叙述模式上的差异，既要从技术的层面去挖掘原著通过叙述所展示的思想内容，又要从社会文化角度去分析译文是如何偏离原著的。偏离有时是有意而为之，如林纾用文言文改述的删节译文，有时是因为知识欠缺或判断失误导致的，比如某些内容齐全的全译本。

## 3. 翻译理论：功能对等与社会文化研究

至少在两个场合，彼得·纽马克声称翻译“在本质上没有改变”①，“翻译从根本上讲还是一样的”②。但是他显然遭到了许多人的反对。克尔特·科恩就是其中的一个，他说：

> 我承认，作为一种实践，就译者所做的事情而言，它没有改变。但是改变了的是我们对翻译的看法，我们的研究模式以及什么是翻译的概念发生了巨大的变化，而这反过来又影响了我们的翻译实践。③

对等学派构建了几套对等模式来详细说明原文与译文的关系，其中包括尤金·奈达的形式对等和功能对等，④朱利安·豪斯的显性翻译和隐性翻译⑤及彼得·纽马克的语意翻译和交际翻译⑥等。在构建这些模

---

① Gunilla Anderman & Margaret Rogers, eds., *Translation Today: Trends and Perspective*, Clevedon: Multilingual Matters, 2003, p. 55.

② Christina Schäffner, ed., *Translation and Norms*, Clevedon: Multilingual Matters, 1999, p. 32.

③ Gunilla Anderman & Margaret Rogers, eds., *Translation Today: Trends and Perspective*, Clevedon: Multilingual Matters, 2003, p. 21.

④ Eugene A. Nida, *Toward A Science of Translating*, Leiden: E. J. Brill, 1964, p. 159.

⑤ Juliane House, *A Model for Translation Quality Assessment*, Tübingen: TBL-Verlag Narr, 1977, p. 188.

⑥ Peter Newmark, *Approaches to Translation*, Oxford: Pergamon Press, 1981, p. 38.

式的时候，这些学者想的是诸如形式、内容、信息、结构、等效、最大程度的对等、[1]接近的效果、语意结构和句法结构、确切的语境意义、[2]功能对等、语言文化的近似对等[3]之类的概念。他们力图建立一个科学的系统来客观地评估译文的优点与不足。

对等学派的理论家们试图用等效的概念把复杂的翻译问题技术化、科学化，但是社会文化学派的理论家们却发现他们的对等理论有问题，因为人们无法就什么是对等达成一致的意见。对等理论的另一个问题是，它把原著奉为权威，要求忠实地移译。但是，是否要求对等应视文体的类型而定，也许正如苏姗·巴斯奈特在其“文本类型与权力关系”一文中所提到的，只有文学作品才需要忠实的翻译。[4]然而，即便是文学翻译也需先澄清“什么是对等”。对等概念属于语言学或科学的范畴，而什么是对等则又会涉及审美、思想观念、思维习惯等问题。译者在翻译的时候要根据自己所处的社会环境用自己的语言来重写原著，因此翻译不可避免地要涉及变化。变化是翻译固有的本质，正是这个固有的本质使得翻译，尤其是文学翻译，变得非常复杂。由于上述原因，对等理论招来了不少的挑战。

挑战之一来自以色列的翻译理论家伊塔玛·艾凡-佐哈尔和吉迪恩·图里。艾凡-佐哈尔认为翻译作品的研究应该考虑译入语文化中的各种关系，翻译的文献是一个系统，与译入语境有着不同的关系。

> 翻译的作品至少在两个方面是相关联的：(a)一方面在于它们的原文都是由译入文学挑选的，挑选的原则绝对不会与译入文学的本国协作系统不相干(这是最谨慎的说法)；(b)另一方面在于它们采用

---

① Eugene A. Nida, *Toward A Science of Translating*, Leiden: E. J. Brill. 1964, p. 159.

② Peter Newmark, *Approaches to Translation*, Oxford: Pergamon Press, 1981, p. 39.

③ Juliane House, *A Model for Translation Quality Assessment*, Tübingen: TBL-Verlag Narr, 1977, p. 247.

④ Anna Trosborg, ed., *Text Typology and Translation*, Amsterdam & Philadelphia: John Benjamins, 1997, p. 87.

> 特定的规范、行为和策略——总之，就是采用全部的文学技能——用什么是由它们与其他的本国协作系统的关系决定的。这些不仅限于语言层面，而是表现在各个选择层面。[①]

他认为，翻译不仅仅是语言的问题，更重要的是与译入文学的本国协作系统密切相关的选择的问题。

吉迪恩·图里强调规范的作用，把翻译定义为受规范制约的活动。他研究的重点是那些能合力左右译文的译入文化的各种规范。他反对对等理论，他说："实际译文中所表现出来的对等的（类型和程度）是由规范决定的。"[②]因此"从社会文化层面上讲，翻译可以说是在不同程度上受到若干类型的制约"[③]。译文的文本特征通常会受到社会、文学规范的约束。

在 20 世纪 80 年代，苏姗·巴斯奈特和安德烈·勒菲弗尔就从文化研究的角度质疑对等理论的合理性。在《翻译研究》中，苏姗·巴斯奈特赞成詹姆斯·霍尔姆斯的说法，即用对等这个术语是不恰当的，这世界上根本就没有对等。"那么获得翻译上的对等就不是寻求同一性，因为在同一原文的两个译本中都不存在同一性，更别说原文和译文之间的同一性了。"[④]她建议把译本置于特定的时代文化背景中去研究。在《构建文化：文学翻译论集》中，她进一步说明对等只是一个可望而不可即的理想。在 20 世纪 70 年代，人们还在问对等是否可能，就好像世界真的存在一个抽象的普遍有效的对等。但是到了 20 世纪 90 年代末，人们普遍认为翻译

---

① Itamar Even Zohar, "The Position of Translated Literature Within the Literary Polysystem," in *The Translation Studies Reader*, 2nd edn, ed. Lawrence Venuti, New York & London: Routledge, 2004, pp. 199—200.

② Gideon Toury, *Descriptive Translation Studies and Beyond*, Amsterdam & Philadelphia: John Benjamins, 1995, p. 61.

③ Ibid., p. 54.

④ Susan Bassnett, *Translation Studies*, 3rd edn, New York & London: Routledge, 2002, p. 36.

的对等程度是由译者决定的，译者所采用的不同的策略决定了对等的程度。[①]巴斯奈特列举了在复杂的处理过程中可能要面对的问题：

> 比如翻译的原著是如何选择的，译者在选择过程中扮演什么样的角色，编辑、出版商或赞助人又扮演什么样的角色，是什么样的标准决定了译者采用什么样的策略，在译入文化中译本如何被接受。之所以要研究这些问题是因为翻译是在连续的统一体中而不是在真空状态下完成的，译者会受到文本内外各种各样因素的制约。[②]

苏姗·巴斯奈特的文化"制约"与图里的规范颇为相似。

勒菲弗尔认为译者是重写者，翻译的过程就是重写的过程，因为"全球文化读者中的大多数人是非职业读者，现在要想让文学作品在这些读者中流传并受到广泛的欢迎，译者所负的责任如果不是更大的话，至少应该是与作者一样大"[③]。跟巴斯奈特一样，他也不相信文学作品"放之四海皆伟大的谬论"[④]。在他看来，译者在一部文学作品的传播中所起的作用要大于文学作品的"内在价值"。一部外国文学作品的选择及其被接受的程度在很大程度上取决于译者的选择，而不是作者的伟大。通常的情况是，一个作家在某个时期享有典范的地位，在另一个时期则失去了这个地位。当一个作家被遗忘或忽视的时候，其作品的一个译本可能使之再度崛起，声名远扬。[⑤]

在《译者的隐身》中，劳伦斯·韦努蒂指出对等的概念是一种错觉，这种错觉试图抹掉译者所做的一切努力。要谈论意义的对等就必须弄清什么是意义。受德里达"延异"理论的影响，韦努蒂选择把意义理解为"关系

---

① Susan Bassnett & André Lefevere, *Constructing Cultures: Essays on Literary Translation*, Clevedon: Multilingual Matters, 1998, pp. 1—2.

② Ibid., p. 123.

③ André Lefevere, *Translation, Rewriting, and the Manipulation of Literary Fame*, London & New York: Routledge, 1992, p. 1.

④ Susan Bassnett & André Lefevere, *Constructing Cultures: Essays on Literary Translation*, Clevedon: Multilingual Matters, 1998, p. 135.

⑤ Ibid., p. 1.

与延异的结果”:

> 外国文学作品是体现多种不同的语义可能性的地方,其语义只是在某个译本中被暂时固定,会随着变化中的文化假设、阐释选择、特定的社会环境和不同的历史阶段而变化。意义是一种多元、随附的关系,不是恒久不变的统一的本质。因此不能根据以数学为基础的语义对等或对应的概念来评判译本。[①]

韦努蒂得出的结论是,奈达所提倡的“对等”和“等效”是不可能做到的,因此也受到他本人思想偏好的操控。所谓的“对等”和“等效”,归根结底就是对原著的部分阐释,这么做恰恰消除了“人们要求译作传递的异国风情”[②]。他觉得菲利普·E. 刘易斯提出的“反常的忠实”[③]概念有助于我们正确理解翻译的本质,因为“它承认了译文与外国原著之间的反常的、不确定的关系,不采用流畅译法,以便在译本中再现反常的国外原著或者译出语言中主导文化价值观被抵制的所有特征”[④]。译者能为自己做的就是采用异化策略来展示自己的创造力,做到反常的忠实而不是奈达对等翻译理论中所讲的“表面上的忠实”[⑤]。

20 世纪 90 年代另一位试图界定译者与原著、译者与译入文化关系的学者是道格拉斯·罗宾逊。他关注的也主要是译者的独特性与社会制约因素之间的关系。罗宾逊认为语言是形而下的、情感的、本能的,这是对奥古斯丁/索绪尔符号学理论的一个挑战。对奥古斯丁来说,语言是

---

① Lawrence Venuti, *The Translator's Invisibility*, London & New York: Routledge, 1995, p. 18.

② Ibid., p. 21.

③ Philip E. Lewis, “The Measure of Translation Effect,” in *Difference in Translation*, ed. Joseph F. Graham, Ithaca: Cornell University Press, 1985, p. 56.(此文原标题为“Toward Abusive Translation”。“反常的忠实”采用的是王东风的译法,见王东风:《译学关键词:abusive fidelity》,《外国语》,2008 年第 4 期,第 73—77 页。)

④ Lawrence Venuti, *The Translator's Invisibility*, London & New York: Routledge, 1995, pp. 23—24.

⑤ Joseph F. Graham, ed., *Difference in Translation*, Ithaca & London: Cornell University Press, 1985, p. 39.

心智活动，人们总能在一个词里找到确定的意义。“词义是一个超验的标签，用来标识和统一转瞬即逝的物理（笔迹或语音）符号。它是纯粹的、稳定的‘内容’或‘思想’，把堕落的人类偶然发出的声音与神道结合起来。”①

神经生理学家与心理学家的最新发现让罗宾逊明白了一个道理，那就是心灵“只是人体一个专用的、（在西方）被大大高估的功能”，是“大脑皮层的分析选择能力”，我们日常的交流基本上是受身体无意识反应的支配。②把这个观念应用到翻译理论上，我们可以说，从根本上讲翻译不是受科学规律系统支配的一个认知过程。原著与译文在字词、短语上的对等总是身体的，取决于译者的感觉。译者凭直觉重写，采用他们自认为合适的策略与措辞。当然罗宾逊也清楚地知道这种身体的反应不完全是个性化的。他研究了译者对翻译行为不同的身体和本能的反应，研究结果表明，译者的身体反应不仅是个体的反应还受到文化的制约。它“不论是在语境方面还是在个人选择上都是可变的（说话者个人的灵活性和独特性），在思想观念上受控制的（语言群体的塑造力）”③。但是，尽管我们的语言大部分是集体的，每个人独特的人生及语言经验难免会抵制社会的各种塑造力。独特的身体反应（个人反应）与观念体力量之间的对话赋予每一部外国文学作品的译本最基本的特征，使它们千差万别。

所有这些社会文化研究的理论家无一例外地把研究的对象定为译者，译者所做的决定既是出于个人的喜好也是迫于译入文化的各种制约。他们拒绝以对等的标准来衡量译作。他们力图说明在何种情况下译者做何种决定，他/她为什么会做那种决定，那种决定产生了什么样的后果。换句话说，尽管使用不同的术语，看问题的角度也有所不同，他们都觉得有必要找出一些规律，来说明译者与译入文化的观念和价值观是如何合

---

① Douglas Robinson, *The Translator's Turn*, Baltimore & London: The Johns Hopkins University Press, 1991, p. 3.

② Ibid., p. X.

③ Ibid., p. 10.

力打造一个译本的。社会文化学派和对等学派的主要分歧在于前者关心的是整个翻译过程中可能发生的事情，而后者则更注重译者应该做的事情和应该达到的水准。他们之间的对立反映了实际情况与理想状态之间的差距。

由于两个学派实际上在研究翻译的不同方面，他们的研究成果不是相互抵消而是相互补充的。研究社会文化的学者难免要把译文和原著作比较，他们在研究反常的时候似乎也必须考虑怎样算是反常，怎样是正常，对比的时候似乎也应该有一个标准（虽然在很多情况下他们试图避开这个问题）。尽管完全对等是不可能的，我们还不能就因此完全摆脱原著任意重写，翻译还是应该以原著为依据。翻译在很大程度上反映一个译者的语言、文化功底，而不仅仅是他/她的选择。从这个角度看，不管做得到做不到，对等学派所研究的问题属于翻译的基本问题，而社会文化学派的研究不再以原著为出发点，而是着眼于文化制约下的译者的实际操作。当然，社会文化学派的研究开拓了译者与翻译研究者的思路，让我们了解到译本的形成过程往往蕴涵着多种可能性，译本会随着时代的更迭、语言的变迁，观念的更新、译者的不同而呈现出不同的面目。

参与社会文化研究学派基本理论建构的理论家很多，如巴西尔·哈提姆/伊恩·梅森、安东尼·平穆和克里斯蒂安·诺德，[①]在此不能逐一列举。他们一般都沿用前面几位理论家的观点，在论著或文章中以各种不同的方式强化这个学派的理念。还有一位比较有特色的研究者值得我们关注。他就是舍纳慈·塔希尔-居尔萨格拉，他的文章《文本没有讲述

① Basil Hatim & Ian Mason, *The Translator as Communicator*, London & New York: Routledge, 1997.

Basil Hatim, *Teaching and Researching Translation*, London: Pearson Education, 2001.

Anthony Pym, *Method in Translation History*, Manchester: St. Jerome, 1998.

Christiane Nord, *Translating as a Purposeful Activity*, Manchester: St. Jerome Publishing, 1997.

Christiane Nord, *Text Analysis in Translation*, 2nd edn, Amsterdam & New York: Rodopi, 2006.

的:翻译研究中副文本的使用》探讨了社会文化研究中的一个重要方面,即从译本的副文本来考察译者对译本的操纵。文章的缘起是热奈特的论著《副文本:阐释的入口》,作者提出热奈特把翻译当作原著的副文本的说法是不妥的,因为译文是一个独立的存在。但是他同意热奈特关于副文本也反映作者的观念并影响作品接受的说法,[①]并把这个观点引入翻译理论研究领域。他对翻译的历史研究所涉及的文本做了分类:一、作品本身的文本;二、外部资料文本,如评论、书信、广告、访谈、日记、演讲等;三、副文本,如前言、后序、标题、献辞、插图等与作品文本一起装订出版的文本。他认为副文本不但能影响读者对作品的接受程度,甚至能改变作品文本的特征。[②]

社会文化学派对译者思想观念的关注也引发了翻译研究领域的女性主义批评。这方面的主要论著有《翻译中的性别》[③]和《翻译与性别》[④]。两位作者都试图从女性主义批评的角度来探讨翻译中的社会文化问题,但她们谈得较多的是女性译者在翻译时所遵循的积极的重写原则和女译者的自我意识,强调女译者对译本的主导地位。翻译的女性主义批评的另一个方面是以女性主义批评的视角来解读现有的译本。女性主义翻译批评与社会文化批评在社会文化研究的方法和指导思想上基本是一致的,所不同的是,在批评实践中,女性主义批评者既研究普遍的社会文化问题又特别关注译者的女性身份和译本中女性形象的变化。

中国近代的翻译理论不提对等,而是求"善译"、设标准。马建忠在《拟设翻译书院》中说:

---

① Gerard Genette, *Paratexts: Thresholds of Interpretation*, trans. Jane E. Lewin, Cambridge: Cambridge University Press, 1997, p. 1.

② Şehnaz Tahir-Gürçağlar, "What Texts Don't Tell: The Uses of Paratexts in Translation Research," in *Crosscultural Transgressions*, ed. Theo Hermans, Manchester: St. Jerome Publishing, 2002, p. 44, p. 46.

③ Sherry Simon, *Gender in Translation: Cultural Identity and the Politics of Transmission*, London & New York: Routledge, 1996.

④ Luise von Flotow, *Translation and Gender*, Manchester: St. Jerome Publishing, 1997.

> 夫如是，则一书到手，经营反复，确知其意旨之所在，而又摹写其神情，仿佛其语气，然后心悟神解，振笔而书，译成之文，适如其所译而止，而曾无毫发出入于其间。夫而后能使阅者所得之益，与观原文无异，是则为善译也已。[①]

马建忠的“善译”与西方人所说的“忠实”与“神入”无异，即原文与译文的内容、形式和效果都一样。近代中国最著名的翻译标准当属严复的“信、达、雅”。这个标准的依据是严复所认同的文章正轨：“《易》曰：‘修辞立诚。’子曰：‘辞达而已。’又曰：‘言之无文，行之不远。’三者乃文章正轨，亦即为译事楷模。”[②]严复把写作与翻译等同看待，忽略了翻译中可能出现的种种障碍和问题。伍光建认为“信”是最基本的原则，是否“达”“雅”应看原著的行文：

> 这个标准，来自西方，并非严复所创，但我们对于洋人的话，也未可尽信。这三字分量并不相等，倒是“信”或者说忠实于原文的内容和风格，似应奉为译事圭臬。至于译文是否达、雅，还须先看原文是否达、雅；译者想达、想雅，而有些原文本身偏偏就不达、不雅，却硬要把它俩译出，岂非缘木求鱼。[③]

艾思奇对“信”与“达”“信”与“雅”的关系有更进一步的见解：

> 如果连“信”都说不上，那就根本不必谈翻译；但真正的好的直译，也不仅仅只要做到一个“信”字就完事。忠实的译本必须也要能百分之百地表达原意，而且要能够尽可能地保持着原著者的“达”的方式。……如果这是指要写得典雅，那么，这不外就是要把一本外国的原著译成一部古色古香的文言文，像这样的“雅”，是只在汉魏译经

---

① 马建忠：《适可斋记言》，张岂之、刘厚祜校点，中华书局，1960 年，第 90 页。

② 严复：《〈天演论〉译例言》，载罗新璋编《翻译论集》，北京：商务印书馆，1984 年，第 136 页。

③ 伍蠡甫：《〈伍光建翻译遗稿〉前记》，载《翻译通讯》编辑部编《翻译研究论文集》(1949—1983)，北京：外语教学与研究出版社，1984 年，第 325 页。

> 或严复译《自由论》的时代才用得着的。这样的“雅”，是从外面勉强加上去的彩色，并不是传出了原著的本身的文字美，是白费力气，而不是尊重了原著。现在我们的翻译，可不需要这样的精力滥费。如果“雅”是指原著的文字美，那么，忠于原著，充分的做到了“信”时，这一种“雅”也多少可以传达出来的。“雅”也并不是可以和“信”绝对分开。①

在艾思奇看来，“信”其实包含“达”和“雅”，译者不仅要翻译思想、内容，还要尽量保留风格，风格包括“达”和“雅”（如果原著具备这两条的话）。与艾思奇持相同观点的还有徐永煐，在《论翻译的矛盾统一》一文中，徐永煐把严复的“信、达、雅”与泰特勒的翻译三原则做比较，断定“严复的看法无疑受到比他早一百年的泰特勒的翻译三原则的影响”，严复强调三原则的一致性，而泰特勒则是按重要性来排列三者的顺序，徐永煐赞成泰特勒对三原则的排列顺序：内容最重要，不得已时可先牺牲流畅，再不行就牺牲风格，但不能牺牲基本的内容。②他对内容和风格的关系做了透彻的分析：

> 然而，如果把泰特勒头两项原则对比一下，第一个原则便是要求传达思想，第二个原则便是要求传达风格、笔调。可是，风格是传达精深细腻的思想，包括语调感情在内，因此思想并不能同风格割裂。这就叫我们只好把泰特勒第一原则所说的思想看作文章的主要和基本内容，而第二原则所说的“风格”看作内容的精深细腻部分。……说得完备一些，信（客观的、有效的）是初级的达，而达是高一级的客

① 艾思奇：《谈翻译》，载罗新璋编《翻译论集》，北京：商务印书馆，1984 年，第 436—437 页。

② “泰特勒的翻译三原则是，第一，译文要完全复述出作者的思想；第二，译文风格笔调应当和原文的性质相同；第三，译文应当同创作一样流畅。”见徐永煐：《论翻译的矛盾统一》，载《翻译通讯》编辑部编《翻译研究论文集》（1949—1983），北京：外语教学与研究出版社，1984 年，第 187—188 页。

观的信。①

也就是说，风格不只是技巧，风格传达更精深的思想与更细腻的情感。分析风格对理解文学作品更重要，需要文体学和叙述学的理论做支撑，这一点在上文已有详述。除了分析“信”与“达”的关系，徐永煐从历史文化发展的角度剖析严复的“雅”，不仅说明“雅”不是一个绝对的概念，“雅”的最终目的是“达”，还说明“雅”是圈定读者群的一种翻译策略：

> 就典范的文学作品而言，特别在小说戏剧方面，汉文都是沿着“利俗文字”的方向发展的。就哲学著作看，宋儒语录，也靠“利俗文字”来发挥“精理微言”。不过严复心目中的读者是熟读“汉以前”经籍子史的士大夫，他所要解决的思想上的矛盾，不是在作者同广大中国人民群众之间，而只是在作者同中国少数士大夫之间。就这点说，严复对于雅的具体看法是符合他为自己的译品所选定的读者对象的。总之，他之所以要求“雅”和“文”，目的还是在于“为达易”，而避免“求达难”。因此，“为达即所以为信”，为雅也就是所以为达。②

徐永煐的论文主要谈的是翻译三原则的矛盾与统一，但他也注意到翻译是讲策略的，到底怎样算是做到了“信”“达”“雅”，不同的人还有不同的见解，翻译研究有必要从标准研究扩展到历史文化研究的领域。20世纪80年代之后，西方的翻译理论蓬勃发展，中国的翻译研究受到西方翻译理论的影响，大多运用西方的翻译理论来研究各种翻译问题。

## 4. 翻译的界定与译本的选择

在研究译本的时候，我们必须首先厘清翻译的概念，弄清楚什么样的

---

① 徐永煐：《论翻译的矛盾统一》，载《翻译通讯》编辑部编《翻译研究论文集》（1949—1983），北京：外语教学与研究出版社，第190页。

② 同上，第188页。徐永煐的这番分析是针对严复的一段话（见同一页）：“此〔按指‘雅’，也指‘文’〕不仅期以行远而已耳，实则精理微言，用汉以前字法、句法，则为达易；用近世利俗文字，则求达难。往往抑义就辞，毫厘千里。”

文本算翻译。小说翻译基本上有两种。一种是忠实的翻译,从传统的以原著为标准的翻译观来说,翻译小说的目的是创造出一个在内容和形式上都尽量忠实于原作的译本,而不是根据自己或读者的喜好或需求重写或改编,所采用的翻译策略既不是极端的归化也不是极端的异化。另一种是相对来说比较自由的翻译,包括节译、改述等。从广义上讲,由他人口传自己笔录的译作也是翻译,比如林纾的译本。其特点是承认自己在翻译他人作品,译本基本上保留原作的故事情节,保留原作的人名、地名等,但是文笔比较自由,译者以个人的文体代替作者的文体,有一定程度的增删。茅盾认为林纾的翻译只能算"歪译"(distorted translation),因为他不通外语,由口译者将原文译成口语,再由林纾将口语译成文言,这是双重歪曲。"何况林氏'卫道'之心甚热,'孔孟心传'烂熟,他往往要'用夏变夷',称司各特的笔法有类于太史公,……于是不免又多了一层歪曲。"①但是如果用现代翻译理论来看待林纾的翻译,他的译本应该算是翻译。

图里把翻译当作是以译入文化为中心的再创作活动,所以他认为翻译可以包括伪译、隐蔽的翻译和改编。②平穆觉得图里的翻译概念有些过于宽泛,他认为与其定义什么是翻译,不如说说什么样的文本不算翻译。他提出两个标准,符合这两个标准的文本就是翻译:一、看副文本。译著的副文本与原著的副文本不一致可以说明一个文本是译本。比如像林纾那样的,在序和封面上都特别注明是翻译。二、看文本是否被作为译文出版和接受。从现实需要出发,翻译的形式可以多种多样。③玛丽・斯奈尔-霍恩比在论文学翻译的多媒体交流时指出,文学作品正在被翻译成其他的艺术形式,这种翻译的目的就是为了满足快节奏生活的人们消费的

① 茅盾:《直译・顺译・歪译》,载罗新璋编《翻译论集》,北京:商务印书馆,1984年,第351页。

② Gideon Toury, *Descriptive Translation Studies and Beyond*, Amsterdam & Philadelphia: John Benjamins, 1995, pp. 40—41.

③ Anthony Pym, *Method in Translation History*, Manchester: St. Jerome, p. 62.

需求。[1]在斯奈尔-霍恩比看来,这些翻译形式是对传统形式的补充和拓展,因而就成了她研究的对象。

根据汉斯·弗米尔的翻译目的论,翻译行为是一种行动,任何行动都是有目的的。翻译的目的是创造出译者心目中的译本,因此译者有权决定原著在他的翻译行动中起什么样的作用。[2]根据这个理论,林纾的译文便是翻译的一种,他按照自己的想法和译入文化的具体情况所做的改动也是合理的。如果像图里说的那样以译入文化为中心,或者说以译入文化的读者为中心,一切为那个文化的读者服务的话,也许伪译、隐蔽的翻译和改编都可以称为翻译;如果译者是以原著为中心,或者像施莱尔马赫所说的为了给译入文化的诗学增加养分,只有完整的、忠实的翻译才算翻译。当然还有为了译者自己的理想或实验而翻译的,这种译本要么与原著相去甚远(如庞德译的中国古诗),要么过度忠实,令人难以接受,但也还算是翻译,还有自己的特色和优点。根据译入文化对译出文化的了解程度,翻译的策略也不相同。歌德提出,如果译入文化对译出文化不熟悉的话,一开始不妨先把诗歌译成散文,先让译入文化的读者熟悉故事,等译入文化的读者对译出文化有较多的了解之后,再连同原著的形式一起介绍进来。[3]这种把诗歌变散文的翻译也算翻译。其他的翻译理论,包括劳伦斯·韦努蒂的"归化"理论、[4]安德烈·勒菲弗尔的"折射"理论、[5]菲

---

① Mary Snell-Hornby, "Literary Translation as Multimedia Communication: On New Forms of Cultural Transfer," in *Translation Translation*, ed. Susan Petrilli, Amsterdam & New York: Rodopi, 2003, p. 485.

② Hans J. Vermeer, "Skopos and Commission in Translational Action," in *The Translation Studies Reader*, ed. Lawrence Venuti, New York & London: Routledge, 2004, p. 227.

③ Johann Wolfgang von Goethe, "Translations," in *Western Translation Theory: From Herodotus to Nietzsche*, ed. Douglas Robinson, Manchester: St. Jerome, 1997, p. 222.

④ Lawrence Venuti, *The Translator's Invisibility*, London & New York: Routledge, 1995, p. 24.

⑤ André Lefevere, "Mother Courage's Cucumbers: Text, System and Refraction in a Theory of Literature," in *The Translation Studies Reader*, ed. Lawrence Venuti, New York & London: Routledge, 2004, p. 240.

利普·E. 刘易斯的"差异"理论，[①]也注意到译者的决定最终影响到译本的形态，忠实的翻译和不那么忠实的翻译都是翻译。

本书拟从社会文化角度研究英国19世纪小说家查尔斯·狄更斯的小说汉译本，探索文学翻译中社会文化因素与形式变化之间的关联。文学翻译的语言没有单一的标准，不能以简单的对错来衡量译本。从翻译的实践中我们也不难看出，由于译者不同的选择，翻译的效果各不相同。曾经，作为英国现实主义文学大师，狄更斯的文学成就在我国常常被人低估，即使有人研究狄更斯的写作艺术也基本停留在人物思想分析上，对其小说的形式关注不多，从小说叙述角度来研究的更是少见。[②] 现在，当人们不再仅仅以单一的眼光看待狄更斯的时候，正是我们能够客观、全面地了解这位作家的时候。我们对狄更斯的小说形式及其思想了解得越多，对狄更斯小说的汉译本就会有更清晰的认识，就能够从中西方不同的语境出发审视中国现代社会不同发展阶段对狄更斯小说的态度与反应。

我国对狄更斯小说汉译本的研究始于对林纾小说翻译的研究。《林

---

① Philip E. Lewis, "The Measure of Translation Effect," in *Difference in Translation*, ed. Joseph F. Graham, Ithaca: Cornell University Press, 1985, p. 39.

② 具体参见赵炎秋:《狄更斯长篇小说研究》，北京:社会科学文献出版社，1996年。及赵炎秋:《中国狄更斯学术史研究》，北京:中国社会科学出版社，2016年。

在《狄更斯长篇小说研究》代绪论部分，赵炎秋总结了1949年以来三个时期狄更斯学术研究的特点:(第17—31页)

1949—1966:侧重思想内容的分析，而在思想内容方面又侧重社会—政治层面的分析

1966—1976:紧跟时代的批判言论

1977—1996:从内容的角度考查，社会—政治层面的分析仍是这个时期狄更斯研究的主要方面，但呈现多元化趋势

赵炎秋本人在此书中也讨论了狄更斯小说的艺术成就，但是基本停留在理论概述层面，如创作的基本特征、人物塑造的基本原则、叙事模式、结构特点、人物内心世界的特点、幽默等，没有从技术层面进行深入研究。

20世纪80年代开始国内有人研究狄更斯小说的叙述艺术，如王力:《狄更斯小说的视点与小说叙述观念的衍化》，《天津社会科学》，1986年第3期，第85—89页。

孟志明:《狄更斯与欧洲小说叙述学》，《青年作家》，2014年第22期，第144页。

陈紫云:《现代小说叙述维度下的狄更斯小说再研究》，《学术评论》，2012年第4、5期合刊，第137—140页。

这些文章介绍了叙述学在狄更斯小说研究中的应用，不是具体分析。

纾的翻译》一书收录有钱锺书、郑振铎等人对林纾翻译风格与成就的评价，他们两个人都提到过林译的狄更斯小说，钱锺书还对《滑稽外史》第十七章的部分译文做了详细的评说。[①]在《林译小说研究》中，韩洪举评论过林译的《块肉余生述》，他主要采用郑振铎的观点，认为林译《块肉余生述》比原著更出色，因为"林纾能准确地表达出作家的风格，甚至连幽默都能如实表达"[②]。韩洪举的评论总的来说是印象式的，缺乏坚实的文本依据。刘宏照的《林纾小说翻译研究》在阐述译者操纵小说时列举了《块肉余生述》删节的例子，说明因为原著细致的心理与人物描写"与本土文化产生一定的冲突"，译者可能觉得文字拖沓，且内容无关紧要，于是干脆删除。[③]

单独评论狄更斯汉译本或译者的文章20世纪80年代出现过一些，但大多是介绍性的或技巧性的论说。王治国的《谈新译〈大卫・科波菲尔〉》[④]介绍了张谷若1980版的《大卫・考坡菲》的一般性特点。金绍禹的《文学翻译漫谈》[⑤]以董秋斯译的《大卫・科波菲尔》为例论人物语言、人物外貌描写、幽默、景物、"舞台提示"等的翻译技巧。顾延龄在《浅议〈大卫・科波菲尔〉的两种译本》[⑥]中把董秋斯(1978年再版)、张谷若的译本(1980年版)与原文做了比较，在选词酌句、形合与意合、添词与引申、人物语言的表达、四字词组的运用、注释，以及译名、方言和土语等七个方面较详细地对比了两个译本的长处与不足。

此后出现了更多研究翻译技巧的论文，研究的对象主要是 *David Copperfield*(《大卫・科波菲尔》)的汉译本。仅举以下几篇近年来的论文为例。杨建华的《句法严谨　选词精妙——评张谷若的〈大卫・科波

① 钱锺书：《林纾的翻译》，载钱锺书等著《林纾的翻译》，北京：商务印书馆，1981年，第24页。

② 韩洪举：《林译小说研究》，北京：中国社会科学出版社，2005年，第159—160页。

③ 刘宏照：《林纾小说翻译研究》，上海：上海译文出版社，2011年，第223—224页。

④ 王治国：《谈新译的〈大卫・考坡菲〉》，《读书》，1983年第9期，第85—86页。

⑤ 金绍禹：《文学翻译漫谈》，《外国语》，1982年第4期，第19—23页。

⑥ 顾延龄：《浅议〈大卫・科波菲尔〉的两种译本》，《翻译通讯》，1983年第8期，第40—43页。

菲尔〉》[①]一文主要分析张译的翻译特色，作者认为张谷若译文地道，能紧扣原文而又不被原文所限，摈弃了欧化语言与翻译腔；善用四字结构，使译文生动活泼、通顺达意。李莹莹的《论翻译的损失与补偿——兼评张谷若的翻译技巧》[②]一文谈到翻译过程中译者采取灵活的手段对幽默、方言、谐音典故、时态转换、修辞等的损失进行补偿。肖石英的《翻译腔的句法结构探析》[③]通过对董秋斯与张谷若译本部分译句的比较，揭示翻译腔在结构层面上产生的基本原因。有些文章以 *David Copperfield* 为例专门研究译者，研究张谷若的最多，[④]也有个别研究董秋斯的[⑤]。刘明明探讨了张谷若译作中的注释，把张译的 687 条注释分成三类：社会背景、民俗典故，作者思想感情，特殊翻译技巧。他认为集翻译技巧与研究为一体是张译注释质量的保证。研究张谷若的学者一般都赞同他的归化译法，对其做较细致的分析，但研究仅限于译文的文字归类分析，没有提升到理论的高度。

20 世纪 90 年代以来，也出现了用各种理论研究 *David Copperfield* 汉译的文章，讨论的话题也包括了文化、社会思想观念、规范等社会历史

---

① 杨建华：《句法严谨　选词精妙——评张谷若的〈大卫· 考坡菲〉》，《山西教育学院学报》，2000 年第 1 期，第 17—19 页。

② 李莹莹：《论翻译的损失与补偿——兼评张谷若的翻译技巧》，《合肥工业大学学报》（社会科学版），2004 年第 5 期，第 198—202 页。

③ 肖石英：《翻译腔的句法结构探析——以〈大卫·科波菲尔〉的两种译本为例》，《南华大学学报》（社会科学版），2006 年第 5 期，第 100—102 页。

④ 孙迎春编著：《张谷若翻译艺术研究》，北京：中国对外翻译出版公司，2003。

刘明：《试析张谷若先生的翻译风格》，《安徽工业大学学报》（社会科学版），2005 年第 2 期，第 87—88 页。

李慧：《翻译家张谷若研究》，四川大学硕士论文，中国知网中国优秀硕士学位论文全文数据库，2005 年。

王建丰、刘伟：《张谷若方言对译评析》，《淮北煤炭工业大学学报》（哲学社会科学版），2007 年第 5 期，第 95—97 页。

郑明明：《浅探张谷若先生译作中的注释》，《安徽工业大学学报》（社会科学版），2008 年第 6 期，第 68—69 页。

⑤ 郑贞：《思索着的"再创作者"——董秋斯的翻译思想和翻译实践简介》，《江苏外语教学研究》，2006 年第 1 期，第 56—60 页。

研究方面的课题。应用传统修辞理论和语言学理论研究的有《修辞格的翻译与风格的传达》和《再论语域理论与翻译批评》。①两篇文章的作者各自从修辞格和语域的角度比较了董秋斯和张谷若的译本,张霞认为,由于采用了直译的手法,董秋斯几乎忽略了所有修辞格的翻译;刘晓华的研究表明,尽管董秋斯的译文简洁晓白,张译在语音、词汇上的传达更为忠实。相比之下,翻译理论与文化批评方面的研究更多一些,用翻译理论来进行个案研究的有刘芳的《论规范对翻译案件的影响——董秋斯个案研究》。② 刘芳借助翻译规范理论找出了董秋斯译本不受重视的原因。那就是他对翻译工作的自主选择违背了当时的主流规范。由于董秋斯的策略倾向于贴近译出语文化,不了解原文在句法结构等方面的束缚,难以被普通的中国读者所接受。

运用翻译理论进行社会文化研究的论文更多的是通过比较 *David Copperfield* 的多个译本来说明不同译本所采取的翻译策略与文化策略之间的关系[张羽(音译,英文为 Yu Zhang),1992; 李莹莹,2005;陈启,2005;姜秋霞等,2006]。③ 这些研究者所用版本数量不同:李莹莹用两个(董秋斯译本与张谷若译本),姜秋霞用三个(林纾、魏易译本,张谷若译本与庄绎传译本),陈启用四个译本(林纾、董秋斯、张谷若与庄绎传译本),

---

① 张霞:《修辞格的翻译与风格的传达——对比 *David Copperfield* 两个译本所得启示》,《外国语》,1992 年第 5 期,第 43—47 页。

刘晓华:《再论语域理论与翻译批评——兼论〈大卫· 科波菲尔〉的两个汉译本》,《三峡大学学报》(人文社会科学版),2006 年第 5 期,第 89—93 页。

② 刘芳:《论规范对翻译事件的影响——董秋斯翻译个案研究》,中国英汉语比较研究会第七次全国学术研讨会论文,中国重要会议论文全文数据库,2006 年。

③ Yu Zhang, *Chinese Translations of "David Copperfield": Accuracy and Acculturation*, Ann Arbor, Mich.: UMI, 1992. Doctoral disertation.

李莹莹:《试析 *David Copperfield* 的两个中译本》,《长春工程学院学报》(社会科学版),2005 年第 1 期,第 29—31 页。

陈启:《从文化角度对〈大卫· 科波菲尔〉四个中译本的比较》,华东师范大学硕士论文,中国知网中国优秀硕士学位论文全文数据库, 2005 年。

姜秋霞、郭来福、金萍:《社会意识形态与外国文学译介转换策略——以狄更斯的〈大卫· 考坡菲〉的三个译本为例》,《外国文学研究》,2006 年第 4 期,第 166—175 页。

张羽的最多，有五个译本（林纾、许天虹、董秋斯、林汉达、张谷若译本），他们主要研究两个问题：译文的质量和文化思想观念对翻译策略的影响。李莹莹从信、达、雅三个方面对比董译与张译，认为张译在各方面都更胜一筹，张译给了原著第二次生命。张羽谈到了翻译的准确度与文化适应的关系，他关心的是译者本人的译法，通过译文与原著的比较来判定为了迎合译入文化/译者的趣味与观念，译者究竟牺牲了多少原著的形式与内容。陈启的研究角度与张羽的基本相同，他关注的是文化因素对翻译过程和译者的影响以及在译本中的体现，因此涉及翻译中归化与异化的问题。姜秋霞的论文也是探讨译入语社会思想观念对外国文学译介转换策略的文化价值取向以及对改写的方式与程度的影响。除李莹莹赞成张谷若的归化策略外，其他三个人都从文化角度研究文学翻译中归化与异化的程度及其原因。在分析原因时，研究者或用统计学手段或以归类举例的方式列出文本遣词造句上的一些异同与文字的增删，当然他们也对某些附加文本如注释等做了一些归类分析。他们的研究富有成果，但研究范围和切入点仅限于现代翻译理论，限于个别译者的选择或译者、译本间的比较，没有从中国翻译传统与中国文学传统的角度来解释或说明这些译者与中国文化的渊源，没有考虑文学批评对狄更斯汉译的影响，也没有采用文体学、叙述学的理论来深入分析文化思想观念对文学翻译的影响。

本书所讨论的译本多采用老一辈翻译家的作品，大多是20世纪90年代以前的译本，这样的选择基于以下几点考虑：一、林纾是最早把狄更斯小说介绍给中国读者的译者，他的译文极具代表性，所以林纾的译本是必须关注的；二、老一辈翻译家的译本各具特色，原创性强，更能体现中国文化与西方文化之间的差异。三、他们当中有一部分人不但翻译小说，还研究翻译理论，有自己的一套翻译策略和方法。四、研究老一辈翻译家的译本体现了小说翻译研究的历史感，能够从源头追溯狄更斯小说翻译的发展与变迁。五、有些译本（如张谷若的《大卫·考坡菲》）到现在还有很大的影响力。

林纾和伍光建两位译者是狄更斯小说汉译的源头，后期的译者数张谷若和董秋斯最具特色。本书研究的林纾和伍光建的译本有林纾、魏易合译的《贼史》(《奥立弗·退斯特》)、《孝女耐儿传》(《老古玩店》)和伍光建译的《劳苦世界》(《艰难时世》)。之所以选取这两位译家的译本是因为他们是20世纪早期中国小说翻译的开拓者，林纾、魏易翻译用的是古文，而伍光建用的是白话文。当时除了林纾，翻译严肃小说的译家数伍光建最有成就。在《林纾严复时期的翻译》一文中贺麟指出："除林译小说外，各书馆所出版的长篇小说，大都系侦探冒险之类，无甚价值。且多未注明原作者及翻译者姓氏，无从考查。唯伍光建所译的大仲马的《侠隐记》(1907)甚好，且系用语体文译出，可算是此期白话翻译的代表。"[①]林纾、魏易译有五部狄更斯小说，它们分别是：《滑稽外史》(*Nicholas Nickleby*，1907年)，《孝女耐儿传》(*The Old Curiosity Shop*，1907年)，《块肉余生述》(*David Copperfield*，1908年)，《贼史》(*Oliver Twist*，1908年)，《冰雪姻缘》(*Dombey and Son*，1909年)；[②]伍光建译过两部狄更斯作品：《劳苦世界》(*Hard Times*，1926年)和《二京记》(*A Tale of Two Cities*，1934年，英汉对照本，选译，共六章45页)。[③] 与林译的其他狄更斯作品不同的是，《贼史》是林纾以中国史传文学和野史小说的文本框架塑造出来的译本，《孝女耐儿传》的省略翻译反映了林纾的女性观，其他三个译本虽然也各具特色，但是不如这两部有个性；伍光建的《二京记》是一个英汉对照的节译本，篇幅过短，不适合单独研究，而《劳苦世界》虽有省略却是个完整版，《劳苦世界》的写实译法省略了原著的象征性意象系统，是研究

---

① 贺麟：《林纾严复时期的翻译》，《清华周刊》，1926年，纪念号增刊，第236—237页。除了狄更斯的《劳苦世界》(《艰难时世》)和《二京记》(《双城记》)，伍光建还翻译了斯威夫特的《伽利华游记》(《格列佛游记》)、夏落蒂的《孤女飘零记》(《简·爱》)、布伦忒的《狭路冤家》(《呼啸山庄》)，萨克莱的《浮华世界》(《名利场》)，雨果的《海上的劳工》、陀思妥耶夫斯基的《罪恶与惩罚》(《罪与罚》)、塞万提斯的《疯侠》(《堂吉诃德》)等，以通俗译法著名。

② 俞久洪：《林纾翻译作品考索》，载薛绥之、张俊才编《林纾资料研究》，北京：知识产权出版社，2009年，第348—371页。

③ 伍蠡甫：《〈伍光建翻译遗稿〉编后记》，载伍蠡甫编《伍光建翻译遗稿》，北京：人民文学出版社，1980年，第277页。

社会文化观念与形式变化的一个理想文本。张谷若译的《大卫·考坡菲》通俗易懂，以山东方言译书，是广为流传的通俗译本，而董秋斯的《大卫·科波菲尔》则尽力在内容和形式上都忠实于原著，精神可嘉，但是译文有时会有生硬之嫌。张译和董译是全译本的两个极端，极有研究价值。张玲、张扬译的《双城记》采用的是张谷若的通俗译法，是直到现在都极具影响力的译本。

## 5. 研究的目的与方法

本书将以狄更斯小说原著和汉译本为研究对象，参考中西方批评家对狄更斯小说的各种评论，借助文体学和叙述学的方法，探讨狄更斯小说的汉译本在 20 世纪不同译者的笔下所呈现的不同的姿态，尤其是不同的社会文化立场。一方面我们需要关注社会历史语境，从社会历史的角度来探讨社会文化观念的变化；但另一方面我们需要注重文本的比较分析，比较的内容包括汉译本与小说原著的比较、不同汉译本之间的比较、作者与译者的比较、中西文化与价值观的比较。翻译的社会文化研究必须以译本与原著文本的比较为基础，只有通过译本与原著文本在文体和叙述方面的详细比较，我们才能了解译者的社会文化立场和译本在诗学方面的得失。

对狄更斯小说汉译本的研究属于个案实证研究，研究的原著包括狄更斯的五部小说：*Oliver Twist*（《奥立弗·退斯特》，1838 年），*The Old Curiosity Shop*（《老古玩店》，1840－1841 年），*David Copperfield*（《大卫·科波菲尔》，1849－1850 年），*Hard Times*（《艰难时世》，1854 年），*A Tale of Two Cities*（《双城记》，1859 年）。选取的汉译本有 17 种，译者 13 人/组。译本的多样性有助于我们从文学作品必须忠实翻译的立场来研究社会文化因素和译者的文字能力及文学修养是如何让小说翻译变得不那么“忠实”，呈现出各异的姿态。

总的来说，由于历史发展的客观原因，林纾、魏易的译本与原著之间存在较大的差异，而其他译本则倾向于忠实的翻译，看起来译得比较完美。但从社会文化角度看，每个译本都是在译者各自的思想观念的引导下完成翻译的。林纾译本的变异特征较明显，而其他译本的变异则比较隐蔽。林纾的变异主要在增删和整合，而其他译本的变异是貌似忠实的改写。林译明显的变异特征是系统性的，是在译者的掌控之下的，他的译文在形式和内容上均有自己的标准和立场；而其他的译本虽然也有自己的风格、原则和策略，其变异有较大的随意性、隐蔽性和不可预测性。针对译本不同的变异特点，研究的侧重点也有所不同。

本研究要达到的目标主要有以下几点：一、说明形式是如何在翻译过程中发生变化的，形式的变化对思想内容的移译产生怎样的影响。二、采用文体学和叙述学的方法，通过研究形式的变化探讨作者意图与译者理解与表达之间的关系，说明译本是否反映了原作的意图，以及译者以什么样的方式在译本中融合译入文化的思想观念。三、认清中国的社会文化观念对狄更斯小说汉译本的影响，辨别在哪些方面西方的趣味与中国的趣味相投或迥异，在林纾和伍光建的时代狄更斯最初是以怎样的方式被中国人所接纳的。四、研究中西诗学和文学批评的差异，说明中国的诗学和文学批评以怎样的方式影响狄更斯小说汉译本的形态。

本书共分七个部分，包括导论、五章论述和结论。导论部分主要介绍研究的理论基础、研究对象、研究方法和研究的内容，阐述小说翻译在内容与形式方面的矛盾统一以及与之相关的文体学、叙述学和翻译学方面的理论，理论主要集中在社会文化研究与小说艺术研究的对立统一，如翻译学的社会文化研究与对等理论研究，文体学和叙述学中社会文化与文体、叙述手法之间的关系等等。第一章以 *Oliver Twist* 和林纾、魏易合译的《贼史》为研究对象，从文本和副文本层面入手，分析译者的思想观念是如何在翻译的过程中改变原著的，译者以中国传统小说和史传的文本框架替代原著的文本框架，通过增删改写把原著虚构的叙事变成写实的史传小说、把个人史变为群贼史、把原著中的基督教人文思想替换成孔孟思想。第二章的研究对象是 *The Old Curiosity Shop* 和林纾、魏易合译的

《孝女耐儿传》,译者在解读、翻译原著的过程中把主人公耐儿的天使般的美德诠释成中国人极为看重的“孝道”,把耐儿的“孝”推向了极致。本章的论述将以女性主义叙述学的理论为依据,通过对比分析原著与译本对女性人物不同的见解和态度来解读译者对译本的操纵。第三章研究的对象是 *David Copperfield* 和林纾、魏易合译的《块肉余生述》、张谷若译的《大卫·考坡菲》和董秋斯译的《大卫·科波菲尔》。*David Copperfield* 是一部以第一人称自传体叙述的创伤小说,其特点是结构繁冗,叙述视角和叙述模式比较独特,修辞手段的运用也比较灵活。叙述者要讲述的不仅是故事,还有难以言表的悲伤。本章将从繁冗的删节、叙述视角和叙述语言等方面研究形式与内容的关系。当文本的某些内容是通过形式来表达的时候,形式跟内容是一样重要的。第四章的研究对象是 *Hard Times* 和伍光建译的《劳苦世界》,译者的本意是做一个以中国章回小说为模板的通俗删节本,他要删节的是故事之外一些“繁琐”的枝节,但原著是一个艺术性很强的具有一套完整的意象系统的象征主义作品,删节字句内容就意味着瓦解这套意象系统,就意味着删节原著的主题意义和思想内涵。本章主要从原著的艺术特点出发,对比译本的删节改造手法,阐述小说的艺术形式与文化思想观念的相互作用与关联。第五章的研究对象是 *A Tale of Two Cities* 和张玲、张扬译的《双城记》。*A Tale of Two Cities* 是一部简洁凝练的象征性文学作品,它是以故事而不是对话来塑造人物,精巧的结构和凝练的语言以其独特的方式表达思想。而作为通俗的译本,张译的文字因大量双音词和四字词语的存在而加入了较多的情感和文化因素,使译本呈现出聚焦模糊的拼接画的效果。本章将从词语的象征性与小说总体结构关联的角度来说明描述性的、具有情感效应的语言与象征性语言有时并不兼容,描述性的、华丽的、唯美的词语不一定有助于建构小说的文学性。最后一部分是总结,陈述本书的研究脉络和研究成果。

## 6. 小 结

我们知道,关注翻译的社会文化因素不是抛弃文本,不是不关心翻译的质量,它只是让我们在谈"对等"的时候考虑到问题的复杂性和多面性。在《关于"翻译"与"规范"的随想》一文中,图里提到了翻译的质量问题,他认为社会文化的研究不是建立在所有的译本都是好的这个论点之上的。一个错误百出的译本自然会暴露译者在某些方面的不足,问题在于人们在评价译本的时候常常带着文化的偏好。图里的分析给了我们两点启示:一是研究社会文化影响还是注重翻译质量的;二是我们在研究译本的社会文化影响的时候难免也带着自己的文化偏好。

翻译的社会文化研究以实证方法探讨思想观念与用另一种语言重写之间的关系。社会文化学派理论家的兴趣点在于文本外的因素(译者及社会文化准则)以及能提供证据证明文化冲击的译本因素及译本对译入语言和文学产生了影响的文本内因素。对文本内外的因素我们都要同时兼顾,如果只看重文本外的因素而忽略文本本身,我们的研究就会失之偏颇,只停留于对表面现象的评说。

研究小说的翻译自然要涉及小说的语言和技巧。小说翻译的思想观念在很大程度上是在译本的形式变化中体现出来的,因此我们有必要对译本进行文化细读,利用各种批评性质的文体学、叙述学理论来研究翻译文本形式变化的社会历史原因和译者作为读者的个人选择。文学的形式不只是为思想内容服务的,但思想内容会通过形式表现出来,只有做深入的文化细读,我们才能全面了解文学翻译过程中复杂的思想内容的演变。文本或语篇分析理论为我们研究形式变化提供了良好的分析工具。社会文化研究理论开拓了学术研究的视野,帮助我们从不同的角度看问题,而传统的修辞学和文本细读也为我们的对比研究提供了必要的方法。

本研究的特色是把文体学和叙述学的研究方法运用于分析译文文本与思想观念的关联,把狄更斯研究与文学翻译研究相结合,尽量挖掘二者之间的联系，力求透过文字表面揭示译本与原著及译本与译本之间的深层的、重大的差异。研究所涉及的理论较多，包括翻译学、叙述学、文体学、社会文化理论、女性主义批评及传统的文学批评等，这些理论既作为个案研究的理论基础和依据，也是研究的工具。对比研究会大量涉及文本与小说艺术，但对比的最终目的是反映译入文化的思想观念以及原文所涉及的相关文化思想内涵，包括历史、文化与诗学。在材料的把握上既注重以往的历史，也不忽略最新的理论研究成果。

# 第一章　*Oliver Twist*/《贼史》：借“小道”传“大道”的坚守之道

按照维尔米尔的翻译目的说，翻译是有目的的行动。翻译的目的又决定了译本的模式。译者在翻译的时候，知道自己在做什么，要达到什么样的效果。作为中国西洋小说最有影响力的译者之一，林纾的翻译有自己的目的，有政治目的也有文学目的，但他的政治目的要远远大于文学目的，且后者是为前者服务的。所以，林纾的小说翻译带有浓厚的社会文化意识。他翻译的最初目的是以西洋书籍开启民智，鼓励国人向西方学习。在译过《巴黎茶花女遗事》之后，他发现翻译西洋书是一项有意义的事业，从此孜孜不倦地从事文学翻译。八国联军攻入北京、慈禧西行让林纾痛感羞辱。他空有强烈的爱国热情，却不知自己能做什么。

> 亚之不足抗欧，正以欧人日励于学，亚则昏昏沉沉，转以欧之所学为淫奇而不之许，又漫与之角自以为可胜。此所谓不习水而斗游者尔。吾谓欲开民智，必立学堂，学堂功缓，不如立会演说，演说又不易举，终之唯有译书。[1]

---

① 林纾：《〈译林〉叙》，载罗新璋编《翻译论集》，北京：商务印书馆，1984年，第161—162页。此文发表于《译林》1901年第1期，林纾在文章里讲到八国联军入侵与翻译西洋书的关系：“呜呼今日神京不守，二圣西行，此吾曹衔羞蒙耻，呼天抢地之日，即尽译西人之书，岂足为补？”但他还是坚持译书，尽其微薄之力启发民智。

林纾开头对《拿破仑一世全传》和《俾斯麦全传》之类的史书更感兴趣，但终因难度太大而不能全译，只能译小说。也就是说，林纾开始是对西方的“大道”感兴趣，因为译不了，只好将就“小道”，在“小道”里寻求“大道”。①

林纾深厚的古文学修养源于他对经史的热爱，这种热爱也在他的小说译序里表露无遗。他常常把西洋小说与《史记》《汉书》相比。他在《〈译林〉叙》中说：“《拿破仑传》有图数帙，中绘万骑屏息阵前，怒马飞立，朱披带剑，神采雄毅者，拿破仑第一誓师图也。吾想其图如此，其文字必英隽魁杰，当不后于马迁之纪项羽。”在《〈迦茵小传〉序》中，他也把此书与《汉书》相比：“余客杭州时，即得海上蟠西子所译《迦茵小传》，译笔丽赡，雅有词况。迨来京师，再购而读之，有天笑生一序，悲健作楚声，此《汉书·扬雄传》所谓抗词幽说，闲意眇旨者也。”②在《〈撒克逊劫后英雄略〉序》中，林纾与友人“盛推司各德，以为可侪吾国之史迁”③。在《译〈孝女耐儿传〉序》及《〈洪罕女郎传〉跋语》里，④他都提及《史记》的叙事成就，将它与译作相比。在《〈剑底鸳鸯〉序》《〈冰雪因缘〉序》及《〈洪罕女郎传〉跋语》中，林纾还提到了《左传》《资治通鉴》和韩愈的文章。⑤每译一书，林纾都会自然联想到中国的古文经典，尤其是经史类书籍。当然，除了个人爱好，林纾提及马班还有其特别的用意，那就是提升西洋小说的地位，借以提高西洋小说在中国知识阶层的接受度。⑥他首先要做的是让读者了解西洋小说在原产国的重要地位，他引用魏易的话说：“小说固小道，而西人通称之曰文家，为品最贵，如福禄特尔、司各德、洛加德及仲马父子，均用此名

---

① 中国旧式文人把小说视为“小道”，认为只有史传才堪称“大道”。

② 林纾：《〈迦茵小传〉序》，载罗新璋编《翻译论集》，北京：商务印书馆，1984年，第166页。

③ 林纾：《〈撒克逊劫后英雄略〉序》，载罗新璋编《翻译论集》，北京：商务印书馆，1984年，第167页。

④ 林纾：《译〈孝女耐儿传〉序》及《〈洪罕女郎传〉跋语》，载罗新璋编《翻译论集》，北京：商务印书馆，1984年，第178页，第171页。

⑤ 林纾：《〈剑底鸳鸯〉序》、《〈冰雪因缘〉序》及《〈洪罕女郎传〉跋语》，载罗新璋编《翻译论集》，北京：商务印书馆，1984年，第176页，第181页，第171页。

⑥ 林纾的小说是以文言翻译的，因此他的受众是知识阶层而不是一般的百姓。

世。"① 同时他会在各种译序中说某某作家堪比中国的某某,甚至在某些方面更好之类的话,让读者觉得这些译本是值得一读的。如"莎氏之诗,直抗吾国之杜甫"②。"究竟史公于此等笔墨,亦不多见,以史公之书,亦不专为家常之事发也。今迭更司专意为家常之言,而又专写下等社会家常之事,用意着笔尤为难。"③而西洋小说写神怪、邪恶之类的也不是什么不能接受的事。在《〈剑底鸳鸯〉序》中,他为此译作辩护:

> 余译此书,亦几几得罪于名教矣,然犹有辨者。……晋文公之纳辰嬴,其事尤谬于此。彼怀公独非重耳之姪乎?纳嬴而杀怀,其身犹列五霸,论者胡不斥《左氏传》为乱伦之书?实则后世践文公之迹者何人?此亦吾所谓存其文不至踵其事耳。《通鉴》所以名"资治"者,美恶杂陈,俾人君用为鉴戒;鉴者师其德,戒者袪其丑。至了凡、凤洲诸人,删节纲目,则但留其善而悉去其恶,转失鉴戒之意矣。④

从林纾的话里可以看出,他译西洋小说时承受了不小的压力,好在他凭着丰富的文史知识可以为自己的翻译辩护。他通过译序向读者传递两个信息:一、小说在西方不是小道,西洋小说可比《史记》《汉书》,无论是文章做法还是道德水准,都堪称大道;二、西洋小说可以让国人鉴德戒丑,学西方的先进思想,提振国人的爱国志气。也就是说,他希望这些西洋小说能在中国社会中(接受文化中)"起到重要的作用"⑤。

对林纾的评论,到目前为止大多数都围绕着他的译序(跋)。1984年,曾宪辉的文章《试论林纾对小说地位与作用的认识——兼谈林氏的政治思想倾向》,以林纾译序为基本素材,比较全面地评价林纾的翻译思想。

---

① 林纾:《〈迦茵小传〉序》,载罗新璋编《翻译论集》,北京:商务印书馆,1984年,第166页。

② 林纾:《〈吟边燕语〉序》,载罗新璋编《翻译论集》,北京:商务印书馆,1984年,第165页。

③ 林纾:《译〈孝女耐儿传〉序》,载罗新璋编《翻译论集》,北京:商务印书馆,1984年,第177页。

④ 林纾:《〈剑底鸳鸯〉序》,载罗新璋编《翻译论集》,北京:商务印书馆,1984年,第176页。

⑤ Susan Bassnett & André Lefevere, "Introduction: Where Are We in Translation Studies?" in *Constructing Cultures: Essays on Literary Translation*, eds. Susan Bassnett & André Lefevere, Clevedon: Multilingual Matters, 1998, p. 4.

曾宪辉认为林纾欣赏西洋文学的趣味，更注重翻译文学的社会意义和政治宣传作用，“由于林纾把小说作为一种政治宣传的工具，因此他很重视‘写实派小说’的地位和作用。这充分体现在对迭更司作品和晚清‘谴责小说’的高度评价上”[①]。而1924年郑振铎的《林琴南先生》[②]、1941年谢人堡的《论林译小说》[③]、1944年范烟桥的《林译小说论》[④]及1981年钱锺书的《林纾的翻译》[⑤]都对林译作了较宽泛的点评，没有对某一译作做深入细致的分析。他们只是稍稍提及林纾的译序及其翻译主张，把译序作为研究林译小说的一个重要方面。近些年来，随着林译小说研究的不断深入，学者们又纷纷把目光投向林译序言，把它作为研究的焦点。朱耀先、张香宇的《林纾的翻译：政治为灵魂，翻译为事业》就是一个以林纾的译序为依据，总结林纾翻译抱负的一篇论文，文章把林纾的翻译分为三个阶段：一、早期（1897－1907）——投身翻译，醒世救国；二、（1907－1911）——以译书之实业，为政治之所用；三、后期（1911年之后）政治落魄，笔走无神。[⑥]叙述他以翻译为实业的救国历程。刘小刚的《传统与现代：林纾在翻译中的两难处境》，也大量引用林纾的译序，说明像晚清所有的译者一样，林纾在翻译中面临着一个两难的处境，“他们试图借助域外文本来达到政治目的：维新、革命抑或启蒙，但是同时却又对域外文本的暴力心存戒心，以不同的方式、不同的程度抵御、消解着异域暴力”[⑦]。在他看来林纾的保守在于害怕国外的新观念冲击中国传统的道德观和古文

① 曾宪辉：《试论林纾对小说地位和作用的认识——兼谈林氏的政治思想倾向》，《福建师范大学学报》哲学社会科学版，1984年第3期，第100页。

② 郑振铎：《林琴南先生》，《小说月报》，1924年第15卷第11号，第1－12页。

③ 谢人堡：《论林译小说》，《三六九画报》，1941年第8卷第1期，第10页。

④ 范烟桥：《林译小说论》，《大众》，1944年第22期，第141－145页。

⑤ 钱锺书：《林纾的翻译》，载钱锺书等著《林纾的翻译》，北京：商务印书馆，1981年，第18－52页。

⑥ 朱耀先、张香宇：《林纾的翻译：政治为灵魂，翻译为实业》，《郑州大学学报》（哲学社会科学版），2009年第42卷第5期，第134－137页。

⑦ 刘小刚：《传统与现代：林纾在翻译中的两难处境》，《杭州师范大学学报》（社会科学版），2012年第1期，第102页。

字。文月娥的《副文本与翻译研究——以林译序跋为例》更是直接把林译的序跋作为研究对象,从杰拉德·热奈特的“副文本”概念出发,参考塔希尔-居尔萨格拉翻译研究中副文本作用的理论,研究林译序跋所反映的译者的心路历程。[①]尽管她把序跋作为副文本而不是参考资料来研究,她得出的结论与上述其他研究的无太大差异。但是引进副文本概念是理论上的一个进步。副文本不单指序跋,而是指构成一本书的其他的文本,如“作者的姓名、标题、序、插图”等等。总之,副文本是除了文本以外的构成一本书的其他因素。副文本是门口或者门厅,有可能把读者引入门内,也可能让读者返身离开。[②]毋庸置疑,林译小说的译序给读者提供了大量的信息,但是因为副文本还包括其他方面,对其他副文本的研究有助于我们了解译者是否实践了他在译序里提出的观点和思想。就林纾而言,我们要通过研究林译中的其他副文本,看他是如何构建自己的文本框架的,[③]以及这个文本框架是否达到了译书救国的目的。本章将以林纾、魏易合译的《贼史》的文本和副文本为基本素材,结合其他汉译本,对林译的翻译思想和模式做全面深入的研究,来判断他的翻译策略在多大程度上阻碍他引进新思想。

本章选取《贼史》作为研究文本是基于这个文本的形式和思想特征。《贼史》与其他林译的狄更斯小说明显不同,林纾为这个译本付出了大量的心血,不但认真撰写译序,还对原著的体式、标题、章节标题、译注等做了全面的改造,是一部带有明显的译者操纵痕迹的译作。它在林译作品中算是质量上乘的,却不太受大众的欢迎。谢人堡认为《贼史》是林纾的得意之译:“就

---

① 文月娥:《副文本与翻译研究——以林译序跋为例》,《北京科技大学学报》(社会科学版),2011年第27卷第1期,第45—49页。

② Gerard Genette, *Paratexts: Thresholds of Interpretation*, pp. 1—2.

③ 文本框架即 textual grid, André Lefevere 和 Susan Bassnett 对它的定义是:一种文化所使用的文本框架,一套可接受的表达方式。林纾坚持以中国传统的文本框架翻译狄更斯的小说,相信这样的文本框架能更有效地传达原著的思想。见 Susan Bassnett & André Lefevere, “Introduction: Where Are We in Translation Studies?” *Constructing Cultures: Essays on Literary Translation*, p. 5.

其百五十余种译品，得意的只有数种，当推小仲马之《巴黎茶花女遗事》，史格脱之《撒克逊劫后英雄略》，以及迭更司之《贼史》等，至今商务印书馆仍在再版印行。"[①]而顺却指出这些林纾最得意的译本并不流行：

> 林琴南的翻译，以《茶花女》《三千年艳尸记》《鬼山狼侠传》等为最流行，这是很合于中国读者们的口味的。至于林氏他自己所慎重介绍的《萨克森劫后英雄略》之类，读者已少；至狄更司的《滑稽外史》《贼史》《孝女耐儿传》之类，则读者们俱感索然，很难得到若干知音的。[②]

译本的话题越严肃，读者的人数就越少。林纾认为《贼史》有揭露社会积弊，鼓励改革的功用，但他的注意力只在揭露恶人、恶行，对原著的叙述风格和思想不完全了解。除了忠实地翻译贼人的恶行和奥立弗的历险故事外，林纾删除了原著一些关键的表达思想观念的话语和场景，代之以中国的传统道德观念。林纾认为 *Oliver Twist*（《奥立弗·退斯特》）无论从形式上还是内容上都类似野史小说，[③]于是便模仿这类小说的形式翻译《奥立弗·退斯特》。以传统的中国道德观念和文学形式翻译《奥立弗·退斯特》必然会使译文显得古板、过于严肃，使译文本来就少的读者变得更少，也使得揭露只停留在揭露的层面，没有引进太多的新思想和新诗学。

国内学界专门研究《贼史》的文字近几年才出现，钱锺书在《林纾的翻译》里只是以《贼史》为例略微提及林纾的增补译法及翻译在林纾心目中的地位。[④] 2012 年，雷宇的《乔治·斯坦纳翻译四步骤下的译者主题

---

① 谢人堡：《论林译小说》，《三六九画报》，1941 年第 8 卷第 1 期，第 10 页。谢人堡所说的"百五十余种译品"不太准确，根据张俊才的研究结果，林纾译品已发表的有 222 种（其中标明原作者的有 159 种，原作者不详的译品有 63 种），未刊译品 24 种，总共 246 种。参见张俊才：《林纾评传》，北京：中华书局，2007 年，第 268—293 页。

② 顺：《对于"翻译年"的希望》，《文学》，1935 年第 4 卷第 2 号，上海：生活书店，第 268 页。

③ "贼胡由有史。亦鬼董之例也。"序言开篇就阐明了林纾把《贼史》译成野史的理由。见林纾：《〈贼史〉序》，载却而司迭更司著《贼史》，林纾、魏易合译，上海：商务印书馆，1908 年，第 1 页。

④ 钱锺书：《林纾的翻译》，钱锺书等著《林纾的翻译》，北京：商务印书馆，1981 年，第 27，51 页。钱锺书说："虽然林纾在《震川集选》里说翻译《贼史》时'窃效'《书张贞女死事》，料想他给翻译的地位决不会比诗高。"（第 51 页）

性——〈雾都孤儿〉四个汉译本对比分析》比较了林纾、荣如德、蒋天佐和龙冰的四个译本,其中摘引了林纾译本的某些句子,说明林纾在信赖、侵入、吸收和补偿四个方面的做法与他的时代、个人文化背景、翻译的目的和写作手法相关。[①]这是一个概括的描述性研究,较详细的研究有于峰的硕士论文《林纾翻译思想研究》,论文把《贼史》与 *Oliver Twist* 的文本做了较详细的对比分析。于峰认为林纾的译文比较忠实,能较好地表达原文的意境;译文在语言上的润色使人物形象更为生动鲜明,使读者感同身受。论文也分析了译本凭想象增添的内容,带评论色彩的某些译注,列举了译本删节的某些内容,如每一章的题目及章首的内容概括,奥立弗初到伦敦在费金家睡觉的情景,描写在警察局里老绅士布朗劳隐约感觉奥立弗与什么人相像的段落,说明林纾不太懂得这些段落在小说中的作用,认为与故事情节关系不大或独立于故事之外的思想感受都可以略去不译。[②]上述两项针对《贼史》的研究深入到了原文和译文的文本,分析了译者的主观意志和主体行为,但是研究基本上是描述性的,不够系统深入,没有结合林纾的译序及其他副文本探讨他那些做法的目的与效果。

林纾译文的写实主义以及与之相关的增删是学者们研究的重点,本章研究《贼史》也离不开这些话题。林纾对译文的增补与删节很大一部分与他的翻译主张与目的紧密相关,是他的主观行为,而不是像郑振铎说的,是口译者的问题。[③]林纾本人常常为自己"不审西文"而深感遗憾,在《〈撒克逊劫后英雄略〉序》中,他说:"惜余年已五十有四,不能抱书从学生之后,请业于西师之门;凡诸译著,均恃耳而屏目,则真吾生之大不幸矣。"[④]在《〈洪罕女郎传〉跋语》里,林纾说:"予颇自恨不知西文,恃朋友口述,而于西人文章妙处,尤不能曲绘其状。"[⑤]但是随着翻译经验的积累,

---

① 雷宇:《乔治·斯坦纳翻译四步骤下的译者主体性——〈雾都孤儿〉四个中译本对比分析》,《长春理工大学学报》(社会科学版),2012 年第 25 卷第 3 期,第 85—87 页。

② 于峰:《林纾翻译思想研究》,硕士论文,河北大学 2011,第 17—28 页。

③ 郑振铎:《林琴南先生》,《小说月报》,1924 年第 15 卷第 11 号,第 3 页。

④ 林纾:《〈撒克逊劫后英雄略〉序》,载罗新璋编《翻译论集》,北京:商务印书馆,1984 年,第 168 页。

⑤ 林纾:《〈洪罕女郎传〉跋语》,载罗新璋编《翻译论集》,北京:商务印书馆,1984 年,第 171 页。

即便不通西文，林纾也慢慢能体会西洋小说的文体风格。“今我同志数君子，偶举西上之文字示余，余虽不审西文，然日闻其口译，亦能区别其文章之流派，如辨家人之足音。”①鉴于林纾不通西文，我们似乎可以肯定删节都是口译者的责任，但是否完全是口译者的责任，还有待详加考证。在《〈黑奴吁天录〉例言》里，林纾说：“是书言教门事孔多，悉经魏君节去其原文稍烦琐者。本以取便观者，幸勿以割裂为责。”②在《〈兴登堡成败鉴〉序》中，林纾还说：“吾不审西文，但资译者之口，苟非林季璋之通赡，明于去取，则此书之猥酿不纲尚不止是也。”③从这些话里，我们大概可以断定，删除的工作确实是由口译者代劳的，但是所谓“烦琐”和“猥酿不纲”的标准未必是口译者定的。我们知道，译文中的错译不是人为的操纵，而删节则是译者的主观行为。林译小说的删节标准恐怕不是口译者一个人说了算的。

林纾所做的增补与修改是译文中极具特色也很出彩的部分，译文的增改与他的翻译目的是交相呼应的，并非随意为之，与口译者关系也不大。钱锺书在这件事上的见解是很精到的：

> 试看林纾的主要助手魏易单独翻译的迭更司《二城故事》(《庸言》第一卷十三号起连载)，它就只有林、魏合作时那种删改的“讹”，却没有合作时那种增改的“讹”。林译有些地方，看来助手们不至于“讹错”，倒是“笔达”者“信笔行之”，不假思索，没体味出原话里的机锋。④

除了增改，林译中还有令人不解的“注解和申说”。⑤实际上，所有的增改、

① 林纾：《译〈孝女耐儿传〉序》，载罗新璋编《翻译论集》，北京：商务印书馆，1984年，第177页。

② 林纾：《〈黑奴吁天录〉例言》，载罗新璋编《翻译论集》，北京：商务印书馆，1984年，第163页。

③ 林纾：《〈兴登堡成败鉴〉序》，载罗新璋编《翻译论集》，北京：商务印书馆，1984年，第184页。

④ 钱锺书：《林纾的翻译》，载钱锺书等著《林纾的翻译》，北京：商务印书馆，1981年，第30—31页。

⑤ 钱锺书：《林纾的翻译》，载钱锺书等著《林纾的翻译》，北京：商务印书馆，1981年，第33页。

注解和申说都是林纾在翻译中的创作，是有意识的行为。他对《贼史》的标题、形式和文本的增改都反映了他想借小说传"大道"、揭露时弊、促进社会改革与进步、在引进西洋故事的同时维护中国传统道德观的愿望。

林纾对《贼史》的删节增改是全方位的，本章将以《贼史》为基础，将译本和原著（包括文本和所有副文本）做详细的比较，从小说形式和价值观的批判这两方面入手，分析林纾如何操纵文本和副文本以及这样的操纵是否能达到醒世救国的目的。

## 1. "外史氏"：文本框架的重塑之道

林纾对西方小说文本框架的改动一直没有受到研究者的重视，学者们一般认为林纾对原著的改动仅仅停留在细节上，无伤大体。张俊才说：

> 对原著进行删改诚然是林译的主要弊病，但客观而论，林纾删改的往往不是原著的基本内容和基本情节，而是他认为的原著中的冗笔、败笔或中国读者不了解的无关紧要的欧西名物。林纾对原著的增补，一般来说也不是凭空加添，而是在原著的基础上稍加补充或润色。换言之，在绝大多数情况下林纾对原著的删改或增补只是在细枝末节处动手术，而不是在主干上任意砍伐。正因为这样，尽管删改是林译的最大弊病，但原著的基本内容、基本情节、基本风格并无大的损伤。①

阿瑟·韦利甚至对林纾的改动大加赞赏，他认为，经过林纾的翻译：

> 狄更斯不可避免地变成了一个相当不同的作家，在我看来，他变成了一个更优秀的作家。原著中所有多余的细节描述、夸大的叙述和喋喋不休的饶舌都消失了。原著的幽默还在，但是其手法变得清晰、简洁；狄更斯过于丰富的辞藻所造成的败笔，林纾都悄悄地一一

① 张俊才：《林纾评传》，北京：中华书局，2007，第83页。

化解掉,用简练的话语把意思表达清楚了。[①]

韦利喜欢林纾的简洁,不欣赏狄更斯那种繁复的叙述风格。刘宏照认为林纾采用“外史氏曰”一类的说法是以译者身份直接介入文本,[②]但他没有把这种介入与文本框架的改造联系起来。实际上采用“外史氏”的叙述模式不只是话语的介入,更是文本框架的重塑;而文本框架的重塑不仅改变小说的叙述风格,还弱化小说的主题和思想,因为文本框架决定着文本的思维方式及其所承载的思想观念。

《贼史》的文本框架是以野史为模板打造的,它所有的副文本(封面、标题、序、“外史氏”、注释等)都传达着一个信息:这是一个类似野史的故事,以善果恶报之理教化读者。无论是从译文的标题还是体式,我们都可以清楚地看到林纾把《贼史》译成“外史”或野史一类的小说。野史小说与正史相对,人物多是虚构的或取自民间传说,与历史无关。但是它与正史又有关系,外史曾被称为“史之余”,对正史有弥补的作用。因此野史与一般的通俗小说又不同,它有较强的教化作用。静恬主人在《金石缘序》中指出这类小说的教化功能:

> 小说何为而作也?曰以劝善也,以惩恶也。夫书之足以劝惩者,莫过于经史,而义理艰深,难令家喻而户晓,反不若稗官野乘,福善祸淫之理悉备,忠佞贞邪之报昭然,能使人触目儆心,如听晨钟,如闻因果,其于世道人心不为无补也。[③]

除了劝善惩恶,稗官野史小说还能宣扬忠孝思想。在《镜花缘序》中,许乔林说:“岂非以其言孝言忠,宜风宜雅,正人心,厚风俗,合于古者稗官之义哉!”[④]正因为此类小说特别有教育意义,所以被林纾选来诠释 *Oliver*

---

① 余石屹编著:《汉译英理论读本》,北京:科学出版社,2008 年,第 77 页。

② 刘宏照:《林纾小说翻译研究》,上海:上海译文出版社,2011 年,第 177 页。

③ 静恬主人:《金石缘序》,载黄霖、韩同文选注《中国历代小说论著选》(修订本,上),南昌:江西人民出版社,2000 年,第 436 页。

④ 许乔林:《镜花缘序》,载黄霖、韩同文选注《中国历代小说论著选》(上),南昌:江西人民出版社,2000 年,第 559 页。

Twist，冠名以《贼史》。

为了让小说摆脱章回小说的程式，使其更接近经史，林纾把原著每一章的小标题去掉，这与他所推崇的晚清谴责小说不同，①但是他采用了“外史氏”这种野史小说的称谓，自居为史家。程章灿在《鬼话连篇》中谈到了“外史氏”“素史氏”或“异史氏”这类称谓的作用，他认为用“异”“外”“素”这些词是让小说有别于正史：

> 另一方面，他们又标榜为“史”，坚持其根本立场与旨在鉴往知来的史书没两样。《左传》中有“君子曰”，《史记》中有“太史公曰”，抒发了史家的情感和观点。上述诸鬼书中的“外史氏曰”“异史氏曰”“素史氏曰”“里乘子曰”，以及清杨凤辉《南皋笔记》中的‘南皋居士曰’，其形式无疑来自《左传》《史记》，而作者议论中所透露的对世道人心的庄重关注和深沉忧思，也是与左、马这两位伟大的历史学家一脉相承的。②

《贼史》用“外史氏曰”这种形式评论译文的人物事件，就相当于认定原著所述基本是写实，译者以“外史氏”的身份在与读者交流读书心得。这种心得有时是改述原著叙述者的评论，有时又夹杂进译者自己的评论，这就使得“外史氏”有了双重身份。他既是英国人又是中国人，他既叙述英国的故事又以中国传统的道德观论事，他既是译者也是转述者。我们说不

---

① 林纾在《〈贼史〉序》中说：“迭更司极力抉摘下等社会之积弊，作为小说，俾政府知而改之。”他认为当时中国能写小说揭露时弊的作家太少，“呜呼，李伯元已矣，今日健者，惟孟朴及老残二君能出其绪。余效吴道子之写地狱变相，社会之受益宁有穷耶”。李伯元是《官场现形记》的作者，老残和曾孟朴分别是《老残游记》和《孽海花》的作者，这三部小说与吴沃尧的《二十年目睹之怪现状》被称为晚清四大“谴责小说”。这些小说都属于章回小说。林纾在揭露社会弊病方面向他们学习，但在译本里摒弃了章回小说的形式。章回小说一般用工整的偶句或单句作回目，概括这一回的基本内容。“画圣”吴道子的《地狱变相图》描绘阴惨可怕的场景，令观者不寒而栗，据说能让人惧罪修善。见林纾：“《贼史》序”，载却而司迭更司著《贼史》，林纾、魏易合译，上海：商务印书馆，1908年，第1—2页。

② “蒲松龄在《聊斋志异》中自称‘异史氏’，长白浩歌子在《萤窗异草》中自称‘外史氏’，王有光在《吴下谚联》中自称‘素史氏’，清人许奉恩题其书曰《里乘》，自称为‘里乘子’。”见程章灿著：《鬼话连篇》，桂林：广西师范大学出版社，2011年，第79页。

清他是谁。“外史氏”是一个被译者改造的混合体，担当着双重角色。

据不完全统计，林译《贼史》至少有 17 处“外史氏曰(谓)”[1]外加一处“迭更司曰”[2]及两处“读吾书者”，[3]这些都是译者与读者交流的方式。“外史氏曰”显示了译者的主体意识，显示出译者对某个事件或人物的看法或他们向中国读者传递的信息。在《贼史》里，“外史氏”的评论并非都是错译，但常常与原文有出入，这种出入很难说是错译，更像是译者有意的改写。刘尚云指出，“异史氏”或“外史氏”的评论可以更有效地“或针砭社会痼弊；或昭示人情冷暖；或揭露贪官污吏的丑行；或抒发阴郁‘孤愤’的情怀”[4]。《贼史》中的“外史氏”在针砭社会痼弊、揭露贪官污吏的丑行、昭示人情冷暖及命运转折方面都有所体现，除此之外，“外史氏”还帮着分析人物，剖析心理。至于“阴郁‘孤愤’的情怀”则更多地体现在注释中。针砭社会痼弊或揭露贪官污吏丑行的有：

1.1 原文：

But this is little. In our station-houses, men and women are every night confined on the most trivial *charges*—the word is worth noting—in dungeons, compared with which, those in Newgate, occupied by the most atrocious felons: tried, found guilty, and under sentence of death, are palaces. Let any man who doubts

① 见 *Oliver Twist*, pp. 9, 21, 22, 76, 92. 99, 102, 103, 119, 149, 157, 188, 195, 195, 213, 240, 350；《贼史》上卷，第 2,4,5, 50,61,68—69,71,73,87,112,119 页，下卷，第 3,9, 9—10,23,44,137 页。本章所引 *Oliver Twist* 原文均出自 Charles Dickens, *Oliver Twist: Authoritative Text, Backgrounds and Sources, Early Reviews, Criticism*, ed. Fred Kaplan, New York: W. W. Norton & Co., 1993.《贼史》译文出自却而司迭更司著，《贼史》(卷上、卷下)，林纾、魏易合译，上海：商务印书馆，1908 年。之后的注解，《贼史》简称《贼》，*Oliver Twist* 简称 *OT*。

② 见 *OT*, p. 180，《贼》，第 138 页。

③ 见 *OT*, pp. 92, 348；《贼》卷上，第 61 页，卷下，第 136 页。

④ 刘尚云：《〈聊斋志异〉“异史氏曰”叙事艺术论略》，《山东师范大学学报》(人文社会科学版)，2009 年第 54 卷第 6 期，第 93 页。

this, compare the two. (*OT*, 76) ①

译文：

外史氏曰。天下制度之坏。无如吾英国矣。如此小罪。而坎陷乃类新门之狱。狱死囚者为尤惨。读吾书者若不信。试往观之。即知吾言之非缪。(《贼》上，第50页)②

1.2 原文：

Whether an exceedingly small expansion of eye is sufficient to quell paupers, who, being lightly fed, are in no very high condition; or whether the late Mrs. Corney was particularly proof against eagle glances, are matters of opinion. The matter of fact, is, that the matron was in no way overpowered by Mr. Bumble's scowl, but on the contrary, treated it with great disdain, and even raised a laugh thereat, which sounded as though it were genuine. (*OT*, 240)

译文：

外史氏谓。穷人之畏彼眼光。必胃中无蓄。故壮气不伸。见光而惧。若考尼者。脑满肠肥。精神威猛。胡能见屈。则笑之以鼻。(《贼》下，第44页)

昭示人情冷暖、命运转折的有：

2.1 原文：

What an excellent example of the power of dress, young Oliver Twist was! Wrapped in the blanket which had hitherto formed his only covering, he might have been the child of a nobleman or a beggar; it would have been hard for the haughtiest stranger to have

① 以上所引原文着重部分系林译《贼史》所省略未译文字，着重标记(下划线)系笔者所加。下同。

② 译文着重部分系《贼史》所增加文字，着重标记系笔者所加。下同。

assigned him his proper station in society. (*OT*, 19)

译文：

外史氏曰。天下安有贵贱。别贵贱亦先别之服饰耳。倭利物果以佳毡裹者。谁则言其非贵族之儿。(《贼》上，第 2 页)

2.2 原文：

As fate would have it, Mrs. Bedwin chanced to bring in, at this moment, a small parcel of books: which Mr. Brownlow had that morning purchased of the identical bookstall-keeper, who has already figured in this history; having laid them on the table, she prepared to leave the room. (*OT*, 102)

译文：

外史氏曰。倭利物之运可云蹇矣。此时贝德温忽入。手中抱书一束。此为白龙路今晨所购者。书肆賫之以来。贝德温寘书于几。遄行。(《贼》上，第 71 页)

分析人物及人物心理的有：

3.1 原文：

It is worthy of remark: as illustrating the importance we attach to our own judgments, and the pride with which we put forth our most rash and hasty conclusions: that, although Mr. Grimwig was not by any means a bad-hearted man; and though he would have been unfeignedly sorry to see his respected friend, duped and deceived; he really did, most earnestly and strongly hope, at that moment, that Oliver Twist might not come back. (*OT*, 103)

译文：

外史氏曰。天下自信之人。往往夷灭公道。格林威格之意何尝必仇此童子。祝其弗归。然既气壅于怀。则亦悖良而为此不情之望。(《贼》上，第 73 页)

3.2 原文：

By a remarkable coincidence, the other two had been visited with the same unpleasant sensation at that precise moment; it was quite obvious, therefore, that it was the gate; especially as there was no doubt regarding the time at which the change had taken place, because all three remembered that they had come in sight of the robbers at the very instant of its occurrence. (*OT*,188)

译文：

此二人亦曰。此语正同。吾二人亦咸如是。三人既议。为篱所沮。心同意合。外史氏曰。三人之言当也。其始未见盗。故雄。近篱知盗所在。故怯。常理也。(《贼》下，第3页)

有时林纾把括号里的内容或戏剧旁白式的描述也变成“外史氏”的说辞：

4.1 原文：

the former of whom had always opened the body and found nothing inside (which was very probable indeed)(*OT*, 21)

译文：

外史氏曰。儿之死。正以腹中无物耳。有物又焉能死。(《贼》上，第4页)

4.2 原文：

The first sentence was addressed to Susan; and the exclamations of delight were uttered to Mr. Bumble: as the good lady unlocked the garden gate: and showed him, with great attention and respect, into the house. (*OT*, 119)

译文：

外史氏曰。前之二语。语秀珊也。后之二语。乃面公差而言。曼恩肃客入内。(《贼》上，第87页)

“外史氏”不但负责评论，还解释，提供旁白。“外史氏”究竟是何人，仔细探究起来还真是令人困惑，因为除了“外史氏”，译文中还有一个“迭更司”。

原文：

As it would be, by no means, seemly in an humble author to keep so mighty a personage as a beadle waiting, with his back to the fire, and the skirts of his coat gathered up under his arms, until such time as it might suit his pleasure to relieve him; (*OT*, 180)

译文：

迭更司曰。余为穷书生。似不应抛下前数章中一位尊贵公差大员。翘足于炉边久候。(《贼》上，第138页)

“迭更司曰”原文里没有，是译者后加的。“迭更司曰”这样的话给译文增加了转述的成分。另外，“迭更司”是作者，与“外史氏”应该是同一个人，译文却用了不同的称谓，可见在译文里“外史氏”更像是一个建造文本框架的标志性词语，而不是小说内在的组成部分。从译文的添加和省略中可以看出，大部分“外史氏”的措辞比原文要简练，介入也更直接。译者加入了原文里不存在的话语，如：“天下制度之坏。无如吾英国矣”“天下安有贵贱。别贵贱亦先别之服饰耳”“脑满肠肥。精神威猛”等，省略掉了原著中一些委婉或反讽的说辞，解释原著话语中暗含的意思，把作者与读者的秘密交流变成公开的谴责，把反讽变成直接的批判。这样做或许会给人一种“用简练的话语把意思表达清楚了”的感觉，但是《贼史》译者所表达的意思与原著的意思并不相同，译文在无形中加大了作者的权威和介入程度。如例1.1中原文作者是把警局的地牢与新门监狱的狱室做比较，而《贼史》则是把地牢里的小罪人与死囚犯的境遇做比较。两种比较虽有相同之处，但所指不同。译文“如此小罪。而坎陷乃类新门之狱。狱死囚者为尤惨”不但所指不同，意思也不连贯。试比较荣译便知差别：“但这还是小事。每天夜晚都有男男女女因遭到鸡毛蒜皮的指控——这个词儿值得一提——被拘留在我们好些警局的地牢里；与之相比，新门监狱那些囚禁受过审讯、确认有罪和判了死刑的元恶大憝的牢房简直算得上是宫殿。"(《奥立弗·退斯特》,第 83 页)。[①]对作者而言,警局的地牢不但黑暗、肮脏,而且还冤枉好人,经常把小罪犯或者像奥立弗这样无辜的人关在里面;地牢比死囚狱室还差。而《贼史》译文说的是警局的地牢跟新门监狱的牢房一样糟。译文是简洁了许多,但是传达的信息少了,还不能准确表达作者的思想。用"外史氏曰"这样标志性的语言,《贼史》译者不但把作者暗藏在文本中的反讽与论说变成直接评判——其中包含着译者的判断,还改变了小说的形式,给读者造成原著就是野史小说的印象,加入"天下制度之坏。无如吾英国矣"这样的话语,会进一步加深这种印象。有了这种印象,外史氏的话就更具权威性,而小说的故事情节也更具真实性。原著中作者的评说随处可见,而"外史氏曰"出现的次数与之相比就少了许多。这说明要么是译者在翻译过程中忽略了那些评说,要么是选择突出要点,忽略其他。由于译者承担起了转述者及评论者的角色,"外史氏曰"所体现的更多是译者的文化姿态与思想观念的介入。

夹杂在《贼史》正文中的注释是显示译者作为转述者的另一个标志性副文本,注释既有评论也有解释,译者的参与与"外史氏"的评论交相呼应,更加突显出译者的存在感。译文附带的二十几个注释可分六种,第一种是解释,"指某某"或"即什么"如:

> 译文:
>
> 1. 海雷曰。书中必言吾母及密斯麦烈如何。书中必无事不言。读书何许。家人所言何事。彼指罗斯起居饮食乐趣如何。必无遗漏。始可。(《贼》下,第 42 页)
>
> 2. 我甚愿为人殴死于市上。或者于道中所经之地。与彼中人易地以处。即道上闻钟声处其中狱也(《贼》上,第 84 页)

第二种注释是译者按自己的理解添加的,如:

---

① 狄更斯:《奥立弗·退斯特》,荣如德译,上海:上海译文出版社,1984 年。后面所引荣译译文、引文均出自该版本,后面所引书名简称为《奥》。

译文：

1. 窦中本有赤足之犯人。以在街吹箫而见获者。问官番格禁以经月。令彼自新。谓汝辈既有盛气。宜至禁中转轮轴以自娱。此当时狱中之制度。防囚人闲坐思家。令彼转轮以息其思虑。并收其长笛入官。(《贼》上，第63页)

2. 惟吾愿尔将罗斯出身渺茫处思之。罗斯非麦烈之侄女。其呼叔母者从俗也。吾恐罗斯亦将以母节不足示人。将以此拒尔。(《贼》下，第35页)

第三种注释是把正文当作注释来译：

译文：

1. 有一日。此日余书亦不识。其中私产一儿。(《贼》上，第1页)

2. 谓南施曰。汝究何图。原书本宜呼南施之名。而沙克斯乃以女人身中所有者呼之。盖亵语。不欲形诸笔墨。故乃代以汝字。汝乃不自知所为之何事。所立之何业。(《贼》上，第83页)

第四种注释发表了译者对原著中人物、事件的感慨和共鸣，如：

译文：

1. 吾生平所亲爱之人悉归黄土。然亲属虽尽而吾心仍未死。但觉遇不幸之事愈多。则为善之心亦愈坚挚。乙未丙申之间。余既遭母丧已。又丧妻。旋丧其第二子。明年又丧女。至于仆亦以疫死。而长子子妇又前死于瘵。纾誓天曰。天乎。死我家者天有权也。死我心者天无权。身膺多难。然决不为恶。今读此语。至契我心。(《贼》上，第67页)

2. 语后拭哭。复如前之静致。倭利物大异。其尤异者。则部署侍病之事。咸从容若无事焉。畏庐曰。余百无恐怖。惟遇家人之病辄慌。忽如痴人。回忆先母太孺人在时。遇此等事。镇定不惊。部署井井。纾二十一岁。呕血倾盆。家人皆哭。先孺入。抚慰纾身。令定。则指麾臧获执役如平时。延医处方咸如常。度迨纾病起，先孺入。始告人曰。吾若手足无措者。宁不增病人之恐耶。恐之即益其病矣。纾闻之。泣不可仰。今译是书。不期

感念亡亲不已。盖倭利物年幼。乌知大人长德有坚定不摇之力者。(《贼》下,第 28 页)

第五种注释与"外史氏曰"一样,是对人物、事件的评论,如:

译文:

1. 密昔司以目仰天曰。天下良心佳者。乃不得报于天耶。以狗食食人。尚曰良心。英人当时乃如是。(《贼》上,第 33 页)

2. 官曰。止。我非尔问。胡得唐突。巡捕又安在。此最肖中国之官府。(《贼》上,第 51 页)

3. 官不言。少须。则怒目向老人曰。汝告小儿。一无凭证。然已立誓,则当予我以证。不而。则予将加以诬告良民咆哮公堂之罪。此又最肖中国之官府。(《贼》上,第 51 页)

最后一种注释针对的是小说的结构而不是内容:

译文:

倭利物在窗中观之。见一犹太人购之而去。心中自念曰。此破衣从今不加吾体矣。伏线(《贼》上,第 66 页)

这六种注释中一、二同属一类,主要目的是解除疑惑、方便阅读。其实如果译者忠实地翻译原著的话,第一种注释是不必要的,因为原文的指代清晰明了。第二种注释基本上是译者的猜测,往往有误。第三种注释是译者对原著的改编,因译者对原著的写法不习惯,认为作者或叙述者的话语在语境中有些怪异,把它当作注释更合适;这种注释基本上用的是作者的原话。第四、五种是译者对人物、事件的感想与评论。第四种评论所列的两段话是《贼史》中最长的注释,第一例的主语是"余",第二例的主语是"畏庐",内容不是对文本的解释,而是陈述译者个人的人生经历与感悟。"畏庐"与"外史氏"和"迭更斯"又不同,此时译者以个人身份直接评论人物和事件。"畏庐曰"这种评论在 1907 年出版的《拊掌录》里已经作为单独的副文本出现过,那时是作为跋尾,译者分别对每一个小故事评论,不是注解。[①]注释中"畏庐"这个称谓及其所抒发的感想是译者与读者的对话,表达自己"身膺多难。然决不为恶"的信念以及对亡亲的感念,这种注释其实也在暗中传递了《贼史》译者一贯的忠孝思想。第五种注释突出表现了译者的"孤愤"。例1的注释批判的是那些无良的英国人,而例2、3中的"最肖中国之官府"则以彼喻此,直接批评彼时中国官府草菅人命、胡乱断案的丑恶行径。

第六种注释全译本只此一例。"伏线"是林纾很看重的一个小说技巧,他也深知其在狄更斯小说中的重要性。在1909年的《〈冰雪因缘〉序》中,他曾说:

> 独迭更司先生,临文如善弈之著子,闲闲一置,殆千旋万绕,一至旧著之地。则此著实先敌人,盖于未胚胎之前,已伏线矣。惟其伏线之微,故虽一小物一小事,译者亦无敢弃掷而删节之,防后来之笔,旋绕到此,无复以应。冲叔初不著意,久久闻余言始觉。于是余二人口述神会,笔逐绵绵延延,至于幽渺深沈之中,觉步步咸有意境可寻。[②]

从上面这个注解看来,1908年译《贼史》时,林、魏二人应该已经对伏线很在意了。但是原著中的伏线也不止这一个,加这个注解的作用更多的是在于提醒译者自己而不是读者。当然,特意标注伏线的存在也是为了让中国读者把《贼史》与中国古代小说联系起来,说明和中国的古代小说一样,迭更司的小说也有类似中国古文义法的"开场、伏脉、接笋、结穴"[③]等套路。让他们意识到西方小说不比我们的差,值得一读。

从译文注解繁杂的种类来看,译者加注还是比较随意的,加注者有时像"外史氏",有时像原作者,有时就是译者。当然,如果说"外史氏"的话有一些是译者的,那么注释里的话(第三种除外)就全是译者的,反映的是译者对原著的评论、理解和感触,与原著无关。因此在注释中,译者的介

---

① 华盛顿·欧文:《拊掌录》,林纾、魏易译,北京:商务印书馆,1981年,59—62页。

② 林纾:《〈冰雪因缘〉序》,载罗新璋编《翻译论集》,北京:商务印书馆,1984年,第181页。

③ 林纾:《〈黑奴吁天录〉例言》,载罗新璋编《翻译论集》,北京:商务印书馆,1984年,第163页。

入更直接、更随意,他们的转述者身份也更明显。

《贼史》的标题、副标题和章节小标题是译者重新改造过的,这样的改造也是配合"外史氏"把原著改编成野史一类的小说。在《贼史》里,原著的标题、副标题和章节小标题都消失得无影无踪。《贼史》这个标题意味着它要呈现的是贼的众生相,而原著的标题是人名,表明小说呈现的是个人的经历,这两个史尽管有共同之处,但此史非彼史。译本是众贼史,而原著是个人史。众贼史倾向于写实演义,而个人史倾向于虚构论理。《贼史》对众贼的评说是零散的、粗糙的、表象的,而原著对贼的评说是系统的、细腻的、深入的。

纵观历史,《奥立弗·退斯特》汉译本的标题基本上分为两类:一类是与"贼"字相关,如林译《贼史》、周瘦鹃的《〈贼史〉之一节:野心》①和《贼窟—孤儿》②,另一种与"孤儿"有关,如《孤儿柯理化》③和《雾都孤儿》④,前一种的《贼窟—孤儿》是二者兼备。《贼史》标题到周瘦鹃为止就没有了,而《雾都孤儿》却慢慢地被确认为《奥立弗·退斯特》汉译本的固定标题,从中国国家图书馆的馆藏目录我们能看到不下百种标题为《雾都孤儿》的译本。蒋天佐译本的标题是《奥列佛尔》,⑤荣如德的译本1984年版的标题是《奥立弗·退斯特》,1991年版的标题是《雾都孤儿/奥立弗·退斯特》,⑥ 2010年版的标题是《雾都孤儿》,⑦最终改成了大众普遍认可的标准译法。

我们其实不一定要把《奥立弗·退斯特》改成《雾都孤儿》,塞万提斯

---

① 却尔司狄根司:《〈贼史〉之一节:野心》,瘦鹃译,《游戏杂志》,1914年第3期,第29—31页。

② 查理·迭更司:《贼窟—孤儿》,编者(重述),《儿童世界》,1929年第23卷,第8—10期。

③ 狄更斯:《孤儿柯理化》,余多艰译述,《新儿童》,1945年第9卷第3期;英氷若译述,《新儿童》,1945年第9卷第4期—1946年第11卷第6期。

④ 查理兹·狄更斯:《雾都孤儿》,熊友榛译,北京:通俗文艺出版社,1957年。这个译本是根据苏联教育出版社一九五三年出版的简写本翻译的。

⑤ 迭更司:《奥列佛尔》,蒋天佐译,上海:骆驼书店,1948年。后面所引蒋译译文均出自该版本。

⑥ 狄更斯:《雾都孤儿/奥立弗·退斯特》,荣如德译,上海:上海译文出版社,1991年。

⑦ 狄更斯:《雾都孤儿》,荣如德译,上海:上海译文出版社,2010年。

的小说《唐吉诃德》的汉译本也是以人名做标题，它也照样可以广为流传。但是因为多年以来《雾都孤儿》这个标题已经深入人心，所以它就顺理成章地占了先机。从原著里我们了解到，奥立弗的名字是教区执事按字母顺序随意给起的。但是作者起这个名却是煞费苦心，据帕特里西娅·英厄姆的考证，Oliver 是贼帮的切口，意思是“月亮”。[①]贼总是选择月黑风高的夜晚偷窃，所以只要有奥立弗在，贼总是干不成事。Twist 的寓意很丰富，罗伯特·特雷西分析了这个词的含义，它可以指：1. 痛快地吃喝(eat heartily)；2. 送上绞架(to hang)；3. 冒险故事。这三个意思在奥立弗的故事中都有所体现：奥立弗总是饿，胃口大；教区孩子的下场大多是变成罪犯，落得被绞死的下场；奥立弗的冒险是一个故事。Twist 还有“使堕落”的意思，指费金和孟克斯要把奥立弗变成贼的努力，Oliver Twist 这个名字暗示了这个孩子的盗贼的生涯。[②]由此可见，奥立弗的名字大有讲究，而且他跟唐吉诃德一样是小说的主人公，故事是以他为中心展开的。与《贼史》相比，倒是“孤儿”一解比较接近原著的主题，原著的标题是 *The Adventures of Oliver Twist*，副标题为 *The Parish Boy's Progress*，正标题类似于流浪汉小说的标题，而副标题则是模仿了班扬的《天路历程》(*The Pilgrim's Progress*)。[③]两个标题分别表示他的流浪经历和他不论经历多少苦难始终向善的本性，当然也预示了他有好的结局。作者向读者展示了一个孤儿历尽苦难，最终找到亲人，成为上等人的故事。他不仅活了下来，而且保持了高贵的心灵。原著对奥立弗历险经历

---

① Patricia Ingham, “The Name of the Hero in *Oliver Twist*,” *The Review of English Studies New Series*, Vol. 33, No,130 (1982), p. 188.

② Robert Tracy, “‘The Old Story’ and Inside Stories: Modish Fiction and Fictional Modes in *Oliver Twist*,” in Charles Dickens, *Oliver Twist: Authoritative Text, Backgrounds and Sources, Early Reviews, Criticism*, ed. Fred Kaplan, New York: W. W. Norton & Co., 1993, p. 558.

③ Janet Larson, “*Oliver Twist* and Christian Scripture,” Charles Dickens, *Oliver Twist: Authoritative Text, Backgrounds and Sources, Early Reviews, Criticism*, ed. Fred Kaplan, New York: W. W. Norton & Co., 1993, pp. 537－538. 在文中作者提到 1867 年版的 *Oliver Twist* 第八章的小标题增加了“The Young Pilgrim's Progress”。这与副标题相呼应。

的叙述必然会展示广阔的社会场景，其中包括残酷的社会现实和许多的反面人物。透过各种人物命运及相互关系的描写，作者表现了善最终胜恶的理想；而《贼史》的主要目的在于揭露积弊，表现奥立弗的“坚贞不屈”。在译者序言里，林纾对原著中的贼分析得极为详细：“育婴不善。但育不教。直长养贼材。而司其事者。又实为制贼之机器。须知窃他人之物为贼。乃不知窃国家之公款亦为贼。而窃款之贼即用为办贼之人。英之执政。转信任之直云。以巨贼管小贼可尔。”（《贼》，序，第1页）尽管他并没有把奥立弗的故事删节掉，林纾始终最关注的是书中大大小小的窃贼。

原著与标题相呼应的还有章节小标题以及与小标题相关的“历史”（history）和“读者”（reader）等字眼。这种小标题也是流浪汉小说的标志，在《副文本》中，热奈特分析了流浪汉小说中小标题的特点和作用，这种小标题往往带有幽默、玩笑、戏谑、调侃的意味，在通俗和喜剧故事中起反讽作用，在狄更斯的《奥立弗·退斯特》《匹克威克外传》和《大卫·科波菲尔》中都有所表现。他还列举了《唐吉诃德》与菲尔丁的《汤姆·琼斯》中的小标题来说明这类小标题的特征：

> *Quixote*
>
> A chapter in which is related what will be found set forth in it
>
> Which treats of many and great things
>
> Which treats of matters having to do with this history and none other
>
> *Tom Jones*
>
> Containing Five Pages of Paper
>
> Being the Shortest Chapter in This Book
>
> In Which the Reader Will Be Surprized①

我们看一下《奥立弗·退斯特》的小标题就知道，它们与上述两本小说的措辞、风格是一样的：

① Gerard Genette, *Paratexts: Thresholds of Interpretation*, p. 301.

原文：

Relates what became of Oliver Twist, after he had been claimed by Nancy

Treats of a very poor Subject. But is a short one; and may be found of importance in this history

In which the Reader may perceive a Contrast, not uncommon in Matrimonial cases

(*OT*, 14—16)

这样的标题和小标题无疑决定了小说的主题和风格,《贼史》去掉了原著的标题和小标题另立标题,改变了原著的幽默、讽刺的风格,让读者失去了许多阅读的乐趣。同时,因为没有了小标题,原先藏在小标题里面的关键字眼(reader,history 等)也随之消失。

原著中"this history"这个词小标题里出现过5次,[①]意思都是"故事",原文中和小标题中的"this narrative",[②]在译文里都不见了。原文中的"history"与"adventure",[③]"historian",[④]"biographer",[⑤]"biography"[⑥]是相互关联的,这个故事是关于奥立弗的冒险故事,作者写的是他的传记。译文在处理"adventure"时,一处省略不译,[⑦]一处译为"事迹"。(《贼》上,第71页)而"historian"一词 要么省略,[⑧]要么译成"吾书",[⑨]"biographer"略去不译,[⑩]"biography"变成"余书"。[⑪]林纾用这种

① 见 *OT*, chap. 10, 13, 24, 25, 26.

② 见 *OT*, chap. 12, pp. 29, 87.

③ 见 *OT*, chap. 28, 34, 35, pp. 101, 359.

④ 见 *OT*, pp. 118, 180, 357 .

⑤ 见 *OT*, p. 51.

⑥ 见 *OT*, p. 17.

⑦ 见《贼》下,第144页。

⑧ 见《贼》上,第138页。

⑨ 见《贼》上,第86页;下,第142页。

⑩ 见《贼》上,第29页。

⑪ 见《贼》上,第1页。

系统性的删改把奥立弗的个人历险故事变成了“吾书”《贼史》，使之在内容或形式上更像野史小说。

原著的作者在小标题和正文中还多次使用一个很重要的词“reader”（读者），[①]作者用这个词与读者交流，这个词的存在更凸显了原著中小标题的重要性。译文只译出了三处“读者”：

译文：

1. 读吾书之诸公皆娶妻者。试问妻哭而仍不动。（《贼》上，第34页）

2. 彼中固有佳趣。不尔亦不劳读书诸先辈目力随吾笔而飞腾。（《贼》上，第86页）

3. 外史氏曰。吾宜告读者。此医生洛斯朋。其肥也。殆中心喜悦而肥。（《贼》下，第9—10页）

其他带“读者”字眼的字句都被译者删节。被删节的“读者”有两种用法，一种是直呼“读者”，引导读者联系上下文，了解人物、情节，或关注一些事情。

原文：

1. inasmuch as it can be of no possible consequence to the reader(*OT*, 17)

2. so I need hardly beg the reader to observe, that this action must tend to exalt them in the opinion of all public and patriotic men (*OT*, 86—87)

3. Noah Claypole, or Morris Bolter as the reader pleases (*OT*, 293 上述文字的下划线为笔者所加。)

另一种是在“读者”前面加修饰词，给话语添加言外之意或反讽。下面例1中，作者似乎在对读者说“你知道的，哈哈！”，而译文把这暗含的意思解

---

① 见 *OT*, chap. 8, 37, 39, pp. 17, 57, 86, 118, 156, 160, 181, 195, 242, 293.

释了出来;例 2 和例 3 是反讽,谨慎的(prudent)和明智的(right-minded)读者所看到的班布尔先生既不谨慎也不明智;例 4 是在提醒读者要正确判断这些新结识的人。

原文:

1. it must be quite clear to every experienced reader (*OT*, 57)

2. which proceeding, some prudent readers will doubtless be disposed to admire (*OT*, 160)

3. which could not fail to have been both pleasurable and profitable to the right-minded reader (*OT*, 180—181)

4. Some new Acquaintances are introduced to the intelligent Reader; connected with whom, various pleasant Matters are related, appertaining to this History. (*OT*, chap. 13, intertitle; 上述文字的下划线为笔者所加。)

当然,译文也有添加"读者"的情况:

译文:

1. 此语读吾书者当知。世间温柔之人对人恒作此态。不欲以直抗人也。(《贼》上,第 61 页)

2. 读吾书者试思。此二人者。自以为身是世上畸零之人。乃不知有父母。今忽洞然。如见天日。乐何如也。(《贼》下,第 136 页)

例 1 的译文还算贴近,例 2 的译文基本上属于重写,原文述二人悲喜交集,然而喜胜于悲,而译文所述则悲胜于喜。这两段文字虽然用了"读者"二字,但内容与"外史氏曰"无异,也是替读者分析一个道理,是"说理"而不是"叙述",与原著的语气、态度不同。

小标题及其关键词的消失,使译文少了原著的流浪汉小说的戏谑、反讽,多了《史记》和《左传》的庄重严肃。林译小说确实没有中国传统章回小说那种呆板的回目,但我们不能就此断定他之所以这样做是因为他想摆脱中国传统章回小说的叙述模式,因为"外史氏曰"的标签依然与章回

小说有关。如果我们深入探讨一下郑振铎的发现,我们就能基本弄清林译小说没有小标题的缘由。郑振铎认为林纾的小说有两大特点:

> 第一,中国的“章回小说”的传统的体裁,实从他而始打破——虽然现在还有人在做这种小说,然其势力已大衰——呆板的什么“第一回:甄士隐梦幻识通灵,贾雨村风尘怀闺秀”等回目,以及什么“话说”“却说”什么“且听下回分解”等等的格式在他的小说里已绝迹不见了。第二,中国小说叙述时事而能有价值的极少;我们所见的这一类的书,大都充满了假造的事实,只有林琴南的《京华碧血录》,《金陵秋》及《官场新现形记》等叙庚子拳变,南京革命及袁氏称帝之事较翔实;而《京华碧血录》尤足供给讲近代史者以参考的资料(近来很有人称赞此书)。①

郑振铎提到的这两个特点不是并列关系,而是因果关系:第二个特点反映了林纾的小说观,即他的小说是写实的,没有“假造的事实”,可以当历史参考资料来用。因此他的小说就不能有虚构小说的那种小标题,用数字代替回目在形式上更接近史传。这也就解释了为什么在林译小说里野史小说的标志性回目消失了,而“外史氏”却大力发声。虽然林纾在译序里说要把《贼史》译成类似野史一类的小说,从译文的文本来看,《贼史》在某种意义上更接近正史,或者说它是介于野史与正史之间的一个文本。我们可以根据林纾的小说观推导他的小说翻译观,从《贼史》的译文看,他所翻译的小说确实也呈现了他的原创小说的写作形态。纪实的译法以及纪实小说的文本框架不但让《贼史》呈现出与原著不同的面目,还使它的思想内容发生了一些转变。

原著无论从形态到内容都是虚构的,以虚构说理,因此采用流浪汉小说的体式。据热奈特的分析,到了 19 世纪,许多严肃的小说都采用了按数字分章节的模式,采用流浪汉小说那样主题性、描述性的小标题是一种复古的例外。而流浪汉小说的小标题又与历史学家、哲学家或神学家对

① 郑振铎:《林琴南先生》,《小说月报》,1924 年第 15 卷第 11 号,第 4 页。

严肃小说的戏仿有关。①既然狄更斯坚持用流浪汉小说的标题和小标题并在文中时时以关键词加以呼应，就说明他不打算把这部小说写成严肃的小说，他也希望读者从他的讽刺和幽默中看到现实的残酷，从一个懵懂、不谙世事、天性良善的流浪儿的历险记里看到社会变革的迫切性，而不是借助不同的事件或人物直接批判社会的腐败和问题（相关的例子会在后两节的论述中详细说明）。这部小说的妙处在于让读者从看似老套的历险故事中看到人性的弱点、社会的不公与黑暗。《贼史》的风格倾向于史书的严肃，删除了原著的小标题和与小标题相关的关键词，戏仿的特征就消失了，取代它的是“外史氏”一本正经的、带有译入文化色彩的评论与注释。

副文本的整体设计不仅关系到小说类型的归属，还涉及小说受众的定位。《贼史》的读者定位是文人和青年学生，其主要任务是让读者意识到当时中国社会的问题，让国人重新认识到忠、孝、礼、义、廉、耻的重要性，推动社会变革。因此在译本的制作过程汉译者需要考虑这些因素。《贼史》里所有的副文本都是译者的——包括标题、译序、注释及“外史氏曰”的某些话语都是译者自己的创作，不是翻译。虽然封面上有“欧美名家小说”“英国却而司迭更司著”这些字样，其实译者是按照自己对狄更斯的理解来制作译本的，他们译的是迭更司的故事，采用的却是野史小说或准正史的文本框架，这样的文本框架不仅便于他们把虚构变为写实，也便于他们植入与这种文本框架相适应的思想和道德观，好像原作者本来就是这么写、这么说的。相比之下，荣如德译本的副文本比较全面，既有作者序（1867 年序）又有译后记，译后记还提醒读者特别关注作者序：

> 狄更斯曾多次为《奥立弗·退斯特》的不同版本作序，置于这个译本卷首的是其中写得最好的一篇。读者如果把它跳过了，译者诚恳地请你们回过头去仔细读一读那篇不足三千字的短文。《奥立

① Gerard Genette, *Paratexts: Thresholds of Interpretation*, pp. 305, 300.

弗·退斯特》批判的锋芒所向乃是用"济贫法"等遮羞布掩盖起来的资本主义社会的吃人实质,这是许多专家学者探讨研究的大题目,自非译者三言两语所能概括。不过,作者在序中批评有些作品把盗贼写得"丰采翩翩""情场得意""浑身充满着吸引力",这番话却是发人深思、颇堪玩味的。特别是作者能赋予一个俗套的故事躯壳以全新的、蓬勃的生命力,向并不都有很高文化素养的广大市民读者提供他们容易接受的上等精神食粮,而不是去迎合低级趣味,这一点至今仍然值得我们认真思考、虚心学习。(《奥》,第 506 页)

到底这个序是不是作者写得最好的一个,我们暂且不论,但是荣如德抓住了作者序的要点:故事形式必须能为大众所接受;故事如实反映贼寇肮脏、卑劣的生存状况,不迎合低级趣味,要有是非观念,要能教育大众。作品的思想性固然重要,但荣如德更看重原著的趣味性:

很可能,在向世界揭示政治和社会真理方面,他后期的一些力作比《奥立弗·退斯特》更尖锐、更深刻。但是,《奥立弗·退斯特》为广大读者熟悉和喜爱的程度,在狄更斯如此丰富的文学遗产中,却称得上数一数二。(《奥》,第 505 页)

荣译不但有作者序,还保留原著的小标题,有插图,小标题和插图在一定程度上增强了该译本的通俗性和可读性,插图上画的外国人也证明这部小说是外国的。

蒋天佐的译本《奥列佛尔》用的是狄更斯 1841 年作的序,除了标题和副标题外,译者没改写任何东西,文本和副文本(序言、小标题和注解)都是原著的,有插图。在《贼史》发表 41 年之后,出现了这么一个翻译策略与《贼史》完全相反的全译本——在这两个全译本之间是那些儿童杂志编译的孤儿的故事——是一件挺有意思的事情。林纾得对他的译文负责,因为译本里处处留着他的文字,而蒋天佐就不用负责,他译的内容都是作者的,与他无关。蒋天佐看起来什么都没说,但是不说也是一种态度,表明他不是在利用这个译本干什么,这就是一个纯文学的译本,他所做的只是还给原著一个本来面目。他的译本从客观上讲也是对林译的一种低调的、间接的评论，读过这两个译本的人一下就能看出差别。但是原著的面目在不同时期是不一样的，单就作者序而言，1867 年的序言和 1841 年的序言是不同的。荣如德说 1867 年版的序言是最好的，而蒋天佐和 1993 年诺顿版原著的序言用的是 1841 年版的，二者一个很大的不同在于后者有下面这段话：

> 据此，当我想要用小奥列佛尔来表现出“良善”是如何通过种种逆境而仍然存在并且终于胜利的时候；当我考虑把他放在什么样的一群人中间才能够最好地磨练他、而这群人又是他最自然而然会落到他们的手里的时候；我就想到了这里所描写的人们。我进而更成熟地考虑这个问题的时候，发现许多有力的理由使我继续我所想走的道路。(《奥列佛尔》，第 1 页)

狄更斯的序言大部分是为他把贼写得那么肮脏、卑劣、丑陋而辩护的，狄更斯写贼是为了扬善，是为了分析什么样的人在贼人的折磨下依然可以保持良善，并最终归入好人的行列。他的关于良善战胜邪恶的那段话表明小说的主人公是奥立弗，不是贼。序言开头引用了亨利·菲尔丁的话：“作者的某些朋友大声疾呼说，‘瞧，先生们，这人是个恶棍；但是虽然如此，那却是自然’；而我们的青年批评家们，学者们，初学者们，等等，称它低级，叹起气来。”(《奥列佛尔》，第 1 页) 可见他的辩护大多是对舆论出现的大量反对意见做出的回应，不能说明他对贼更感兴趣。

林纾把《老古玩店》译成《孝女耐儿传》，是变店史为个人史；而他把《奥立弗·退斯特》译成《贼史》，是变个人史为众贼史。看到这样的转变，我们可能会很快得出结论，说这样的转变不外乎是译者为了使小说的主题更贴近中国传统的价值观，宣扬忠孝，反对贪腐与邪恶。这个结论不算错，但我们还必须注意到《贼史》与中国散文叙事的渊源，在《归震川集》里，林纾对“书张贞女死事” 的评论是：“汪氏妪较河间妇为甚，文穷述秽恶，不遗余力。读者当知非叙秽恶，正于秽恶中见贞女守贞之奇。余曾窃效其文为贼史,自谓叙事不后于震川也。"①"穷述秽恶"以衬托张贞女的"守贞之奇",这种写法与《奥立弗·退斯特》确有相像之处,但是"书张贞女死事"是一篇不到一千字的短篇纪实散文,而《奥立弗·退斯特》是一部虚构的长篇小说;张贞女死了,在抗争中被恶少打死,而奥立弗一直都坚强、幸运地活着。奥立弗必须活着,因为这是狄更斯的意思,这也是为什么原著是以奥立弗而不是以贼为中心展开故事,对奥立弗而言,那些贼都是上天派来考验他的。但是林纾"窃效其文为贼史"是以"书张贞女死事"的思路和笔法来译《贼史》,足可见它们之间在内容和叙述形式上的差异。

拿张贞女与奥立弗相比似乎不妥,虽然归有光说"叹其以童年妙龄自立如此,凛然毛骨为悚",他也说明张贞女死时"年十九",②已嫁作人妇,身不由己,反抗导致了她的灭亡。奥立弗从济贫院逃出来的时候才 9 岁,只是个孩子。他们俩的处境也不同,张贞女不从就被坏人打死,而孟克斯一心只想让奥立弗做贼,不想要他的命。最重要的区别在于归有光写贞女是纪实,而狄更斯写奥立弗是虚构。尽管生存环境恶劣,奥立弗每次都能化险为夷,贼人们却在陷害他的过程中纷纷覆灭。尽管狄更斯没有把贼人写得"风采翩翩",但他把奥立弗写得如有神助,在紧要关头总能逢凶化吉。这一切都是为了那句话:"表现出'良善'是如何通过种种逆境而仍然存在并且终于胜利。"贞女的逆境只有一种,而奥立弗的逆境却有"种种"。短篇纪实文学的"小道"和长篇虚构叙事的"大道"是不可相提并论的,③前者相对简单的文本框架显然不足以容纳后者复杂的思想内涵,译本的副文本和文本框架不仅仅是删除或添加了原著内容,简化了原著丰富且复杂的叙述手段,更重要的是大大削弱了原著的主题与思想性。它就事论事,没能像原著那样深入剖析,挖掘思想根源,以大量的、无处不在

① 林纾选评:《归震川集》,上海:商务印书馆,1924 年,第 19 页。

② 林纾选评:《归震川集》,上海:商务印书馆,1924 年,第 19,18 页。

③ 从思想境界来说,我们可以把正史归于大道,把野史小说归为小道;从小说叙事的成就看,短篇纪实是小道,而结构精巧、思想深刻的长篇虚构小说是大道。

的反讽犀利地批判害人的“贫民法”[1]和执行贫民法的那些伪君子，批判败坏人心、泯灭人性的自保哲学和功利哲学。

《贼史》的简约与原著的繁复不仅是形式上的差异，或文学趣味上的差异，而是两种不同文学观的体现。对林纾而言，只要是虚构的、啰嗦的，就是小道（小说）；纪实的、简练的才是大道（正史）。在林纾看来，狄更斯小说本身并不是大道，但是其宏大的故事结构足以成大道。通过重塑狄更斯小说的文本框架，把虚构变写实，小道就可以变成大道。《贼史》对原著的改写不仅仅限于化解狄更斯过于丰富的辞藻，用简练的话语表达思想，它的改写远比这个要复杂得多。尽管《贼史》的译者愿意接受西方小说的故事，他们却不肯接受西方小说的形式和思想。同样的故事以不同的方式呈现就有了不同的内涵和解说。

## 2. 过滤：那些悄然消失的“小道”与“大道”

《贼史》对文本的省略与其副文本的设计是相互支撑的，都是出于文学及思想观念方面的考虑。从表面上看《贼史》是一个全译本，原著全书51章一个不少，而实际上，通过仔细对照，我们会发现译者删掉的那些“烦琐”的内容并不少，而对作者而言，这些内容并非不重要。哈提姆和梅森认为，译本的变化可能是源于译者有意的导向或无意中的过滤。[2]林纾对副文本的操纵可以说是译者有意识的导向，而删节过滤可能是无意识的也可能是有意识的。有意识的过滤有时与有意识的导向同时进行，如前面提到过的，当《贼史》译者把奥立弗的个人史变成众贼史的时候，所有那些相关的词（biography/biographer，history/historian）都同时删除。有些省译是因为原著的某些观念与译者的知识和信仰不兼容，自然而然

① 此处的贫民法指1835年英国议会通过的《贫民法修正案》，此法案强迫需要救助的穷人进贫民院，以减低救济的成本；法案也规定私生子由母亲抚养，父亲不负任何责任。

② Basil Hatim & Ian Mason, *The Translator as Communicator*, p. 144.

被挤掉了，还有一些则是点烦，[①]为了叙述简洁而省略掉的。前者是基于思想观念上的差异，而后者则是基于文学观念的不同。《贼史》省译的内容主要有两种，第一种是阐述少年儿童的成长之道，第二种是揭露慈善的冷酷无情。

### 2.1 少年儿童的成长之道

与“书张贞女死事”的纪实不同，奥立弗的故事里有大量作者的情节设计。这种情节设计既是为了讲故事也是为了表达观点。如果奥立弗被白龙路带回家就通过画像认亲的话，那么奥立弗的故事顶多就是个幸运儿的故事。但是作者选择让这个孤儿经历更多的磨难，一是为证实他的身份提供确凿的证据，二是以更多的恶考验他的善。同样是受慈善救济的孩子，诺亚的心性与奥立弗的完全不同。诺亚平日里被邻里的孩子欺辱，他都忍受下来，不做任何反抗，等到奥立弗来到殡仪馆，他可算找到了一个比他还卑贱的弱者，便把平日里遭受的那些屈辱全都发泄到奥立弗身上。作者叙述到此有一段小小的评论，可以用“外史氏曰”来说明连最卑贱的人也会欺人，但却被林纾省略掉了：

原文：

This affords charming food for contemplation. It shows us what a beautiful thing human nature sometimes is; and how impartially the same amiable qualities are developed in the finest lord and the dirtiest charity-boy. (*OT*, 44)

译文：

这件事非常发人深省。它使我们看到：人的本性有时实在美妙；

① “点烦”见刘知几：“阮孝绪《七录》，书有文德殿者，丹笔写其字。由是区分有别，品类可知。今辄拟其事，抄自古史传文有烦者，皆以笔点其上。凡字经点者，尽宜去之。如其间有文句亏缺者，细书侧注于其右。或回易数字，或加足片言，俾分布得所，弥缝无缺。庶观者易悟，其失自彰。如我摭实而谈是，非苟诬前哲。”刘知几：《明本史通》（第二册），北京：国家图书馆出版社，2019年，第105—106页。

> 同样可爱的品质可以在最烜赫的显贵身上、也可以在最肮脏的慈善学校少年身上得到发展，绝不厚此薄彼。(《奥》，第 39 页)

作者在此用了几个褒义词(charming，beautiful，amiable)来批评诺亚，他说这话与其说是对普遍人性的思考，不如说是讽刺诺亚的卑劣：他这个人秉性卑贱，不学好专学坏。狄更斯通过奥立弗这个人物宣传一种观念：只有天性高贵的人才配享有高贵的人生。奥立弗高贵的秉性与诺亚的下贱形成一个鲜明的对比，奥立弗是被恶人欺负的善人，而诺亚则是欺软怕硬的恶人；奥立弗不喜欢殡仪馆的工作，而诺亚却嫉妒他"所谓"的成功；奥立弗不谙贼事，而诺亚被费金一点就通；奥立弗跟贼在一起总是坏事，而诺亚第一次为费金做事就立了大功。如果奥立弗不是天性良善，以他的经历，他极可能成为第二个诺亚，而他的历险也不是历尽危难保持本性而是直接堕落。出于比较的需要，原著对诺亚的描写与对奥立弗的描写一样重要，可是林纾却忽略了这个比较，大段省略诺亚与费金的对话：

> 原文：
>
> "And so it was you that was your own friend, was it?" asked Mr. Claypole, otherwise Bolter, when, by virtue of the compact entered into between them, he had removed next day to the Jew's house. "Cod, I thought as much last night!"
>
> "Every man's his own friend, my dear," replied Fagin, with his most insinuating grin. "He hasn't as good a one as himself anywhere."
>
> "Except sometimes," replied Morris Bolter, assuming the air of a man of the world. "Some people are nobody's enemies but their own, yer know."
>
> "Don't believe that," said the Jew. "When a man's his own enemy, it's only because he's too much his own friend; not because he's careful for everybody but himself. Pooh! pooh! There

ain't such a thing in nature."

"There oughtn't to be, if there is," replied Mr. Bolter.

"That stands to reason," said the Jew. "Some conjurers say that number three is the magic number, and some say number seven. It's neither, my friend, neither. It's number one."

"Ha! ha!" cried Mr. Bolter. "Number one for ever."

"In a little community like ours, my dear," said the Jew, who felt it necessary to qualify this position, "we have a general number one; that is, you can't consider yourself as number one, without considering me too as the same, and all the other young people."

"Oh, the devil!" exclaimed Mr. Bolter.

"You see," pursued the Jew, affecting to disregard this interruption, "we are so mixed up together, and identified in our interests, that it must be so. For instance, it's your object to take care of number one—meaning yourself."

"Certainly," replied Mr. Bolter. "Yer about right there."

"Well! You can't take care of yourself, number one, without taking care of me, number one."

"Number two, you mean," said Mr. Bolter, who was largely endowed with the quality of selfishness.

"No, I don't!" retorted the Jew. "I'm of the same importance to you, as you are to yourself."

"I say," interrupted Mr. Bolter, "yer a very nice man, and I'm very fond of yer; but we ain't quite so thick together, as all that comes to."

"Only think," said the Jew, shrugging his shoulders, and stretching out his hands; "only consider. You've done what's a very pretty thing, and what I love you for doing; but what at the same time would put the cravat round your throat, that's so very easily tied and so very difficult to unloose—in plain English, the halter!"

Mr. Bolter put his hand to his neckerchief, as if he felt it inconveniently tight; and murmured an assent, qualified in tone but not in substance.

"The gallows," continued Fagin, "the gallows, my dear, is an ugly finger-post, which points out a very short and sharp turning that has stopped many a bold fellow's career on the broad highway. To keep in the easy road, and keep it at a distance, is object number one with you."

"Of course it is," replied Mr. Bolter. "What do yer talk about such things for?"

"Only to show you my meaning clearly," said the Jew, raising his eyebrows. "To be able to do that, you depend upon me. To keep my little business all snug, I depend upon you. The first is your number one, the second my number one. The more you value your number one, the more careful you must be of mine; so we come at last to what I told you at first— that a regard for number one holds us all together, and must do so, unless we would all go to pieces in company."

"That's true," rejoined Mr. Bolter, thoughtfully. "Oh! yer a' cunning old codger!"

Mr. Fagin saw with delight, that this tribute to his powers was no mere compliment, but that he had really impressed his recruit with a sense of his wily genius, which it was most important that he should entertain in the outset of their acquaintance. To strengthen an impression so desirable and useful, he followed up the blow by acquainting him, in some detail, with the magnitude and extent of his operations; blending truth and fiction together, as best served his purpose; and bringing both to bear, with so much art, that Mr. Bolter's respect visibly increased, and became tempered, at the same time, with a degree of wholesome fear, which it was highly desirable to awaken. (*OT*, 287—289)

译文:

明日。哪亚见法金。法金即引之至己家。哪亚曰。尔所荐之友。即自荐也。吾昨日固已料及矣。法金笑曰。昨日称为吾友者。以人人之心。咸以己身为良友。且人之自恃。安有逊于处友者。即如尔入吾彀中。断不能向人自鸣为贼。此即自爱之征验。亦断不能向人语我为渠魁。其不称渠魁。即为自爱。尔我后此将为同舟共济之人矣。后此汝主外。而我主内。二人同心。利乃至溥。(《贼》下,第84—85页)

译文前半部分还是翻译,后半部分就是译者根据原著大意自己编写的。原著是两个人的对话,描述费金是怎样说服诺亚在维护自身利益的同时,要把贼首费金的利益放在首位。要说服诺亚那样自私的人需要威逼利诱、添油加醋、虚虚实实、连吓带哄的。两个自私的贼人你一言我一语,臭味相投,最终达成了一致。诺亚对费金充满了敬畏,很佩服他——“你真是个老滑头”。原著对这些细节的描述是相当详细的,而译文只有短短几行,所用的语言也是总结性的。两个人的对话变成了一个人的独白,把过程、人物性格、心理与贼的价值观全都抹去不提。更有意思的是,译文里费金居然对诺亚说“后此汝主外。而我主内。二人同心。利乃至溥”。好像他们俩是传统的中国夫妻或是彼此唯一的合伙人。

但是最后出卖费金的还是诺亚,他的本性决定了他必然会这么做。他靠揭发老犹太得到当局的赦免,后来他发现当告发者是一个不错的行当,就带着加洛德四处行骗、告发,给警察当线人。费金喜欢诺亚,对肯为爱情做出牺牲的小贼契特林则是讥笑蔑视。《贼史》也没有交代清楚贼人们为什么嘲笑契特林，只是把他当作恋爱中的傻瓜：

原文：

"...Betsy's a fine girl. Do as she bids you, Tom, and you'll make your fortune."

"So I *do* do as she bids me," replied Mr. Chitling; "I shouldn't have been milled if it hadn't been for her advice. But it turned out a good job for you; didn't it, Fagin! And what's six weeks of it? It must come, some time or another; and why not in the winter time when you don't want to go out a-walking so much; eh, Fagin?"

"Ah, to be sure, my dear," replied the Jew.

"You wouldn't mind it again, Tom, would you," asked the Dodger, winking upon Charley and the Jew, "if Bet was all right?"

"I mean to say that I shouldn't," replied Tom, angrily. "There, now! Ah! Who'll say as much as that, I should like to know; eh, Fagin?"

"Nobody, my dear," replied the Jew; "not a soul, Tom. I don't know one of 'em that would do it besides you; not one of 'em, my dear."

"I might have got clear off, if I'd split upon her; mighn't I, Fagin?" angrily pursued the poor half-witted dupe. "A word from me would have done it; wouldn't it, Fagin?"

"To be sure it would, my dear," replied the Jew.

"But I didn't blab it; did I, Fagin?" demanded Tom, pouring question upon question with great volubility.

"No, no, to be sure," replied the Jew; "you were too stout-hearted for that. A deal too stout, my dear!"

"Perhaps I was," rejoined Tom, looking round; "and if I was, what's to laugh at, in that; eh, Fagin?" (*OT*, 168)

译文:

惟我告汝贝忒良佳。汝能婉听其言。尚足生财。吉忒林曰。吾惟倾听其言。故来侍汝。汝亦以我故。微有所润。惟人更以是语戏我。我决不之许。兹事安可戏。又何可笑者。(《贼》上,第128页)

被省译的那段文字讲的是,为了爱情——为了爱贝蒂,契特林担下了贝蒂的罪,在监狱里待了六个星期,"当时我要是供出她来,自己就可以脱身",但是他没有这么做。费金承认贼窟里没有其他哪一个人能做到这一点,正因为这样,那些小贼才这么笑话他,觉得他傻得可笑。因为自保是贼人的第一法则,哪怕是为爱牺牲也是愚蠢的。契特林对费金一次又一次的发问正是对贼们的质问:他这么做有什么可笑的?如果换作是诺亚,早把加洛德给出卖了[他跟费金第一次谈话时就出卖过加洛德:"哪亚曰。此物非我所窃。指加洛德曰。彼偷之于主人。今物事不在彼衣底耶。"(《贼》下,第81页)]。当然,诺亚也没真正爱过加洛德,只把她当作一个好使唤的小奴才。《贼史》译文把这段故事的思想精华给删除了,留下的只是喧闹的讥笑。

诺亚是主动到下流社会去谋生路的,而奥立弗却不想当贼。费金意识到想培养奥立弗当贼不容易,他跟别的孩子不一样。费金暂时拿他没办法,因为他是清白的,费金没有抓住他的把柄,而南茜当时又护着他。费金向孟克斯说明此事的对话也部分被删除了:

原文:

"I saw it was not easy to train him to the business," replied the Jew; "he was not like other boys in the same circumstances."

"Curse him, no!" muttered the man, "or he would have been a thief, long ago."

"I had no hold upon him, to make him worse," pursued the Jew, anxiously watching the countenance of his companion. "His hand was not in. I had nothing to frighten him with; which we always must have in the beginning, or we labour in vain. What could I do? Send him out with the Dodger and Charley? We had enough of that, at first, my dear; I trembled for us all." (*OT*, 179)

译文：

法金曰。以大势论。此子至倔强。不易使堕吾术。孟克司曰。此狼竖乃偏倔强不可抑制。法金此时以目视孟克司曰。我乃无下手地。吾前此亦令彼同雅克却立同行收局。汝已闻之。吾乌敢更使其出。(《贼史》上，第136—137页)

费金后来一直致力于给奥立弗洗脑，希望他自己慢慢喜欢上做贼，最后总结他的这份努力的一段话译文也只是草草处理为一句抽象的比喻：

原文：

In short, the wily old Jew had the boy in his toils; and, having prepared his mind, by solitude and gloom, to prefer any society to the companionship of his own sad thoughts in such a dreary place, was now slowly instilling into his soul the poison which he hoped would blacken it, and change its hue forever. (*OT*, 131)

译文：

综言之。法金此著欲染人以丹青。永永令不退落也。(《贼史》上卷，第97页)

这个译文令人困惑。原文说的是费金在设法改变奥立弗的心性，让他觉得与其一个人孤独无聊，不如跟着贼干点事，有伴又快乐。但是奥立弗在这方面实在是不开窍，始终觉得做贼是一件可怕的事，本能地要躲开它。下面这段译文只译了事实，没有表现出贼人犯罪之后那种内心的折磨对奥立弗所造成的心理压力：

原文：

It was a history of the lives and trials of great criminals; and the pages were soiled and thumbed with use. Here, he read of dreadful crimes that make the blood run cold; of secret murders that had been committed by the lonely wayside: and bodies hidden from the eye of man in deep pits and wells: which would not keep them down, deep as they were, but had yielded them up at last, after many years, and so maddened the murderers with the sight, that in their horror they had confessed their guilt, and yelled for the gibbet to end their agony. Here, too, he read of men who, lying in their beds at dead of night, had been tempted (as they said) and led on, by their own bad thoughts, to such dreadful bloodshed as it made the flesh creep, and the limbs quail, to think of. The terrible descriptions were so real and vivid, that the sallow pages seemed to turn red with gore; and the words upon them, to be sounded in his ears, as if they were whispered, in hollow murmurs, by the spirits of the dead.

In a paroxysm of fear, the boy closed the book, and thrust it from him. Then, falling upon his knees, he prayed Heaven to spare him from such deeds; and rather to will that he should die at once, than be reserved for crimes, so fearful and appalling. By degrees, he grew more calm; and besought, in a low and broken voice, that he might be rescued from his present dangers; and that if any aid were to be raised up for a poor outcast boy, who had never known the love of friends or kindred, it might come to him now: when, desolate and deserted, he stood alone in the midst of wickedness and guilt. (*OT*, 140—141)

译文:

此书专纪大盗定谳事。似读者已多。四方皆卷角。书中可惊可愕之事甚至夥。有道劫者。有谋杀者。或投尸井中。埋骨隐处。后

> 乃一一发觉无遗。倭利物读之大震。急掩其书。长跽于地求天。冀此生勿遇是事。勿为是事。已而气平。复祈天以神力出此井阱。(《贼》上,第 105 页)

“后乃一一发觉无遗”和“读之大震”并不能表现那本书里描述的罪犯内心的折磨,以及那种折磨在奥立弗心里引发的恐惧。他宁死也不肯犯罪,受那种地狱般的折磨。他希望有人能帮助他脱离这种邪恶与犯罪的境地。就像他看到闪不见和贝茨偷窃布朗劳(即“白龙路”)的手帕时“狂奔”一样,他对犯罪有着本能的恐惧。这些故事描述的犯罪行为与费金描述的自己的犯罪行为一样都让奥立弗的“血为之冷”(《贼》上,第 93 页)——“he read of dreadful crimes that make the blood run cold”/“Little Oliver's blood ran cold, as he listened to the Jew's words, and imperfectly comprehended the dark threats conveyed in them.”(*OT*, 125)“血为之冷”与“可惊可愕”是有区别的,血冷是心理极度恐惧,导致身体也起反应,而“可惊可愕”形容可怕的程度,吓没吓着他还不一定。这段文字中另一句重要的话译文也没有——“and rather to will that he should die at once, than be reserved for crimes so fearful and appalling”——这句话之所以重要是有因为它表明了奥立弗的价值取向,宁死也不能犯罪,清白的人死了可以上天堂,而人一旦犯了罪就只能下地狱。这是一种朴素的善恶观,与世俗的得失无关。

世俗的得失是作者为他考虑的。奥立弗从小就在济贫院里过着非人的生活,不知道什么是好日子,他所理解的好顶多是在饿得不行的时候能多添点稀粥,反倒是在贼窝里他没太挨饿。约瑟夫·戈尔德指出济贫院和贼窝对生死的态度完全不同,在济贫院里,死的人越多越好,而在贼窝,生存是第一法则。[①]在济贫院,奥立弗所受的威胁是肉体的毁灭,而在贼窝里,他受到的威胁是灵魂的毁灭。为生存付出的代价就是做贼,让自己

---

① Joseph Gold, *Charles Dickens: Radical Moralist*, Minneapolis: University of Minnesota Press, 1972, pp. 46—47.

陷入万劫不复的境地。他只要做一次贼,费金就能控制他,这是他在被南茜弄回贼窝后才知道的;他只要做了贼,就会永远失去继承权,这是在他第二次得救之后,孟克斯供出来的,他当时并不知晓。知晓这一切的是作者,因此指导着奥立弗人生路的是作者的人生观和道德观。

在《费金是谁?》那篇文章里,史蒂文·马可斯指出了狄更斯自身的经历与奥立弗—费金故事的关系。狄更斯在鞋油厂做工时的一个工友名叫鲍勃·费金,据说小说中费金的名字就是从这个工友那里借用来的。工友费金当时还挺照顾他的,但是狄更斯无论如何也无法认同这份工作:

> 任何语言都无法表达我内心的隐痛:沦落到与这帮人为伍;把这些日常相处的同伴与更快乐童年的那些伙伴作对比;我早年曾希望自己长大以后成为一个学识渊博、高贵卓越的人,现在感觉这个希望在我心中破灭了。那深藏的记忆难以言表:感觉我完全被忽略了,毫无希望;感觉到我的处境所带来的耻辱;我年幼的心痛苦不堪,因为我认为,我的所学、所想、所乐、提升我想象力和模仿力的那些东西,就这么一天天离我而去,一去不复返了。[①]

狄更斯不喜欢这份工作,这与他从前的地位不符,这个想法在《奥立弗·退斯特》里也有表现,"Oliver mingles with new Associates. Going to a Funeral for the first time, he forms an unfavourable Notion of his Master's Business"(*OT*,41),这是《贼史》中省译的第五章的小标题,其中"Associates"(同伴)是上面这段文字里有的,而"unfavourable Notion"则表明他对这种低贱工作的不认同。奥立弗的好恶反映了狄更斯的好恶。奥立弗不喜欢的工作是诺亚羡慕却得不到的,以这样的对比,狄更斯刻意突出了这两个人的追求与境界的不同,以及他们最后结局的不同。

然而奥立弗终究不是狄更斯,他没有"更快乐的童年"可以回归,也不向往什么尊贵、高尚的生活。他所有的只是"天性或遗传"在他的胸怀里

---

① Steven Marcus, "Who Is Fagin?" Charles Dickens, *Oliver Twist: Authoritative Text, Backgrounds and Sources, Early Reviews, Criticism*, pp. 483—484.

注入的"一颗善良而坚毅的心",(《奥》,第6页)正是这颗心让他坚决不做贼。他的抵抗是J. H.米勒所说的"被动抵抗"。[①]他的善体现在他的被动中,他的被动"使他脱离世界进入到不会被玷污的善的王国里",[②]他逃不出贼窝,也不像诺亚那样主动去做贼,跟贼同流合污。

奥立弗之所以能活下来不是因为他逃脱了,而是贼抛弃了他。在一般情况下,奥立弗是极难逃出恶人的魔掌的,拼死抗争只有死路一条。他之所以能幸运地脱离贼窟是因为贼的自保哲学把他送到了好人的手里。他先是落到坏人手里,林纾错译的一句话略掉了一个重要的暗示:

> 原文:
>
> He had often heard the old men in the workhouse, too, say that no lad of spirit need want in London; and that there were ways of living in that vast city, which those who had been bred up in country parts had no idea of. It was the very place for a homeless boy, who must die in the streets, unless some one helped him. (*OT*, 60)
>
> 译文:
>
> 且在院中闻人言。孺子果能自立者。尚可得噉饭地。(《贼》上,第36页)

原文中"在那个大城市里有各种谋生手段,这是在乡下长大的人无法想象的"和"若没有人帮助就会死在街头"暗示着奥立弗会有奇特的遭遇。他得到了恶少杰克·道金斯的帮助,在费金的贼窟落了脚。这也意味着他从此得做一个有胆量的少年(a lad of spirit)。问题是奥立弗不是这样的人,也不是为了求生就什么营生都做。他第一次出门干活就被同伙给抛

---

① J. Hillis Miller, *Charles Dickens: The World of His Novels*, Cambridge, Massachusetts: Harvard University. Press, 1958, p. 77.

② Terry Eagleton, "Ideology and Literary Form: Charles Dickens," in *Charles Dickens*, ed. Steven Connor, London: Longman, 1996, p. 155.

下了。

狄更斯对贝茨和闪不见跟着众人贼喊捉贼的一幕有一段很长的评论，原文的四百七十多个字，林译只是稍作总结。《贼史》让读者感觉贝茨和闪不见的行为是"可原宥""可恕"的，他们的做法没什么不对，而原文却充满了讽刺挖苦，狄更斯借此事件批评那些贼人以及持有同一种"哲学"的人的自私自利。因为原文较难懂，我们不妨比较一下《贼史》和《奥立弗·退斯特》的译文：

> 译文 1：
>
> 当其晕时。吾书颇可偷闲言他事矣。此时且追叙法金两弟子却立及灵物。既追倭利物呼贼。此情尚可原宥。以英人之爱自由有同性命。且以此之故。人人咸重英人。此二贼亦防见捉。失其自由。兹可恕也。及倭利物见捉。则奔而甯家。(《贼》上，第 58 页)
>
> 译文 2：
>
> 前文表过，由于逮不着和他那位技艺娴熟的朋友贝茨哥儿非法侵占布朗劳先生的私人财产，结果引起对奥立弗的一场大叫大嚷的追捕。两个少年也参加了这场追捕，当时指导他们行动的是一种非常值得称道的而又合乎时宜的想法，那就是：只顾自己。鉴于国民自主和人身自由是地道的英国人自夸最甚的骄傲，笔者无须提请读者注意，这种行为有助于在一切急公好义的爱国者心目中抬高他们两人的身价。在同样的程度上，他们关心自身安全无虞的这个例子，可为一部小小的法典提供有力的佐证，该法典系某些深明事理的哲学家所厘定，作为自然本性一切行为的主轴。这些哲学家十分聪明地把自然本性的表现归纳成格言和理论，通过对它高度的智慧和悟性作一番悦耳动听的恭维，把涉及良心、崇高的冲动和情操的一切考虑统统排除干净，认为凡此种种一概有损它的尊严，因为举世公认自然本性比诸心灵冲动等等人所难免的瑕疵和弱点不知要高出多少。
>
> 如果我需要进一步证明在那十分微妙的困境中两位小绅士的行为含有严格的哲学道理，我立刻可以从前文也已表过的事实中找到

证据，那就是：当群众的注意力集中在奥立弗身上的时候，他们两人便退出追捕，立即抄最近的路回家去。虽然我不想断言那些德高望重、无所不晓的贤哲在走向他们伟大的结论途中也有取捷径的习惯（相反，他们的一贯作风却是用各种迂回曲折、东拉西扯的题外话把距离拉长，正像喝醉了酒的人思潮迸涌时滔滔不绝地说话一样），但我想说，而且毫不含糊地说，许多了不起的哲学家在实践他们的理论时照例都显示出伟大的智慧和远见，总是尽量排除任何想象得到的、可能于他们不利的偶然因素。如此说来，欲成大业便可不拘小节：只要目的正确，任何手段都能采用。至于什么叫大业，什么叫小节；或者什么是正确的，什么是错误的——一律由当事的哲学家头脑清新、通情达理、不偏不倚地分析自己的具体情况做出判断。（《奥》，第98—99页）

《贼史》的这段省略与第十章另一段作者解释的省略是相对应的，闪不见和贝茨跟着众人边喊捉贼边追奥立弗，把奥立弗吓得拼命跑。他没想到那两个伙伴会那么对待他。作者解释说：

原文：

<u>Although Oliver had been brought up by philosophers, he was not theoretically acquainted with their beautiful axiom that self-preservation is the first law of nature. If he had been, perhaps he would have been prepared for this.</u> Not being prepared, however, it alarmed him the more; so away he went like the wind: with the old gentleman and the two boys roaring and shouting behind him. (*OT*, 73)

译文1：

倭利物无罪。在理本不宜奔。顾为二人所震。则亦忘怀。其足以致人之疑。而疑者乃愈甚。（《贼》上，第48页）

译文2：

尽管奥立弗受过好几位哲学家的教诲，他在理论上却不懂得一

> 句绝妙的格言,即:保存自己是万物的首要法则。如果他懂得这个道理,思想上也许会对此有所准备。唯其毫无准备,就更加惊慌,所以他像一阵风那样在前面逃,而老绅士和两个少年大声嚷着在后面追。(《奥》,第80页)

为自保逃命是那两个小贼的本能。与上一个例子中荣如德两大段译文相对应的原文虽然有四百七十多个字,这里只是长长的三句话,逻辑严密,环环相扣,貌似赞扬,实则揭露批判这种"哲学"的恶劣本质。"只顾自己"的哲学就是遵循"人不为己,天诛地灭"的自然本性,不讲良心,不要崇高的追求和情操;尽管他们的哲学是经不起推敲的,他们为达到目的可以不择手段。"外史氏"本可以借此发表一通感想的,可惜译者没有发现它的重要性,也无法消受这一大段冗长复杂的推理。但是这种自私的哲学预示了奥立弗第二次出门干活中枪、被塞克斯丢下躺在沟里等死的命运。

奥立弗纯良的天性还反映在他的潜意识里——他睡着或半睡半醒时对世界的感觉和愿望。而这部分文字,也许是因为啰嗦,也许是因为不够写实,也被《贼史》删除大半。

1. 原文:

Although Oliver had roused himself from sleep, he was not thoroughly awake. There is a drowsy state, between sleeping and waking, when you dream more in five minutes with your eyes half open, and yourself half conscious of everything that is passing around you, than you would in five nights with your eyes fast closed, and your senses wrapt in perfect unconsciousness. At such times, a mortal knows just enough of what his mind is doing, to form some glimmering conception of its mighty powers: its bounding from earth and spurning time and space: when freed from the restraint of its corporeal associate.

Oliver was precisely in this condition. He saw the Jew with his half-closed eyes; heard his low whistling; and recognised the sound of the spoon, grating against the saucepan's sides; and yet the self-same senses were mentally engaged, at the same time, in busy action with almost everybody he had ever known. (*OT*, 66—67)

译文:

顾倭利物虽醒。尚惺忪未甚觉。眼光朦胧中闻见皆悉。实则犹在梦乡。(《贼》上,第 42 页)

2.原文:

The darkness and deep stillness of the room were very solemn; and as they brought into the boy's mind the thought that death had been hovering there, for many days and nights, and might yet fill it with the gloom and dread of his awful presence, he turned his face upon the pillow, and fervently prayed to Heaven.

Gradually, he fell into that deep tranquil sleep which ease from recent suffering alone imparts; that calm and peaceful rest which it is pain to wake from. Who, if this were death, would be roused again to all the struggles and turmoils of life; to all its cares for the present; its anxieties for the future; more than all, its weary recollections of the past! (*OT*, 83—84)

译文:

心中自念。人言吾死已数日。乃未知后此病势能潮落否。若更至者。去死近矣。思深而睡。味至浓睡味至甜。非昏沈作呓之比。(《贼》上,第 55—56 页)

3.原文:

The boy was lying, fast asleep, on a rude bed upon the floor; so pale with anxiety, and sadness, and the closeness of his prison, that he looked like death; not death as it shows in shroud and coffin, but in the guise it wears when life has just departed; when a young and gentle spirit has, but an instant, fled to Heaven: and the gross air of the world has not had time to breathe upon the changing dust it hallowed. (*OT*, 139)

译文:

此时倭利物既睡如死人。(《贼》上,第104页)

4. 原文:

Oliver fell into a heavy doze: imagining himself straying through the gloomy lanes, or wandering about the dark churchyard, or retracing some one or other of the scenes of the past day: when he was roused by Toby Crackit jumping up and declaring it was half-past one. (*OT*, 152)

译文:

倭利物假寐中。噩梦杂出。均在养母室中酷烈之状。梦中忽为大声所震。则托贝自梦中跃起。大声呼曰。兹可一点有半矣。(《贼》上,第115页)

5. 原文:

The boy stirred, and smiled in his sleep, as though these marks of pity and compassion had awakened some pleasant dream of a love and affection he had never known; as a strain of gentle music, or the rippling of water in a silent place, or the odour of a flower, or even the mention of a familiar word, will sometimes call up sudden dim remembrances of scenes that never were, in this life; which vanish like a breath; and which some brief memory of a happier existence, long gone by, would seem to have awakened, for no voluntary exertion of the mind can ever recall them. (*OT*, 197)

译文:

倭利物颊中为泪沾湿。微动而笑。似梦中遇安琪儿。为之消灾去障。蓦然而喜者。(《贼》下,第11页)

6. 原文：

The conference was a long one; for Oliver told them all his simple history: and was often compelled to stop, by pain and want of strength. It was a solemn thing, to hear, in the darkened room, the feeble voice of the sick child recounting a weary catalogue of evils and calamities which hard men had brought upon him. Oh! If, when we oppress and grind our fellow-creatures, we bestowed but one thought on the dark evidences of human error, which, like dense and heavy clouds, are rising, slowly it is true, but not less surely, to Heaven, to pour their after-vengeance on our heads; if we heard but one instant, in imagination, the deep testimony of dead men's voices, which no power can stifle, and no pride shut out; where would be the injury and injustice: the suffering, misery, cruelty, and wrong: that each day's life brings with it!

Oliver's pillow was smoothed by gentle hands that night; and loveliness and virtue watched him as he slept. He felt calm and happy; and could have died without a murmur. (*OT*, 199)

译文：

于是倭利物述前后之事。或断或续。以痛楚间之。不能径直而竟其语。三人闻倭利物微声诉枉。为之哀悯无已。于是力劝其息。不令更语。是夕。倭利物浓睡极稳贴。(《贼》下，第 13 页)

7. 原文：

There is a kind of sleep that steals upon us sometimes, which, while it holds the body prisoner, does not free the mind from a sense of things about it, and enable it to ramble at its pleasure. So far as an overpowering heaviness, a prostration of strength, and an utter inability to control our thoughts or power of motion, can be called sleep, this is it; and yet we have a consciousness of all that is going on about us; and if we dream at such a time, words which are really spoken, or sounds which really exist at the moment, accommodate themselves with surprising readiness to our visions, until reality and imagination become so strangely blended that it is afterwards almost a matter of impossibility to separate the two. Nor is this, the most striking phenomenon incidental to such a state. It is an undoubted fact, that although our senses of touch and sight be for the time dead, yet our sleeping thoughts, and the visionary scenes that pass before us, will be influenced, and materially influenced, by the *mere silent presence* of some external object: which may not have been near us when we closed our eyes: and of whose vicinity we have had no waking consciousness. (*OT*, 230)

译文:

倭利物读倦欲寐。然心中犹有知觉。(《贼》下,第 36 页)

这几节文字中四节与坏人/恶劣处境有关(1、3、4、7 例),三节与好人/安全的处境有关(2、5、6 例)。这些被叙述者分析得透彻的睡眠反映了奥立弗的天性,他是个有灵性的孩子,对坏人很敏感,在似睡非睡间总能感觉到坏人的活动,如例 7 和例 1,虽然他的身体极度疲惫,心灵却很警觉。例 1 的译文有误,见到奥立弗“虽醒。尚惺忪未甚觉”的是叙述者而不是费金,“眼光朦胧中闻见皆悉。实则犹在梦乡”应该是“虽犹在梦乡,眼光朦胧中闻见皆悉”。例 7 中的奥立弗是没睡透,而例 1 中的奥立弗是没醒透,但对坏人的洞察都是一样的。例 4 中《贼史》的译文也有误,奥立弗梦见的并非“均在养母室中酷烈之状”,而是过去一天里的所见所为,反映了他对贼人世界的恐惧和极度不安。相反,奥立弗对好人却有天然的亲近感,即便在睡梦中都能与他们有所感应,例 5 就是最好的证明,罗斯的眼泪落到奥立弗的额上,他在睡梦中就露出了微笑。作者在此既暗示了亲人间的感应又说明了奥立弗天性的善良。

例 3 的《贼史》译文极简单:“此时倭利物既睡如死人。”而原文所表达的意义却要丰富得多，他不像一般的死人："这不是裹着尸衣、躺在棺材里的死者的模样，而是生命刚刚离开躯壳时的形相：幼小柔弱的灵魂飞往天国才一眨眼的功夫，尘世的俗气还没来得及催腐心灵所寓的形骸。"(《奥》，第173页)即便是在贼窟里熟睡，奥立弗的形象都是如此圣洁，弄得连费金也得暂时退避，等到第二天再跟他说话。在这些跟奥立弗的睡眠有关的描述中，作者常常提到"死"，奥立弗有两次濒临死亡，在被好人救起、长长地睡了一觉之后又奇迹般地活了过来。例2和例6描述的就是这两次睡眠，在例2中他安静地酣睡，得到了很好的休息，叙述者评论说："如果这就是死亡，谁愿意复活过来面对生活的搏斗和纷扰，为今天操心，为未来焦虑？尤其是，谁还愿意陷入对往昔的痛苦回忆之中。"(《奥》，第94页)而在例6中，奥立弗向众人讲述了自己的身世，证明了自己的清白："这天晚上，奥立弗的枕头由体贴的手加以整理抚平，他睡着以后有秀美和德行的化身在一旁守护。他感到宽慰和幸福，即使就这样死去也毫无怨言。"(《奥》，第261页)人间的天堂他没有见过，但人们心中的天堂是他想象中的归宿，天堂里住着好人，那儿还有母亲在等着他。死当然不是他所追求的，但如果一定要死，他希望自己死得清白，死后可以上天堂。

关于奥立弗睡眠的描述有大段叙述者的话，也就是所谓的"迭更司曰"的内容，《贼史》不是译错就是用一两句话匆匆带过。省译的一个原因在于林纾认为这些话与动作和情节关系不大，啰里啰嗦的又难译，省去也不妨碍主题的展示。更重要的是，这些段落里更多展示的是狄更斯的观念而不是现实，这一点《贼史》的译者感觉到了，而且他们的感觉是对的。所以他们把奥立弗的历史改成了贼史，把奥立弗译得比原著更被动，没什么作为，连想法都很少。但是这些散落在小说各处的观念是塑造奥立弗这个人物不可或缺的内容，不然的话作者拿什么去对抗那些贼和他们的哲学呢？

早在原著发表之初就有人提出奥立弗这个人物是不可能存在的，说他"优雅、高尚、重感情、高贵、勇敢、宽厚仁慈，有着最尊贵人家子弟的容止仪表,他品行端正,洁身自好”①。而且他说的话也是标准的英语,不是小镇方言或贼匪的黑话。这怎么可能呢?一个小孩子难道就不受环境的影响吗?其实奥立弗的话语也是作者按照自己的观念设计的,他的语言是无标记语言(unmarked language),也就是通用语言。米雪·佩雷德·金斯堡说:《奥立弗·退斯特》“使用无标记语言是有道德目的的:标准的语言被视为纯净的、未败坏的语言,因此足以比喻未被社会压力败坏的心灵之与生俱来的良善”②。有评论家认为狄更斯让奥立弗说标准英语的目的也是对自私哲学或者功利哲学的挑战:

> 小说家塑造奥立弗·退斯特这个人物,是为了驳斥激进哲学家们的重要臆断,即人纯粹是环境因素的产物,人是理性的生物,他的一切行为都是出于满足自己肉体和物质需求的自私愿望。对他们来说,只有通过灌输“开明的利己主义”(enlightened self-interest)的理性原则,个人才能超越狭隘的利己主义而达到利他主义的境界——但是这个利他主义的前提是能立即得到确保个人利益和安全的一般条件。③

奥立弗宁可牺牲生命也要保全灵魂的被动反抗体现了美德伦理学的价值观,与贼人的生存第一、为了达到目的可以不择手段的功利主义价值观是完全对立的。

用纪实文学的标准来判断奥立弗这个人物是否真实可信是没有意义的,小说的人物总有很多虚构的成分,尤其是正面的理想人物。理想人物反映的是作者的观念,人物可能是扁平的,但观念的构建是立体的、全方位的,而非平面或线性的。我们看奥立弗不仅要看他说了什么或做了什

---

① Richard Ford, “From Quarterly Review 1839,” Charles Dickens, *Oliver Twist: Authoritative Text, Backgrounds and Sources, Early Reviews, Criticism*, p. 407.

② Michal Peled Ginsburg, “Truth and Persuasion: The Language of Realism and Ideology in *Oliver Twist*,” *NOVEL: A Forum on Fiction* Twentieth Anniversary Issue III, Vol. 20, No. 3 (Spring, 1987), p. 222.

③ William F. Axton, *Circle of Fire: Dickens' Vision & Style & The Popular Victorian Theatre*, Lexington: University of Kentucky Press, 1966, p. 92.

么，还要看作者对他的描写和分析，要看其他与塑造这个人物相对应的或相关的人物和事件。《贼史》中的奥立弗是可怜又幸运的孤儿；但是原著中的奥立弗是一个“脆弱的纯真的象征”。①他纯真的天性使他即使身陷贼窟也不沾染邪恶，尽管后天的教育也很重要，但是在很多情况下，天性往往决定了一个人的性格倾向和选择。

正因为奥立弗是观念的产物，我们不能把他的故事当真。奥立弗刚出生就面临死亡，而他的传记也许就仅限于此。如果奥立弗死了，“很可能这本传记根本就不会问世，或者即便问世也只有寥寥数页，不过它将具备一个无可估量的优点，即成为古往今来世界各国文献所载的传记中最简略而又最可信的一个典范”（《奥》，第 1 页，本句《贼史》也省略不译）。但是作者决定让他活下去，让他成为在最艰难的情况下都能活下来的孩子，为他造出一个神奇的历险故事，让善与恶较量一番，让恶及其自作聪明的哲学经历一次覆灭。他的故事注定不是写实的，而更多是观念的、象征的、超现实的，他的现实是观念的现实。如果翻译的时候译者忽略了原著观念的东西，而只专注于奥立弗的历险经历，把他的故事当作一个纪实故事，那么奥立弗这个人物就会变得单薄无力，甚至变成次要人物，变成那些活灵活现的贼人的陪衬。善是一种激励世人的正能量，揭露恶人恶行是为了教育世人，让人们树立正确的人生观，这一点对青少年尤其重要。林纾拿奥立弗比张贞女，因为他只看到了他们的“坚贞”，没有看到他们之间的根本差异。张贞女面对的是一般的恶人，而奥立弗面对的是有人生“哲学”的恶人。每个社会都有恶人，而哲学可能是某个社会某个时期被人们普遍接受认可的世界观，如果这种世界观是邪恶的并用来教育、影响孩子，那么它的社会效应将是毁灭性的。狄更斯的这个大道是通过细节、对比、婉转的说辞和反讽等西方小说的技巧来表达的，而“外史氏”认为这些东西“烦琐”、不重要，不予传达。

---

① Nancy M. West, “Order in Disorder: Surrealism and *Oliver Twist*,” *South Atlantic Review*, Vol. 54, No. 2 (1989), p. 46.

### 2.2 行善之道

《圣经》里有一个比喻"cold as charity",意思是"像慈善机关对穷人一样冷冰冰或冷酷无情",源自《马太福音》的第24章第12节:"And because iniquity shall abound, the love of many shall wax cold."/因罪恶大量存在,许多人的爱心就会变冷。[①]用"冷酷"来形容《奥立弗·退斯特》里济贫院的伪善是再恰当不过了。奥立弗出生在济贫院,他生下来的时候不是一个人,而是一个物件,"item of mortality",这个词组林纾译成"儿",荣如德译成"凡人",蒋天佐译成"生命"。这个词组所用量词是用来指物的,而mortality可以译成"人"也可译成"大量死亡",作者用这个词组指新生儿而不用"a child"或者"an infant"是有特别用意的,说明济贫院没有把所救助的人当人看。与之相对应而没有被林纾译出的一个形容奥立弗的词语是"an article direct from the manufactory of the very Devil himself"/他是直接从魔鬼的工厂里炮制出来的(*OT*, 30;《奥》,第17页)用"article"和"item"这样的词充分表明班布尔先生对孤儿的态度,而从上下文看他的态度也就是济贫院的态度:孤儿只是"一件活物"。另外一段被《贼史》部分省译的话也印证了这一点:

原文:

"You've overfed him, ma'am. You've raised an artificial soul and spirit in him, ma'am, unbecoming a person of his condition: as the board, Mrs. Sowerberry, who are practical philosophers, will tell you. What have paupers to do with soul or spirit? It's quite enough that we let 'em have live bodies. If you had kept the boy on gruel, ma'am, this would never have happened."(*OT*, 56)

---

① "cold as charity," *Oxford English Dictionary*, 2nd edn, Oxford: Oxford University Press, 2009. 因《圣经》有多种译本,有的译本把这句话译成:And because iniquity hath abounded, the charity of many shall grow cold.

译文：

汝家殆厚饲之以肉。肉食一进。狂性遂发。天下穷人安能有气。在法当仅许缀其微息。不死已足。汝果使常以米浆饮之。彼又安得有今日之暴。(《贼》上，第33页)

没有灵魂的肉体就是"一件活物"，一件活物只要维系一丝气息就够了，不能让他们有灵魂和精神(soul and spirit)。《贼史》把其中一句重要的删除，而这句话说的是董事会的观点："教区的理事们都是些讲究实际的哲学家，他们一定会这样对你们说。"(《奥》，第56页)穷人只要给口饭吃，让他们有口气活着就算是行了大慈悲了；如果让他们吃饱，他们就会忘恩负义，不知天高地厚，跟这些哲学家恩人们对着干。狄更斯要证明他们错了，本性良善的穷人是有灵魂和精神的，他们分得清谁是好人谁是恶人。济贫院那种恶劣的饮食不但不能泯灭反而有助于保持奥立弗纯良的天性：

原文：

It cannot be expected that this system of farming would produce any very extraordinary or luxuriant crop. Oliver Twist's ninth birthday found him a pale thin child, somewhat diminutive in stature, and decidedly small in circumference. But nature or inheritance had implanted a good sturdy spirit in Oliver's breast. It had had plenty of room to expand, thanks to the spare diet of the establishment; and perhaps to this circumstance may be attributed his having any ninth birthday at all. (*OT*, 21)

译文1：

倭利物育于彼家。九岁既不能高。亦无人色。惟先天佳。故能更逢第九岁之生日。(《贼》上，第4页)

译文2：

不能指望这种寄养制度会结出什么了不起或丰硕的成果。在奥立弗·退斯特满九岁的那一天，他是一个苍白而瘦弱的孩子，身材既矮,腰围又细。然而,天性或遗传却在奥立弗的胸怀里播下一颗善良而坚毅的心灵。多亏寄养所里的营养太差,他的心灵反倒获得充分发展的天地。也许,他之所以能活到自己的九足岁生日还得归功于此。(《奥》,第 6 页)

奥立弗能活到最后、见到亲人、过上体面的生活也应归功于此。“灵魂和精神”是奥立弗战胜邪恶的不可摧毁的力量,也是那些心灵邪恶的理事们所无法预料、不可理解的。

对孤儿持这种态度的人是一群“哲学家”,他们拥有一套周密完备的制度,它们用这个制度对付而不是救济穷人。造成济贫院里穷人的苦难首先是制度制定者的思想问题,其次是这种制度纵容出来的一群寄生虫的问题。狄更斯在原著中用反讽来揭露这些人的罪行,他用“哲学家”和“制度”这样的关键词控诉他们的狠毒心肠,而在《贼史》里“哲学”这个词只出现一次,“哲学家”和“制度”则根本没有。班布尔先生认为陪审团什么都不懂,竟然认为那个半夜里死在大门口的破产商人“死于受冻和缺乏起码的生活必需品”。他的结论是:陪审团的人都是些没受过教育的卑劣小人,“无论是哲学,还是政治经济学,他们所知道的就那么点”(《奥》,第 29 页)。《贼史》的译文是“此等陪审之人。脑中无哲学。并无理财之学”(《贼》上,第 18 页)。由于译文通篇只有这一处谈及哲学,读者无法理解其意,况且“理财之学”与政治经济学也不是一回事,后者是一个大的概念,与生产和消费有关,与慈善无关。从资本主义最低成本产生最高利润的原则出发,慈善就变成了可怕的政治经济体系。《贼史》没译的一个关键句子是讽刺班布尔先生和教区的,班布尔的思想和德行都不配做慈善,却得到教区的奖励,教区奖给了他铜质大纽扣:“上面的图案跟教区的印徽一模一样——一个好心的撒玛利亚人正在救护一个身受重伤的人。这是理事会在元旦早晨送给我的礼物,索厄伯里先生。”(《奥》,第 28—29 页)他不善待急需救助的穷人,却跟索厄伯里大谈哲学和政治经济学,谈如何省钱办慈善。由于《贼史》省略其他的关于哲学和哲学家的描述,只译了这一处,这个翻译就显得多余,不知所云。而原作者真实的思想却因相关省略而被隐藏起来了。

教区理事们是哲学家，他们根据自己的哲学建立起一套冷酷的慈善体系。这些“贤明、深谋远虑、有哲学头脑的人”发现穷人喜欢济贫院，可以高高兴兴地住在那儿白吃、白喝、白玩。为了纠正此种不良风气，他们便制定规章制度。这段话《贼史》省略了绝大部分，我们可比较《奥立弗·退斯特》的译文：

原文：

So, they established the rule, that all poor people should have the alternative (for they would compel nobody, not they,) of being starved by a gradual process in the house, or by a quick one out of it. With this view, they contracted with the water-works to lay on an unlimited supply of water; and with a corn-factor to supply periodically small quantities of oatmeal; …. but the board were long-headed men, and had provided for this difficulty. The relief was inseparable from the workhouse and the gruel; and that frightened people.

For the first six months after Oliver Twist was removed, the system was in full operation. It was rather expensive at first, in consequence of the increase in the undertaker's bill, and the necessity of taking in the clothes of all the paupers, which fluttered loosely on their wasted, shrunken forms, after a week or two's gruel. But the number of workhouse inmates got thin as well as the paupers; and the board were in ecstasies. (*OT*, 26)

译文1：

于是商定章程。……新章逾六月即实行。初行之一二月。为费亦不遽省。以食料既省。购榇亦日见。两两相抵。不为省也。(《贼》上，第8—9页)

译文2：

于是他们定下了规矩，让所有的贫民自行选择(他们决不强迫任

> 何人,决不):要末在习艺所里慢慢饿死;要末在习艺所外很快地饿死。为此,他们分别与自来水厂订立无限制供水的合同,与谷物商订立定期供应少量燕麦片的合同;……但理事会里都是些老谋深算的人,他们早已考虑到对付这种局面的办法。你要得到救济,就得进习艺所,喝稀粥;这就把人们吓退了。
>
> 在奥立弗·退斯特被领回来以后的最初半年,正是这项制度盛行之时。起初开支相当大,因为殡葬费用增加了,还得把收容的所有贫民的衣服改小——才喝了一两个星期的稀粥,衣服在他们骨瘦如柴的身上已开始哗喇喇地飘动。不过,习艺所贫民的人数也同他们的体重一样在减少,所以理事会得意非凡。(《奥》,第13—14页)

《贼史》译出了规矩的大致内容,把前一段的“sage, deep, philosophical men”(*OT*, 25)译成“盖是种人均以经济自负”(《贼》上,第8页)也还算不错,但是对原文中与贫民法相对应的一些具体做法省略不译,便缩小了该段文字批评的目标。狄更斯的批评目标是贫民法以及执行贫民法的那些铁石心肠的教区理事。贫民法规定所有想得到救济的穷人都得进济贫院,不进济贫院就得不到救济,而进了济贫院的人又被这些无良的理事们慢慢饿死。原文控诉的不仅是理事们所使用的对付穷人的手段,还把矛头指向更大的制度:贫民法。狄更斯故意从教区理事的角度把孤儿们称为“juvenile offenders against the poor-laws”(*OT*, 20),原文里一共两次特别提到贫民法,这是其中的一次,在《贼史》里没有得到体现。迈克尔·斯雷特正确地指出了狄更斯的批评对象:“正如疯狂理性的‘温和的建议’是起因于斯威夫特对英国政府的爱尔兰政策的愤怒,《奥立弗·退斯特》中对济贫院的描述是起因于狄更斯对马尔萨斯主义者关于‘过剩人口’的喋喋不休的宣传以及政府‘将济贫院作为威慑’政策的义愤。”①把狄更斯的《奥立弗·退斯特》与斯威夫特的《一个温和的建议》相比是很贴

---

① Michael Slater, “On Reading *Oliver Twist*,” Charles Dickens, *Oliver Twist: Authoritative Text, Backgrounds and Sources, Early Reviews, Criticism*, p. 508.

切的，因为它们的批评对象和风格都很像。《一个温和的建议》的全称是《使爱尔兰穷人的子女不成为他们父母的负担的一个温和的建议》，斯威夫特“把宰婴为肴的残忍建议说得轻描淡写，但他的愤怒心情及文章的深刻含义溢满字里行间。文中他反语之巧妙，态度之冷峻，感情之挚热，令读者人人为之心灵战栗”。[①]狄更斯与斯威夫特的风格一脉相承，以反讽的手法指出把穷人当作过剩人口的马尔萨斯人口论和贫民法是济贫院罪恶的根源。

原著中还提到一个比济贫院更黑暗的地方——寄养所（farm），它被狄更斯称为“in the lowest depth a deeper still”。诺顿版本里的注解是“狄更斯在改述米尔顿的诗句‘在地狱的底层，还有更深的一层’，[②]以讥讽的口气表达他的恐惧：济贫院当局竟然给孩子们创造了一个比济贫院还要糟糕的地方”（*OT*，20）。《贼史》不知其出处，忽略了寄养所也是由哲学家监管的，哲学家曼恩太太也有自己的一套哲学和思想体系：

1. 原文：

For the next eight or ten months, Oliver was the victim of a systematic course of treachery and deception. He was brought up by hand. (*OT*, 19)

译文 1：

倭利物生十阅月。浑无人筦。其倖生也命耳。（《贼》上，第 3 页）

译文 2：

在此后的八至十个月内，奥立弗遭到一整套背信和欺诈行为的荼毒。他是用奶瓶喂大的。（《奥》，第 4 页）

2. 原文：

So, she appropriated the greater part of the weekly stipend to

① 颜静兰编写：《乔纳森·斯威夫特》，载侯维瑞主编《英国文学通史》，上海：上海外语教育出版社，1999 年，第 281 页。

② 诗句译文选自弥尔顿：《失乐园》，朱维之译，天津：天津人民出版社，1996 年，第 128—129 页。

her own use, and consigned the rising parochial generation to even a shorter allowance than was originally provided for them. Thereby finding in the lowest depth a deeper still; and proving herself a very great experimental philosopher.

Everybody knows the story of another experimental philosopher, who had a great theory about a horse being able to live without eating, and who demonstrated it so well, that he got his own horse down to a straw a day, and would most unquestionably have rendered him a very spirited and rampacious animal on nothing at all, if he had not died, just four-and-twenty hours before he was to have had his first comfortable bait of air. Unfortunately for the experimental philosophy of the female to whose protecting care Oliver Twist was delivered over, a similar result usually attended the operation of *her* system;(*OT*, 20)

译文 1：

故综所有之费。剖半饲儿。余则中饱。觉群儿生命亦颇获全。则己之智力胜人千百矣。(《贼》上，第 3—4 页)

译文 2：

于是，她把每周生活费的大部分拨归自己受用，留给成长中的这一代教区孤儿的份额大大少于规定标准，从而在本来已经低得不能再低的深渊发现还有一处更深的，显示出她是一位伟大的实验哲学家。

大家都知道另一位实验哲学家的故事，他发明了一套能叫马儿不吃草的伟大理论，并出色地加以实施，竟把他自己一匹马的饲料减少到每天只给一根干草。毫无疑问，那位实验哲学家本可把它训练成一匹完全不吃草料的烈性子骏马，惜乎马在第一次享用完全由空气组成的美餐之前二十四小时即告倒毙。对于受托抚养奥立弗·退斯特的那个女人的实验哲学来说，糟糕的是她的一套方法在实施中

也往往得到类似的结果。(《奥》,第 5 页)

涉及曼恩太太哲学与思想体系的这两段话《贼史》基本没译,第 2 例的上一段则是出入较大的意译。对比荣如德的译文,再与原文相比较,我们不难看出《贼史》的译文没有触及要害。《贼史》的措辞相当温和,曼恩太太只是贪污、中饱私囊,自以为聪明;原著的措辞也不激烈,但是委婉之中透着犀利,所陈述的事情则是剑指一套习惯性的欺诈手法及其背后的思想根源。只要人们把慈善当作生意来经营,欺诈是不可避免的。制度把做慈善的人变成了黑心的商人:

原文:

I wish some well-fed philosopher, whose meat and drink turn to gall within him; whose blood is ice, and whose heart is iron; could have seen Oliver Twist clutching at the dainty viands that the dog had neglected. I wish he could have witnessed the horrible avidity with which Oliver tore the bits asunder with all the ferocity of famine. There is only one thing I should like better; and that would be to see the philosopher making the same sort of meal himself, with the same relish. (*OT*, 41)

译文:

要是有这样一位吃得脑满肠肥的哲学家,肉和酒在他肚子里会变成胆汁,他的血冷如冰,他的心硬如铁;我希望他能看到奥立弗·退斯特捧住连狗也不屑一顾的那盘美味的神态。我希望他能目睹饿得发慌的奥立弗把剩余食物一块块撕碎时那副馋得可怕的样子。而我更希望能看到的是,那位哲学家自己把同样的食物吃得同样津津有味。(《奥》,第 34 页)

哲学家们的血是冷的,心肠是硬的。狄更斯的这段评论没有变成"外史氏曰"的内容,而是悄然消失了。《贼史》的注"以狗食食人尚曰良心。英人当时乃如是"(《贼》上,第 33 页),还真是不如删除的这一段尖锐:那些人自己吃的是好酒好肉,给奥立弗吃的是连狗都不吃的残羹剩饭,这群铁石心肠的人根本不配做慈善。

济贫院里的孤儿们注定要遭受的苦《贼史》也没译:

原文:

But now that he was enveloped in the old calico robes which had grown yellow in the same service, he was badged and ticketed, and fell into his place at once—a parish child—the orphan of a workhouse—the humble half-starved drudge—to be cuffed and buffeted through the world—despised by all, and pitied by none. (*OT*, 19)

译文1:

今兹加以旧裹。破烂如衲。一观即审其为院中敝物。人人为之增嫌。(《贼》上,第3页)

译文2:

现在,一件旧的白布衫(因多次在类似的情况下用过,已经泛黄)套在他身上,他立刻就被贴上标签归了类。从此,他就是一个由教区收容的孩子,贫民习艺所的孤儿,吃不饱饿不死的卑微苦工,注定了要在世间尝老拳、挨巴掌,遭受所有人的歧视而得不到任何人的怜悯。(《奥》,第4页)

《贼史》的译文太笼统,用的都是意义宽泛的词:破烂、敝物、增嫌等等,缺乏细节,把原文历数的奥立弗将来要吃的苦头统统删除,失去了原文控诉的力度。其他被删节的重要细节还有:

原文:

Occasionally, when there was some more than usually interesting inquest upon a parish child who had been overlooked in turning up a bedstead, or inadvertently scalded to death when there happened to be a washing; though the latter accident was very scarce,—anything approaching to a washing being of rare occurrence in the farm—the jury would take it into their heads to ask troublesome questions, or the parishioners would rebelliously affix their signatures to a remonstrance. (*OT*, 20)

译文 1:

惟此中死儿多。故乡人侧目。欲聚而逐之。(《贼》上,第 4 页)

译文 2:

在翻床架子的时候,竟没有发觉床上还有教区收养的一名孤儿而把他摔下来,或者在某一次集中洗涮的时候漫不经心地把孩子烫死了(不过后面这种情况难得发生,因为集中洗涮之类的事情在寄养所里简直绝无仅有)——对于这类事件,有时要举行审讯,那倒是有趣得少见的。逢到这种场合,陪审团也许会忽发奇想提一些讨厌的问题,或者教区居民会群情激愤地联名抗议。(《奥》,第 6 页)

"惟此中死儿多"是陈述一个简单的事实,而原著表面上说的是孩子死于各种意外事故,实际上是对寄养所给出的离奇的、根本不成立的原因表示愤慨。原文暗示孩子很可能是被虐待而死,或者是饿死的。简洁的译文多陈述事实,而烦琐的原文则是在拐弯抹角地揭露寄养所丧尽天良的行为。

除了细节的删除,原文中的反讽和对比也时时被《贼史》省译:

译文:

1. 于是,教区当局慷慨而又仁慈地决定把奥立弗寄养出去(《奥》,第 4 页)

2. 自从犯下要求添粥这种逆天渎神的罪过之后,奥立弗被英明而仁慈的理事会在一间黑屋子里单独禁闭了一个星期。(《奥》,第 16 页)

3. 就在奥立弗如此万事亨通、一切如意的某一天早晨(《奥》,第 17 页)

4.“是的,奥立弗,”班布尔先生说。“你没有父母,那些善心的好人一直把你当亲生孩子看待,奥立弗。现在他们要把你送去当学徒,让你自立成人,而且,教区还花费了三镑十先令呢!”(《奥》,第21页)

本特而曰然。兹有善良之人。收尔为徒。其人待汝如父兄也。且为尔成业。为后此自立地。院中人为尔费三镑十先零矣。(《贼》上,第14页)

5.这种忽阴忽阳的态度把奥立弗愣住了,他天真地凝视着班布尔先生的脸;但是那位干事先生不等他对此发表任何感想,就把他带到隔壁一间开着门的屋子里去。(《奥》,第22页)

6.(“为教区办事可不是清闲舒服的生活,曼太太。”“说得对,的确不清闲,班布尔先生。”)那位太太连声应道。要是教区所有的贫儿听到这句答话,一定会很有礼貌地象合唱队那样齐声附和。(《奥》,第143页)

这些句子不是反话(例1、2、3、6)就是对比(例4、5),除例4为错译外,其他的《贼史》均省略不译。这些句子刻画了“窃国家之公款”之贼的丑恶嘴脸:两面三刀,自吹自擂,满嘴谎言,心狠手辣。他们认定自己是大善人,奥立弗是坏蛋,应该被绞死。

为了揭露他们的伪善,狄更斯也把真善与伪善做了个对比:

1.原文:

In fact, if it had not been for a good-hearted turnpike-man, and a benevolent old lady, Oliver's troubles would have been shortened by the very same process which put an end to his mother's; in other words, he would most assuredly have fallen dead upon the king's highway. But the turnpike-man gave him a meal of bread and cheese; and the old lady, who had a shipwrecked grandson wandering barefooted in some distant part of the earth, took pity upon the poor orphan; and gave him what little she could afford—and more—with such kind and gentle words, and such tears of sympathy and compassion, that they sank deeper into Oliver's soul, than all the sufferings he had ever undergone. (*OT*, 61)

译文1:

顾道中苟非遇得二人者。倭利物之命亦尽。此二人者。一为司栅之夫。一为穷妪。司栅者赒以小米面包。妪则分其贫粮予之。此二事盖为倭利物至死不复遗忘者。(《贼》上,第37—38页)

译文2:

事实上,如果没有一个征收通行税的好心人和一位仁慈的老太太,奥立弗的苦难也许早已结束,得到同他母亲一样的下场;换句话说,他肯定会在官道上倒毙。但是,那个收税人用面包和干酪招待他吃了一顿饭;而那位有一个孙子因船只失事在天涯海角漂泊流浪的老太太,念这个孤儿可怜,把她拿得出的一点点东西都给了他;尤其可贵的是她还说了好些亲切而体贴的话语,流了不少同情和怜悯的眼泪,所有这些比奥立弗所尝到的全部苦楚更深地铭刻在他的心中。(《奥》,第62—63页)

2. 原文:

And with this, the old lady applied herself to warming up in a little saucepan a basin full of broth: strong enough to furnish an ample dinner, when reduced to the regulation strength: for three hundred and fifty paupers, at the very lowest computation. (*OT*, 84)

译文1:

语已即以小鼎治羹。(《贼》上,第56页)

译文2:

老太太着手把满满一碗清鸡汤放在小炖锅里热一下。这汤浓得可观,如果适当加以冲淡,可供三百五十个贫民饱餐一顿,那还是最低的估计。(《奥》,第95页)

3. 原文：

“Your haughty religious people would have held their heads up to see me as I am to night, and preached of flames and vengeance,” cried the girl. “Oh, dear lady, why ar'n't those who claim to be God's own folks as gentle and as kind to us poor wretches as you, who, having youth, and beauty, and all that they have lost, might be a little proud instead of so much humbler!”

“Ah!” said the gentleman. “A Turk turns his face, after washing it well, to the East, when he says his prayers; these good people, after giving their faces such a rub against the World as to take the smiles off, turn, with no less regularity, to the darkest side of Heaven. Between the Mussulman and the Pharisee, commend me to the first.”

These words appeared to be addressed to the young lady, and were perhaps uttered with the view of affording Nancy time to recover herself. The gentleman, shortly afterwards, addressed himself to her. (*OT*, 307)

译文：

“你们有些道貌岸然的正统基督徒看到我这时的模样，一定会把头昂得高高的，大事宣扬地狱的火焰和上帝的惩罚，”姑娘激动地说。“哦，亲爱的小姐，为什么那些自称上帝子民的人不象你这样好心善意地对待我们这些可怜虫呢？其实你又年轻，又美丽，凡是我们失去了的你都有；你明明可以傲慢一些，为什么偏偏这样谦虚呢？”

“唉！”老绅士说。“土耳其人把脸洗干净以后朝着东方做他们的祈祷；而那些虔诚的基督徒却在与尘世的接触中把自己的脸擦得永远失去了笑容，然后同样毫无例外地朝着天国最黑暗的一面。如果要我在异教徒和伪君子之间进行选择的话，我宁可挑选前一种人。”

这些话表面上是对年轻的小姐说的，目的也许是让南茜能够有

时间定下神来。随后，老绅士便又向南茜说话。(《奥》，第 420 页)

例 2 的对比生动地表现了济贫院对待穷人的刻薄，例 3 则通过南茜和老绅士的对话，斥责那些伪君子连异教徒都不如。例 1 的译文《贼史》只留下了事实，谁做了什么或给了什么，而这种行为的意义和它们在奥立弗心中留下的印象是什么却省略不译。然而被省略的东西很重要，奥立弗的历险是接触世界上的好人和坏人，他能变成什么样的人与这些印象关系很大。他对好人总感到亲切，知道对他们感恩，而对恶人，他是没有好感的。

狄更斯对济贫院里的那些恶人们的揭露体现在他的微妙措辞里：

原文：

"What are you crying for?" inquired the gentleman in the white waistcoat. And to be sure it was very extraordinary. What *could* the boy be crying for?

"I hope you say your prayers every night," said another gentleman in a gruff voice; "and pray for the people who feed you, and take care of you—like a Christian."

"Yes, sir," stammered the boy. The gentleman who spoke last was unconsciously right. It would have been *very* like a Christian, and a marvellously good Christian, too, if Oliver had prayed for the people who fed and took care of *him*. But he hadn't, because nobody had taught him. (*OT*, 25)

译文 1：

复有一人至朴啬。言曰。汝日间祷乎。又曾为育尔之人。祷而求福否。倭利物曰。祷矣。实则无人授以祷词。何曾祷者。(《贼》上，第 8 页)

译文 2：

"你哭什么？"穿白背心的绅士问。是啊，这实在太奇怪了。这孩

> 子有什么可哭的呢？
>
> “我想你该是每天晚上都做祷告的，”另一位绅士厉声说，“为养活你、照顾你的人祈祷，一个基督徒应该这样。”
>
> “是的，先生，”孩子结结巴巴地回答。最后说话的那位绅士无意间讲出了一个正确的道理。如果奥立弗为养活他、照顾他的人祈祷，他的确很像个基督徒，而且可以说是一个出类拔萃的基督徒。可是他并没有这样做，因为根本没有人教过他。(《奥》，第12页)

原文说的是一个基督徒应该懂得感恩，所以奥立弗应该为养育他、照顾他的人祈祷求福，但是奥立弗没有。“因为根本没有人教过他”这句话的意思比较复杂，并不是译文1说的“实则无人授以祷词。何曾祷者”，译文1把复杂的含义变成简单的事实陈述。首先是从来就没有人好好地养育他、照顾他，他能活到现在是因为命大，不是因为得到很好的喂养和照顾，如果得到善待，他自然就知道感恩；其次他没有为这些人祈祷不是因为他不懂祷词，而是他不对欺负、虐待他的人感恩。真正的基督徒确实应该知道感恩，但真正的基督徒不对恶人感恩。奥立弗说“是的”是对那个正确的道理说是，而不是说他真的为那些理事或者曼太太祈祷求福了。狄更斯在这个地方提基督徒也是对贫民院那些理事的讽刺，他们做的那些事绝不是真正的基督徒该做的，他们虐待孤儿还要孤儿们像真正的基督徒那样对他们感恩，真是岂有此理！

奥立弗当然是知道感恩的，在他被布朗劳先生带回家安养复原之后，他感到无比的满足，可是这感恩的心情却被林纾译成了“自念吾运乃大佳。竟得贤主而事”(He was walking along; thinking how happy and contented he ought to feel)(*OT*, 107;《贼》上，第76页)。“得贤主而事”这一说法与“良禽择木而栖，贤臣择主而事”是一致的，指君子遇事之时应看清在哪里才能最大程度地运用自己的聪明才智，跟感恩知足不是一回事。林纾之所以这样译可能跟他当时的心情有关，他自觉报国无门，不能得贤主而事，很可能把这种心情附会到奥立弗身上，却忽略了原文中的对比。

前面提到的《贼史》没译的一个说法对于我们理解官方的救助也是很有帮助的：he would most assuredly have fallen dead upon the king's highway.（*OT*，61）要不是路上遇到好心人，奥立弗早就饿死在路上了，这条路不是一般的路，而是王家大道，也就是荣译所说的“官道”。这个说法可以让读者联想到班扬的《天路历程》，詹妮特·拉森指出这种仿效班扬的“such robberies [of faith] are done on the king's highway”的说法令人想起《奥立弗·退斯特》中的另一个紧密相关的作为潜台词的故事：仁慈的撒玛利亚人的寓言。[①]官方的救助给奥立弗的是一条死路，而只有真正的善心和同情心才能救助奥立弗。

狄更斯把这些所谓的基督徒与塞克斯的恶狗相比，认为他们有许多共同之处。塞克斯的狗见不得善，见到善类就想咬，而济贫院的那些理事们见了奥立弗就讨厌，认为他终究是要上绞架的，不得善终。他们是以善为恶的恶人。他们把奥立弗送出去当学徒，或者把他送到海上去，目的只有一个，就是卸掉这个包袱。奥立弗去当学徒或者当水手的结果也极可能是在受尽苦难之后死掉，原文这方面细节的描写在《贼史》里的省略还有不少，这里不再一一赘述。狄更斯认为这些所谓的基督徒已经远远地背离了基督教慈善的本质，变得像恶狗一样凶狠，专门咬人、害人。《贼史》的译者在翻译时想避开基督教的思想内容，因此没有译“基督徒”这个词，当然也就没有把原文对伪善的基督徒的无情的批判完整地反映出来。其实失去这部分的内容是很可惜的，因为英国官府的腐败与人心的败坏有关，而人心的败坏则与当时人们一心追逐经济利益与物质享受，急功近利有关，当社会生活的方方面面都受到功利哲学的影响的时候，当人们以生存为最大目标，按照适者生存的丛林法则在世界上你争我抢的时候，道义和仁慈便失去了它们的地位。尤其是当这种思想变成治国方针的时候，恶人就变得理直气壮，肆无忌惮地把自己的全部心思都用来钻空子，

---

① Janet Larson, "*Oliver Twist* and Christian Scripture," Charles Dickens, *Oliver Twist*: *Authoritative Text*, *Backgrounds and Sources*, *Early Reviews*, *Criticism*, p. 538.

用来贪腐,用来欺人。狄更斯不时地用基督教的思想来讽刺伪善的基督徒,意在提醒人们功利主义的哲学不是善的哲学,这种哲学最终将害人害己,直至危害整个社会。

班布尔先生的戏剧人生就证明了这个道理。他先是害人,最后因为聪明过头反而害了自己。他本是个自视甚高、在穷人和下属面前趾高气扬的官员,最后却沦落为一个“妻管严”,再沦落为济贫院里的一个穷人,这是狄更斯让他遭受的现世报。他的自作聪明集中表现在他与曼太太的关系上,他清点过曼太太的财产,娶了曼太太,做着人财两得、升官发财的美梦,但结果却是他成了曼太太的手下败将,连贫民习艺所所长的地位都被妻子夺走了,坏人被更坏的人给制服了。狄更斯在讲述这段故事的时候有一段有趣的评论,这段话《贼史》也只是草草地带过:

原文:

Mr. Bumble was fairly taken by surprise, and fairly beaten. He had a decided propensity for bullying; derived no inconsiderable pleasure from the exercise of petty cruelty; and consequently, was (it is needless to say) a coward. This is by no means a disparagement to his character; for many official personages, who are held in high respect and admiration, are the victims of similar infirmities. The remark is made, indeed, rather in his favour than otherwise, and with a view of impressing the reader with a just sense of his qualifications for office.

But, the measure of his degradation was not yet full. After making a tour of the house, and thinking, for the first time, that the poor-laws really were too hard on people; and that men who ran away from their wives, leaving them chargeable to the parish, ought, in justice, to be visited with no punishment at all, but rather rewarded as meritorious individuals who had suffered much; Mr. Bumble came to a room where some of the female paupers were usually employed in washing the parish linen: and whence the sound of voices in conversation, now proceeded. (*OT*, 242)

译文 1：

本特而此举乃不自料。既出。则思复仇。先徼巡贫妇之院一周。忽至一澼浣衣之所。未入时。闻言语甚嚣杂。(《贼》下，第 46 页)

译文 2：

班布尔先生吃的这一惊非同小可，挨的这顿打也真够瞧的。他素有恃强凌弱的癖好，而且乐此不疲，所以必然是个胆小鬼(这一点不言自明)。这绝对不是对他的毁谤；事实上，许多深受尊敬和钦佩的官方人士往往有类似的毛病。笔者指出这一点实在对他有利无弊，目的在于让读者对他的办事能力有一个正确的概念。

不过，他出丑还没有出到顶点。他在习艺所里巡视一周，一路上破题儿第一遭想到济贫法对穷人确乎太苛刻了些，那些从老婆身边逃跑、把她们扔给教区赡养的男人按理非但不该受到任何惩罚，倒是应当作为劳苦功高的受害者给予补偿。然后，他来到通常有几个女贫民在那里洗教区所发衣服的一间屋子门口，此时有谈话的声音从里面传出来。(《奥》，第 323—324 页)

班布尔欺软怕硬，只会欺负弱者，欺负穷人。被老婆痛打一顿后得出的结论竟然是抛弃老婆有理，把天底下所有的女人等同于他的恶妻，为不讲人道的贫民法辩护。对于贫民法的这项规定，《贼史》是翻译了的，但没译准确，到底是怎么回事，译者自己也不明白，碰到这一处作者又提起此事，自然是省掉为妙。比较一下那一段涉及贫民法规定的两种译文，我们就了解缘由了：

译文 1：

凡穷苦夫妻求离异者。是间即为之断。以此间断离不至庙鞠中。即为之省费。亦复佳事。自此规立。前此夫妻防糜费而不欲

者。至是咸踊跃为之。(《贼》上,第 9 页)

译文 2:

鉴于民法博士会馆收费太贵,他们便大发慈悲,准许已婚的贫民离异;以前他们强制男方赡养家庭,现在却让他摆脱家累,使他变成光棍!(《奥》,第 13 页)

要想进济贫院就得离婚、喝稀粥,这些规定实际上吓退了许多贫民。逼贫民离婚还说是为贫民着想,这样的虚伪当然要揭露。因为此处不译,后面还有一处相关信息也自然省略。在提到班布尔先生的结局的时候,作者说了一句话:“Mr. Bumble has been heard to say, that in this reverse and degradation, he has not even spirits to be thankful for being separated from his wife.”/“有人听到班布尔先生说过这样的话:他背运和潦倒至此,简直连感谢上帝把他同妻子分开的劲头也提不起来。”(*OT*, 359;《奥》,第 498 页)此时的班布尔不敢再说贫民法的好处,因为他自己亲身体验到贫民法的厉害了。《贼史》的译者因为没有意识到这些句子的关联,省略一处就很难再把其他的内容与之联系起来,使得前面译出的相关句子也没有多大意义了。

跟班布尔和曼太太的关系与婚姻形成对比的是海雷和罗斯的关系与婚姻。海雷为了爱情放弃了在伦敦的大好前程,而班布尔则是因为看上了曼太太的财产;海雷得到了一个好太太——虽然她是个孤儿,家庭声誉也不太好,班布尔得到的是一个比他自己还要邪恶的悍妇。海雷心善,也得到了善;班布尔邪恶,与曼太太臭味相投,必然自食其果。林纾在翻译的时候只看到中国传统道德观中的夫妇纲常,而没有看到原著强调的善的价值。他认为女人只要听男人的话就好,而狄更斯强调的是,海雷娶罗斯使自己进入了善的世界——他给了罗斯一颗心、一个家,罗斯则给了他一个世界,能与善妻一起过着宁静的、与世无争的乡村生活是他的福分。我们可以从小说末尾的原文和译文中看出这两种观点的差异:

原文：

I would fain linger yet with a few of those among whom I have so long moved, and share their happiness byendeavouring to depict it. I would show Rose Maylie in all the bloom and grace of early womanhood, shedding on her secluded path in life, such soft and gentle light, as fell on all who trod it with her, and shone into their hearts. I would paint her the life and joy of the fire-side circle and the lively summer group; I would follow her through the sultry fields at noon, and hear the low tones of her sweet voice in the moonlit evening walk; I would watch her in all her goodness and charity abroad, and the smiling untiring discharge of domestic duties at home; I would paint her and her dead sister's child happy in their mutual love, and passing whole hours together in picturing the friends whom they had so sadly lost; I would summon before me, once again, those joyous little faces that clustered round her knee, and listen to their merry prattle; I would recall the tones of that clear laugh, and conjure up the sympathising tear that glistened in the soft blue eye. These, and a thousand looks and smiles, and turns of thought and speech—I would fain recall them every one.

How Mr. Brownlow went on, from day to day, filling the mind of his adopted child with stores of knowledge, and becoming attached to him, more and more, as his nature developed itself, and showed the thriving seeds of all he could wish him to become—how he traced in him new traits of his early friend, that awakened in his own bosom old remembrances, melancholy and yet sweet and soothing—how the two orphans, tried by adversity, remembered its lessons in mercy to others, and mutual love, and fervent thanks to Him who had protected and preserved them—these are all matters which need not to be told. I have said that they were truly happy; and without strong affection, and humanity of heart, and gratitude to that Being whose code is mercy, and whose great attribute is benevolence to all things that breathe, true happiness can never be attained.

Within the altar of the old village church, there stands a white marble tablet, which bears as yet but one word,—"Agnes!" There is no coffin in that tomb; and may it be many, many years, before another name is placed above it! But, if the spirits of the Dead ever come back to earth, to visit spots hallowed by the love—the love beyond the grave—of those whom they knew in life, I believe that the shade of Agnes sometimes hovers round that solemn nook. I believe it none the less, because that nook is in a Church, and she was weak and erring. (*OT*, 359—360)

译文:

将搁笔矣。然不能不思及海雷罗斯倡随之乐。我欲叙其家中无事时出抚贫人。入则仰侍老亲。下莞儿辈。似此好韶光固善人之所应享。何庸详书其事。白龙路年老。但以课子为生。倭利物学亦日进。白龙路观之弥念死友。倭利物母柩当时藁葬。已无从觅其断坟。但即礼拜堂立一纪念之碑。上书安尼司乳名。不标以姓。罗斯及倭利物礼拜之后。恒至碑下凭吊夕阳也。(《贼》下,第144页)

这一节文字原文相当长,而译文却只有短短几行。《贼史》描述的是夫唱妇随、敬老爱幼、勤于布施,如此好日子"何庸详书其事"。译文的说辞反映的全是传统的中国家庭观,而且过于简略;而原文把更多的文字放在表现罗斯的善如何在日常生活中发挥其影响力:"我很想展示露梓·梅里成为少妇以后的全部风采和韵致,使读者看到她如何让柔和的清辉照亮自己与世无争的生活道路,照到所有跟她同路的人身上和他们的心

里。”(《奥》,第499页)同时也在末尾点出了小说的主题:

> 两个孤儿经受过逆境的考验,都记住了它的教训——对人宽恕、相亲相爱、至诚感谢卫护并保全了他们的上帝;这些都无须赘述。我已经说过,他们真正是幸福的;如果没有强烈的爱,没有仁爱之心,如果对以慈悲为信条、以博爱一切生灵为其伟大特性的上帝不知感恩,决不可能得到真正的幸福。(《奥》,第500页)

为了揭露伪善,弘扬真善,原文不断地把两者作对比,不断地把读者引向基督教的正信。这对于不愿宣扬基督教的林纾来说,是必须解决的难题。林纾对基督教的态度可以从范烟桥的援引分析中看到:

> 胡寄尘说:“当时教会中人,曾欲央林琴南用古文重译圣经,旋以林先生索酬过昂,故未行也。或谓林先生实不欲译宗教书,故昂其酬,以谢绝之。”我以为后说较为可信,因为他的意志很坚,自己说“木强多怒”,而他对于信仰,当然有着儒家的传统观念,虽不“攻乎异端”,决不肯为基督教张目的。[①]

既不愿为基督教张目,他就采取了直接删除相关文字和段落的办法。但是,这种删除大大削弱了狄更斯对功利主义哲学和伪善的批评,也把“狄更斯曰”的内容删掉了许多。由此可见,用“外史氏曰”代替“狄更斯曰”不只是中西小说形式的差异造成的,主要是“狄更斯曰”的内容不符合译者的思想观念。林纾用儒家经学代替《圣经》,用写实的故事代替虚构推理,以善有善报、恶有恶报的模式教育读者,所以采用了野史小说的模式。用野史小说的形式不但可以装下儒家思想,还可以排除基督教的思想。野史小说家通常是对“街谈巷语,道听途说”[②]的事实加以评说,不同于志怪小说,它虚构的成分相对较少,写得真实才能令人信服。而原著的虚构成分是很大的,作者对故事介入的痕迹也就较深。译者的大力介入正是为

① 范烟桥:《林译小说论》,《大众》,1944年第22期,第145页。

② 黄霖、韩同文选注:《中国历代小说论著选》(修订本,上),南昌:江西人民出版社,2000年,第3页。

了对抗作者的介入。

作者的介入是贯穿整部小说的。伯顿·M. 韦勒指出在原著的前七章,作者介入的痕迹比较明显,"狄更斯与读者建立一种亲密的关系,这样就有机会加入作者的讥讽评论。叙述者的介入是显而易见的,常常带有辛辣的讽刺"。但是,他认为到第十八章以后作者就沉默了,叙述模式发生了改变,叙述的重点转向了南茜和罗斯。①从总体看,前一部分作者的讥讽评论多一些,但作者随后并没有沉默,在其他章节依然保持其反讽的格调,只是比较分散,而且还加入了一些正面的评论,形成正反两方面的对比,读者阅读时需要仔细辨别,于细微处体会大道理。小说的前半部分与《一个温和的建议》比较像,我们可以仿造其全称给《奥立弗·退斯特》的前七章一个名称:"使英国的孤儿不成为济贫院的负担的一个温和的建议",这个建议是让孤儿在济贫院饿死,如果不能饿死,就送出去让人整死,或者变成罪犯上绞架吊死。可是奥立弗偏偏不死,小说从第八章开始叙述他在伦敦的历险,他的历险过程把所有要害他的坏人连成一串,最后由布朗劳先生带领善人们把他们一网打尽。在恶人没有被消灭之前,作者的反讽一直存在,从未停止过。

如果说作者的存在感在于反讽式的评论,那么译者的存在感则在于"外史氏"的直接评论和注释,他们把作者的反讽(包括故事内容和内标题)、对比和一些看似不相干的细节删除,换上自己的道德观。去除了作者的评论和申说后的故事就变得比较真实,在比较真实的故事中间或加上外史氏的评论,《贼史》就变成了"书张贞女死事"的扩大版。外史氏对人物事件的评说可以用一句话概括:不忠不孝、不仁不义、不慈不爱,是为贼也。他所表达的大多是愤怒,是对恶人的不满。但是这样的谴责无法从根本上揭露恶人的真实面目,无法让读者了解邪恶的根由——功利主义哲学、自私和伪善。反讽是揭露虚伪的有效工具,要让自以为是的人了

① Burton M. Wheeler, "The Text and Plan of *Oliver Twist*," Charles Dickens, *Oliver Twist: Authoritative Text, Backgrounds and Sources, Early Reviews, Criticism*, pp. 536–537.

解自己的错误。作者的反讽在很多情况下是剖析思想，触及灵魂，不仅表达愤怒，还要达到警醒、震撼和教育的作用。

由于删节得比较粗糙，《贼史》甚至把揭露官府腐败、无能的故事中的故事都当作"烦琐"给删掉了，这里所说的故事中的故事是指让探员白拉德司和德夫争论不休的大烟囱契克维德的故事。(*OT*，206—208；《奥》，第271—273页)狄更斯讲这个故事的目的有三个：一是说明在官员眼中，发生在梅里家的案件是一起未遂的小案，是一起本来谁也不会探究的盗窃案，他们是不会把它当作大事来认真对待的；二是官员无能，他们不但很难找出真正的罪犯，还常常冤枉好人；三是为后面发生的事件埋下伏笔，解释为什么后来布朗劳先生和他的朋友们自己设法追查孟克斯、班布尔夫妇和费金、塞克斯等人的罪行，而不是选择报警，让官府介入。《贼史》的删节除了大部分是有意为之的之外，也有一些是因为译者对原文不太熟悉、不了解某段文字的用处造成的。尽管林纾很看重故事的"开场、伏脉、接笋、结穴"等古文义法，但对西方小说的写作手法还不熟悉，自然会出现删节过头的情况。不论是有意还是无意，因为《贼史》不是完整的创作，而是有不少遗漏的改写式翻译，它给人的总体感觉比较粗糙、简略，所表达的思想也比较单一，没有原著那么丰富、深刻。

## 3. 小　结

哈提姆和梅森分析译者过滤文本的方法是找出一个总体倾向，找出一种不断重复的手法，因为译者会按照自己的世界观和文化观念过滤文本，"实际上，这种可辨别的倾向反映了传达的程度，也就是译者在转换过程中的干预程度，译者在处理文本的过程中注入了自己的知识和信仰"①。本章的分析用的就是这种方法。林纾至死都相信"学非孔孟均邪

① Basil Hatim & Ian Mason, *The Translator as Communicator*, p. 147.

说，话近韩欧始国文”①。他对文本和副文本的改写和省略是以古文和孔孟之道为根本，把自己的知识和信仰注入《贼史》中去，同时在很大程度上排除了原著的知识和信仰。按照林纾的说法，因为西方经典小说堪比中国的经史，可谓是“大道”，于是他按照野史小说模式翻译的狄更斯小说就成了“大道”，而这个“大道”是在部分删除了狄更斯的“大道”、换上中国传统道德观后形成的。林纾把狄更斯的小说与中国古代儒家经史相提并论，却故意忽略原著所遵循的经史。其实他看重的还是狄更斯的“小道”，他的故事以及这个故事的批判性，而不是作者的思想及思维方式。他宣称西方小说堪比中国古代的经史，真正的目的不是为了抬高西方小说，而是借西方小说抬高野史小说的地位，又借野史小说的写作模式去除西方小说中的“大道”，换上孔孟之道。以这样的方式，林纾既抬高了野史小说的地位又宣扬了儒家思想，还避免为基督教张目，可谓一举三得。至于西方小说的写作技巧，能学多少就算多少。林纾的小说翻译把西方小说的文字、体式和价值观都变成中国的。他的想法是，西方的思想观念与中国是相通的，把中国的文化学透了，西方的思想也就都有了。

热奈特说有些译本可以被认为是原著的副文本，因为这些译本总是以某种方式评论原著。这样的译本通常都是经过作者修订或核查过的，或者干脆是作者自己译的。②是否能把译本当作副文本或如何界定这样的译本还有待学界的进一步研究，但《贼史》显然具备这类译本的特征。译者代替作者修改了文本，做了大量的评论。《贼史》的标题、译序、注解和“外史氏曰”在某种程度上正是对原著的评论，有些内容不是原著固有的，而是译者加入或改写的。这种评论既是对原著的评论也是对当时中国社会的评论。《贼史》的译者像是把他们听到的一个不太完整的故事介

---

① 林纾最后一次讲课时在孔教大学，讲授《史记》中的《魏其武安侯列传》。随后，辞别讲席，作《留别听讲诸子》一诗：“任他语体讼纷纭，我意何曾泥典坟。驽朽固难肩比席，殷勤阴愧负诸君。学非孔孟均邪说，话近韩欧始国文。荡子人含禽兽性，吾曹岂可与同群。”见薛绥之、张俊才编：《林纾资料研究》，北京：知识产权出版社，2009年，第48页。

② Gerard Genette, *Paratexts: Thresholds of Interpretation*, p. 405.

绍给国人，同时以国人熟悉的语言和道德观解说和评论故事并宣传其中的教义。与其他译文不同，它是转述和翻译的合体。把转述与翻译混杂一体说明了两件事：一是译者不太清楚什么是真正的翻译；二是译者不打算做完整、忠实的翻译，而是想利用这个故事做点什么。林纾的情况大多属于后者，虽然前者也多少有一些。按照钱锺书的说法，林纾是分不清写作与翻译的界限：

> 一个能写作或自信能写作的人从事文学翻译，难保不像林纾那样的手痒：他根据自己的写作标准，要充当原作者的"诤友"，自以为有点石成金或攻石以玉的义务和权力，把翻译变成借体寄生、东鳞西爪的写作。①

但本章的研究表明，林纾更多的是利用西方小说发表自己对文学、社会的主张和见解。

林纾是中国公开署名的西方小说翻译第一人，以当时的社会环境，为了让完全不了解西方小说的读者能够接受他的翻译，这样做也是可以理解的。我们或许可以用苏珊・巴斯奈特和安德烈・勒菲弗尔的翻译制约与应对策略的理论来解释他所采用的翻译策略，②但是，对林纾而言，这种制约不仅来自社会，更来自译者本身。林纾在翻译西方小说之初冲破了社会的束缚，引进了西方的故事，丰富了中国小说叙事的手段与方法，拓展丰富了人们观察世界的视角，但为了坚守中国的传统观念和古文，他不断地拒斥西方的思想和道德观念。1919 年《新教育》杂志收录了《北京大学新旧思潮冲突实录：林琴南致蔡孑民氏书》，在信中林纾力证强国不必抛弃孔孟，兴盛科学不必废除古文。他认为孔孟提倡的纲常伦理是中

---

① 钱锺书：《林纾的翻译》，载钱锺书等著《林纾的翻译》，北京：商务印书馆，1981 年，第 28 页。

② 苏珊・巴斯奈特和安德烈・勒菲弗尔认为，特定的社会历史环境和背景会对翻译产生一定的制约，而译者也会对针对这样的制约采取相应的翻译策略。见 Susan Bassnett & André Lefevere, "Introduction: Where Are We in Translation Studies?" in *Constructing Cultures: Essays on Literary Translation*, p. 6.

西通用的,[1] 西方世界不仅有五常之道,还仍存有古文,连狄更斯们都拿古文没办法。[2]林纾在捍卫孔孟和古文时都不忘引用西方的例子,希望国人在追求强国兴邦的过程中不要废除中国的传统文化和价值观,他相信中国传统的文化和价值观与科学是可以并存的。

尽管科学并非与文化无关,保护旧传统也不必拒斥新事物,但是林纾的担忧不是完全没有道理的。他之所以至死捍卫孔孟和古文至少有两个重要的理由:一是他对中国文化行将被外国文化侵吞的恐惧。“丧权丧地,丧天下之膏髓,尽实武人之嗛,均不足患。所患伦纪为斯人所斁,行将侪于禽兽,兹可忧也。”[3]他相信失地并不可怕,但如果失去了作为中国人身份象征的传统礼教与文字,中国人就不再是中国人。只要保住了文化,再改革政体,认真学习西方的科技,中华民族终有复兴的一日。二是与新文化派的“建设必先之以破坏”[4]的观点有关。新文化运动的代表人物甚至提倡废除汉字,改用拼音文字。林纾不愿看到中华文化在新文化运动中遭到毁灭,就把它们用到小说翻译中,以此保存我们的文化并向人们证明我们可以以这种形式融合中西文化。

其实,林纾所批评的梁任公对林纾的翻译也相当不满,说他“治‘桐城’派古文,每译一书,辄‘因文见道’,与新思想无与焉”[5]。与新思想完全无与倒不至于,就算林纾只译了大部分故事,故事中还是有许多新鲜事可以了解的。主要的问题是他过于看重小说的传道、教化作用,对原著做

---

① 林琴南:《北京大学新旧思潮冲突实录:林琴南氏致蔡孑民氏书》,《新教育》,1919 年 第1卷第3期,第336页。“外国不知孔孟。然崇仁仗义矢信。尚智守礼。五常之道未尝悖也。而又济之以勇。弟不解西文。积十九年之笔述。成译著一百廿三种。都一千二百万言。实未见中有违忤五常之语。何时贤乃有此叛亲蔑伦之论。此其得诸西人乎。抑别有所授耶。”

② 同上文,第337页。“若云死文字有碍生学术。则科学不用古文。古文亦无碍科学。英之迭更累斥希腊腊丁罗马之文为死物。而今仍存者。迭更虽躬负盛名。固不能用私心以蔑古。矧吾国人尚有何人如迭更者耶。”

③ 张俊才、王勇:《顽固非尽守旧也:晚年林纾的困惑与坚守》,太原:山西人民出版社,2012年,第43页。

④ 梁启超:《清代学术概论》,北京:商务印书馆,1930年,第2页。

⑤ 同上书,第101页。

过多的剪裁，反倒失去了原著的趣味和教育意义。他去除原著的小标题，没有学狄更斯刻意复古的体式，目的是使《贼史》更严肃，更接近经史的体式或摆脱章回小说的模式，而原著的体式其实更接近中国的章回小说，狄更斯的调侃、讽刺式的介入更适合说书人的话语模式。林纾在体式上所做的改动是有社会文化意义的，他要让他的译著彰显孔孟和班马的价值，把它们作为与梁任公之流斗争的武器，宣扬他的求新不必弃旧的主张。林纾和梁启超都深知小说的教育意义，梁启超说："其熏染感化力之伟大，举凡一切圣贤经传诗古文辞皆莫能拟之。然则小说在社会教育界所占之位置，略可识矣。"[①]从小说的社会教育意义方面看，梁启超和林纾对小说的不同主张反映了他们抢夺思想阵地，用小说的形式坚守或反对孔孟之道和古文。这也是促使林纾重视"小道"，决定以"小道"传"大道"的原因之一。

《贼史》对社会的批判属于以事实带评论，附带发泄译者的"孤愤"，而原著对社会的批判是调动各种写作手段，虚、实、繁、简交叉运用，以反讽为手段，对比善恶，举证说理，挖掘思想根源，让世人充分了解功利主义、利己主义和伪善的巨大危害。如果能够充分研究原著，林纾蛮可以把批基督徒的伪善变成批孔孟信徒的伪善，可以把真正笃信孔孟之道的人和满嘴仁义道德、暗地里却坏事做尽的人做个比较，说明真诚笃信孔孟的必要性及仁义慈爱的重要性；也可以利用这个小说告诉人们在强国兴邦的过程中应谨防急功近利造成的道德沦丧；他还可以把全文都译出之后再仔细斟酌删节的方式和内容。但是基于译者知识的局限、时间的仓促和保护中华文化的急切心理，他选择了中国传统小说的简单模式——展示加评论，所以他的译文无论在小说艺术上还是思想深度上都跟原著有一定的距离。他想以他的译文教育读者，争取支持，但无奈大环境是趋向白话文和新思想的，他的艰涩难懂的古文和简单的说教渐渐失去了吸引力，

---

① 黄霖、韩同文选注：《中国历代小说论著选》（修订本，下），南昌：江西人民出版社，2000年，第90页。

他的以小说开启民智的目的自然也很难实现。

《贼史》的体式和思想观念在林译小说中是独树一帜的，《贼史》部分错讹的责任或许应该由魏易来承担，但是其整体设计和思想观念显然是林纾的，他是把小说翻译当作保存中国传统文化与古文的手段，让经史的传统以小说的形式得到再生和延续。与《孝女耐儿传》和《块肉余生述》等讲述个人际遇的小说不同，《贼史》的主题是抉摘社会积弊，这就很容易引发林纾的“孤愤”，把小说译成类似《儒林外史》一类的小说。对《贼史》的研究分析不是为了否定林译的成就，而是在于分析林译《贼史》的社会文化思想根源和立场，这样的分析有助于我们了解林纾译本的成因，进一步发掘他翻译西方小说的动力和用心。如果只看译序不对照原著，我们是很难看透这一切的。哈提姆和梅森认为，译者之所以选择“归化”译法是因为译入文化处于主导地位。[①] 但是林纾的情况比较复杂，在他翻译小说的初期，译入文化确实处于主导地位，后来随着社会的急遽变迁，林纾为了让译入文化起主导作用，有意识地坚持采用“归化”译法。《贼史》在人名、地名或其他小处上“异化”，这种异化是表层的、零碎的、时有时无的，而他的“归化”则是深层的、系统的、持续的。林纾对中华文化的热爱与保护使他的译事变成了一个矛盾体，他引进西方新思想的努力部分被他保护中华传统文化的努力抵消掉了，跟自己较劲使林纾的《贼史》呈现出如我们所见的这种特别的形态与特征。

---

① Basil Hatim & Ian Mason, *The Translator as Communicator*, p. 147.

# 第二章　*The Old Curiosity Shop*/《孝女耐儿传》与林纾的孝女观

近几年来，学术界开始关注林纾的女性观及其价值观如何影响其翻译的问题，但是关注的焦点主要是集中在思想的研究上，从林纾的各种作品中归纳总结他的价值观和对西方作品的理解。在这方面，韩洪举、罗列等人[①]都做了较深入的探讨。但还很少有人从小说艺术的角度深入文本把林纾的翻译再创作与原作做一个对比研究，了解译者的思想观念怎样改变原作的艺术形态与特征。而这种对比研究正是本章所采用的研究方法，本章的研究对象是狄更斯的《老古玩店》(*The Old Curiosity Shop*)。狄更斯的《老古玩店》有两个重要的汉译本，一个是林纾、魏易合译的《孝女耐儿传》，另一个是许君远译的《老古玩店》。它们之所以重要，是因为林译是该书最早的译本，而许译是最早的全译本。林译带有鲜明的译者个性，而许译不但力求忠实于原作，还配有注解。这两种译本的差异从题目上就能看出来。林译试图把读者的注意力吸引到耐儿身上，突出耐儿的牺牲精神，弘扬孝道，而许译则保留原作的题目，按着原著的结

---

① 韩洪举：《林译小说研究》，北京：中国社会科学出版社，2005。

罗列：《翻译与性别：论林纾的女性观》，《社会科学家》，2007年第2期，总124期，第196—199页。

构逐句逐段地翻译。但是,本章研究的重点不在于上述两个译本的比较,而是通过狄更斯原作与林纾译本的比较,来探讨东、西方思想观念在林纾译本中的碰撞、融合与裂变。

小说汉译本思想的变异既反映了译者对译出文化和译入文化的理解,也体现了译者所采取的翻译策略。而译者对文化的理解及所采用的策略又跟译者的文化背景和修养紧密相关。关于这一点,安德烈·勒菲弗尔曾有过论述,他把原作者和译者的创作和再创作都与他们各自的文化语境联系起来,说明无论是原作者还是译者都以极其真诚的态度创作作品,但又都受到各自文化的影响和制约,难免会留下时代的烙印。勒菲弗尔说:

> 为了一劳永逸地摆脱那句老话,我们说译者必定是背叛者。但在大多数情况下,他们并不知情。几乎在任何时候他们都别无选择,只要他们还身处他们与生俱来的或归化的文化疆域之内就别无选择——因此,只要他们试图影响该文化的演变,他们就别无选择,而这又是他们必定想做的事。
>
> 对改写者的上述论点也适用于作者。二者都可以选择适应自己的文化系统,待在该文化的各种束缚所界定的范围之内——大部分公认的伟大的文学作品的创作恰恰都是这么做的——他们也可能选择对抗自己的文化系统,试图摆脱其束缚,特立独行。比如,以不同于某个特定时代、地域规定的或认为可以接受的方式阅读文学作品,或者对文学作品的改写不符合某一特定时代和地域的主导诗学和思想观念。①

作为作者和改写者,作为19世纪英国和中国文坛的两个重要人物,狄更斯和林纾都试图影响本国文化的演变,他们也都同时在适应并突破本族文化的局限。通过原著与《孝女耐儿传》的对比研究,我们可以从中发现林纾与狄更斯在思想方面的异同,看到原著有意无意中对本国文化的突破和《孝女耐儿传》

① André Lefevere, *Translation, Rewriting, and the Manipulation of Literary Fame*, p. 13.

为适应本族文化给原作造成的思想、艺术上的变异和缺憾。

### 1. 林纾的“孝女”与狄更斯的“天使”

林纾眼中的耐儿与狄更斯所描述的耐儿既有共同点又有差异，其中一个共同点是关于耐儿孝的部分。耐儿对其外祖父的深情是显而易见的，以孝字形容她的美德并不为过。不仅林纾看出了她的孝，西方学者也发现了这一点。在《狄更斯与他的读者》一书中，作者引批评家杰夫里的话说，“自考狄利娅之后，没有哪个女性形象如耐儿这么美好”[①]。而在《查尔斯·狄更斯的叙述艺术》中，哈维·萨克史密斯也认为在塑造耐儿这个形象时，狄更斯的脑子里是有考狄利娅作为参照的。[②]尽管这些批评家并未提及孝道，但是将耐儿比作考狄利娅暗示了二者的共同点：孩子对父母/祖父母的忠诚和关爱。我们从原著中也不难找到证据，证明上述说法并非捕风捉影。首先，李尔王和耐儿的外祖父都年老昏聩，在某一时段处于疯癫状态；他们都声称最爱小女或外孙女，又都因为自己的愚蠢而断送了她们的性命，随后自己心碎而亡。其次，在细节上这两部作品也有相似之处，如老人对孩子的依恋。试比较下面几段分别取自《李尔王》和《老古玩店》的文字：

> 我果然把你捉住了吗？谁要是想分开我们，必须从天上取下一把火炬来像驱逐狐狸一样把我们赶散。（《李尔王》，第539页）[③]
>
> 译文1：
>
> 尔辈同谋。乃欲夺我耐儿之爱而爱汝。此何可者。我一身孤

---

① George H. Ford, *Dickens and His Readers*: *Aspects of Novel-Criticism Since* 1836, New York: Norton, 1965, p. 57.

② Harvey Peter Sucksmith, *The Narrative Art of Charles Dickens*: *The Rhetoric of Sympathy and Irony in His Novel*, London: Oxford University Press, 1970, p. 286.

③ 莎士比亚：《李尔王》，《莎士比亚全集》（五），朱生豪译，北京：人民文学出版社，1994年。本文所引《李尔王》均出自该文本，简称《李》。

子。初无骨肉。骨肉只有耐儿。汝辈安能离间吾耐儿之爱。(《孝女耐儿传》卷下,第136页)①

译文2:

你们共同计划使我抛弃了爱她的心。你们永远办不到——只要我活一天,你们永远办不到的。除了她我没有任何亲戚或朋友——从前不曾有过——将来也不会有。我心里只有她一个人。现在想把我们分开已经为时太迟了。(《老古玩店》,第797—798页)②

又如考狄利娅与耐儿死时的场景:

这一根羽毛在动;她没有死!要是她还有活命,那么我的一切悲哀都可以消释了……考狄利娅,考狄利娅!等一等。嘿!你说什么?她的声音总是那么柔软温和,女儿家是应该这样的。(《李》,第549页)

译文1:

睡于彼中……今彼呼我乎。…… 此声汝亦未闻耶。立起,耸耳而听。曰。汝亦不之闻乎。彼声吾自能闻之。他人焉能得闻。(《孝》卷下,第132页)

译文2:

她睡着了——那边——在那里面。…… 听!是不是她在叫谁?……你听得到。现在你听到她说话了。你说你没有听到那个吗?(《老》,第789—790页)

两位老人说的都是一个内容:这孩子是我的命根子,我不能跟她分离。他们都认为已死去的孩子只是睡着了,还能醒来。那么到底是死还是睡呢?或者说为什么把死称为睡呢?答案似乎可以从《狄更斯基督教读本》中找

---

① 却而司迭更司:《孝女耐儿传》(卷上、中、下),林纾、魏易译,上海:商务印书馆,1914年。本文所引《孝女耐儿传》均出自该版本。简称《孝》。

② 查尔斯·狄更斯,《老古玩店》,许君远译,上海:上海文艺联合出版社,1955年。本文所引《老古玩店》均出自该版本,简称《老》。

到，该书指出把死称作睡的做法可以追溯到《圣经·新约》中《约翰福音》第11章第11—13节的内容："耶稣说了这话，随后对他们说：'我们的朋友拉撒路睡了，我去叫醒他。'门徒说：'主啊，他若睡了，就必好了。'耶稣这话是指着他死说的，他们却以为是说照常睡了。"[①]狄更斯在写耐儿的苦难及死亡的时候，可能真的想到了《圣经》中的这一部分。《约翰福音》第11章第4节的话可以帮助我们更好地理解耐儿的死："耶稣听见就说，这病不至于死，乃是为了神的荣耀，叫神的儿子因此得荣耀。"把死说成睡表明了老人对耐儿的不舍，也体现了人神的区别，对神而言，她是睡了，对凡人来说，她确实是死了，无可挽回地死了。"睡"是狄更斯给予耐儿的荣耀，一个天使的荣耀。

不知林纾是否读过《李尔王》或《圣经》，不过似乎东西方的人情在"孝"这一方面是相通的，因此很容易引起林纾乃至许多中国人的共鸣。中国儒家讲究"孝"。"孝"是一种理想，是"德之本"，孝"始于事亲，中于事君，终于立身"；"孝"是保障封建社会秩序的根本，"故明王之以孝治天下也如此"。[②]深受儒家思想熏陶的林纾自然对"孝"特别敏感。在《孝女耐儿传》序中，林纾感佩狄更斯文章之奇特：

> 天下文章。莫易于叙悲。其次则叙战。又次则宣述男女之情。等而上之。若忠臣。孝子。义夫。节妇。决脰溅血。生气凛然。苟以雄深雅健之笔施之。亦尚有其人。從未有刻划市井卑污齷齪之事。(《孝》序，1)

在林纾看来，狄更斯的伟大在于他可以通过"刻划市井卑污齷齪之事"表现"忠臣、孝子、义夫、节妇"。忠、孝、节、义的思想在林译小说中构成突出的主题，在研究林译小说时，韩洪举对林纾的忠烈情结也颇有

① Robert C. Hanna, ed., *The Dickens Christian Reader: A Collection of New Testament Teachings and Biblical References from the Works of Charles Dickens*, New York: AMS Press, INC., 2000, p.47.

② 李学勤主编：《孝经注疏》，载《十三经注疏(标点本)》(十二)，北京：北京大学出版社，1999年，第3、4、27页。

感触：

> 由于译者思想的陈旧和受中国传统文化心理的制约，“林译小说”的内容多含封建道德说教因素。林纾往往把正常的亲子之爱和人类感情附会成“忠”“孝”，并与封建伦理观念联系起来，如把《美洲童子万里寻亲记》《英孝子火山报仇录》的千里寻亲和为母报仇都归结为孝的力量。说《英孝子火山报仇录》中的这“一烈一节，在吾国烈女传中，犹铮铮然”。除此之外，“林译小说”在译名上亦多带有封建文化色彩。如英国作家哈葛德的《蒙特祖马的女儿》，林译《英孝子火山报仇录》；迭更司的《老古玩店》，林译《孝女耐儿传》；雨果的《九三年》，林译《双雄义死录》。①

的确，《孝女耐儿传》是带有封建色彩的书名之一。如果深入研究一下《孝女耐儿传》，就会发现译文与书名不乏一致之处。由于林纾着力突出耐儿的“奇孝”，强调社会伦理，翻译时按照自己的理解删节、增补内容，使得他的译本部分偏离原著特有的韵味及关键的思想内容。

《孝女耐儿传》与原著很难以字句对应，常见的情况是数段原文被概括或简写为短短的几句话，但这几句话不是随意摘取的，而是费了一番心思剪裁、拼插的。如下面这段：

> 译文：
>
> 耐儿与密昔司所语。盖未叙其苦悰之万一。其忧患威逼之状。安能执途人而语。果使尽吐其实。殊无以位置其大父。心滋弗忍。且耐儿之哭。非关己身而哭。盖见其大父逐日昏沈。无复人理。则尽然伤之。尤患老人将以此成为怔忡。果怔忡者。势将发为狂易。以狂叟将一无告之儿。势不至于沟壑不止。此种心绪。纵及笄之女。尚尔无策。矧在垂髫。惟心掬殷忧。而外貌则仍为乐笑。老人见状。以为吾耐儿者。漫无知识。但乐其天。殊足怜念。嗟夫。此

---

① 韩洪举：《林译小说研究》，第124页。

老读书。但专一叶。更翻一叶。则其中含有无穷酸泪。叟盖未之知也。顾此叟以耐儿之乐。亦微释其忧。以为耐儿乐。吾奚不乐之有。(《孝》卷上,第58页)

原文三段文字在林纾笔下变成了短短的一段,他总结了大意,情理都在,唯独缺少了细节。这样的总结,一般的口译者很难做到,只有在知道了全部内容之后,才能决定如何措辞。缺少细节的结果是,读者只知耐儿苦,却不知她到底有多苦。“苦悰”“忧患”“殷忧”“无穷酸泪”等抽象的字眼并不能完全表达耐儿日复一日所承受的痛苦。但对林纾来说,只要能说明耐儿的孝心就够了,那些细节可有可无。但是,从叙事角度来讲,细节并非可有可无。在《老古玩店》中,许多关于耐儿的细节是不可省略的,因为那些细节关系到作者的创作思路。

删除细节就等于删除了耐儿的心理活动,而在原著中,耐儿的情感、思想是通过狄更斯的细节描述来表现的。如果只强调外祖父可怜,耐儿拼死尽孝,耐儿基本上就变成文化思想观念的工具,成为维护伦理纲常的模范。耐儿为外祖父尽的孝不是一般的孝,她的孝远远超出了一个孩子所能承受之重。不仅如此,耐儿的外祖父口口声声说爱耐儿,而恰恰是他自己的不良行为给耐儿带来了灭顶之灾。不但他自己是邪恶势力的一部分,他还招来了邪恶势力的代表——侏儒奎尔普。在后来的流亡中,耐儿一边要服侍颓废衰弱的外祖父,一边还要防止他的赌博恶习复发,随时准备救他,把他从他自己的手里解救出来。因此菲利普·科林斯把耐儿的外祖父归于“不负责任的老吸血鬼”一类的人。[①]如果不提耐儿内心的磨难,一味强调她的孝,那么耐儿作为一个个体,一个被一群怪异男人所包围的天使般的少女的艰难处境就得不到理解。

耐儿从来不主动诉说,她的内心活动是通过叙述者的叙述间接展示的。《老古玩店》中有两位叙述者,一个是汉弗莱老爷,一位是作者狄更斯。汉弗莱老爷是前三章的叙述者,后来“为了便于叙述”,他退出了舞

---

① Philip Collins, *Dickens and Education*, London: Macmillan & CO LTD, 1963, p. 185.

台，改由全知叙述者叙述。按照弗里德曼的分类，前者是第一人称叙述者，第一人称见证人，既是叙述者又是人物；后者是编辑型全知叙述者，他无所不知，还经常发表评论。[①]尽管二者都是男性，叙述方式不同，但他们俩都对耐儿寄予无限的同情，愿意为她说话。他们采取不同的策略，使耐儿的冤屈从叙述的角度和重点中得以体现。首先我们不妨根据许君远的译文和苏珊·兰瑟解读《埃特金森的匣子》的方法来解读上面提到的省略。[②]同那位有话不能明说的新娘一样，耐儿也有许多话不能跟奎尔普太太说。我们姑且把耐儿不能说的话摘抄出来，跟林纾的译文做一下对比：

> 译文：
>
> 在同奎尔普太太的密谈中，女孩子只不过把她思想里的悲哀和苦闷，**以及笼罩她家庭的愁云惨雾和炉边床头的暗影**轻描淡写地叙述了一下。而且，对一位不是十分熟悉她生活的人，很不容易把**她的暗淡和孤单的况味**适当地表达出来，她惟恐万一伤害了她深深依恋着的外祖父，因此**便是在她心潮汹涌的当儿**，也不肯暗示出使她**焦虑和苦恼**的主要原因。
>
> **因为并不是没有变化和没有愉快友伴的单调日子，或者是那些黑暗凄凉的黄昏，漫长寂寞的夜晚，或者是缺乏弱小心灵所盼望着的种种轻松的玩乐，或者是除了软弱和容易受折磨的精神便一无所知的童年：**绞出了耐儿的眼泪。看着老人压在一种沉重的隐忧底下，看着他那踌躇不安常常被一种可怕的恐惧所激动的情形，从他的言语神态证明他接近了疯狂的前哨——**她一天一天地注意、等待和静听这些事情的揭晓**，感到并且知道，不管结果怎样，他们在这个世界上是孤独的，没有人会来帮助、给予劝导或者照顾——这些全是造成失望和焦虑的原因，便是一个年龄较大能够多方面寻找安慰和

---

① Norman Friedman, "Point of View in Fiction," in *The Theory of the Novel*, ed. Philip Stevick, London: The Free Press, 1967, pp. 108—137.

② 苏珊·S. 兰瑟：《虚构的权威——女性作家与叙述声音》，黄必康译，北京：北京大学出版社，2002年，第7—13页。

> 开心的成年人，也很难忍受得了；如今它们压在一个年青的小孩子头上，如何会使她不感到沉重，**何况在她的环境里，这种思想又活动个不停！**
>
> 但是，在老人的眼里，耐儿仍然和先前一样。**当他从那日夜纠缠着他的幻想里摆脱出来的时候**，在那一刹那里，他的小女伴仍然是同样的笑脸，同样诚恳的说话，同样高兴的笑声，同样的爱和关切，**这些都已深深地渗入他灵魂，好像一辈子也不会改变似的。**于是他继续过下去，阅读反映她心情的书本，只管满意于翻在他面前的一页，从未梦想到故事是隐藏在其他篇幅里，而就自言自语地认定至少孩子是幸福的。(《老》，第106—107页，黑体为笔者所加)

译文中黑体字部分是林纾译文中省略不译的部分。林纾的译文强调的是耐儿抑制内心的悲伤，强颜欢笑，以安慰精神濒于错乱的外祖父，而且她做得很成功。他删减的部分是耐儿无处可诉的痛苦。她一个人在家里，床头炉边，孤苦伶仃、担惊受怕的惨状是她不肯告诉别人的，却让狄更斯一一道出了。林纾译文的说理主要是为耐儿的外祖父着想，而原著及许君远的译文让人更多感受到的是耐儿的孤苦无奈。由于狄更斯把耐儿的美德写到极致，有读者抗议说像耐儿这样的天才儿童根本不是孩子，他们是满嘴哲学的成人，只不过碰巧长得个儿小又年轻。[①]这些读者要是看了林纾的译本，那就真不知会说什么了。

虽然耐儿身上有着孝女的美德，但狄更斯笔下的耐儿首先是个天使，而不是孝女。孝女美德只是天使美德的一部分，天使当然可以是孝女，可她绝不仅仅是孝女。原作文本中"天使"这个字眼随处可见，无需专门查证。需要查证的是这天使形象所反映出的思想观念。如上文提到的，批评家认为"自考狄利娅之后，没有哪个女性形象如耐儿这么美好"。那么耐儿到底好在哪里呢？她是一个好孩子还是一个好女子呢？关于这一点，评论家们的意见稍有不同，但本质上却趋向一致：耐儿这个形象是标

① Philip Collins, *Dickens and Education*, p. 202.

准的维多利亚时代理想的女性形象：一种意见是以G. K. 切斯特顿为代表的，他认为耐儿与其说是个小孩子，不如说是个“小妈妈”，她是个奇怪的孩子，“是一个具有早熟的责任感和义务感的小姑娘；一种圣徒式的早熟”。“一个孩子的美丽和圣洁在于他的无忧无虑，在于没有什么责任心，不像小耐儿那样。在小耐儿的身上我们从来都看不到一个孩子应有的那种神圣的迷惑。”[①] 可见这天使不是一个纯粹的孩子，而是母亲和孩子的结合体，具有关爱、包容一切，承担一切的母爱和顺从、忍耐的品质。而现代女性主义批评则直截了当地指出，狄更斯的“天使”不仅仅是个女孩，还是社会普遍认可的理想的女性典范。女性主义批评家帕特丽夏·英厄姆总结说，这种天使一般都是20岁左右的处女，其外部特征是“娇小玲珑”，面容娇美但外形轮廓和体态却轻飘飘缺乏质感；她们一般都比较纯真、无知：对生活、对外部世界一无所知；她们没有性意识，对“自己的魅力及其可能造成的后果一无所知”；她们消极被动，没有个性。[②]在英厄姆看来，尽管耐儿年幼，不足14岁，但她的天使特征与维多利亚女性的特征并无二致，因此她也属于“适婚”少女(nubile girls)之列：

> 一般人不把她归入适婚少女的行列，但人们是出于非文本的考虑才把她当作孩子的。而文本所揭示的耐儿却并非如此。尽管(或者因为)她尚未性成熟，但对她的描述用的显然是通常用来描述性成熟征象的一套说辞。她有着“最苗条”的身材和一副绝对精致小巧的身躯，她是无可指摘的童贞女，天真无邪，蒙昧无知。从一开始，她的哥哥弗雷德·特仑特就把她当作潜在的适婚少女，唆使狄克·斯威夫勒密谋与她结婚。在狄更斯的小说里，纯真少女身边常常伴有像特仑特这样的皮条客，就像拉尔夫· 尼克尔比对他的侄女凯特所扮演的那种角色。后来，在《老古玩店》里，耐儿遭到侏儒奎尔普的纠

---

① G. K. Chesterton, *Charles Dickens: A Critical Study*, New York: Dodd Mead & Company, 1906, p. 123.

② Patricia Ingham, *Dickens, Women and Language*, Toronto: University of Toronto Press, 1992, pp. 18—20.

缠，他想要她做他的第二任妻子，而且也毫不隐瞒地这么跟她说了。①

英厄姆的论证证据充分，要在这一点上提出反证恐怕不容易。从小女孩的角度讲，耐儿身边的这些形形色色的坏蛋就像童话故事中的一群魔鬼，是“恶”的化身，而不是男人。她要以天使的身份代表“善”来照顾痴、疯、愚钝的外祖父，与恶势力抗争，不惜付出年轻美好的生命，对外祖父尽孝，对上帝尽忠。若是从一个成熟少女的角度来看，她周围的这些坏人首先是一群男人，她与他们的关系是女人和男人的关系。如此看来，弄清耐儿到底是小孩子还是适婚少女对理解小说的总体构造有重要的意义。如果耐儿只是个小孩子，那么林纾对这个人物的阐释就是正确的，那么《老古玩店》这部小说的艺术主题就像切斯特顿说的那样：

> 故事中所有善的力量和人物竟然全体出动去追寻一个无足轻重的小孩，去还她一个公道，竟然动用所有的财力物力，费尽心思，长途奔波，在英国挨乡挨镇地追踪她的足迹，而且竟然都来得太晚了。所有善良的神仙、所有好心的魔术师、所有正义的国王和所有豪侠的王子，驾着战车、骑着飞龙、带着军队、领着舰船去寻觅一个在树林里迷路的孩子，却发现她已经死了。可以说，在把绞索套在小耐儿脖子上那么长的时间之后，当狄更斯终于判处她死刑的时候，那是狄更斯的艺术本能驱使他去形成的一个构想。②

童话故事中小女孩的结局基本上都是被神或人救了，甚至最后嫁给了王子，“从此过上了幸福的生活”。可耐儿却死了，这个结局在狄更斯那个时代是不太容易被人接受的。但是狄更斯为什么非要让耐儿死呢？从小说结构和女性主义批评的角度来看，耐儿能不能不死呢？如果我们能给这

---

① Patricia Ingham, *Dickens, Women and Language*, Toronto: University of Toronto Press, 1992, p. 19.

② G. K. Chesterton, *Criticism & Appreciations of the Works of Charles Dickens*, London: J. M. Dent & Sons Ltd., 1992, pp. 53－54.

些问题提供某种答案的话,我们就能看到耐儿的完美和耐儿的死有着更广阔的社会意义,它的艺术思想也许不是林纾、切斯特顿,甚至狄更斯本人所能料想到的。

## 2.“天使”在人间与“天使”的回归

狄更斯的“天使”与林纾的孝女是不一样的。天使般的女人不但具有为世人所称赞的美德与美貌,还有不可摆脱的宿命。天使的形象与其周围的世界极不相称,因此很难在人世间存活。她们要么因为身体太弱,要么因为遇人不淑,年纪轻轻就夭亡。狄更斯在肯定耐儿美好的同时,也指出“天使族女性”存在的荒谬,对她们抱着极大的同情,并看到新时代妇女形象的改变。而林纾的耐儿更具人的特征,他极力赞扬耐儿的“孝道”,认为女孩子就应该这样。对狄更斯而言,耐儿的死在很大程度上是一个必然,是不可避免的;而对林纾来说,耐儿的死是偶然的、个别的情况。

耐儿的死曾感动了许多人,也激起一些人的不满。狄更斯的好友约翰·福斯特就认为耐儿的死极其感人,《老古玩店》因此而成为一部文学杰作。奥斯卡·王尔德、约翰·拉斯金等都不喜欢《老古玩店》的结局,拉斯金觉得耐儿的死是“为吸引读者而采用的拙劣手段”①。普通的读者也可能认为耐儿完全可以不死:这么难得的一个好姑娘,又有这么多好心人帮她,她的外叔祖带着大笔财富来与他们团聚,她终于可以过上外祖父为她想象的有车、有房、有仆人的好日子了,为什么非要让她死?难道她不能像童话故事里的小姑娘一样,嫁个好男人,从此过上幸福的生活吗?好人不该有好报吗?

批评家们常常把耐儿的死与狄更斯的妻妹玛丽·霍嘉斯的夭亡联系起来,他们认为是玛丽·霍嘉斯的死促使狄更斯去塑造耐儿这样一个完

---

① Malcolm Andrews, “Introduction,” *The Old Curiosity Shop*, Charles Dickens, New York: Penguin, 1972, p. 27.

美的天使形象，以寄托他的哀思。这样的猜测没什么不对，但有把问题简单化之嫌。也许玛丽·霍嘉斯的美好在耐儿这个形象中得到了充分的体现，但从小说的总体架构上看，耐儿的死应该还涉及狄更斯的更多的人生经验和艺术思想。玛丽的死对狄更斯无疑是一个提醒：世事无常，既然玛丽会夭亡，耐儿当然也会。现实世界与童话世界最大的区别在于，不论经历多少磨难，童话中的主人公一定会战胜邪恶，好好活下去，而现实世界的人却可能由于各种原因不幸死亡。耐儿的死让我们看到她属于现实世界而不是童话世界。

事实上据福斯特说，狄更斯不是一开始就想给耐儿这样的结局，是他建议狄更斯这么做的。

> 他起先没想让她死，我让他考虑一下，在让一个小小的孩子经历了这样一个痛苦的灾难之后，是否应该把她提升到一定的高度，免去一般小说那种大团圆的俗套，不要为了迎合读者的趣味而改变这个柔美、清纯、娇小的人物形象。这难道不是他自己的构想吗？他马上领会了我的话，一直按照这个思路写下去。①

如此看来，是福斯特的提醒让狄更斯明白了死亡可以使耐儿与众不同，可以给读者带来别样的艺术感受和阅读冲击力。从主观上讲，他们竭力要维护的还是这个美好的天使形象，这跟反对让耐儿死的观点没有本质上的区别。但从客观上说，耐儿的死赋予了这个人物不同的意义。

耐儿的死之所以不同寻常，跟小说中的其他人物有关。原著《老古玩店》不仅人物众多，人物间的关系还相当复杂。除了完美无缺的耐儿和坏得不可救药的那几个坏蛋以外，还有其他重要的人物，如狄克·斯威夫勒和侯爵夫人。耐儿的死本身是一个简单的事件：耐儿为躲避恶势力与外祖父外出逃难，一路上历经劳顿、忧愁、饥饿和疾病，是精神上的折磨以及逃亡路上身心的折损导致了耐儿的死。按照这个思路，耐儿的死只是一

---

① John Forster, *The Life of Charles Dickens*, Vol. I, Philadelphia: J. B. Lippincott Company, 1897, p. 211.

个简单的不幸的死亡案例。她只是不幸地生在这样一个家庭，又不幸地碰上了这样一群坏人，然后就不幸地死去了。但是不论在什么时代、什么社会都可能有这样一群坏人——像弗雷德那样的无赖、花花公子，像奎尔普那样变态的恶棍，像外祖父那样的赌徒，也会有像耐儿这样沦为歹徒牺牲品的不幸少女。这个故事如果是个新闻报道，会迅速引起人们的关注，引发无限的同情和惋惜。但是作为小说的主人公，耐儿不是一个普通的小孩子，耐儿的死也不是一个个别的简单的事件。耐儿的天使形象给她的死注入了特殊的寓意，她的死应与小说中其他的事件和人物联系起来加以分析。

与耐儿形成鲜明对比的一个人物是侯爵夫人。侯爵夫人与耐儿的年龄不相上下，都在 13 岁左右，两个人的身材都很小。所不同的是，耐儿是个奇特的女孩：她有着天使般的相貌和美德却又遇人不淑、红颜薄命；她是维多利亚时代理想女性的典范，却没有在现实生活中做一次真正女人的机会。她是个乖孩子，在孤苦难熬的日子里，坐在窗前静静地等待着、忍耐着。她不谙世事，不知如何保护自己。侯爵夫人是个脏兮兮、让人看不清模样的神秘小姑娘，不知道自己的出身、姓名和年龄，但她知道关心自己的安危，知道给自己弄一把备用钥匙，以防万一。她知道生存的法则，为了不饿死，趁主人不在家或熟睡之时四处找吃的。她还透过钥匙孔窥视周围的世界。她从小就是个管家婆，办事利落，善于跟人交流，会交朋友。耐儿与侯爵夫人，一个是破落家庭的精致女孩，一个是下层社会无人照料的孤女。她们同样都在生死线上挣扎，耐儿死了，回归了天国；而侯爵夫人活下来了，得到了良好的教育，嫁给狄克，过上了小康生活。这难道只是命运的捉弄吗？不管怎么说，人们从侯爵夫人身上看到了更多的活力，一种人的原始的生命力，而耐儿的生命力是被压抑的、脆弱的，太精致，生存能力差。

像耐儿这样的女人好像真的不好存活，她们自己也活得很痛苦。耐儿的外祖母、母亲和耐儿被狄更斯称为“天使族人”，她们都没过上好日子；外祖母生下孩子不久就归天了；母亲被父亲虐待，不但自己吃苦受累，还连累外祖父几乎倾家荡产；耐儿更是在历尽苦难之后夭亡。耐儿的母亲有着惊人的美德，尽管嫁了个无赖男人，她对他仍是忠心耿耿："她却一直辛辛苦苦地过下去，表现出她的赤诚，也表现出她的优良性格，而这也只有女人做得到的。……忍耐着，一种强烈感情把她支持到最后，她做了三个星期的寡妇也死了。"(《老》，第 775 页)如果如拉斯金所愿，让耐儿能够活下来，变成有钱的女人，那么她会嫁什么样的男人呢？她会靠头脑和智慧去跟男人打交道，还是像母亲那样，以赤诚和强烈的感情去承受人世间的罪恶，郁郁而终呢？答案恐怕不容乐观，因为她的母亲曾经也不穷。

天使族的女人如此完美，有耐力，有爱心，有美德，有美貌，却不能为自己赢得一个美好的人生。我们不禁要问，上帝为什么要这样对待她们呢？或许维奥萝·克莱因的分析能给我们一些启发：

> 天真无邪、缺乏人生经验和教化的柔弱是维多利亚时代少女的典型特征。这些少女的娇弱，作为优雅的标志，在客套应酬时得到众人的赞美。把她们当作偶像来崇拜显然是治愈一种疾病的良方，这种疾病叫作"衰弱"，它威胁到那个时代的年轻妇女，使得数量惊人的年轻妇女莫名其妙地就变成了无助的病人。使得年轻妇女在不尽的感伤中日渐憔悴的不仅仅是对文学典范人物的模仿，要想抓住别人的注意力又恪守妇道、不失闺中少女的矜持，这是一个绝佳的办法。再说，这也是那个时代妇女的处境造成的，因为嫁人是女人为自己谋取生计的唯一可用的手段，而这样做又同时最大限度地减少了她对婚姻所能做出的积极贡献，她会觉得在这个共同的事业中她是一个负担而不是积极主动的合作伙伴。最后的但并非最不重要的一点是，由于维多利亚时代的人过分强调举止得体，两性之间的正常的社会交往几乎是不可能的。这给妇女在实现人生目标唯一的道路上设置了极大的障碍。①

---

① Violo Klein, "The Emancipation of Women: Its Motives and Achievements," *Ideas and Beliefs of the Victorians*, BBC Talks, London: Sylvan Press, 1949, pp. 264—265.

克莱因提到的最后一点是最值得关注的，因为这也是耐儿与侯爵夫人的一个重要的差别。因为缺乏正常的社交，像耐儿这样的女孩很少有跟异性接触的机会，一旦成年到了该出嫁的时候，却不了解异性，不知如何应对生活。弗雷德很清楚这种女孩的弱点，她们是很容易上当受骗的："那姑娘有很强烈的感情，尽管受的是那种教养，在她的年龄上可能是很容易听话和被说服的。如果我把她带过来，我敢说用不着什么劝诱和恫吓就会叫她服从我的意志。"(《老》，第 86 页)耐儿是个美丽的少女，而侯爵夫人跟她不同，她看上去就是一个小孩儿，又脏又乱又小，但这种形象却形成了她的优势。她没受过中产阶级价值观的影响，是个纯天然的人，本性善良，分得清是非。在跟狄克聊天、分享食物和扑克游戏的快乐的时候，在竭尽全力挽救狄克生命的时候，她是在跟一个朋友而不是异性交往，这样的交往为他们日后的婚姻生活奠定了坚实的基础。斯威夫勒说"一位年青貌美的姑娘显然是在为我而成长，为我贮藏着"(《老》，第 104 页)，这姑娘由耐儿变成了侯爵夫人。

狄更斯在极力颂扬耐儿的时候，有意无意地暴露了耐儿的致命弱点和不幸的根源。侯爵夫人与耐儿不同命运的对比，侯爵夫人机灵、可爱与耐儿沉静乖顺的对比，更衬托出耐儿一生的被动与无奈。马尔科姆·安德鲁斯说耐儿是这部小说中现实感很差的一个人物，不像奎尔普、狄克或克忒那么有活力。[①]耐儿之所以没有现实感是因为她根本无法实现自己的生命价值，而这样的处境是几代天使的悲哀人生积累下来的。当最疼爱她的外祖父都变成了像弗雷德一类的骗子的时候，耐儿还能为她自己做什么呢？至此我们不再感到耐儿与老古玩店的惊人的对比，而是恰恰找到了他们协调一致的地方——耐儿也只是一件古董，她所代表的理想已成为历史。

当狄更斯的原著给读者留下这样的阐释空间的时候，林纾的译文却把读者的注意力引向作为孩子的孝女耐儿。在原著中，独身绅士叙述家

① Malcolm Andrews, "*Introduction*," *The Old Curiosity Shop*, p. 29.

事时提到了天使族人的秉性传承，这个叙述对确定耐儿的女性特征极为重要：

原文：

"If you have seen the picture-gallery of any one old family, you will remember how the same face and figure—often the fairest and slightest of them all—come upon you in different generations; and how you trace the same sweet girl through a long line of portraits—never growing old or changing—the Good Angel of the race—abiding by them in all reverses—redeeming all their sin—" (*The Old Curiosity Shop*, 637)①

译文：

如果你看到过任何一个古老家族的美术陈列馆，你将会记得相同的面孔和身材——常常是其中最美丽和最窈窕的——如何一传就是几代；并且你可以把一个长得一样的甜蜜的姑娘从一个长系列的像片中一直探溯上去——总是年青，也没有变化——像是这个家族的守护神似的——和他们住在一起度过灾难和不幸，来赎她们的一切罪过。(《老》，第 775 页)

而这一段重要的文字在林纾的译文中被全部略去。这些话中有两个要点，一是这些人年轻、美貌、早夭，同样的长相和命运，代代相传。这样的女性形象在男权社会中已存在很久，生存状态极差。第二个要点是赎罪的说法。让一个天使来人间赎罪是颇具讽刺意味的：一个女人越善良就越受罪，所有男人的罪要由她来背负，她要作为守护神来赎罪。这两点显然与林纾的思想观念相冲突。如果要把耐儿塑造成必须做出牺牲的孝女，这两点就不能提，因为这样的事在林纾看来正是世代孝女应该做的

---

① Charles Dickens, *The Old Curiosity Shop*, ed. Angus Easson, Harmondsworth, Middlesex: Penguin Books, 1972. 本文所引文本原文均出自该版本，简称 *OCS*。原文着重部分为《孝女耐儿传》省略的文字，系笔者所加，以下同。

事，是她们的本分，不容质疑。通过省略，被狄更斯否定的观念在林纾的译文中得到了加强和肯定。

另外，在林纾译文的前半部分，耐儿身上天使的特征与原著相比较弱，更具中国文化的色彩。如林纾把书中三个出现"fairy"的地方都相应译成"雅人""娟妙之少女""行步如烟"(small fairy footstep)(《孝》上卷，第5、12页；下卷，第134页)，而不是许译中的"小仙子""仙子""细小的脚步"(《老》，第10、21、792页)。原著强调的是耐儿的娇小、轻盈，如仙子般不具质感，而林译强调的是耐儿的娴雅、美丽。原著中两次出现的一个类似的说法在林译中只出现一次："who was so fresh from God"；"a creature fresh from the hand of God，and waiting for the breath of life"(*OCS*，46，654)。林纾只译后一处而略去前一处，他把后一处译得很准："盖似上帝已造之人胚，尚待一吹嘘之力，遽然而生。"(《孝》下卷，第136页)这个译法体现了原著的精神，正如书中所提的："这好像从死里得到了生命，离天国越来越近了。"(《老》，第583页)但是他忽略了耐儿一贯的天使外表及神态，因此他没有把"刚刚脱离上帝的怀抱"(《老》，第583页)译出来，耐儿的仙灵之气没有从一开始就得到体现。林纾的耐儿是由人及仙，而狄更斯的耐儿从一开始就仙气十足，她不属于这个世界。

## 3.《老古玩店》的象征意义

《老古玩店》这个题目对林纾来说似乎并不重要，因此他把它改成《孝女耐儿传》。而狄更斯本人对这个题目是反复斟酌过的，最后才决定用现在这个题目。[①]切斯特顿认为，《老古玩店》这个题目并非随便起的，它是理解整个故事的关键。[②]

小说的题目《老古玩店》与其内容是紧密相关的。狄更斯的脑子里有

---

① John Forster，*The Life of Charles Dickens*，Vol. 1，p. 202.

② G. K. Chesterton，*Charles Dickens*：*A Critical Study*，p. 121.

两个古玩店，一个是耐儿的家，一个是耐儿所处的社会。耐儿的家是跟一个畸形古怪的社会相对应的。第一章对老古玩店的描写引出了第二、三章中的畸形古怪人，把两个古玩店介绍完之后，汉弗莱老爷就完成任务，退出了舞台。但是作为把所有“名角”介绍给读者的人，汉弗莱老爷的作用是不可低估的，他说的话对后话的理解起了关键作用，不能随意删节。我们再看许君远的译文，便可知林纾删节的内容有多么重要。耐儿在故事的开头就没什么活路，这一点从汉弗莱的叙述中可以看出。他自与迷路的耐儿相遇，又见过耐儿的外祖父后，就为小姑娘的命运深感担忧。小说第一章结束时，汉弗莱回到家中，满脑子还想着耐儿：

译文1：

余卧温榻中。仰屋而思。彼复室中绣塌横陈。卧娟妙之少女。睡味甚浓。至往来反复。力思此事不已。大凡人每思念一人。则必牵引其旁无数之物事。余思耐儿。因及其室古甲古瓷之属。因古甲古瓷之属。则又思及耐儿。余果在寻常屋中见耐儿者。其思虑亦不如此之乱杂。惟耐儿美。而屋中陈设复古特奇诡。好丑并合。而脑力亦因之而棼。于是盘旋屋中。久复念此耐儿生长是间。后来之收局将如何者。思深而惧。遂不更思。似历历见耐儿后此流离之状。乃自决以睡力麾斥此事。弗思。(《孝》卷上，第12—13页)

译文2：

我坐在安乐椅上，**陷到丰厚的靠垫里**，想象那睡在床上的女孩子；**一个人，没有人守着，没有人照顾着(除了天使们)**，但是还是平和地睡着。这样**年青，这样有灵性，这样纤小像仙子般的一个人儿**，竟要在那样不愉快的地方消度阴惨的漫漫长夜！我怎样也不能把这种意识从我的思想里排除。

在习惯上，外界的事物总是经过一番回想之后在我们心里造成印象，不过要是没有这种视觉上的帮助，这些事物就会逃避了我们的注意；因此我不敢说，如果我没有在古玩商人货栈里面看到杂乱地放着的那些奇形怪状的东西，我也许不会给这个问题纠缠得

> 这样苦。这些**挤塞在我心头又集结和环绕女孩子身边的事物**，把她的景况清晰地送在我的面前。我用不着费力思索，便能看到她的形象，**被一堆性质不明的东西围困着，并没有一件和她的性别年龄能够调和**。如果我的幻想中有这些助力，假定她是在一间外表并不特殊也不粗劣的普通卧房里面，我很可能对她那又奇特又寂寞的处境就不会发生这样强烈的印象了。但是事实上，**她好像生存在一种寓言里面似的**；再加上她周围的这些形象，她便强烈地引起我的兴趣，于是(正如我已经说过的)，我不能把她从我的回忆里排除，无论怎样也不成。
>
> **在房间里不安地绕了几个来回，我自言自语地说道：“在一群粗野古怪的同伴中，孤芳自赏地生活着，只有她是又纯洁又清白又年轻的一个**；她的前途如何，倒很不容易推测出来呢。**如果——”**
>
> 想到这里，我便制止住自己，因为**这个主题把我带得太远，我已经看到前面有一个我绝不愿意走进去的境域。我自己同意这是无聊的幻想，便决定上床休息**，唯求把这件事赶快忘掉。(《老》，第20—22页，黑体为笔者所加)

许译黑体字部分为林纾不译的内容。从许君远的译文里我们可以看出叙述者说“一群粗野古怪的同伴”时既是指耐儿所居住的古玩店里的古董，又暗指耐儿周围的那些人，因为原文中companions和throng这两个词都主要用于指人，有时兼指物。叙述者在这儿段话里要说的是：耐儿还是个孩子，而且是漂亮的女孩儿，她的外祖父真不该在黑夜里把她一个人丢在家中；这么柔弱、这么可爱的一个小姑娘怎么能住在这样一个可怕的地方，让美丽、善良的小姑娘与鬼怪同室，是寓言里才有的事。古玩店的生活让人看到她处境的艰难，预示了她的死，“我已经看到前面有一个我绝不愿意走进去的境域”，汉弗莱老爷预感到了耐儿会有不好的结局。

林译版本中译得最精彩的一句是“思深而惧”，它把汉弗莱对耐儿的揪心的担忧以简单的四个字表达出来了。然而把上段原文黑体字部分浓缩成“惟耐儿美。而屋中陈设复古特奇诡。好丑并合。而脑力亦因之而棼”，似乎不妥。加上“似历历见耐儿后此流离之状”更是超出了叙述者的本分，因为汉弗莱老爷在第三章结尾时已退出舞台，没有见证耐儿的流离。这样的增补不但多余，还混淆了该小说的两位叙述者。但是林纾从一开始就搞错了叙述者。小说原文的第一句话是“Night is generally my time for walking”，这个“my”指的是汉弗莱老爷，而林纾将这句话译成了“迭更司曰：余老矣，然恒数出，出则必乘晚凉”。到了第三章结尾第一人称叙述者退出时，他却照搬原话：

> 以上所书。均余口述。书中着眼之人。已一一呈之纸上。下为叙事简便之故。余一身下场。不复口述。留此剧场之事。听此数名角自己伸诉。(《孝》卷上，第 24 页)

“迭更司曰”在《孝女耐儿传》的许多章节里反复出现，突出了第三人称全知叙述者的无人称评论。“迭更司曰”给林纾译本增添了有趣的色彩，使得译本看上去不像翻译，更像是转述。

除了删除细节，林译还改变了原著的文体，把原著中的直接引语变为陈述。如把“在房间里不安地绕了几个来回，我自言自语地说道：‘在一群粗野古怪的同伴中，孤芳自赏地生活着，只有她是又纯洁又清白又年轻的一个；她的前途如何，倒很不容易推测出来呢。如果——’”变成了心理活动：“惟耐儿美。而屋中陈设复古特奇诡。好丑并合。而脑力亦因之而棼。于是盘旋屋中。久复念此耐儿生长是间。后来之收局将如何者。思深而惧。遂不更思。”叙述者的自言自语在原著中起强调作用，目的是让读者也是让叙述者自己听到这可怕的想法，因为正如申丹所说的：“引号所产生的音响效果有时正是作者所需要的。”[①]这自言自语也反映了叙述者深深的忧惧，他忍不住说出声来，把自己吓了一跳，不敢再往下想这件事。叙述者内心折磨的戏剧性表现到林纾的译本中呈现出来的更多的是冷静，没有表现出作为亲眼目睹耐儿生存状况的汉弗莱的极度焦虑和

---

① 申丹：《叙述学与小说文体学研究》(第三版)，北京：北京大学出版社，2004 年，第 302 页。

不安。

我们从林纾译文中只看到耐儿美而环境恶劣，因此人们应该为她的前途担忧。林纾译出了汉弗莱老爷的担忧，但略去了他对耐儿的关切与同情、对耐儿外祖父的不满。林纾所担忧的是屋中的诡异陈设，而汉弗莱则从屋中诡异的陈设联想到耐儿周围的人。因为不但屋里的东西可怕，她周围的人也很怪异。在汉弗莱退出叙述之前，也就是在小说的前三章，他见到了不负责任把孩子一个人丢在家里的耐儿的外祖父、相貌古怪的小仆人克忒、耐儿的哥哥弗莱德、弗莱德的朋友狄克·斯威夫勒，还有"恶的化身"侏儒奎尔普。特别值得注意的是他们都是男人，不是想从她身上榨取钱财，就是想娶她，或者干脆想人财两得。只有小仆人克忒对她好。耐儿与"古特奇诡"世界的缘分起于她的外祖父。有人说耐儿的善是带着永恒的寓意的，与她相对立的是邪恶势力。[①]的确，在一般情况下，耐儿总是设法避开邪恶的势力，亲近善良的人。问题出在她的外祖父亦邪亦善，又是她唯一的亲人，所以耐儿在劫难逃。老古玩店的象征意义在于它给耐儿制造了一个除了回归天国就无法摆脱的困境，揭示了耐儿小小身躯所无法承受的天使命运。耐儿的死是各种外部恶势力逼迫的结果，奎尔普当然应该为她的死负责，但最该为她的死负责的是她的外祖父。而她的外祖父所代表的却是那个时代千千万万普通的英国男人，他们希望娶一个天使族的女人，却又不能保她们平安、给她们幸福，让天使族兴旺。或许他们的这种愿望本身就是不明智的，不切实际的。到最后，耐儿内心除了死没有别的愿望，那时她的心比她的身体还要疲惫。她与外祖父的关系不是尽孝的关系，如果是尽孝，她就应该知道，她不能死在外祖父之前。因此她只是把天使的角色扮演到底，而除了这个，她也不会别的。

---

① Jane Vogel, *Allegory in Dickens*, Alabama: University of Alabama Press, 1977, p. 18.

## 4."天使"耐儿与"孝女"耐儿的异同

按照上面的分析,我们是否应该把狄更斯归于女权主义作家的行列呢?当然不是。没有证据表明,狄更斯除了对女人的不幸表示同情、希望女人能受点儿教育外还有更高的觉悟。小说不像哲学著作那样,提出一个观点,然后展开逻辑推理,证明它的合理性。小说是以叙述为主,其多重线索和形形色色的人物展现的是一个纷乱复杂的世界,这样的世界会给我们较大的阐释空间。《老古玩店》只是给女性主义批评提供了一种阐释的可能,但不能证明狄更斯心怀妇女解放或男女平等的意愿。作为天使的耐儿死的时候是一个天使圣女,耐儿的死具有很强的宗教意味。作为肉体凡胎的小女子,她是抗不过邪恶力量的,但她天使的神性能让她引领着善的力量去战胜邪恶。耐儿与外祖父出逃后,有两拨人在寻找他们,一拨是奎尔普及其帮凶,另一拨是独身绅士和克忒等人。耐儿死后,奎尔普陷害克忒的罪行败露,他本人也淹死在河里;独身绅士领的那一拨人都过上了幸福的生活,老古玩店也被拆掉了。尽管说善有善报,恶有恶报,但这些人的果报应该说都跟耐儿有关,也就是说耐儿不是白死的,她的死具有更新社会的作用。宗教精神在狄更斯的作品中总占据着重要的位置。在写给约翰·福斯特的一封信中,狄更斯说他写耐儿的死是"试图写一些东西,给那些死了亲友的人读,给他们柔情和安慰"①。耐儿的死是休息和睡眠,是回归天国;她的死给世界带来了美德,激励着所有爱她的人向善。类似的话在书中至少出现过两次:

译文:

"不会有这种事,"她的朋友叫道,"不,不会有不曾犯过罪或者做过好事的人,死后被人遗忘了的。我们要坚持这一个道理。否则什么也可以不信。一个在襁褓中的婴儿,一个话说不全的娃娃,一旦夭

① Andrew Sanders, *Charles Dickens, Resurrectionist*, London: Macmillan, 1982, p. 66.

殇了，仍然活在他们亲人的心里，并且还要通过亲人在世上做出些赎罪的事情，虽然他们的身体已经烧成灰烬或者丢在大海里沉没了。绝不会说一个人到了天使群中，他地上的亲人会受不到保佑的。被人遗忘！唔，如果人类的善行能够追溯它们的根源，便是死也好像美丽的；因为多少的博爱、仁慈和纯洁了的感情可以看出是在坟墓中成长起来的！"(《老》，第594页)

唔，把这类的死所给予的教训印在心上是困难的；但是谁也不要拒绝接受它呀，因为它是所有的人必须学习的东西，并且是一个有力和普遍的真理。死神总是让那喘息的灵魂从脆弱的身体上获得解放，因此他把天真的和年青的人摧毁了，于是上百种的道德，便化做怜悯、仁慈和博爱，出现在世界上，赐福给全世界的人。伤心的人们在这种青绿的坟墓上流下来的每一滴的眼泪中总会产生一些善念，总会含有一些更温和的品德。在毁灭之神的脚步底下，常会跃起光辉的创造，反抗他的威力，而他那条黑暗的幽径也将变成一条通往天国的光明大道。(《老》，第806页)

显然，狄更斯在此呼唤的是怜悯、仁慈和博爱，如果人们能从耐儿的死中获得一些善念，耐儿这样的苦孩子就会得到社会的关注，这样的悲剧就会少一些。在这样的诉求中我们看到了西方国家以基督教提升社会道德的文化特征，这与中国传统的以孝治天下的文化特征不同，很难为林纾所接受。

上述文字第一段林纾没有照译，只是根据上下几个段落归纳为下面这几句：

汝谓花枯而典墓者。稀为生人忘死者之据。且死人入坟后。遂不能感动生人为善之心。耐儿。汝听之。方今多人力行善于人间。其原因均本之死者之意。(《孝》卷下，第40页)

第二段干脆略去不提。为什么对狄更斯很重要的内容引不起林纾的兴趣，以至于要删去它呢？从表面看，林纾对基督教的术语并不排斥，在他的译文里可见“上帝”“十字架”“天使”等字眼，而实际上林纾不想宣扬基督教，总想把耐儿说成是孝女，而不是什么天使。在他看来耐儿的至善至纯总离不了一个“孝”字，只要她尽了孝，就是天大的好人，就是给世人树立了榜样。而天使要效忠的是正义，是圣父（the Father，指上帝）而不是“大父”（Grandfather，指耐儿的外祖父），她是替圣父在人间播撒善念。这些段落如果保留下来，就难免与林纾要强调的人间孝道相冲突，与林纾的中国传统价值观相冲突。提到“孝”，林纾不但删除他不喜欢的内容，还增加他自己的评论。比如：

原文：

The schoolmaster heard her with astonishment. "This child!" he thought —"Has this child heroically persevered under all doubts and dangers, struggled with poverty and suffering, upheld and sustained by strong affection and the consciousness of rectitude alone! And yet the world is full of such heroism. " (*OCS*, 435)

译文：

先生闻言大骇曰。奇孝哉。吾以为生人操行安有敦恳如是者。（《孝》卷中，第 138 页）

原文讲的是耐儿为爱和正义一路奔逃、吃尽苦头的英雄气概，到了林纾那里就变成了“奇孝”。紧接着下面一段，林纾又给耐儿安了一个“孝”字：

原文：

What more he thought or said, matters not. It was concluded that Nell and her grandfather should accompany him to the village whither he was bound, and that he should endeavour to find them some humble occupation by which they could subsist. "We shall be sure to succeed," said the schoolmaster, heartily. "The cause is too good a one to fail. " (*OCS*, 435)

译文：

先生遂约耐儿同居。到时请为耐儿图一噉饭地。用活其大父。先生且得意言曰。孺子奇孝动天。安至饥馁。(《孝》卷中，第 138 页)

耐儿死时，狄更斯说："She was dead. Dear, gentle, patient, noble Nell, was dead."(*OCS*, 654)林纾把它译成："而世间之温柔忍耐报奇孝之行之耐儿死矣。"(《孝》卷下，第 136 页)从以上三段例子可以看出林纾为推行孝道不遗余力，不管狄更斯说什么，他都能代之以孝道。

虽然林纾的孝女和狄更斯的天使之间存在着相当大的文化与价值观的差异，可他们对女性的看法基本上处于同一个水平。他们都同情耐儿，也都把她当作一个完美的女性典范人物。他们都认为，为了家庭的幸福，女性应该接受必要的教育。

尽管为了强调"孝"，林纾省略了耐儿的内心活动，把她变成一个没有自我的"温柔忍耐报奇孝之行之"小烈女，但他没有因此忽略书中其他女性人物的生活状态，许多场面都如实译述，如奎尔普斯负太太，折磨她一夜不让睡觉的场景译得生动且基本完整；瓦克而司太太办的家庭女学堂所授课程也译得仔仔细细，一个不漏，让当时的中国读者了解英国的女学；白拉斯家的小女佣侯爵夫人与斯威夫勒从相识，到病中相救，到侯爵夫人上女学堂，到两人结婚，过程都译得较详细。这些都说明林纾对英国新女性的现状是持肯定态度的，愿意将书中的有关情况如实地介绍给国人。

林纾对女学十分推崇，他自己写有一首提倡女学的歌谣，其中可见西学的影响：

兴女学　　美盛举也

兴女学，兴女学，群贤海上真先觉。华人轻女患识字，家常但责油盐事。夹幕重帘院落深，长年禁锢昏神智。神智昏来足又缠，生男却望全先天。父气母气本齐一，母苟蠢顽灵气失。胎教之言人不知，儿成无怪为书痴。陶母欧母世何有，千秋一二挂人口。果立女学相

> 观摩，中西文字同切磋。学成即勿与外事，相夫教子得已多。西官以才领右职，典签多出夫人力。不似吾华爱牝鸡，内人牵掣成贪墨。华人数金便从师，师困常无在馆时。丈夫岂能课幼子，母心静细疏条理，父母恩齐教亦齐，成材容易骎骎起。母明大义念国仇，朝暮语儿怀心头。儿成便蓄报国志，四万万人同作气。女学之兴系匪轻，兴亚之事当其成。兴女学，兴女学，群贤海上真先觉。①

林纾把女学提高到了强国兴邦的高度，他意识到女人强家庭才能强，家庭强国家才能兴旺发达。但对妇女而言，她们的活动范围仍限于家庭之内，她们的主要任务依然是相夫教子，做贤内助。其实在这一点上狄更斯与他持相同的观点。侯爵夫人从学校毕业后就结婚成家，当上了有文化的、快乐的家庭主妇，她也由此成为新女性的典范。在狄更斯看来，妇女是不应该工作的，妇女受教育不是为了求得一份职业，挣钱谋生，而是为了家庭幸福、夫妻和谐。《老古玩店》中的职业妇女有两种，一种是教师，如瓦克而司太太和她的女儿们；另一种是女律师，就是邪恶的萨利·布拉斯。教师职业对一些女子来说不算是终身职业，她们将来可能结婚，而且女教师接触的人也就是一些女孩子。而萨利就不一样了，她属于英厄姆所说的“不守本分的女人”（excessive females），是一个令人生厌的男性化的女人。她不结婚，在男人的职业中如鱼得水，比她的哥哥更像男人。②作为小说中少有的一个成功的职业女性，萨利竟然是个反面角色。狄更斯在用这个可怕的女性形象告诫读者，女人一旦越出家庭的界限，就没有了女人味，就失去了作为女人的价值。从耐儿到侯爵夫人，女人的处境有所改善，女人的基本素质有所提高，但她们的社会地位并没有得到提升。女性婚后是否幸福还是要取决于丈夫的人品与修养，做妻子的仍要服从丈夫的意志。

从精神气质方面看，林纾的新女性与狄更斯的还是有所不同的。狄

① 郑振铎：《林琴南先生》，《小说月报》，1924年第15卷第11号，第6页。

② Patricia Ingham, *Dickens, Women and Language*, p. 68.

更斯的新女性比林纾的活泼、柔媚。原作中对侯爵夫人的描写是"a most cheerful, affectionate, and provident wife to him"(是最令他愉快、最温柔多情、最勤俭持家的好妻子),短短几个字就勾画出一个好女人的特征:脾气好,感情深,会持家、不乱花钱。而林纾的译文表现出的则是另一种形象:"以公爵夫人事司威佛拉至忠谨。又能司其家政。"(《孝》卷下,第146页)林纾以"至忠谨"代替"cheerful, affectionate",可见在他心目中,女人还是人品第一,忠孝至上,感情是次要的,女子柔媚多情也许并非好事。所以,在《孝女耐儿传》里侯爵夫人比较像旧时代的中国女人,对男人更像是小心翼翼地顺从、侍奉主人的奴仆,而不是一起生活、一起游戏的伴侣。

## 5. 小 结

狄更斯的《老古玩店》因耐儿的死赚取了许多读者同情的眼泪,更因耐儿的死彰显了其独特的艺术魅力。它所呈现的驳杂的社会现实和思想观念给批评者提供了较大的阐释空间。林纾对耐儿故事的阐释是那个时代典型的中国式的阐述和批评,它在引进西方的思想观念的同时也极力宣扬中国传统的价值观。用中国传统的"忠孝"思想来解释耐儿的悲剧人生并非完全错误,因为基督教对上帝的忠与中国对君亲的忠孝有相通之处,它们都提倡正义、仁爱、牺牲、奉献。但是林纾的忠孝思想在突出了耐儿作为孩子的一面时,减弱了她作为女人的潜在危机。在狄更斯的小说中,天使既指小姑娘又指成年的少女,有双关的意思,而林纾的孝女只是小姑娘。林纾只知道小孩子不得不死,却没有看到成年的女子如何不能活。狄更斯在把耐儿送往天国的时候,也把她的一切变成了历史;而林纾则极力宣扬耐儿的孝道,希望新女性们在受教育的同时保持忠孝的美德。如果把忠孝思想贯彻到新女性的婚姻生活中,那么林纾的新女性的地位又不如狄更斯的新女性。

在一定程度上讲,林纾的译文还是力求忠实的。他非但没有故意歪曲原著,还极力捕捉原著的精神。他的译文就其本身而言相当精彩,可读性强,是林纾的译文让耐儿的形象在中国深入人心。但遗憾的是,林纾的价值取向不但改变了原作的思想内容,还限制了读者的想象。读者会误把林纾本人增加的内容当作是原著的内容,而他省略去的关键话语是读者无法得知的,省略的内容是为了帮助他加强所增加的内容。这反映了译入文化对翻译方式及译文的操纵和影响。当读者跟着他的思路去阅读《孝女耐儿传》时,会错过原著中许多微妙的暗示和联想,会错过作者通过词语或意象的重复和叠加所带来的阅读的愉悦和感悟,难以体会原著所蕴含的思想的广度和深度。对女性主义批评者来说,这样的缺憾无疑就更加明显了。

# 第三章　*David Copperfield*/《块肉余生述》：自传体第一人称叙述话语在翻译中的流变与遗失

在《块肉余生述》的译者序中，林纾提到了 *David Copperfield*（《大卫·科波菲尔》）的写作特点："古所谓锁骨观音者，以骨节钩联，皮肤腐化后，揭而举之，则全具锵然，无一屑落者；方之是书，则固赫然其位锁骨也。大抵文章开合之法，全讲骨力气势，纵笔至于浩瀚，则往往遗落其细事繁节，无复检举；遂令观者得罅而攻。此固不为能文者之病，而精神终患弗周。……此书伏脉至细，一语必寓微旨，一事必种远因。"[①]林纾欣赏狄更斯《大卫·科波菲尔》的写作，应该有两个方面，其一是它的"骨力气势"，其二是它的"伏脉至细"，关注的重点是故事情节，认为整个故事的叙述既周密又精练。但是，林纾对《大卫·科波菲尔》写作特点的理解与实际情况还是有出入的，在《繁冗小说的艺术》一文中，E. K. 布朗说："《科波菲尔》的第一章明确表明，这不是一部精练的小说（bare

① 迭更司：《块肉余生述》，林纾、魏易译，北京：商务印书馆，1981年，第1页。

novel)，而是一部繁冗的小说(crowded novel)。”[①] 他认为，精练的小说与繁冗的小说的区别在于作者如何使用小说的表现要素来表达思想。在精练的小说里，每一个要素都应该与思想相呼应。而在繁冗的小说里，除了所陈述的简单的事实外，故事的各个方面都需要加以解释，“情节的推进，主、次要人物的归类，展现人物性格倾向与力量的矛盾冲突，场景的替换，叙述模式——这一切都表达小说的基本思想”[②]。《大卫·科波菲尔》的繁冗在于它是一部第一人称视角自传体创伤小说，它采用“主人公视角”(the major character viewpoint)或者“心理视角”(the psychological angle)。“采用这种视角，作者与主人公是同一个人，会采用第一人称或第三人称叙述的方式。这种视角一般来说最适合表现内心冲突、心理分析和性格研究。”[③]这种表现主人公心理的小说应该是不会精练的，它的重点也不在故事情节，心理活动或心理创伤(trauma)会在语言和叙述模式上以其独特的方式加以呈现。林纾所提到的特点这本小说是有的——毕竟狄更斯很擅长讲故事，但绝不仅限于此。

尽管《大卫·科波菲尔》是按照叙述者成长的轨迹和时间顺序来写的，人们也常常把这类小说称为成长小说(bildungsroman)，但是在心理上，大卫的成长是很难的，或者说是不可能的。J. H. 米勒认为大卫通过这部书回忆自己的成长：

> 无论如何，《大卫·科波菲尔》首先是一部回忆小说，一部成长小说，从后来的视角来回顾经过人生的种种经历和磨难之后一种身份的缓慢形成过程。正如大卫所说的：“这个故事是我的回忆录。”[④]

---

① E. K. Brown: “The Art of ‘The Crowded Novel’,” in Charles Dickens, *David Copperfield: Authoritative Text, Backgrounds, Criticism*, ed. Jerome H. Buckley, New York: W. W. Norton & Co., 1990, p. 792.

② Ibid., p. 793.

③ Thomas H. Uzzell, *Narrative Technique*, 3nd edn, New York: Harcourt, Brace and Company, 1934, p. 416.

④ J. Hillis Miller, *Charles Dickens: The World of His Novels*, p. 152.

同时，米勒也清楚地意识到这种记忆不是偶然出现的：

> 对长大成人的大卫而言，现时并不是干涸的空地，只是偶然、意外地得到记忆阵雨的浇灌。过往的种种，就像亨利·詹姆斯所表现的那样，时刻有淹没、席卷现时的危险，消解掉所有试图将过去或现在置于连贯的顺序中的努力。①

创伤的时间与线性的时间不同，创伤的记忆在某种意义上是不受时间影响的，“创伤的叙述永远只存在于现在，为了捕捉曾经的感受，个人必须冒险再次回到破裂的瞬间”②。在线性时间的叙述中创伤叙述不断地呈现，以某种形式和内容表现叙述者一直想摆脱却根本无法摆脱的痛苦，对这样的叙述者而言，过去是过不去的。

> 或许正是这种时间上的精神分裂症——既被牢牢地锁定在过去又明白彼时并非此时——使得创伤的证言如此难以清晰地表达，这也是为什么要在传统的叙述结构中尝试表达难以言表的感受。③

由此可见，《大卫·科波菲尔》的写作特点除了故事的生动和情节的缜密，更重要的是作者的叙述和表达方式。要把这样的一部作品翻译成中文，恐怕不能以译文的通顺为前提，也不能只关注故事而忽略语言。要表达作者难以言表的感受，而且是非常个性化的感受，就必须采用菲利普·E. 刘易斯所说的“反常的忠实”。如何能采用“反常的忠实”的策略来尽量保持原文的微妙的表达，使翻译这种改写方式最大程度地接近原文，成为此书翻译的一个不能回避的问题。以情节取胜的文学作品或许给翻译改写的余地会大一些，而对像《大卫·科波菲尔》这种叙述童年创伤的小说，改写应该慎之又慎。本文将以《大卫·科波菲尔》的三个汉译

---

① J. Hillis Miller, *Charles Dickens: The World of His Novels*, p. 154.

② Molly Andrews, “Beyond Narrative: The Shape of Traumatic Testimony,” in *Beyond Narrative Coherence*, ed. Matti Hyvärinen et al. Amsterdam: John Benjamins Publishing Company, 2010, p. 155.

③ Ibid., p. 156.

本，林纾、魏易合译的《块肉余生述》，张谷若译的《大卫·考坡菲》和董秋斯译的《大卫·科波菲尔》为研究对象，分析自传体第一人称叙述创伤小说的话语在翻译中的变化与得失。这三部译作各有其鲜明的特色，林纾、魏易的译文强调简练，重故事情节，多有删节，张谷若的译文注重地道，而董秋斯在意的是原著的风格和译文的准确。我们发现，三个译本形态各异，也各有自己的翻译原则和策略，前两个译本因为要改写成地道的汉语，多多少少改变了原著的语言特征，模糊了原著的叙述模式，林纾的译文是省略加改写，张谷若的译本内容完整，但也做了口语化、通俗化的改写。董秋斯在保留原著风格的努力中难免有时会出现词句生硬、不太通顺的情况，但是他对保留原著风格的坚持是值得肯定的。

## 1. 繁冗不等于"瞎扯"

林纾对小说的理解更接近中国传统小说，他的关注点是故事情节是否跌宕起伏、扣人心弦，语言是否生动有趣，人物关系是否错综复杂，等等。这种小说的特点就是精练，一切无关的信息都不会出现在故事中。在翻译《块肉余生述》的过程中，林纾应该是明显感觉到了这部书存在冗余的成分，并加以删节，而且删节是他译书的惯用手法，只要是觉得多余就删，以便呈现给读者一部以他的观念看来有趣又好看的小说。从这部小说的写法来看，它也确实啰嗦，好像也真的该删。可是从另一个角度来说，狄更斯的这部第一人称自传体小说有其必要的铺陈。对心理状态的描述和叙述会影响故事进程的发展，却是叙述中必要的不可或缺的部分，因为叙述者对自己过往的人生的感受以及所谓不相干的事件、评论和故事情节一样重要。在《大卫·科波菲尔》的第一章里，狄更斯用了meander 这个词玩了个文字游戏，这个词在文中有两个意思，一个是"瞎溜达、闲逛"，一个是"瞎扯、闲聊"：

I have understood that it was, to the last, her proudest boast, that she never had been on the water in her life, except upon a bridge; and that over her tea (to which she was extremely partial) she, to the last, expressed her indignation at the impiety of mariners and others, who had the presumption to go "**meandering**" about the world. It was in vain to represent to her that some conveniences, tea perhaps included, resulted from this objectionable practice. She always returned, with greater emphasis and with an instinctive knowledge of the strength of her objection, "Let us have no **meandering.**"

Not to **meander**, myself, at present, I will go back to my birth.(黑体标记为笔者所加)(*DC*, 10)[①]

董秋斯把"meander"这个词一律译为"荡",(《大卫·科波菲尔》,第2页)[②]张谷若把前者译为"乱跑",后者译为"乱说"。(《大卫·考坡菲》,第4—5页)[③]

张谷若区别了叙述者所说的meander和老太太嘴里所说的meandering,而董秋斯只用了一个"荡"字,保留了原文的双关,给译本读者想象的空间,二者译得都还不错。但是在《块肉余生述》里,不仅meander这个词的译文没有出现,与meander相关的关于头膜的描述完全省略,[④]译者大概是把叙述者/作者的话当了真,觉得既然作者都这么说了,这件事大抵是没什么重要性的,还是赶快接着讲故事要紧。

从写作技巧的纯熟度来说,此时狄更斯的手笔已经相当老练。约翰·福斯特认为狄更斯在写《大卫·科波菲尔》这部第一人称自传体小说

① Charles Dickens, *David Copperfield*: *Authoritative Text*, *Backgrounds*, *Criticism*, ed. Jerome H. Buckley, New York: W. W. Norton & Co., 1990.(本章《大卫·科波菲尔》原文均引自此版本,均以*DC*加页码的方式在引文后标注。)

② 查尔斯·狄更斯(Dickens. C.):《大卫·科波菲尔》(上、下),董秋斯译,北京:中央编译出版社,2010年。(后此译本标注略写为《大·科》)

③ 狄更斯(Dickens. C.):《大卫·考坡菲》(上、下),张谷若译,上海:上海译文出版社,2011年。(后此译本标注略写为《大·考》)

④ 迭更司:《块肉余生述》,林纾、魏易译,第3页。

时，还是相当有节制的：

> 在富于想象力的文学作品中，这种特殊的表现形式常常会导致作者耽于过多的精神分析、形而上学的思考和感伤情绪的发泄，每一样都过度表达：但狄更斯凭借健全的判断力和不眠不休的创造性想象安然度过了这些诱惑，甚至他的叙述方法在这里也比在他其他书里的更简单。他的想象力不像林下繁茂的灌木那样恣意疯长，对那些以前时常浮现在他眼前的永恒的意象也把控得更好了。①

所以，从福斯特的陈述来看，狄更斯在这部小说里不但没有过度铺陈，反倒是极尽克制。这部小说中的每一句"啰嗦"都是作者认为必要的，是经过深思熟虑之后认为必须要这么写才存在的。

其实，如果我们能记住这部第一人称自传体小说中大量存在的创伤叙述，就知道林纾删去的这一段对叙述者来说有多么重要。原文里这段文字完整的内容是这样的：

> I was born with a caul, which was advertised for sale, in the newspapers, at the low price of fifteen guineas. Whether sea-going people were short of money about that time, or were short of faith and preferred cork-jackets, I don't know; all I know is, that there was but one solitary bidding, and that was from an attorney connected with the bill-broking business, who offered two pounds in cash, and the balance in sherry, but declined to be guaranteed from drowning on any higher bargain. Consequently the advertisement was withdrawn at a dead loss—for as to sherry, my poor dear mother's own sherry was in the market then—and ten years afterwards the caul was put up in a raffle down in our part of the country, to fifty members at half-a-crown a head, the winner to

① John Forster, *The Life of Charles Dickens*, vol. III, Philadelphia: J. B. Lippincott Company, 1897, p. 34.

spend five shillings. I was present myself, and I remember to have felt quite uncomfortable and confused, at a part of myself being disposed of in that way. The caul was won, I recollect, by an old lady with a hand-basket, who, very reluctantly, produced from it the stipulated five shillings, all in halfpence, and twopence halfpenny short—as it took an immense time and a great waste of arithmetic, to endeavour without any effect to prove to her. It is a fact which will be long remembered as remarkable down there, that she was never drowned, but died triumphantly in bed, at ninety-two. I have understood that it was, to the last, her proudest boast, that she never had been on the water in her life, except upon a bridge; and that over her tea (to which she was extremely partial) she, to the last, expressed her indignation at the impiety of mariners and others, who had the presumption to go "meandering" about the world. It was in vain to represent to her that some conveniences, tea perhaps included, resulted from this objectionable practice. She always returned, with greater emphasis and with an instinctive knowledge of the strength of her objection, "Let us have no meandering."

Not to meander, myself, at present, I will go back to my birth. (*DC*, 10)

译文：

我带着一层胎膜降生，这一张胎膜，以十五基尼的低价，在报纸上登广告出卖。是那时航海的人们缺少钱呢，还是缺少信仰、宁愿穿软木衫呢，我不知道；我只知道，一个与证券经纪业有关的辩护士递过唯一的价：两磅现款，余数用葡萄酒补足，宁愿放弃不沉水的保证，也不肯加一点价。结果广告撤回，广告费完全损失了——谈到葡萄酒，我那可怜可爱的母亲自己那时也有葡萄酒出卖呢——十年以后，

> 那个胎膜由当地五十个人抽彩,每人出半克朗,抽中的人出五先令。我自己也在场,像那样处置我自己身体的一部分,我记得,我觉得很不安,很难堪。我记得,那个胎膜由一个带提篮的老太太抽到手,她很勉强地从篮子里拿出规定的五先令,都是半便士的铜币,还短少两个半便士——虽然用了一大段时间和一大篇算学向她证明这一点,但是并未发生任何效果。后来她并不曾被水淹死,却以九十二岁的高龄意气洋洋地死在床上,这故事将成为那一带长久不忘的奇闻了。我已经听说,她一生最大的夸口就是,除了过桥,她生平从来不曾到过水上;在喝茶的时候(茶是她极端嗜好的),对于胆敢"荡"世界的水手们和别的人们的罪过,她一贯地表示愤慨。对她说明,有一些享受品(茶大概也在内)从这种讨厌的行为得来是没有效果的。她总归更用力更自信地说:"我们不需要荡。"
>
> 我自己现时也不要荡了,我要转回来,从我的出生写起。(《大·科》上,第1—2页)

在小说的开篇出生时间和出生地点之间加入这么一段有关售卖胎膜的描述,似乎有点多余,它是不是作者随性、任意加入的一件无关紧要的琐事,要看这段文字对作者心理的影响和在全书中的作用。

过去的英国人通常认为婴儿的胎膜是个吉祥之物。董秋斯在译注中解释了英国人对胎膜的迷信:"初生婴儿头上带有一层胎膜,算是一种吉兆。保存这张胎膜的人,可以终生不致淹死。"(《大·科》上,第1页)张谷若把 caul 译为头膜,他的注释是这样的:"胎膜是缘子宫内长的一层坚韧纤维薄膜,头膜是胎膜的一部分,为有的婴儿生时所带(北京叫'戴白帽子',主不吉祥)。英国民俗认为,头膜是吉祥之物,能使人免灾难,尤其是能使人免遭淹死。当时报上常刊登广告,出卖头膜,1779年在伦敦《晨邮报》上曾有卖头膜的广告,索价20几尼。所以这儿说15几尼是廉价。"(《大·考》上,第4页)理查德·史密斯的解释是:"胎膜是包裹着婴儿头脸的一层薄薄的膜,人们相信婴儿胎膜会给人带来预见力、好运气,或者保人免遭溺亡的神力。”[①]除了保护力，胎膜还让这个孩子天赋异禀、与众不同，“胎膜标志着他是涂过圣水、圣油的天之骄子”[②]。

这么好的像护身符一样的东西却被大卫的母亲前后两次想方设法地卖掉，这读起来有点可笑的事件对叙述者来说却是件伤心事，“尽管有着那么多神奇的潜在功用，年轻叙述者身体的一部分最终沦为一场金钱交易，头一次没卖成，第二次卖得滑稽可笑。他也许会因为自己身体的一部分‘以这种方式被处理掉’而感到‘不安与困惑’”[③]。夏尔·普雷斯顿认为：“将胎膜挂牌出售，至少是在四个方面遭受损失：个人的好运、安全、继承权和母子关系。”[④]从理查德·史密斯的分析来看，胎膜是大卫与其孩子般的母亲外接联系的标志，因为他是遗腹子，他与其母的关系是一种排他的关系，不容许其他人介入；所以当他的母亲终于卖掉了他的胎膜又招来了摩德斯通之后，他的整个人生就陷入了困境。[⑤]卖掉胎膜意味着大卫与母亲的联系被切断了，大卫失去了母亲的保护，这是继天灾——出生时辰不好、注定一生不幸、能看见鬼神——之后的人祸。第一章后面又提到两件事，一是在贝茜姨婆的眼里，大卫的母亲只是个“蜡娃娃”“吃奶的孩子”“孩子气的寡妇”和“孩子气的母亲”；二是贝茜姨婆原本说好了要做新生儿的教母，给她好的教养、好的监护，可是一听说生下来的是个男婴，她直接就走了，再也没来过。那孩子气的母亲撑不起这个家，唯一可能提供庇护的人又不喜欢男孩。贝茜姨婆的重女轻男更增添了他生为男孩的不

① Richard Smith, “A Strange Condition of Things: Alterity and Knowingness in Dickens’ *David Copperfield*,” *Educational Philosophy and Theory*, Vol. 45, No. 4 (2013), p. 372.

② Eitan Bar-Yosef, “‘It’s the Old Story’: David and Uriah in II Samuel and David Copperfield,” *The Modern Language Review*, Vol. 101, No. 4 (Oct. 2006), pp. 957—958.

③ Richard Smith, “A Strange Condition of Things: Alterity and Knowingness in Dickens’ David Copperfield,” *Educational Philosophy and Theory*, Vol. 45, No. 4 (2013), pp. 372—373.

④ Shale Preston, *Dickens and the Despised Mother*, Jefferson, North Carolina: McFarland & Company, 2013, p. 57.

⑤ Virginia Carmichael, “In Search of Beein’: Nom/Non Du Pere in David Copperfield,” *ELH*, Autumn, 1987, Vol. 54, No. 3 (Autumn, 1987), p. 656.

幸。在这一章里我们必须要关注的一点是,所有的事情都是他后来听说的,唯有售卖胎膜这事是大卫亲眼所见、亲身经历的,就是在这一部分他第一次写下“我记得”,也是本章唯一的一处。不安与困惑是叙述者当时亲眼看着自己的胎膜被贱卖的感受,也是持续到此时此刻回顾时的感受。我们从大卫牢记的姨婆的教导里能够发现,对他而言,只有对现在有影响的事才值得回忆:“特洛,回忆过去,是没有益处的,除非对现在有一些影响。”(《大·科》上,第 357 页)既然他这么写下来了,那么这件事对大卫来说必定是对现在有影响的事。第一章所提之事是对大卫人生的否定,他这一生命不好跟两个女人有关,一个是母亲,一个是姨婆。他之所以在那时出生有可能是被姨婆给吓出来的,后来失去了母亲和家,被迫到处流浪是母亲的不智造成的。小说第一章所展示的就像电影的片头部分,勾画出了整部书的发展脉络和基本思想。

在小说中大卫是被摩德斯通打发到摩德斯通—格林比公司去打工的,每日的工作就是洗酒瓶子、给酒瓶子上贴标签加塞子加封印、搬酒瓶子。他对自己在 10 岁的年纪就这么轻易被抛弃感到不解。这个时间点很重要,他的头膜被卖掉是在他 10 岁的时候,他被家庭抛弃去当苦力的时候也是 10 岁。母亲过世,失去了胎膜(即母亲)庇护的孩子从此便无家可归,沦为童工。他对以那种方式卖掉自己的胎膜是有怨言的,他感到不安和困惑。而他去当童工的时候也同样是困惑不满的:

> I know enough of the world now, to have almost lost the capacity of being much surprised by anything; but it is matter of some surprise to me, even now, that I can have been so easily thrown away at such an age. A child of excellent abilities, and with strong powers of observation, quick, eager, delicate, and soon hurt bodily or mentally, it seems wonderful to me that nobody should have made any sign in my behalf. But none was made; and I became, at ten years old, a little labouring hind in the service of Murdstone and Grinby. (*DC*,136)

余今日著书时，年长矣，人世悲欢忧乐之事，所经滋夥，遇事不为动色。惟思以十岁之年，即为苦力，于心不无耿耿。矧余天资非薄，所学均可几及中人，而性情尤笃挚，于人有恩。及至是间，身心交瘁，因思世人皆同铁石，见面弗怜，遇事一听之荼毒耶！久久果乃无人见悯，于是遂以十岁之年，果为苦力于酒肆中矣。（《块肉余生述》，第92页）

如今我已通晓人情世故，遇事也不会大惊小怪。但即便是现在，我还是感到有些吃惊，我竟然在这小小的年纪就被人这么轻易地给抛弃了。一个天赋异禀的孩子，有极强的观察力，才思敏捷，思想敏锐，心思细腻，很快就身心交瘁。在我看来令人惊奇的是，竟然没有人表示要为我做点什么。那时候谁也不管，于是在10岁的时候，我就变成了摩德斯通—格林比公司的一个童工。（笔者译）

这段话前面绝大部分时态都是现在时或现在完成时，只是从“但是”开始才用过去时。林纾译文的思路是清晰的，但是对时态的差别不是太清楚。其中还省略去一个很重要的一个词语“I can have been so easily thrown away”，言外之意是这么好的孩子就这么被轻易抛弃了。“矧余天资非薄，所学均可几及中人，而性情尤笃挚，于人有恩。及至是间，身心交瘁，因思世人皆同铁石，见面弗怜，遇事一听之荼毒耶！”这部分与原文出入较大。叙述者大卫长大之后对很多事都看得很淡，唯独对此事不能释怀，他总觉得，如果那时候他没有被抛弃，受到了良好的教育，那么凭着他过人的天赋，他满可以上到牛津、剑桥，顺顺当当成为一个上等人。参考狄更斯本人对童年的回忆，不难发现他那种被抛弃的痛苦感觉和耿耿于怀：

令我感到惊奇的是，我小小年纪竟然就那么轻易地被抛弃了。令我感到惊奇的是，甚至自从我们来到伦敦，在我沦落为可怜的童工之后，没有一个人对我——一个天赋异禀、才思敏捷、思想敏锐、心思细腻、身心很容易受伤害的孩子——表现出足够的怜悯，提出或许可以匀出点钱——那绝对是有可能的——把我安置到一所公立学校

> 去。我猜想，我们的朋友都烦透了。当时没有人做出任何表示。我的父母对我的处境挺满意的。假如我那时已经二十岁，在上一所文法学校，成绩优异，考上了剑桥大学，他们也不会比这样更满意了。①

家庭的抛弃改变了他的命运，痛苦是巨大的，难以言表的。狄更斯在《大卫·科波菲尔》里首次公开披露当童工的痛苦，在这之前他从未向任何人透露过：

> 任何语言都无法表达我内心的隐痛：沦落到与这帮人为伍；把这些日常相处的同伴与快乐童年的那些伙伴作对比；我早年曾希望自己长大以后成为一个学识渊博、高贵卓越的人，现在感觉这个希望在我心中破灭了。那深藏的记忆难以言表：感觉我完全被忽略了，毫无希望；感觉到我的处境所带来的耻辱；我年幼的心痛苦不堪，因为我认为，我的所学、所想、所乐、提升我想象力和模仿力的那些东西，就这么一天天离我而去，一去不复返了。因为这些思虑我整个人都透着悲伤和耻辱，即便到了现在，出了名、得到了爱抚、幸福了，我还常常在梦里忘记了我有妻儿；甚至忘记了我已成人；总是凄凉地回顾我人生的那段时光。②
>
> 我从未对一个男人或者男孩说过我沦落到那种地方的感觉，或者对我待在那种地方表现出过丝毫的难过。除了我，没有人知道我默默忍受着痛苦，我极其痛苦。我说过，我有多么痛苦，那是我根本无法言表的。③
>
> 从那一刻起直到我写下这些的此刻，我现在欣然写就的我童年的那部分经历，我从未向任何人透露过半个字。……直到现在我把它诉诸笔端，我从未出于对任何人的信任，揭开我那时降下的幕帘，

---

① John Forster, *The Life of Charles Dickens*, vol. I, p. 57.

② Ibid., p. 53.

③ Ibid., p. 57.

就连我自己的妻子也不例外，谢天谢地。①

当他的父亲发现他在那种地方打工时，写信跟亲戚吵了一架，亲戚让狄更斯回家，可是他的母亲却是另一种态度，她的做法伤透了狄更斯的心：

> 我母亲决定调解争端，而且第二天就去办了。她带回家让我第二天早上就回去工作的请求，说我性格好，这一点我认为我肯定是担得起的。我父亲说我不应该再回去打工，我应该去上学。我写下这些并非充满了愤恨或愤怒；因为我知道所有这些事情是如何合力打造了现在的我；但我后来从未忘记，我永远忘不了，我永远都不会忘记，我母亲当时热心地要把我送回到黑鞋油作坊去。②

他深深的心理创伤在连着几句不会忘记的措辞中表达的清清楚楚："but I never afterwards forgot, I never shall forget, I never can forget, that my mother was warm for my being sent back."/"但我后来从未忘记，我永远忘不了，我永远都不会忘记，我母亲当时热心地要把我送回到黑鞋油作坊去。"这种句式在《大卫·科波菲尔》里有不少，永远都忘不了，这是一道永远的伤疤。母亲这样对他，他多少是有些不满，所以"抛弃"这个词很重要。林纾的译文弱化了这一点，或许他感觉到一个孩子对母亲不满，多少有点不孝的意思在里面。林纾对同一章里另一段译文的省略也说明他对叙述者的感受不是太在意：

> No words can express the secret agony of my soul as I sunk into this companionship; compared these henceforth every-day associates with those of my happier childhood—not to say with Steerforth, Traddles, and the rest of those boys; and felt my hopes of growing up to be a learned and distinguished man, crushed in my bosom. The deep remembrance of the sense I had, of being utterly

---

① John Forster, *The Life of Charles Dickens*, vol. I, p. 69.

② Ibid., pp. 68—69.

without hope now; of the shame I felt in my position; of the misery it was to my young heart to believe that day by day what I had learned, and thought, and delighted in, and raised my fancy and my emulation up by, would pass away from me, little by little, never to be brought back any more; cannot be written. As often as Mick Walker went away in the course of that forenoon, I mingled my tears with the water in which I was washing the bottles; and sobbed as if there were a flaw in my own breast, and it were in danger of bursting. (*DC*,137)

余与是人为伴,所辱至矣。思及身在学堂时,有司蒂尔福司诸人为侣,今乃下侪拥保,为耻已极。自念一沦贱业,将永无伸眉之日,思极则愧不可抑。凡前此所业,至此悉无所用,且逐渐而忘。书至此,至于不忍详书。恒乘密克弗在,洗涤酒器,而眼泪直与水同沸。(《块肉余生述》,第93页)

与这些人为伍,我内心深处的痛苦是难以言表的;把从今往后这些日常交往的人与我快乐的童年伙伴相比——更不用说斯蒂尔福斯、特拉德尔和其他孩子了;我想成为一个有学问、有名望的人,我感到这个希望在我心中破灭了。我深切地记得,我现在是彻底无望了;我对自己的处境感到羞愧;我年轻的心是那么的痛苦,因为我相信,日复一日,我的所学,所思,所好,那些激发我的想象与斗志的事情,都将一点一点地从我身边消失,一去不复返了;这种感觉难以言表。那天上午,每当米克・沃克不在的时候,我的眼泪就落到洗瓶子的水里;我啜泣着,仿佛我的胸口有道裂纹,随时都会破裂。(笔者译)

"凡前此所业,至此悉无所用,且逐渐而忘。书至此,至于不忍详书。"这句话过于简略,大卫当时的忧虑是很细腻的,必须要"详书",而林纾的"不忍详书"恰好抹掉了这段文字的精髓。在《看得见的黑暗:走过忧郁症的心路历程》里,威廉・斯泰伦认为,忧郁的主题就像一条恒久的悲哀的线,贯穿文学艺术的整个过程。他把忧郁称为"深不可测的煎熬"(fathomless ordeal)，他说："自古以来，在约伯痛苦的哀歌里，在索福克勒斯和埃斯库罗斯的合唱曲里，人类精神的编年史家们就一直在努力寻找一种能够恰当地表达忧郁症之凄凉的词汇。"[①]所以我们就会在《大卫·科波菲尔》和狄更斯的自传中看到"难以言表的痛苦""这深藏的记忆难以言表"这样的表述。无论如何，最后诉说者的话语都会归结到"你们怎么可以这样抛弃我"或者"他们竟然把我身体的一部分给卖了"，因为这些都是会改变人一生命运的重要事件，一旦发生，造成恶果，便不可逆转。受过心灵创伤的孩子长大了都比较焦虑，不允许出错，感觉别人(尤其是母亲和妻子)的任何错误都会给自己造成严重的伤害。

"正如其开篇段落似乎预示的那样，《大卫·科波菲尔》是一部关于丧失的小说。"[②]弗林·M. 贝尔提到的开篇段落的预示也是指胎膜的丧失。由此可见，《大卫·科波菲尔》的第一章没有多余的话，对两次出售胎膜的描述也不是可有可无的。胎膜这部分是必须写的，所谓的"瞎扯"也决不是瞎扯，而是叙述者在心里重复过千百遍的话，是叙述者本能地会对别人提起而在别人看来是闲扯的话。这段话如果删了，叙述者对母亲的埋怨就隐而不见了。

狄更斯在写《大卫·科波菲尔》的时候融入了一些自己的经历，但是改编之后的故事和他的感受有时是不太匹配的。狄更斯在小说中把对自己母亲的不满带入了大卫的叙述。这种不满在开篇出售胎膜的叙述中有，在后面的第十一章也有。他的胎膜被母亲低价卖给了一个没有教养的妇人。夏尔·普雷斯顿也指出了大卫的不满：

> 出售胎膜的题外话，实际上纯粹是为了增添地方色彩、制造幽默。但是如果从更深层次考虑的话，它有助于我们对小说有一个更宽泛的理解。……显然大卫心里压抑着对看重金钱的女人的怒火，

---

① William Styron, *Darkness Visible: A Memoir of Madness*, New York: Random House, 1990, p. 82.

② Vereen M. Bell, "The Emotional Matrix of David Copperfield," *Studies in English Literature*, 1500—1900, Vol. 8, No. 4, Nineteenth Century (Autumn, 1968), p. 637.

她们为了达到自己的目的而牺牲男人的安全感。①

大卫在此处表达的不满还是有节制的，只是说为自己身体的一部分"以这种方式被处理掉"而感到"不安与困惑"。话虽不重，但意味深远。然而对于第十一章的开头，林纾的改写却让我们发现了狄更斯写作中的一点问题。大卫说"在我看来令人惊奇的是，竟然没有人表示要为我做点什么。"这句话在狄更斯的自传片段里使用是没有问题的，当时狄更斯的父母均在世，母亲娘家也有亲戚，如果有人肯帮忙的话，上学或许还是有可能的。但是对大卫而言，他可指望的"人"又是谁呢？书中没有提到母亲的亲戚，父亲家亲戚唯一出现的人是姨婆，这姨婆一听到出生的是个男婴，随即像空气一样或者说像鬼一样消失了。姨婆的消失对叙述者大卫是极大的遗憾，他在第一章的结尾部分写了两段话，描述姨婆消失，留下他和母亲两个人孤苦伶仃在这世上的凄凉境况：

我姨婆一言不发，只是拎起帽绳，像抛投石器一样，对准奇力浦先生的脑袋猛地一击，然后把帽子折弯了戴在头上走了出去，没再回来。她像一个不满的仙女一样消失了；或者像一个大家都认为我应该能见到的鬼神那样消失了；从此就再没回来过。

没有，再没回来过。我躺在我的篮筐里，我母亲躺在她的床上；但是贝琪·特罗特伍德·科波菲尔却永远消失在那片梦幻和阴影的土地上，消失在我刚刚旅行过的那片广袤的地域里；我们房间窗户上的灯光照到了所有这类旅行者的尘世归宿，照到了埋着他的尘与灰的坟堆上，没有他就不会有我。（笔者译）

祖姨无言，取冠而行，自是不履吾家矣。（《块肉余生》，第 8 页 ）

这两段话林纾只简单地译成了三句，所能表达的意思不过是祖姨对"我"母亲生男不满，径自离开了。而原文包含着多重含义：一、姨婆像不满的仙女一样消失了；二、如果"我"能见鬼神，"我"就能见到姨婆，但是并

---

① Shale Preston, *Dickens and the Despised Mother*, p. 58.

不能;三、姨婆走后就只剩下"我"和母亲孤儿寡母两个人还有院子里埋着的父亲的骨灰。这样一对母子的人生前景堪忧。母亲过世后,家里就只剩下摩德斯通姐弟和大卫,大卫只能任他们宰割,再说了,摩德斯通并不认为他天资聪颖,因为在他眼里这孩子什么也学不会。哪里还有什么人会表示要为他做点什么呢?仆人辟果提太穷帮不了他,邻居和医生应该也不会帮他。如果只能指望外人的话,那么林纾的翻译反倒是比较合理的:"因思世人皆同铁石,见面弗怜,遇事一听之荼毒耶!"实际上母亲过世后,大卫是孑然一身,无依无靠,这也从另一方面正明,如果谈感受的话,第一章的最后两段也是不能删的。

作为一个作家,大卫的天资是应该被特别刻画和强调的。林纾的译文比较笼统,无法显示大卫的才华:"矧余天资非薄,所学均可几及中人,而性情尤笃挚,于人有恩。及至是间,身心交瘁。"这样的天资与作家的天资相去甚远,而原著的措辞是具体的:"一个天赋异禀的孩子,有极强的观察力,才思敏捷,思想敏锐,心思细腻,很快就身心交瘁。"观察力强,脑子聪明,思维敏捷,出口成章,敏感多思。观察力超强这一点尤其不能忽略,小说第二章的标题就是"我观察",小说的很大一部分内容都是大卫的观察,他通过观察周围的人和事来学习和了解社会与人生。这本小说的标题一般都是 *The Personal History of David Copperfield* 或者直接就是 *David Copperfield*,但是一些古老版本采用的标题则比较长,如 *The Personal History, Adventures, Experience, And Observation of David Copperfield The Younger of Blunderstone Rookery* (*Which He Never Meant to Be Published on Any Account*)。[1] 大卫的故事、冒险和经历都要通过大卫的观察和思考,以某种方式加以叙述。

狄更斯在第二章里还特别强调了自己超群的观察力和记忆力,同样林纾也认为观察力无关紧要,毋庸赘述。林纾把原文的三段翻译处理

---

① Charles Dickens, *The Personal History, Adventures, Experience, And Observation of David Copperfield The Younger of Blunderstone Rookery* (*Which He Never Meant to Be Published on Any Account*), Boston: Berwick & Smith, 1890.

如下：

This may be fancy, though I think the memory of most of us can go farther back into such times than many of us suppose; just as I believe the power of observation in numbers of very young children to be quite wonderful for its closeness and accuracy. Indeed, I think that most grown men who are remarkable in this respect, may with greater propriety be said not to have lost the faculty, than to have acquired it; the rather, as I generally observe such men to retain a certain freshness, and gentleness, and capacity of being pleased, which are also an inheritance they have preserved from their childhood.

I might have a misgiving that I am "meandering" in stopping to say this, but that it brings me to remark that I build these conclusions, in part upon my own experience of myself; and if it should appear from anything I may set down in this narrative that I was a child of close observation, or that as a man I have a strong memory of my childhood, I undoubtedly lay claim to both of these characteristics.

Looking back, as I was saying, into the blank of my infancy, the first objects recollect as standing out by themselves from a confusion of things, are my mother and Peggotty. What else do I remember? Let me see. (*DC*, 19)

诸如此类，皆模糊忆之，初不了了。且此等事与本旨无关，唯余生小固已具好奇之癖，每事恒留意，年长又健记，故能叙我以往之事，无有渗漏。适吾言可以忆及者，吾母及璧各德至稔勿忘，其次则吾家之屋及天上之云。(《块肉余生述》，第8—9页)

林纾肯定了大卫的好奇心和记忆力，但是对过往的记忆措辞相互矛盾，先是“模糊忆之”,后又“无有渗漏”,或者是太小的时候不记得,年长之后才记事。而大卫在此强调的是“just as I believe the power of observation in numbers of very young children to be quite wonderful for its closeness and accuracy/正如我相信许多幼童有着惊人的观察力,既仔细又准确”。大卫在下面一段特别说明他为什么要提这件事,说明他不是在“闲扯”,说着无关紧要的闲话:

> 停下来说这个,若非借以说明下面的意思,我会悬心我是在“荡”了,我所要说的是:这些结论有一部分建立在我自己的亲身经验上;假如我在这传记中写下的东西,有什么表明我是一个具有周密观察力的孩子,或者一个对童年生活具有强健记忆力的成人,我没有疑问地主张这两种特性的所有权。
>
> 如我前边说过的,回顾幼年的空白生活,我所能记起的特殊于混乱事物之上的第一批物体是我母亲和辟果提。别的我还记得什么呢?让我来看看吧。(《大·科》上,第15—16页)

林纾译文最后一句则是误译,“其次则吾家之屋及天上之云”这句话属于“让我看看”下面的另一段开头:“There comes out of the cloud, our house—not new to me, but quite familiar, in its earliest remembrance. /在迷雾中出现的是我们家的房子——对我来说并非初见,而是相当熟悉的,和我小时候记忆中的一模一样。”大卫在第二章就用几段文字声明他的观察力和记忆力是不会出错的,借以表明他此后所述皆是实情,证明他是一个诚实可靠的叙述者。

《大卫·科波菲尔》在林纾、魏易的译本里主要是故事,对作者狄更斯而言,故事的叙述方式、表达的方式至少同样重要。个人自传体小说中的创伤记忆是一首变奏的回旋曲,“我记得”“我永远不会忘记”是主旋律。《大卫·科波菲尔》的写法尽管在有些人眼里显得繁冗离题,但是狄更斯写下的每一部分都有其用意,都有其不得不写的理由。作者本人也预感到别人会这么认为,所以以调侃的口吻说“我也别瞎扯了”,可是他真正要表达的意思是:我没在瞎扯,这件事对我来说很重要。从上面的讨论中我们了解了林纾为什么删节,狄更斯为什么非说不可,这既是小说观念上的差异也是对要表达的思想认识的差异。

繁冗是一种风格,适合自传式第一人称创伤叙述的模式,有其特定的设计,特定的叙述和表达模式,它没有一环扣一环的快节奏,也不是漫无目的闲扯。翻译中的删节也不是不可以,毕竟翻译的目的、读者群的设定和译者本人的文化立场都会影响译本的形成,但是从研究的角度出发,我们应该注意到删节的部分对整本小说在结构和思想上的重要作用,这种删节所造成的缺失也许正是这本小说的精华所在。我们在用"反常的忠实"的时候,通常只针对词句,就《大卫·科波菲尔》而言,反常的不仅是语句,还有叙述方式。如果忽略了叙述方式,翻译中改写的成分就会加大,译本与原作之间的距离也会拉长。

## 2."我记得":叙述者视角与人物视角

在评论《大卫·科波菲尔》的译本时,大家一般关注的多是遣词造句方面的得失。顾延龄在比较董秋斯和张谷若的译本时提到四字词语的用法,他认为:

> 一般来说,文学作品的翻译不像政论文的翻译那样严谨,可以有较多的灵活性。为了使译文生动、形象,可以使用汉语的四字结构,使译文读起来上口,听起来入耳,增添译作的感染力。但四字词组要用得恰如其分,用得不恰当,灵活得出了格,也不足取。①

他认为小说翻译不需要过分严谨,译者可以有较多的灵活性。他所举的例子是第十八章"一次回顾"里的一小段话:

> I repair to the enchanted house, where there are lights,

① 顾延龄:《浅议〈大卫·科波菲尔〉的两种译本》,《翻译通讯》,1983年第8期,第42—43页。

chattering, music, flowers, officers (I am sorry to see), and the eldest Miss Larkins, a blaze of beauty. (*DC*,233)

张谷若和董秋斯的译文分别是这样的：

> 我现在朝着那家仙宫神宇走去，那儿灯光辉煌、人语嘈杂、乐音悠扬、花草缤纷，军官纷来（这是我看着极为痛心的），还有拉钦大小姐，简直地是仪态万方，风姿千状。（《大・考》（上），第347页）
>
> 我来到那迷人的住宅，那里有灯光，谈话，音乐，鲜花，军官们（看见使我难过），还有最大的拉京士小姐，一个美的火焰。（《大・科》（上），第277页）

董秋斯的译文很忠实，基本是逐字逐句地翻译，无论是句型还是措辞都与原文无差，只是读起来干巴巴的，不太好懂。而张谷若的译文就显得文采飞扬，一连用五个四字词语，随后又追加两个。顾延龄的评论是：

> (Z)使用了"灯光辉煌、人语嘈杂、乐音悠扬"等四字词组，使译文显得生动活泼，通顺达意。但是"仪态万方，风姿千状"并不好。如改译为"真是仪态万千"，倒更符合汉语习惯。(D)译"一个美的火焰"不妥。①

显然，顾延龄的标准是通顺第一，译文要符合汉语习惯，通顺达意。他对董译的批评也是到位的，"还有最大的拉京士小姐，一个美的火焰"确实有点不知所云。如果不看上下文，不管叙述视角如何，张译的确要胜过董译。董秋斯想要一个准确的译文，除了考虑语句他还有别的要求。在《论翻译的原则》一文中，作为泰特勒的忠实拥趸，董秋斯完整地陈述了他的翻译原则：

> 假如各种语文的性质是相同的，由这一种翻译成那一种，便成为一种容易工作；一个译者除了忠实和细心之外。也就不需要别的什

---

① 顾延龄：《浅议〈大卫・科波菲尔〉的两种译本》，《翻译通讯》，1983年第8期，第43页。

> 么了。但因为语文的性质很不相同,一般人遂以为,译者的责任是留意原著的意思和精神,充分通晓原作者的思想,在用语方面但求能传达这种思想,不计其他。
>
> 但在另一方面,便有人主张,一种完美的翻译不仅要传达原著者的理想和感情,也要传达他的风格和癖好。要作到这一点,便不能不十分留意他的句子的安排和构造。
>
> 据前一种意见,修改和润色都是可以的。据后一种意见,连瑕疵和缺点都应当加以保存。同时因为译者要拘守原文的一丝一毫,生硬也几乎成为无法避免的了。①

显然,张谷若和林纾的译文遵循前一种意见,董秋斯的译文遵循的是后一种意见,但其译文的不通顺和生硬是显而易见的。董秋斯之所以坚持这么做是因为他相信文学作品的形式和风格不可忽略,如果"只保存其中的思想和故事,而不顾及其风格和癖好,有时简直等于'买椟还珠',必然算不得好的翻译"②。也就是说,这样的译文留住了次要的东西而失去了原作最重要的、宝贵的东西。他觉得诗歌必须译成诗歌,小说也必须译成小说,要保留原著的形式和风格。董秋斯的理论是不错的,但是翻译是实践,在实践中译文生硬或不准确是得不到读者认可的,也没有达到翻译的目的。

张谷若、林纾和董秋斯的翻译原则是走向了两个极端,用极端的方式操作翻译是比较容易的,所以我们有必要先弄清楚通顺和准确的关系。对准确和通顺金隄给了一个简要的定义并对二者之间的关系提出了自己的见解:

> 所谓准确的翻译,就是把原文变成译文之后,译文给读者的信息与原文给读者的信息基本上相同。所谓通顺的翻译,就是译文能顺利地被读者看懂,以便信息能顺利地被读者接收。……信息传递的

---

① 董秋斯:《论翻译原则》,《新文化》,1946年第2卷第11—12期,第24页。

② 同上文,第25页。

目的没有达到,还谈得上什么准确不准确呢?[1]

在金隄看来,通顺的译文有可能不准确,而准确的译文必须要通顺,不通顺就谈不上准确,至于做得到做不到就看译者个人的功力了。董秋斯的问题在于有时没有完全理解作者的用意,生译、硬译。但是即便存在这个问题,他的坚持是对的,译文必须保留原著的风格和癖好,因为这段文字涉及叙述的视角问题。

《大卫·科波菲尔》的第十八章是回顾学生时代的生活,跟其他的回顾章一样,用的基本上都是现在时和现在完成时,这就造成回顾章在风格上与小说的其他部分有所不同。伯特·G. 霍恩巴克对此有比较透彻的分析:

> 在回顾章节中,我们看到的是记忆的表演:记忆行为直接的、戏剧性的表现。回顾都是用现在时写的,而且回顾的场景更像是画面而不是戏剧场景。它们带有戏剧幻觉的特征,就好像是通过幕布呈现出来的。有时候,在剧院看了一晚上的戏之后受到影响,大卫用这样的字眼来描述他对过去的印象,看起来"就好像一个闪亮的透明体,透过它,我看到了我早期生活的轨迹"(第395页)。后来,在说明写这本小说的目的的时候,他修改了幕布上的图像,这样重点就变成了照亮的眼,而不是被照亮的东西或者照亮本身。他说,他的目的是"把我的思想反映在这本书中"(第765页)。[2]

如霍恩巴克所说,重点是"照亮的眼",叙述者的眼和人物的眼。小说的叙述角度是第一人称叙述,也就是说叙述者与人物是一体的,属于同故事叙述或自传故事叙述(homodiegetic or autodiegetic narration),是自传体第一人称回顾。因为叙述者和人物是一体的,这种小说的叙述者比第三人

---

① 金隄:《谈准确和通顺的关系》,《翻译通讯》,1984年第9期,第19页。

② Bert G. Hornback, "*The Hero of My Life*": *Essays on Dickens*, Athens: Ohio University Press, 1981, pp. 26—27.

称叙述者自然更有权以自己的名义说话。[1]因为大卫是叙述者也是人物，其叙述反映的是二者的双重视角。“如果说第三人称叙述可以通过一个反思者来讲述的话，那么第一人称叙述总是要通过反思者来讲述的——不要因为叙述者和反映者(reflector)是同一个人而看不到这种双人和双重视角的效果。”[2]在前面提到的那段译文中，张谷若的处理方式与林纾的一样，在使用四字词语的过程中偏离了第一人称叙述的人物视角，更多地偏向了叙述者大卫的视角。林纾的译文相对来说比较简洁：“余衣履既整，遂赴会所。笑语彻天，灯火如昼，花气熏人，即武弁亦杂沓不少。”(《块肉余生述》，第 157 页。)句子后半部分“(I am sorry to see), and the eldest Miss Larkins, a blaze of beauty”省略不译。华丽的辞藻更适合描写场景，而此处是大卫在寻找拉京士家的大小姐，读者的目光随着大卫的目光走，一起寻找他心仪的姑娘：

> 我向那梦幻的仙宫走去，那里灯火辉煌，人声嘈杂，乐声悠扬，到处是鲜花和军官(看到他们我很不爽)，还有拉京士家的大小姐，真是个光彩夺目的大美人。(笔者译)

张谷若译文的前半部分是好的，但是“还有拉钦大小姐，简直地是仪态万方，风姿千状”脱离了大卫的人物视角，忘记了大卫正向那房子走去，一双眼睛在四处寻找拉京士家的大小姐。后面这部分译文一出现，把整句话变成了第三人称的描述。顾延龄说“仪态万方，风姿千状”用词不恰当，要是改成“真是仪态万千”就好了。他说得对，“仪态万方，风姿千状”是要经过思考才能说出口的雅词，是叙述者的描述性语言，当时大卫看到的就是一个闪闪发光的大美人，一个直观的视觉感受。那个房子里有什么和我向那房子走去，看到、听到了什么不是一回事。不合适的其实还不止这个，“花草缤纷，军官纷来(这是我看着极为痛心的)”也有改进的空间，军

---

[1] Gerard Genette, *Narrative Discourse: An Essay in Method*, p. 198.

[2] Massimiliano Morini, “Point of View in First-Person Narratives: A Deictic Analysis of David Copperfield,” *Style*, Vol. 45, No. 4 (Winter, 2011), p. 600.

官们纷至沓来，此处“军官”成了主语，其实是大卫看到了军官纷至沓来。这样的措辞还是滑向了第三人称叙述的客观描述。另外，大卫看到的东西是分层次的，远看是灯光，同时耳朵听到人声、音乐声，近看是鲜花和军官，军官是他不想看到的，因为他们会跟他抢拉京士家的大小姐，最后他终于见到了拉京士家的大小姐，他的美人。此刻在回忆中的大卫依然是循着小时候大卫的视角来戏剧化呈现当时的场景，前面的灯光等等都不重要，重点是美人拉京士家的大小姐。我们将原著翻译成汉语的时候倾向于用四字词语，而原文的措辞则是简单的名字和动名词，直到最后才出现了比喻性词语“a blaze of beauty”，所有的简单是为了突出美人的不简单，翻译这部分可以用四字词，但不宜过多。如果我们接着往下读，大卫还看到了拉京士家大小姐的衣着和头饰，真是越看越仔细：“She is dressed in blue, with blue flowers in her hair—forget-me-nots—as if she had any need to wear forget-me-nots! /她穿着一身蓝色的衣裙，头发上插着蓝色的花——勿忘我——好像她真的有必要戴勿忘我似的。”(*DC*, 233)

其实并非所有回顾章的段落都那么富有戏剧性，尽管叙述是双视角或双重双人的，还是各有侧重。“视角在男孩和成年人之间移动，既具即时性又客观超然，清晰的童年经历和后来在(相对的)平静中对它们的反思。”[①]有时叙述视角偏向人物，有时是叙述者回顾，叙述视角偏向叙述者。看见拉京士家的大小姐之后，叙述者大卫转而描述他在舞会上的感受。这是他第一次应邀参加成年人的舞会，他感到不舒服，因为没人理他。此时叙述视角就偏向了叙述者，小时候感觉不舒服只是感觉，不会一下子说得那么清楚，等长大了回想起来，那时候还真是尴尬。

张谷若的翻译注重措辞，尤其爱用四字词语，常常因此忽略了视角。张译《大卫·考坡菲》里许多章节标题用的是四字词语，即便不是四字词

---

① Nicolas Tredell, *Charles Dickens: David Copperfield/Great Expectation*, Houndmills: Palgrave Macmillan, 2013, pp. 27—28.

语，也给人一种用第三人称叙述的感觉。原著中的章节标题有很多都是以“我”字开头的，前十四章所有的标题都有“我”(I)或“我的”(my)字眼：

I. I AM BORN; II. I observe; III. I have a Change; IV. I fall into Disgrace; V. I am sent away from Home; VI. I enlarge my Circle of Acquaintance; VII. My “first half” at Salem House; VIII. My Holidays. Especially one happy Afternoon; IX. I have a memorable Birthday; X. I become neglected, and am provided for; XI. I begin Life on my own Account, and don’t like it; XII. Liking Life on my Account no better, I form a great Resolution; XIII. The Sequel of my Resolution; XIV. My Aunt makes up her Mind about me; (*DC*, p. 7)

一、我生下来了；二、我观察；三、我有了一种变换；四、我丧失了体面；五、我被从家中打发开；六、我扩大了相识者的圈子；七、我在萨伦学堂的“第一学期”；八、我的假日 特别是一个快乐的下午；九、我过了一个可纪念的生日；十、我受了忽视 得到赡养；十一、我开始独立生活 却不喜欢这生活；十二、依旧不喜欢这生活 我下了很大的决心；十三、我的决心的结果；十四、我姨婆打定了关于我的主意；(《大·科》上目录，第1页)

一、呱呱坠地；二、渐渐解事；三、地换人易；四、受辱蒙羞；五、被遣离家；六、识人更多；七、在校的第一学期；八、偷得假期半日欢；九、永远难忘的生日；十、名为赡养，实属遗弃；十一、含辛茹苦，自食其力；十二、决计逃走；十三、决心之后；十四、侠肝义胆(《大·考》上目录，第1—2页)

林纾的译文没有章节标题，如果有的话，按照他的风格应该跟张谷若的更加接近，用的是客观的第三人称的视角。董秋斯还是尽量按照原著的写法译。在原著里，所有章节的标题与回顾章节的内容风格一致，都用现在时。一切似乎都在眼前，历历在目，刻骨铭心，尤其是童年的这段经历，说要忘记，却是不能忘。大卫对童年的记忆使得他在心理上无法成长，书中用过去式写下的记忆是现在永远过不去的过去，是把心磨碎的絮絮叨叨。其实不止前十四章，后面章节的标题的写法也在强调，整部小说都是叙述者“我”的经历、遭遇和“我”的观察，只不过前十四章在措辞上比较明显。

与标题上的“我”相配套的最重要的语言特征就是“我记得”“我永远不会忘记”。这种句式再配合其他的修辞手法，以主观的、情绪化的方式表达叙述者的痛苦。“狄更斯在关键的地方使用了用分号标点的长句子；使用插入语；使用语法平行结构；使用首语重复法，重复单词和短语，尤其是在句首和从句首。所有这一切都造就了与狄更斯尤为相关的某种精心设计的修辞风格。”①

据粗略统计，我们可以用一个简单的表格来说明狄更斯使用记忆词的频率：

| 用语 | | 频次 |
|---|---|---|
| remember | I remember | 77 |
| | I can remember | 5 |
| | remembrance | 62 |
| recollect | I recollect | 40 |
| | recollection | 28 |
| forget | I never shall forget | 6 |
| | Shall I ever forget | 3 |
| impress | impressed | 12 |
| | impression | 50 |
| reflect | reflected/reflection/reflecting | 52 |

① Nicolas Tredell, *Charles Dickens: David Copperfield/Great Expectation*, Houndmills: Palgrave Macmillan, 2013, p. 27

虽不能逐一标明具体用处和用法，大部分的记忆都是叙述者的，是"我"的记忆和"我"的视角。小说的第四章叙述了小大卫的一段悲惨经历：他被继父姐弟俩欺负，他们逼他学极难的功课，学不动就打他罚他。在这部分有几个"记得"表现了一个孤苦无助的孩子绝望的感受：

> Be this as it may, I well remember the tremendous visages with which we used to go to church, and the changed air of the place. Again, the dreaded Sunday comes round, and I file into the old pew first, like a guarded captive brought to a condemned service. (*DC*, 51)
>
> 一日为礼拜日，举家入礼拜堂，余身乃同小囚。(《块肉余生述》，第29页)
>
> 既然如此，所以我们上教堂的时候，他们那种森然逼人的面目，教堂里那种改变了的气氛，我记得清清楚楚。我现在回忆起来，就好像可怕的礼拜天又来到了：在那几个排成一队的人里面，我是第一个进教堂的，好像是一个俘虏，叫人押着去做苦工。(《大·考》上，第72页)
>
> 虽然如此，我清楚地记得我们经常去教堂时那可怕的形势，以及那地方改变了的空气。要命的星期日又来了，我首先被填进那老座位，像在监视下被带去服劳役的囚犯。(《大·科》上，第54页)
>
> 尽管如此，我清楚地记得，我们那时去教堂摆出的惊人的面孔，以及那地方顿时改变了的气氛。那恐怖的礼拜日又来了，我走在前面，跟着队伍走进那排旧长椅，像一个囚犯，被人押着去做苦工。(笔者译)

林纾的译文把这一段话当作事件记录下来，视角不明；张谷若的翻译用词较多，还改变了叙述的顺序。因为把"我记得清清楚楚"放到记得的事情的后面，张谷若不得不加词，"我现在回忆起来，就好像"。"I well remember"那时的事情，"used"是过去式，"the dreaded Sunday comes around"以及后面的句子都是现在时，视角又偏向人物"我"，前面过去时讲的是我们在外人的眼里很是怪异，而后面的现在时是痛苦的感受又上身了，"我记得"

不只是语言记得或脑子记得，而是身体记得，是过去更是此时此刻的感受。“我现在回忆起来，就好像”视角偏向了叙述者大卫。过去时和现在时的转换跟记忆的视角相关，二者常常穿插在一起，读者和译者都要仔细辨别。大卫在家上课每日被摩德斯通姐弟折磨的描述就是一个典型的例子：

> Shall I ever forget those lessons! They were presided over nominally by my mother, but really by Mr. Murdstone and his sister, who were always present, and found them a favourable occasion for giving my mother lessons in that miscalled firmness, which was the bane of both our lives…. But these solemn lessons which succeeded those, I remember as the death-blow at my peace, and a grievous daily drudgery and misery. They were very long, very numerous, very hard—perfectly unintelligible, some of them, to me—and I was generally as much bewildered by them as I believe my poor mother was herself.
>
> Let me remember how it used to be, and bring one morning back again. (*DC*, 51—52)
>
> 我永远不会忘记那些功课呵！主持那些功课的，名义上是我母亲，实际上却是摩德斯通先生和他的姊姊，他们总在场，把那些功课看作使我母亲学习那混账坚定的好机会，那混账坚定乃是我们两人生命中的毒药呵。……但是接续那些功课的这些森严的功课，我记得，对我的宁静却是一个致命的打击，也是难堪的日常的苦役和灾难。这些功课是很长的，很多的，很难的——我觉得有一些是完全无法了解的——我相信我跟我的可怜母亲同样被这些功课弄得手足无措了。
>
> 让我回忆一下那经常的情形，把一天早晨的光景记下来吧。(《大·科》，第55页)

把董秋斯的最后一行的译文与张谷若和林纾的对比一下：

> 那种学习,是我永远也忘不了的!……
>
> 现在,让我回忆一下这种课程都是怎样进行的,使一天的早晨重新出现好啦。(《大·考》,第73页)
>
> 嗟夫,家居读书之苦,讵笔墨所能形容耶;……
>
> 尚忆伏案之时(《块肉余生述》,第29页)

从上下文看,“Shall I ever forget those lesseons”后面跟的句子是过去时,而“Let me remember how it used to be, and bring one morning back again”,这句话后面差不多有一页半都是描写日常晨课的折磨,用的都是现在时,直到这句话开始,又变回过去式,转入叙述者视角:

> It seems to me, at this distance of time, as if my unfortunate studies generally took this course. I could have done very well if I had been without the Murdstones; but the influence of the Murdstones upon me was like the fascination of two snakes on a wretched young bird. (*DC*, 53)
>
> 时隔这么久之后,在我看来,好像我那不幸的课业通常都是以这种方式进行着。要是没有摩德斯通姐弟俩,我是可以学得很好的;但是摩德斯通姐弟对我的影响就像两条毒蛇迷恋着一只可怜的小鸟。(笔者译)

因此“Let me remember how it used to be, and bring one morning back again”这句话后半句的译法就必须体现马上要出现的人物“我”和叙述者“我”共用的视角,现在时的时态。林纾的译文里,这个不存在,而张译和董译的语言模棱两可,“把一天早晨的光景记下来吧”和“使一天的早晨重新出现好啦”这种译法都不甚确切,更不能显示叙述者马上要切换到人物与叙述者共用视角的意图。过去时和现在时的切换,“我永远不会忘记”和“让我回忆一下”变换交替表现了回忆的痛苦和痛苦的回忆的交错,“我”深陷过往的痛苦不能自拔和过往的苦难让现在的“我”痛不欲生,这些感受相互交织却还是有区别的。最难熬的时刻用的是戏剧化的现在时,那是把大卫变成可鄙的人,把他逼急了,最后咬人并导致被赶出家门的痛苦折磨。此时叙述者与人物合体,反映过去发生的事对现在的影响。

叙述者“我”与人物“我”之间视角的转换伴随着指示语的转换(Deictic Shift),指示语通常包括人称指示语、时间指示语、空间指示语、社交指示语和语篇指示语。①罗杰·福勒指出:“第一人称变体的最重要的指示语特征在于显著地使用第一人称单数代词,或许还用些现在时,指向叙述行为的‘现在的时间’(而不总是指向被叙述事件的过去时间)。”②与第一人称单数和现在时相对应的是人称指示语和时间指示语,除了这两种指示语,语篇指示语在翻译中也不可忽略,应该与时间和人称指示语放在一起考虑。我们不妨把以现在时戏剧性呈现叙述的那部分文字的每段首句以及这部分的前后语串联起来,看看汉译英翻译中现在时和视角转换是如何完成的。

Let me remember how it used to be, and bring one morning back again.

I come into the second-best parlor after breakfast, with my books, and an exercise-book, and a slate.

I hand the first book to my mother. Perhaps it is a grammar, perhaps a history, or geography.

I obey the first clause of the injunction by trying once more, but am not so successful with the second, for I am very stupid.

There is a pile of these arrears very soon, and it swells like a rolling snowball. The bigger it gets, the more stupid I get.

Even when the lessons are done, the worst is yet to happen, in the shape of an appalling sum.

---

① Siobhan Chapman, *Pragmatics*, Shanghai: Shanghai Foreign Language Education Press, 2016, pp. 40—42. 五种指示语的原文为 person deixis, time deixis, place deixis, social deixis, discourse deixis。

② Roger Fowler, *Linguistic Criticism*, New York: Oxford University Press, 1986, p. 135.

It seems to me, at this distance of time, as if my unfortunate studies generally took this course. (*DC*, 52—53)

现在,让我回忆一下这种课程都是怎样进行的,使一天的早晨重新出现好啦。

吃了早饭,我就带着课本、练习本和石板,上了我们家那个次好的起坐间。

我把头一本书递给了我母亲。那也许是语法,也许是历史,再不就是地理。

我遵从了这个告诫的前半,又念了一遍。但是对于这个告诫的后半,却没成功,因为我非常地笨。

一会儿,这种欠债的书就摞成一摞了,欠的债像在雪里滚的雪球一样,越涨越大。欠的债越多,我也就越笨。

即便我把功课都做好了,还有更难的跟在后面。这就是可怕的算术。

事情已经过了这么些年了,我现在回忆起来,我当时那种折磨人的功课,好像都是这样进行的。(《大·考》上,第73—76页)

让我回忆一下那经常的情形,把一天早晨的光景记下来吧。

我在早餐后带着我的书、一本练习簿、一块石板进入次等客厅。

我把第一本书递给我母亲。或许是一本文法,或许是一本历史,或许是地理。

我遵守这教训的第一部分,再试一次,但是我不大能作到第二部分,因为我是很糊涂的。

不久就有一堆这样的欠债,像滚着的雪球一般膨胀起来。欠债愈大,我就愈糊涂。

即使功课完毕,还有以可怕的演算形式出现的最坏的事情呢。

到了现在,我觉得我那不幸的学习仿佛大致都是这样的。

(《大・科》上，第 55—57)

尚忆伏案之时，

饭后捧书及石板与札记本，恭至客厅，

遂以书呈吾母，其中为文法耶，历史耶，地理耶，几于不能自辨。

余闻母言，恭受而诵之。然欲于此时令余背诵如流水，则为力弗逮。

逾数日，所负日多，如童子之抟雪球，愈抟愈巨，顾负愈多，余乃愈钝，愈不能上口，

倘吾书幸熟者，则麦得斯东遂出极窘之算学，令余核之。

(《块肉余生述》，第 29—31 页)

"Let me remember how it used to be, and bring one morning back again."这里的 it 是指摩德斯通姐弟逼大卫学习的情形，而这种情形将以一上午的学习过程来具体体现。在"It seems to me, at this distance of time, as if my unfortunate studies generally took this course"这个句子里，this course 指的是一上午这样的学习过程。这两个语篇指示语在林纾的译文里均未出现，而张谷若的译文前后都用"现在"这个词语来强调现在时。尽可能留住原文的句式，是董秋斯努力的方向，但是仅仅是句式还不够，还要注意措辞，要让整个语境留在现在时，并且可循环，即随时可呈现在眼前。

让我回忆一下那时的情形，看看一上午我都是怎么上课的。

吃过早饭，我进入那间次好的起居室，带着我的书、一册练习本、一块写字板。

我把第一本书递给母亲。那可能是语法书，也可能是历史书，或者地理书。

我服从了指令的第一条款，又试了一次，但没能成功地服从指令的第二条款，因为我还是很笨。

很快就堆起一大堆这样的欠账，像滚雪球一样越滚越大。雪球越大，我就变得越笨。

就算所有的功课都已经做完，最坏的事情还会发生，那就是做可怕的算术题。

时隔这么久，在我看来，好像我那不幸的课业通常都是以这种方式进行着。（笔者译）

原文"it"和"one morning"一个指过去上课的情形，一个指过去一段时间内通常的状态，一上午其实是每天上午，所以这两个词与最后一句"通常都是以这种(this)方式进行着"的"通常"就对上了。"那"时的情形和"这"种方式相对应，"着"表示一种进行、持续中的状态，也与"通常"相对应。"汉语这种时态主要由时态助词'着'和时态副词'在、正在、正'表示，'在、正在、正'偏于表示进行，'着'偏于表示持续。"[①]在翻译这些句子的时候，汉语中的语篇指示语和时间指示语都要翻译到位。中间的那些早餐后进起居室、递书、服从诫令、欠账、做算术题等等都是日常，现在时通过语篇指示语及陈述日常活动的现在时瞬成句[②]呈现在读者面前。这部分译文林纾的句式采用的是跟踪事件发展的顺序：饭后，闻余母言，遂以书呈吾母，逾数日，倘吾书幸熟者。"逾数日"已经不是一个上午了。董秋斯和张谷若的译文在这方面问题不大，只是张谷若在前后都加词，"现在"，"我现在回忆起来"，这样写反倒把日常的晨课推向过去，表明那都是过去的事情，削弱了过去事件的现时感。实际上时间现在时和心理现在时是有差异的，作者用现在时强调的是心理的现时感，心理的创伤是永远过不去的，只会越说越痛，翻译这类文字的时候必须用准确的措辞让这种感受成为永远的现在。

在《大卫·科波菲尔》这样一部第一人称自传体的创伤小说中，当叙

---

① 龚千炎：《汉语的时相时制时态》，北京：商务印书馆，1995年，第89页。

② 尚新：《英汉时体类型与翻译策略》，上海：上海人民出版社，2014年，第150页。据尚新的分析，瞬成类事态用于现在时的情况下，主要出现在祈使句（暂时性）和陈述句（泛时性），此处文本用的泛时性陈述句，即每天如此。

述从叙述者的视角进行时，时态通常用的是过去时，当叙述的时态转向现在时的时候，叙述者与人物的视角就合为一体，这是一种心理视角。如何在翻译的时候让读者看到作者的"记忆行为直接的、戏剧性的表现"，是译者要特别关注的事情。张谷若和林纾的译文注重措辞和故事人物的描述，董秋斯关注形式与风格，但他们都不是很了解《大卫·科波菲尔》的小说艺术。做到行文优美、感人或地道对小说翻译来说是不够的，照着原著小心翼翼地去模仿形式与风格也难免有失手的时候。措辞是必须要关注的，但措辞不应只是对着小语境（词语、句子、段落）去斟酌。只有从整体出发，在了解创伤小说的语言特征和叙述模式的基础上，才能清晰、准确地再现原著的思想与风格。而且，过去时和现在时不一定要通过"过去"和"现在"这样的时间指示语来表达，可以通过语篇指示语"这""那"和其他指示语或句式来表达。语言要精练、准确，随意加词或铺陈会改变小说的风格和思想。

## 3. "我"的叙述：语域与措辞

《大卫·科波菲尔》用了很多修辞手法诉说童年的不幸与创伤，比如常见的首语重复法、词语重复和平行结构等，看似繁复，但是他的措辞是相当简练的，重复是他有意而为之，是带着目的，有章法的。通常来说，英语译成汉语字数会变多，这是常识，倘若是多出太多，可能就存在译者自行发挥和铺陈的操作。林纾的译文总的来说是删节居多，偶尔也有加词的现象，如"but the influence of the Murdstones upon me was like the fascination of two snakes on a wretched young bird. /自有此二憾，如二毒蛇交纠吾侧，吾直类一小鸟，胡堪其蛰，生趣既尽，初无萧爽之时"（*DC*，53，《块肉余生述》，第 31 页）。林译的自由度大是众所周知的，加加减减，也算平常。而张谷若的翻译是全译，基本上没有减，却在行文中有较多的加词、切割长句、句式转换甚至是打乱重写的现象。我们不妨先看一个例子，第五十五章"暴风雨"中有一段话：

It was a murky confusion—here and there blotted with a colour like the colour of the smoke from damp fuel—of flying clouds, tossed up into most remarkable heaps, suggesting greater heights in the clouds than there were depths below them to the bottom of the deepest hollows in the earth, through which the wild moon seemed to plunge headlong, as if, in a dread disturbance of the laws of nature, she had lost her way and were frightened. There had been a wind all day; and it was rising then, with an extraordinary great sound. In another hour it had much increased, and the sky was more overcast, and it blew hard. (*DC*, 662)

此时空中如焚湿薪,黑烟驰突,作千种危峰叠嶂,顷刻数变,而暗淡之月轮,似为黑云推逝。晚来风起,至夜愈烈,迨及夜深,洞黑如漆,风乃若吼,时时增烈。(《块肉余生述》,第444页)(59字)

原来浮云飞扬,乱趋狂走,奇堆怪垒,纷集沓合,全体看来,浓如黑墨;仅仅这儿那儿,有像湿柴所冒的烟那种颜色,乱涂狂抹;乌云垒聚,那样高厚,令人想到,乌云下面,直到地上最深的低谷谷底,深远之度都远所不及。狂乱失度的月亮,在乱云堆中瞎窜乱投,仿佛她在自然规律离经反常的可怕现象下,走得迷路,吓得丧胆。那天一整天里,一直都有风,这阵儿风大起来,呼啸之高,迥异寻常。一个小时以后,风更大大升级。云越阴越密,风更使劲地刮。(《大·考》下,第994页)(175字)

那是一片暗黑的混乱的——这里那里染有从湿柴上冒出的烟一般的颜色——疾驰的云,颠簸成最可惊的堆子,令人想到云中的高度,比从那里到地下最深的洞底还要深些,疯狂的月亮似乎不顾一切地从里边穿过,仿佛由于一种自然法则可怕的变动,她已经迷了路,受了惊。已经刮过一整天风;当时风又带着非常大的声音刮起来。又过了一点钟,风大大地增高,天空更阴暗,刮得更厉害了。(《大·科》下,第 801 页)(154 字)

天空一片昏暗,乱云飞驰——到处晕染着犹如湿柴烧出的烟色,云层向上翻滚,堆叠成高耸的奇峰,让人感觉云层的高度超过了云层底部到地球最深的山谷洼地的深度。疯狂的月亮在云中急速穿插,仿佛在自然法则这可怕的骚乱中,她迷了路,受了惊吓。风一整天都在刮,后来风力逐渐强劲,尖声呼啸。过了一个钟头,风力又大大增强,天更加阴沉了,狂风怒吼。(笔者译)(143 字)

林纾的译文明显是重写,用简要的话概括了傍晚时分暴风雨来临前的风云变幻,张谷若的译文看似忠实但多有改动,他的译文字数最多,尤其是第一行,一口气用了六个四字词语。这样的译文与原著的风格不符,文字效率不高,思维逻辑不清,也不见得有多美。文字的表达唯有简练方显力度,虽然狄更斯的叙事有一套繁冗的构架,但是他的行文是很精确的,不会出现啰嗦或无谓的重复。

在谈到张谷若的翻译主张时,楼沪光总结说,张谷若在作品内容、语言文字、作品效果三个方面都有自己的追求:

在语言文字、表达方式上,尽量接近以至酷似原著的风格。原作中的散文,用散文形式翻译;原作中是诗行的地方,翻译过来也必须是诗句;原作用上层社会典雅的语言,翻译时要体现这个特点;原作中乡民的对话用了俚语、方言,译文也要选用劳动人民带乡土味的口语;原作如果故意是“转文”的,译文也要有相应的特点。①

张谷若的三大目标是让译文在内容、语言风格和艺术效果上与原作一致,这个目标在理论上大体是不错的,但是实践起来有着诸多的困难。翻译

---

① 楼沪光:《笔耕墨耘五十春——记老翻译家张谷若》,《翻译通讯》,1983 年第 9 期,第 34 页。

就是改写，这话是不错，因为翻译是用另一种语言忠实地再现原作的思想和艺术，关键是如何改写。保持内容的完整比较容易做到，要收到同样的艺术效果，就必须看语言文字的表达。张谷若主张“原来是地道的语言文字，翻译时也要译成地道的语言文字”①。这种主张并不说明张谷若完全采用了归化译法，我们从《大卫·考坡菲》的译文中可以看出张谷若对原作的文化和思想总体上还是尊重的，只是他在语言的表达上比较自由，如按照中文的习惯时常采用四字词语，把英语的长句切割成短句，对语域没有太清楚的概念，不能准确区别口语和书面语等等。比如下面这两段叙述：

> Having done the honors of his house in this hospitable manner, Mr. Peggotty went out to wash himself in a kettleful of hot water, remarking that "cold would never get *his* much off." He soon returned, greatly improved in appearance; but so rubicund, that I couldn't help thinking his face had this in common with the lobsters, crabs, and crawfish, —that it went into the hot water very black, and came out very red. (*DC*, 35)

> 坡勾提先生这样殷勤欢迎，尽了地主之谊以后，就到外面洗手洗脸去了，洗的时候，用了一壶热水。他说，“他那份脏劲儿，凉水是永远洗不干净的。”他一会儿就又回到屋里了，外表虽然大为改善，但是脸却红得很，因此我不由得要认为，原来他的脸，和龙虾、螃蟹、大虾一个样：没经热水烫，黑不溜秋的，经热水一烫，就又红不棱登的了。(《大·考》上，第47—48页)

> 用这样殷勤的态度表示过地主之谊以后，辟果提先生走出去，在一满罐热水中洗他自己，嘴里说着，冷水永远不能洗掉他的污泥。他

① 张谷若：《地道的原文，地道的译文》，《翻译通讯》，1980年第1期，第21页。

> 不久就回来了，外表大见改善；只是太红了，我不禁要想，他的脸在这一点上与大海虾、螃蟹、龙虾相同——进热水时是很黑的，出来就是很红的了。（《大·科》上，第34页）

> 辟果提先生以这种热情好客的方式表示欢迎，在尽了地主之谊之后，他走出去，倒了一壶热水洗手洗脸，说“凉水可洗不掉他那一身泥”。他很快又回到屋里，外表大大改观；但是满面红光，让我不禁想到他的脸在这一点上跟龙虾、螃蟹和小龙虾是一样的：进热水时黑乎乎的，出热水后变得红通通的。（笔者译）

这段话描述的是大卫小时候的所见，与叙述者大卫共用一个视角，他的语言是标准英语，话语里带点孩子的童真。张谷若的译文有两处需要斟酌，一是“他那份脏劲儿，凉水是永远洗不干净的”。把原作中一句简洁的话变成两句，话语的力度有所减弱；而最后一句“没经热水烫，黑不溜秋的，经热水一烫，就又红不棱登的了”里的“又”字没有上下文逻辑关系支撑，生鲜虾蟹是暗色的，煮熟了就变红；“黑不溜秋”和“红不棱登”都是贬义词，指黑得难看红得令人厌恶，从上下文看，大卫并没有这个意思。辟果提盥洗前后的变化，激发了大卫的想象力，让他想到了辟果提和虾蟹的共性。他只是觉得好玩，没有其他的意思。

如果说林纾的翻译是拿原著的故事作古文，那么张谷若在很多时候是拿着原著的故事在唠家常，要把原著译得通俗易懂，正因为如此，他的译本比较受大众的欢迎。每个人写作都有自己的文风，把自己的风格糅杂进译文中有时是难免的。但是一个译者在翻译生涯中形成自己的风格是危险的事情，因为在翻译不同作者的作品或者同一作者的不同作品时，译者会以自己的风格代替原作者的风格。王以铸认为译者既然是在翻译，就应该揣摩、模仿原作者的风格笔调，“如果一位译者不分青红皂白地把几位风格笔调截然不同的作家的作品永远都译成自己的那一套调调儿的话，即使译文真的是做到了忠实流畅，也决不能说是上乘的译品”[①]。

张译总体来说比较口语化，书面语和口语混杂，用词较多。无论是强调方言还是地道的译文，译者都应该注意到叙述者的声音，是谁在说话。这段话尽管说的是辟果提，故事背景是海边乡下，叙述者却不是乡下人。所以这个地方要注意语域，在《语言面面观》一书中，德怀特·波林格和唐纳德·A. 西尔斯指出：“语域是一种变体，不是某个特定的语言环境中特有的语言，而是与交际的场合相关。”[②]他们认为，语域可分为五类：演说型或刻板型；审慎型或正式型；商议型；随意型；亲密型。[③] 大卫作为叙述者所用的语言是标准英语，应该是正式型的。大卫的叙述不是口语，也不是方言，他不是当地人，只是辟果提家的客人。他的语域跟当地人的不一样。刘晓华在《再论语域理论与翻译批评——兼论〈大卫·科波菲尔〉的两个汉译本》中分析小说语言的语场、语旨和语式这三个语域的社会变量，从语音、词汇、句法和篇章四个层面来分析董秋斯和张谷若的译文，她得出的结论是：“在语音、词汇层面上原作的非正式语域在张译本中被传达得更为忠实与传神，而在句法层面上董译本和张译本各有千秋，董译简洁晓白，但缺乏一定的变化；张译在简洁方面略逊一点，但是更具口语化，因此更接近原文的非正式语域。”[④]她的这个结论是基于她对原著总体语域的判断，认为“原著的语言主要属于非正式语域范畴”[⑤]，而她所举的例子却都是人物话语。显然，这个结论缺乏全面有力的证据。

叙述者的叙述不是最正式的，因为它是灵活的，书中最正式的文体就是米考伯先生的书信，我们随便找一段他信里的话就知道什么是刻板的演说式的语言：

---

① 王以铸：《作者的风格，还是译者的风格》，《翻译通报》，1952年3月号，第9页。

② Dwight Bolinger & Donald A. Sears, *Aspects of Language*, 3rd edn, New York: Harcourt Brace Jovanovich, 1981, p. 211.

③ Ibid., p. 212.

④ 刘晓华：《再论语域理论与翻译批评——兼论〈大卫·科波菲尔〉的两个汉译本》，《三峡大学学报》（人文社会科学版），2006年9月，第28卷第5期，第93页。

⑤ 同上文，第91页。

It is expedient that I should inform you that the undersigned is Crushed. Some flickering efforts to spare you the premature knowledge of his calamitous position, you may observe in him this day; but hope has sunk beneath the horizon, and the undersigned is Crushed. (*DC*,364)

书后署名之人家毁，又将言别矣。其居于席间，不即抗言者，以此恶消息稍留须斯，亦人生适意事。顾希望之事，已同夕阳西落。书中署名之人，亦复如此。(《块肉余生述》，第 242 页)

我所应为阁下告者，即此信之签名人已一蹶不起矣。今日阁下本可注意到此人曾以微弱闪烁之努力，对阁下掩饰，不欲使阁下预知其人灾祸之将临，虽然如此，希望已沉入地平以下，此信之签署者已一蹶不起矣。(《大·考》上，第 549 页)

下方署名人已遭溃败，此我合当奉告者。今日君或见此人闪烁其词，不使君预闻彼之灾况；但希望已没入地平线下，下方署名人已遭溃败。(《大·科》上，第 437 页)

我认为有必要通知阁下本信件具名人已彻底毁灭。阁下今日可能会注意到，他闪烁其词，为的是不让您过早地知道他悲惨的境况；但是希望已消失在地平线之下，具名人已彻底毁灭。(笔者译)

张谷若用的四字成语“一蹶不起”也就是一蹶不振的意思，比喻遭受一次挫折以后就再也振作不起来，这个措辞在这个语境里使用意思不准确，董秋斯说的“溃败”也不甚准确，倒是林纾的“家毁”比较接近原文的意思。另外，大卫说，米考伯先生在遇到一些重大困难的时候，喜欢用法律辞藻，好像这样就能解决他的问题似的。所以这段话的关键不在于译得如何古雅，而在于是否译得像法律文书，够不够刻板。这段话也可以作为例证，说明并非整部小说的语域都是非正式的，而是变化多样的。

描述辟果提先生的那段话用的是过去时，是叙述者在回忆过去的事，用的是叙述者的声音，是成年的大卫在说话。尽管没有受过太多的正规教育，成年大卫的语言是标准的、精炼的，有权威的。作为一个作家，大卫的自尊和价值都体现在他的文字里，他用文字诉说，用文字表达他的想象和幽默，用文字证明他所说的皆是事实，他的文字必须是有力量的、有说服力的，不是唠家常的那种松散的、口语化的文风，他陈述的方式和措辞都是经过精心设计、深思熟虑、字斟句酌写出来的，是他的“回忆录”（written memory）。这就是为什么在这部小说里，怎么写如果不比写什么更重要的话，至少是一样重要的。

## 4. 小　结

阅读《大卫·科波菲尔》，细心的读者会关注第一人称创伤叙述的两个层面，一个是叙述的内容，一个是叙述的方式。创伤的呈现也有两个方面，一个是痛苦的叙述，一个是叙述的痛苦。叙述的内容和痛苦的叙述相对应，叙述的方式与叙述的痛苦相对应。我们读这部小说，关心的不仅是故事情节和人物关系，还有故事的叙述方式。在某些译者看来，小说里有些内容是不相干的小事，为了让叙述的节奏更快一些，或者断定译入语的读者可能对某些内容不感兴趣，他们就把这部分内容省略不译。以第一章胎膜售卖的叙述为例，我们会发现小说的结构是非常严谨的，没有什么内容是可以删除的。哪怕是类似“我记得”“我永远也不会忘记”“我想象”“我梦见”之类的首语重复也是作者情绪的表达，不可省略。《块肉余生述》注重故事内容和情节发展，认为像售卖胎膜这种对母亲有些不满又跟情节无关的内容可以省略不译。但是从前文的分析来看，售卖胎膜暗示着大卫断了跟母亲的联系。十年前他刚出生时胎膜没能卖出，大卫跟在母亲身边享受了十年快乐的童年；十年后母亲成功地把胎膜卖出去了，又选择再嫁，因所嫁非人，年纪轻轻便悲凉地离世，让大卫失去了家的庇护，成了孤儿。后来他恋爱结婚，妻子朵拉跟他的母亲一样，年轻、漂亮、可爱、时尚，弹琴、唱歌、绘画样样都在行，就是不懂家政，不会持家。婚后大卫发现他拥有一个幸福美满家庭的梦想破灭了，不断困扰他的家庭矛盾让他时时有一种欠缺感："我非常爱我的太太，我也是快活的；但是我过去一度朦胧地期望的幸福，不是我所享受的幸福，总缺少一些什么。"(《大·科》下，第 709 页)朵拉死的时候也是悲凉孤独的，如同一朵过早凋谢的小花。朵拉的死让大卫得以纠正择偶的错误，摆脱了那场婚姻的痛苦，最后他娶了完美的女子艾妮斯为妻，从此过上了幸福的生活。胎膜对大卫具有重要的象征意义，出现在第一章不是毫无道理的，它预示了年幼大卫的不幸，反映了叙述者大卫对女性、爱情、婚姻的思考和判断。"孩子妻"朵拉是可爱的恋人，却不是能干的贤妻；朵拉不能有孩子，因为她自己还是个孩子。只有像艾妮斯那种圣母般的、冷静、理性、善于持家的女人才能结婚、生养孩子，才能保证家庭的幸福。林纾译文中删除原著的某些部分对于讲故事来说是无妨的，但是对叙述而言，省略会在译者不注意的情况下伤及"伏脉"，这里说的不是故事情节的伏脉，而是思想的伏脉。

翻译最重要的是语言文字，译者要知道如何恰当地使用译入语来尽量忠实地呈现原著的全貌。我们所说的语言文字不单单指词句层面，还有叙述层面的要求，尤其是我们想要达到同等的艺术效果的时候。艺术效果不是大家通常认为的，让人笑、让人哭，令人激动，令人无语这种共情的效果，而是更深层的思想交流，即达到思想和艺术的统一。大卫的叙述是自传体第一人称叙述，叙述者和人物常常是一体的，是一种主观叙述。在这样的叙述里叙述者不断地调节叙述视角，转换指示语，采用现在时和过去时交替的模式，用现在时使一些关键的场景戏剧化、前景化，以人物的视角突出表现"我永远都不会忘记"，让读者时时感受到叙述者的伤痛。这些伤痛不会因为叙述过而不再痛，也不会因为痛而不再叙述，那种伤痛的感觉比真实发生的事情更令人痛苦，它们是永远的现在、此刻。由于英语和汉语属于不同的语言类型，英语凸显时态，而汉语凸显体态，我们在翻译时常常对英语的时态感到无能为力，需要借助类似"过去""曾经"

"现在""此时此刻"等时间指示语来表示现在或过去。尚新在《英汉时体类型语翻译策略》中指出，除了像"现在/过去"这样的时间指示语，汉语还可以用像"了/过/着/在"等体态标记来完成时间指向。[①] 龚千炎在《汉语的时相时制时态》中也提到，虽然现代汉语缺乏形态变化，时和态不由动词的形态统一表示，但是现代汉语已拥有表现各种时态范畴的专用语法标记。

> 时态助词"了、着、过"，以及类似专用时态标记——准时态助词，"起来、下去"，这些时态助词都是由实义动词逐渐虚化而成的；其次，有一些通常所谓的时间副词，经过慢慢地演变虚化，程度不等地具有了表达时态的功能，例如"曾经、已经、正在、将要"等；最后，句子末了的语气词"了"和"来着"也常常用来表示时态。[②]

除了时间指示语和体态标记外，在汉语里时态和视角的转换还可以借助语篇指示语来表示，如"这/那"。对现代汉语的灵活运用可以帮助我们巧妙自如地跟着原著转换时态和视角。

在英译汉的翻译中，当我们最终把语言文字落实到词句层面时，把长句变短句，把句子打散重写或者改变句子顺序之类的操作似乎是难以避免的。从语域的层面来说，方言与标准语有区别，口语和书面语也有区别。译文中人物的方言口语和叙述者的用语要有明显的区别，方言口语用于人物对话，标准语用于叙述者的叙述。叙述者用的是标准英语，不会因为叙述的对象不同而改变，叙述者有自己特定的语言风格，要前后一致。另外，译者还要学会识别语域的标识，长句、结构严谨的句子属于正式语域，而简短、口语化、结构松散的句子则属于非正式语域。叙述者的叙述是标准的、正式的，把长句改短句，把标准语改为口语，不仅仅是适应汉语语言习惯的问题，而且是把正式的语域非正式化。就《大卫・科波菲尔》而言，译文中语域的改变削弱了叙述者的权威和他作为成功的、著名

---

① 尚新：《英汉时体类型语翻译策略》，第61－62页。

② 龚千炎：《汉语的时相 时制 时态》，第46页。

作家的身份和地位。语域的改变直接把《大卫·科波菲尔》从严肃深刻的文学作品变成了浅近易懂的通俗小说,让叙述者或作者的思想无法得到充分准确的表达。狄更斯的小说兼具通俗性和严肃性,译文也要同时反映这两种特性,不可偏废。译文中该用口语的用口语,该用标准语的用标准语,不可依着译者自己的风格笔调混淆语域。

《大卫·科波菲尔》是繁冗小说,繁冗在于内容和语句的编排,修辞的应用,以及自成一体的一套结构和逻辑。繁冗并不意味着语言的繁杂和啰嗦,相反它的语言是相当精练简洁的,有力度有深度。译者有可能认为内容繁冗,就直接省略不译,但对原著某些较简短的话语却随意加以解释铺陈。这么做改变的不仅是原著的语言,随着语言改变的还有其他重要的东西,如作品的思想脉络、艺术手法和作品的严肃性等等。《大卫·科波菲尔》是第一人称自传体创伤小说,叙述模式独特,叙述视角和叙述声音的翻译需要关注语域和指示语,我们在读懂原文的前提下,还要关注汉语的准确度。翻译小说不是依样画葫芦就能做好的事情,对语言的敏感度,对作者、作品深入的了解,一定的文学、语言学和叙述学的知识,深厚的英语和汉语功底都是译文质量的基本保障。小说翻译的关键是语言文字,因为内容和风格均受语言文字的影响,措辞不当,句式不对,都会改变内容和风格,而语言文字的确定要同时兼顾词语、句子、段落这样的小语境和叙述结构、叙述手法这样的大语境,有时大语境更重要。如果不了解原著的叙述手法,而照着译者熟悉的叙述方式和套路去翻译的话,那么原著以叙述方式传达的思想和感情就会随着话语的流变在译文中部分遗失。如果变化太大,遗失的甚至可能是小说的精华。

# 第四章　*Hard Times* /《劳苦世界》：象征性意象系统的构建与消解

伍光建的《劳苦世界》是 *Hard Times*（《艰难时世》）的第一个汉译本，也是节译本。由于它是以中国古代小说的体式来翻译一个西方近代故事，这个译本为我们提供了一个研究译者文化策略和文化介入的极好的范本。到目前为止，还没有发现专门研究《劳苦世界》的文章和著作，对伍光建某一译本做深入研究的文章也是少之又少，林微音的《伍光建的译笔》和戴镏龄的《谈伍光建先生的翻译》的点评比较简短，前者批评伍译的爱伦·坡的短篇小说，认为他的译笔与作者的风格相去甚远："要是看到伍先生的译文，是那样地浅显，那样地松弛，那样地拖泥带水，我相信你是不会爱哀仑·坡的。"[①]后者对伍光建的通俗译法和任意删节持保留意见，指出他的通俗译法不适合译像吉朋的《罗马衰亡史》这类富有诗意的散文。"我们最觉得奇怪的是：伍先生的译文任意删节，一句的，整段的，割弃甚多，原文大都不难解释。这样的删节，无论是有心抑系无意，

---

① 林微音：《伍光建的译笔》，《人言》，1934 年第 1 卷第 25—50 期，下册，北京：《人言》周刊社，第 792 页。

实非译书应有的态度。”① 翻译文学史大多只是重点介绍伍光建的《侠隐记》及其对译介法国文学的贡献。唯有茅盾对伍译的《孤女飘零记》作了详细的分析。在《〈简爱〉的两个译本》中,茅盾总结了伍光建小说翻译的特点:

> 伍先生的译文常有小小的删节,然而不是无原则的删节,我们知道西洋的古典名著都有多种的节本(同一文字的节本),这些节本除了篇幅略少而外,原作全本的精神和面目是完全保存着的。伍先生的译文的删节是依照此种节本的手法而作的一种“试验”。②

茅盾的看法与林微音和戴镏龄的正相反,他认为删节是很正常的事,无伤原作的精神。尽管清楚地知道伍光建的《劳苦世界》不是全译本,茅盾的判断还是倾向于强调“等效”③:文字虽然不同,效果却基本一样。尽管茅盾的说法不是完全没有道理,伍光建的译文从某种意义上讲是很精彩的,给文学作品出节译本也不是不可以的,但是伍先生的《劳苦世界》是否保留了“原作的精神和面目”,什么是原作的“精神和面目”,却是值得深入探讨的问题。

上述两种截然相反的观点反映了评论双方对原作的“精神和面目”的不同见解,分歧的焦点集中在形式与内容的关系上。《艰难时世》是以极具象征意义的意象系统构建起来的一个思想体系,以形式建构内容;而《劳苦世界》则是侧重对话和故事情节,以译入文化固有的文学形式承载原著的事件和人物。《劳苦世界》之所以采用这种译法,除了读者和文化方面的考虑,还有艺术上的原因。在当时的中国,大多数人,无论是译者、读者还是评论者,都不太了解象征主义小说,对意象系统如何建构文学作品的主题思想也没有清晰的概念。

---

① 戴镏龄:《谈伍光建先生的翻译》,《观察》,1947 年第 2 卷第 21 期,第 23 页。

② 茅盾:《〈简爱〉的两个译本》,载罗新璋编《翻译论集》,第 355 页。

③ Eugene Nida, *Toward a Science of Translating: With Special Reference to Principles and Procedures Involved in Bible Translating*, Leiden: E. J. Brill, 1964, p. 159.

1926年《劳苦世界》首次出版时，国内学界对狄更斯的研究还很少。之后，报纸杂志开始译介国外的评论及介绍性文章，1928年《东方杂志》发表了哲生的《小狄更斯的孺慕谈》，文章绝大部分篇幅是翻译狄更斯的第六子亨利·狄更斯回忆父亲生平的文章。[①] 1929年，《语丝》发表了由德国梅林格著的综述性文章《论迭更斯》[②]，文章没有对狄更斯的某部作品或艺术特征做具体评判。1934年，《行建月刊》分三期连载威尔逊的《迭更斯的悲剧》，主要介绍他的生平。[③] 1937年，《译文》出了狄更斯特辑，共三篇文章，有苏联A. 亚尼克尼斯德的《迭更司论》[④]，苏联E. 兰的《年轻的迭更司》[⑤]和法国A. 莫洛亚的《迭更司与小说的艺术》[⑥]。第一篇主要说明狄更斯是为人道而战的现实主义大师，他批判的武器是笑和泪；第二篇是介绍生平的，第三篇是莫洛亚《狄更斯评传》的第三章。1941年，许天虹将莫洛亚的《狄更斯评传》中的第四章《迭更司的哲学》译成中文[⑦]，发表在《现代文艺》杂志上，文章主要谈及狄更斯的仁爱与圣诞精神。1942年，《金沙》杂志发表了日本人柾不二夫的《狄更斯论》[⑧]，论述狄更斯作为近代大众文学的开山鼻祖的成就，同时对《双城记》做了较详

---

① 哲生：《小狄更斯的孺慕谈》，《东方杂志》，1928年第25卷第15号，上海：商务印书馆，第99－102页。

② 梅林格：《论迭更斯》，画室译，《语丝》，1929年第5卷第4期，上海：语丝社，第643－651页。

③ 威尔逊：《迭更斯的悲剧》，丁咏璐编译，《行建月刊》，北京：北平民友书局，1934年第5卷第3期，第168－171页；1934年第5卷第4期，第173－176页；1934年第5卷第5期，第166－167页。

④ A. 亚尼克尼斯德：《迭更司论》，天虹译，《译文》，1937年第3卷第1期，上海：生活书店，第96－102页。

⑤ E. 兰：《年轻的迭更司》，克夫译，《译文》，1937年第3卷第1期，上海：生活书店，第103－108页。

⑥ A. 莫洛亚：《迭更司与小说的艺术》，许天虹译，《译文》，1937年第3卷第1期，上海：生活书店，第134－164页。

⑦ A. 莫洛亚：《迭更司的哲学》，许天虹译，《现代文艺》，1941年第3卷第1期，上海：改进出版社，第26－34页。

⑧ 柾不二夫：《狄更斯论》，一木译，《金沙》，1942年第1卷第4期，成都：新蜀图书文具公司，第1－11页。

细的评说。同期发表的还有约翰·福斯特的《狄更斯的生活与著作》。[①] 1943年,戴尔·卡内基的《苦出身的狄更斯》发表在《春秋》杂志;[②] 1946年,英国翟尔斯莱的《迭更斯》发表在《青年生活》杂志;[③] 1949年,伊凡士的《作家·新闻记者迭更斯》发表在《人物杂志》上,[④]这些文章大多数是传记性质的,艺术上的评论仅限于莫洛亚的文章。1949年以前,国内学者对狄更斯的艺术成就还知之甚少,蔡熙说:

> 主要研究者林纾、孙毓修、谢六逸、周瘦鹃、韩侍桁、郑振铎等几乎一致将狄更斯当作现实主义作家进行译介和评论,从社会政治层面关注他对下层贫民百姓现实生活的描写、对弱者的同情及人道主义思想,认为他的小说具有认识功能,可以揭露社会时弊,促进社会改良。[⑤]

这个总结基本正确,但也有例外。蒋天佐在《关于迭更司》一文中对狄更斯小说的成就有一个比较准确的概括:

> 尽管我们能够利用时代的赐予来向他夸耀更高深的思想,却不能不惊叹他反映的广阔和概括的精微;尽管我们看不惯典型的谑画化,却不得不同时就被他的形象的生动所吸引;尽管我们喜爱现代文学的简练的语言,却不会不发现他那充满全部作品的浅显朴素而又巧妙灵活的修辞能给予我们多么重大的教益。[⑥]

---

① 弗斯特:《狄更斯的生活与著作》,怀谷译述,《金沙》,1942年第1卷第4期,成都:新蜀图书文具公司,第47—50页。

② 卡内基:《苦出身的狄更斯》,张直舆译,《春秋》,1943年第1卷第2期,上海:上海春秋杂志社,第140—141页。

③ 翟尔斯莱:《迭更斯》,潘纫秋译,《青年生活》,1946年第8—9期,上海:青年生活出版社,第143页。

④ 伊凡士:《作家·新闻记者迭更斯》,《人物杂志》,1949年第4卷第1期,上海:上海人物杂志社,第34—35页。

⑤ 蔡熙:《中国百年狄更斯研究的精神谱系》,《中国社会科学报》,2012年4月27日,北京:中国社会科学杂志社,第A04版。

⑥ 蒋天佐:《关于迭更司》,《文汇丛刊》,1947年第四辑,上海:上海文汇报馆,1947年9月,第43页。

这三个排比的句子抓住了狄更斯的艺术特点,即其作品思想的概括性、形象的生动性及修辞的象征性。遗憾的是,蒋天佐没有就有关作品做深入的分析。

1949年以后国内狄更斯的研究也多注重狄更斯作品的批判现实主义的功用,直到20世纪80年代,国内学者们才开始注重狄更斯小说的意象与象征的研究。1985年,蔡明水的《狄更斯的象征手法初探》对狄更斯的象征手法作了较为全面的分析,他指出:"狄更斯世界中的万物似乎有灵性是因为他善于运用诗人惯用的拟人、象征和诗的意象体系,并凭借想象力'把一切合为优美而机智的整体',构成一个气象万千的艺术世界。"[①]蔡明水对狄更斯象征主义艺术的研究把我们的注意力从狄更斯批判社会、反映现实的层面转移到艺术层面,让我们开始关注狄更斯小说中艺术形式与内容的关系。蔡明水的文章涉及狄更斯的多部长篇小说,如《荒凉山庄》《远大前程》《双城记》《艰难时世》等,他提到了《艰难时世》中无穷无尽的长蛇似的浓烟和忧郁的大象以及两个世界(扼杀人性、毫无生机的资产阶级世界和富有浪漫情调的自由王国)的对比,但没有对该小说的意象和象征作全面深入的分析。在蔡明水之后,对狄更斯象征艺术的研究基本处于停滞状态,直到21世纪,这方面的研究才渐渐多了起来。2000年,傅云霞的《狄更斯象征艺术的诗化效果》把狄更斯的象征分为四种:贯穿性象征、中心象征、场景象征和深化原型象征。她认为《艰难时世》的象征属于用神话来"表现普遍真理,对腐败的社会进行抨击。……神话原型象征所带来的作品寓意的多义性特色,扩大了表情达意的容量"[②]。也就是说,象征赋予了《艰难时世》更深邃、更广阔的蕴意。2001年,罗经国的《狄更斯的创作》阐述了《艰难时世》的艺术手法:狄更斯用"夸大的象征手法生动地刻画了一个摧残'人性',压抑'人性'的资本主

---

① 蔡明水:《狄更斯的象征手法初探》,《外国文学研究》,1985年第2期,第36页。

② 傅云霞:《狄更斯象征艺术的诗化效果》,《湘潭大学社会科学学报》,2000年第24卷第3期,第75页。

义社会,表现出作者丰富的想象力”[①]。和蔡明水一样,他的评论是概括性的,他也提到了浓烟和大象,还谈到人物的外貌特征和习惯性动作等。2004年,陈晓兰的《腐朽之力:狄更斯小说中的废墟意象》探讨了狄更斯小说中工业化影响下的都市废墟形象。她注意到狄更斯在这部工业小说里没有描写生产过程,而是描绘臭气熏天的紫色河流和被煤烟染黑的焦煤镇,在狄更斯笔下都市是“被利用、破坏、被消耗后的废墟荒原”[②],废墟与繁荣纠结在一起。2011年,刘忠纯的《论狄更斯小说意象的圣经原型》讨论了狄更斯小说中的挪亚方舟、烈酒和伊甸园三种《圣经》意象,没有涉及《艰难时世》。[③]其他关于狄更斯小说意象研究的文章涉及《董贝父子》中的铁路意象,《双城记》中的声音、颜色、编织等意象,[④]探讨意象与小说主题的关系。

伍光建于1943年6月去世,在此之前,国人对诗歌的象征艺术是有所了解的,报纸杂志从1911年就开始关注文学的象征艺术,这方面重要的文章有郭沫若的《艺术之象征》,希真的《霍普德曼的象征主义作品》,刘延龄的《法国诗之象征主义与自由诗》,春山行夫的《近代象征主义诗的发生与发展》,哈罗德·尼柯孙的《魏尔伦与象征主义》,梁宗岱的《象征主义》,伦道夫·休斯的《马拉尔美〈神秘的象征主义的研究〉》以及埃德蒙·

---

① 罗经国:《狄更斯的创作》,沈阳:辽宁大学出版社,2001年,第112—113页。

② 陈晓兰:《腐朽之力:狄更斯小说中的废墟意象》,《外国文学评论》,2004年第4期,第137页。

③ 刘忠纯:《论狄更斯小说意象的圣经原型》,《湖南科技学院学报》,2011年第32卷第5期,第68—71页。

④ 这些文章包括:

殷企平:《〈董贝父子〉中的“铁路意象”》,《外语与外语教学》,2003年第1期,第37—41页。

廖衡:《〈双城记〉中的象征艺术探析》,《湖北函授大学学报》,2009年第22卷第3期,第143—147页。

李娜:《狄更斯〈双城记〉中的编织意象》,《焦作师范高等专科学校学报》,2011年第27卷第1期,第25—28页。

威尔逊的《论象征主义》等。[①]这些文章的研究对象主要是诗歌和戏剧，不关注小说的象征艺术。当时中国的小说还停留在“说史”的阶段，而狄更斯的《艰难时世》则是诗。伍光建把“诗”译成“史”是完全忽略了原著的诗意的象征艺术的重要作用，正如蔡明水所说的，如果我们只注重现实而忽视狄更斯作品诗意的一面，“就会把‘诗’降低到‘史’的水平，不能挖掘作品的全部深度和欣赏作品的整体”[②]。

在过去的几十年里，国内学者对狄更斯小说中意象和象征的研究尽管不是那么系统，还是卓有成效的，但是在狄更斯小说的象征性意象系统研究方面，还存在很大的探讨空间。在西方国家，这方面研究已经取得了一定的进展。自李维斯力排众议，肯定《艰难时世》的艺术成就以来，西方的学者就开始了对狄更斯的意象与象征的研究。李维斯认为《艰难时世》是一部文字极富诗意的作品：

> 他不是写“诗散文”；他是以诗歌呼唤情感的力量来写作，以一个语言表达天才的灵敏，把他所洞察的和深切感受的东西记录下来。实际上，以它的结构、富于想象力的方式、象征的手法以及由此产生

---

① 参见郭沫若：《艺术之象征》，《学艺》，1911 年第 3 卷第 1 期，上海：中国公学同学会，第 1—2 页。

希真：《霍普德曼的象征主义作品》，《小说月报》，1922 年第 13 卷第 6 期，上海：商务印书馆，第 16—20 页。

刘延龄：《法国诗之象征主义与自由诗》，《诗》，1922 年第 1 卷第 4 期，上海：中国新诗社，第 7—22 页。

春山行夫：《近代象征主义诗的发生和发展》，陈勺水译，《乐群》，1929 年第 1 卷第 4 期，上海：乐群月刊编辑部，第 1—18 页。

哈罗德·尼柯孙：《魏尔伦与象征主义》，卞之琳译，《新月》，1933 年第 4 卷第 4 期，上海：新月书店，1—21 页。

梁宗岱：《象征主义》，《文学季刊》，1934 年第 1 卷第 2 期，北平：立达书局，第 15—25 页。

伦道夫·休斯：《马拉尔美〈神秘的象征主义的研究〉》，侍桁译，《时事类编》，1935 年第 3 卷第 5 期，南京：中山文化教育馆，第 82—95 页。

埃德蒙·威尔逊：《论象征主义》，朱仲龙译，《文化批判》，1936 年第 3 卷第 3 期，上海：文化批判社，第 117—127 页。

② 蔡明水：《狄更斯的象征手法初探》，《外国文学研究》，1985 年第 2 期，第 37 页。

的文笔的精练,《艰难时世》让我们感觉在形式上与诗作相近。①

李维斯还指出,作为“寓言”性的作品,《艰难时世》具有贯穿始终的意图,所有的意象都为一个统一的整体服务。②李维斯对这部作品的分析和总体评价为后来的研究者提供了一个重要的方向。之后,慢慢地有人开始关注狄更斯的意象在作品中的主题意义。1963 年,哈里·斯通撰文分析《董贝父子》中音乐—梯子的意象,他发现在写《董贝父子》(完成于 1846—1848 年间)之前,也就是 1843 年到 1846 年间,狄更斯经历了一个艺术上的飞跃,即把“童话故事中的重复和咒语精心编制成贯穿作品始终的一个象征性的主题意象”,这种模式影响到他后来所有的作品。③这个研究虽然不是直接与《艰难时世》相关,但是为研究《艰难时世》的意象系统奠定了理论基础。另一个相关的理论研究是《狄更斯的叙述艺术》,该书分析了埃德加·爱伦·坡的“效果的整一”及爱德华·曼金的“效果的强烈”对狄更斯 1846 年之后作品的影响。在坡看来,狄更斯是善于制造整一效果的作家,但他在《巴纳比·鲁吉》中没能做到这一点。坡认为:

> 一个智慧的文学艺术家不是以事件容纳思想,而是经过深思熟虑之后,设计一个独特的单一的效果,然后虚构出相应的事件——然后他把这些事件拼接起来,以最佳的状态服务于事先构想的效果。④

坡的观点是艺术效果的设计比事件的真实更重要,他与狄更斯曾就“效果的整一”技巧做过深入的交流,对其在后来有意识地设计作品的整一效果

---

① F. R. Leavis, “*Hard Times*: An Analytic Note,” in *Hard Times*: *An Authoritative Text*, *Contexts*, *Criticism*, 3rd edn, Charles Dickens, ed. Fred Kaplan & Sylvère Monod, New York: W. W. Norton & Co., 2001, p. 371.

② F. R. Leavis, “*Hard Times*: The World of Bentham,” *Dickens*: *The Novelist*, F. R. Leavis and Q. D. Leavis, London: Chatto & Windus, 1973, p. 188.

③ Harry Stone, “Dickens and Leitmotif: Music-Staircase Imagery in Dombey and Son,” *College English*, Vol. 25, No. 3 (Dec. 1963), p. 217.

④ Harvey Peter Sucksmith, *The Narrative Art of Charles Dickens*, London: Oxford University Press, 1970, p. 71. “效果的整一”与“效果的强烈”的原文分别是“unity of effect”和“intensity of effect”。关于这两个概念见该书第 70—77 页。

有着很大的影响。曼金提出，作家应选取能引发其想象力的景物或物体，因为对这些东西的描写更符合他的目的。[①]这个观点要求作家对自然界的事物剪裁取舍，以集中的效应反映作者的思想。坡和曼金的思想——尤其是坡，因为他本人就是象征主义作家——对狄更斯作品中以象征性意象集中表现主题的艺术特征的形成和发展起到了重要的推动作用。1967年，杰罗姆·塞尔在研究狄更斯的想象力时声称，狄更斯采用更多的象征描写不是简单地朝着象征主义转变，而是为了使作品的思想更连贯、对社会的批评更尖锐。但同时他也指出，除了《艰难时世》和《小杜丽》，狄更斯其他小说里的象征主题总是用一阵子就丢了，没能贯彻作品的始终。[②] 1969年，大卫·桑斯特洛姆撰文研究比较了《艰难时世》中有生命的意象（鲜花、马、阳光和火等）和无生命的意象（葛擂硬—grind，班特比—bound，马金初—choke，饥饿意象，矿坑、深坑以及一切无生命的东西），他相信这表明狄更斯用这些意象把整部作品连成一个富有想象的整体，说明世界上的一切是相互关联、互为因果的。[③]另一篇研究意象系统的文章发表于1971年，该文指出现代学者从未系统性地探索过《艰难时世》的意象，因此从三个层面（社会经济层面、教育和个人层面及宗教层面）研究该小说的田野和花园意象。[④] 1979年，维勒在他的《维多利亚小说中引喻的艺术》中谈到《艰难时世》中火与灰的意象让人想到世界末日的景象。[⑤]关于《艰难时世》的意象我们还可以从《狄更斯作品中的比喻》一书中找到，该书谈到了司提芬与石屋的对立，人名的寓意（如

① Harvey Peter Sucksmith, *The Narrative Art of Charles Dickens*, London: Oxford University Press, 1970, p. 75.

② Jerome Thale, "The Imagination of Charles Dickens: Some Preliminary Discriminations," *Nineteenth-Century Fiction*, Vol. 22, No. 2 (Sep. 1967), pp. 139, 143.

③ David Sonstroem, "Fettered Fancy in '*Hard Times*'," Vol. 84, No. 3 (May. 1969), pp. 520—529.

④ George Bornstein, "Miscultivated Field and Corrupted Garden: Imagery in *Hard Times*," *Nineteenth-Century Fiction*, Vol. 26, No. 2 (Sep. 1971), pp. 158—170.

⑤ Michael Wheeler, *The Art of Allusion in Victorian Fiction*, London: The Macmillan Press LTD, 1979, p. 62.

Slackbridge-No thoroughfare)以及景物的寓意(如 chimney-towers of Babel)等,[①]但这些意象的研究是零散的,不是系统性的。20 世纪 70 年代之后以及 21 世纪西方对狄更斯的意象和象征的研究没有什么重要的进展,21 世纪狄更斯研究的重点转向了后现代批评、传统的批评和非小说批评。[②]

西方学者对作品整体效果的强调以及他们对意象系统的研究应该说比国内相关的研究视野更宽广深入一些,但是他们所谈的意象系统与本章将要涉及的意象系统涵盖面不同,而且研究意象系统的学者不太关心作品的总体效果。本章的研究方法就是要把象征性的意象系统与作品的总体效果结合起来,具体探讨二者之间的紧密关系。

《艰难时世》和《劳苦世界》之间在意象系统上的差异不仅显示出原作者和译者对"小说"这种文学形式不同的看法,也反映出二者对文字功用的不同见解。小说的节译一般采用的都是留取主要故事情节和人物的方法,但有些小说可以省译、删节,有些则不可以,能否省译要看原著所采用的艺术技巧和文体。《艰难时世》的象征主义的创作方法限制了译者的自由,原著大大小小的意象组成的意象网使得任何的改动都会降低意象的累积效应。由于原著的语言本来就很精练,结构非常严谨,任何不经意的删改都会扭曲它的面目。本章将从原著的艺术特点出发,重点分析原著的象征主义艺术手法与其所批判的功利主义的关系,以此为基础来探讨《艰难时世》和《劳苦世界》各自的精神和面目,说明象征主义文学作品的翻译原则。

## 1. *Hard Times*:诗化的象征及其译法

狄更斯的小说是诗化的,其诗意在于作品的整体效果,而不在于个别

① Jane Vogel, *Allegory in Dickens*, pp. 63-64.

② 蔡熙:《21 世纪西方狄更斯研究综述》,《当代外国文学》,2012 年第 2 期,第168-174页。

的人物形象。也就是说，小说的人物、故事、景物描写等都是为作品的整体效果和主题思想服务的，这一点在《艰难时世》中表现得尤其突出。杰克·林赛引用巴克·费尔利评论歌德的《浮士德》的话来说明狄更斯小说中人物的发展："这发展就在全诗之中，并不在假定的诗中英雄人物。""他像歌德一样，基本上采用抒情的方法。这就意味着他的人物并不是莎士比亚的人物，不是一个一个创造出来的，而是成为单一的象征观念的一部分。"①但是，狄更斯的象征观念不仅存在于人物中，它还包括景物描写、比喻的应用、意象的重复等。

林赛认为那些批评狄更斯的人不了解狄更斯的创作方法，对这种方法在 19 世纪 30 年代以后的世界中的重要性缺乏敏感。②他说得很对，这个断言对《艰难时世》的评判尤其重要，因为这部作品可以说是狄更斯所有小说中最具象征性的，也是最难懂、最不被评论家们看好的。因为不合评论家们的趣味，从出版之日起直至之后的很长一段时间内，《艰难时世》一直得不到人们的理解和认可。汉弗雷·豪斯说"它是被读得最少的一本小说，也是读起来最乏味的一本小说"，"干巴巴的、让人晕头转向"。③"干巴巴的"最主要的原因在于其"不真实"，对话不真实，人物描写不真实，生活不真实，因为他对工人、对工厂、对工业城镇不甚了解。④有人说狄更斯的《艰难时世》不是他的上乘之作，因为它过于夸张。在罗斯金看来，夸张只能用于娱乐性作品，对《艰难时世》这样严肃的作品，应该采用更严苛、更准确的分析。⑤里维斯认为《艰难时世》不受读者欢迎或不被英国读者接受的原因并不仅限于精练的语言和严谨的结构，他认为这与当

---

① 杰克·林赛：《最后定评》，吴柱存译，载罗经国编选《狄更斯评论集》，上海：上海译文出版社，1981 年，第 176 页。

② 同上文，176 页。

③ Humphrey House, *The Dickens World*, 2nd edn, London: Oxford University Press, 1942, pp. 203—204.

④ George Gissing, "Dickens and the Working Class," in *Dickens: Hard Times, Great Expectations and Our Mutual Friend*, ed. Norman Page, London: Macmillan, 1979, p. 356.

⑤ John Ruskin, "A Note on *Hard Times*," in Charles Dickens, *Hard Times: An Authoritative Text, Contexts, Criticism*, 3rd edn, p. 355.

时人们的欣赏习惯有关，当时的人们普遍认为，"小说家的职责，你知道，就是'创造一个世界'。而大师的标志就是大量的外部描写——他给你展示大量的'生活'。他的人物（他首先得创造出'活生生的'人物）的其余的生活在小说之外得到延伸"①。像《艰难时世》这样既没有大量细节描写又没有准确心理分析的小说，自然会让那些有经验的读者觉得不习惯。

"真实"是现实主义和自然主义对文学作品的基本要求，但是用这个标准来衡量《艰难时世》并不合适，与其说狄更斯的作品不反映现实，不如说狄更斯反映现实的方式与现实主义作家的不同。维勒把狄更斯的《艰难时世》与盖斯凯尔夫人的《玛丽·巴顿》作比较，指出他们之间本质的区别：

> 狄更斯的语言、象征与人物塑造无时无刻不在提醒读者，这部小说是一个想象出来的构思精妙的作品，他对焦炭市的描述是散文诗。如果把《艰难时世》比作一个怪诞的作品，一幅色彩浓重的油画，那么《玛丽·巴顿》的前几章的现实主义手法就不免让人想起早期的摄影术，前几章的人物的刻画显然是集中以某一特定的维多利亚工业城镇为背景的。②

狄更斯的《艰难时世》大量采用隐喻、象征的手法，以高度精练的语言表现现实社会精神的迷失，是一部表达深刻思想的作品。直到后来象征主义文学形成了一个流派之后，人们才意识到狄更斯这部作品的文学价值。燕卜荪对这件事的看法有力地说明了这一点：

> 像易卜生和马拉美这些互不相同的作家都因为某种象征手法而受到赞扬以后，有学问的批评家们最后也说狄更斯的好话；他们感到毫无疑问狄更斯在欧洲大陆享有盛名肯定是一个警告的信号，说明以前的英国批评家在对待狄更斯的问题上与英国人民持不同意见，他们显然是错了；因此他们开始发觉狄更斯是极富于象征手法的。

---

① F. R. Leavis, "*Hard Times*: The World of Bentham," p. 187.

② Michael Wheeler, *The Art of Allusion in Victorian Fiction*, p. 62.

这种技术是理性的或者说在审美上是先进的，从而使得狄更斯卓尔不群。①

林赛对什么是英国人民的意见有一个很好的解释，足以说明其象征手法的重要意义：

> 狄更斯用他那幻想的方法，继承了我们传统中的最有诗意和活力的东西，把它加以重新创造，达到新的水平，在资产阶级的形式——小说——的中心装上了他的爆炸物。他在小说之中引爆了诗的传统（这包括着莎士比亚和民间故事，一方面是在高度的悲剧水平上的变换形象，另一方面是在民间水平上的奇迹、闹剧和幻梦故事）。②

像浪漫主义和象征主义诗人一样，他以自己特有的方式抗击一个分化解体的资本主义社会。《艰难时世》的思想价值源于它的艺术价值，当它的艺术价值得不到认可的时候，它的思想自然也得不到认可。

《艰难时世》的语言是诗意的散文，它与诗歌更接近；他的诗不是一般的抒情诗，而是象征主义诗歌，这在当时是非常先进的，难怪同时代的批评家感到难以接受和理解。有些为狄更斯辩护的评论家只能明白其大致的风格，但不能清楚地说明那种风格究竟意味着什么，莫洛亚便是其中的一个。莫洛亚指出狄更斯是一个诗人，是一个“忠实于‘自己的’现实”的诗人。③

> 我不仅把那些使语言具有节奏的人称为诗人，而且，尤其是那些善于感知并使人听到生活中隐藏的节奏的作家称作诗人。只要一部作品给人下面这种印象：一个主题、一种态度、一个思想有规律地反复出现，那么，这部作品就赋予杂乱无章的事物一个清楚明白的和谐

---

① 威廉·燕卜荪：《狄更斯的象征手法》，乔佖译，第264页。

② 杰克·林赛：《最后定评》，第177—178页。

③ 安德烈·莫洛亚：《狄更斯评传》，朱延生译，太原：山西人民出版社，1984年，第122页。

的旋律,因此,这部作品就成为诗意的了。[①]

他把狄更斯定义为城市房屋里的诗人,指出了狄更斯作品的诗意,但没有具体说明其作品的诗歌的特征及如何具体表达思想,可见莫洛亚关于诗歌的概念还是很模糊的、很宽泛的。更值得我们注意的是,在《狄更斯评传》里,莫洛亚基本上不提《艰难时世》,似乎不知如何评说这部小说。

狄更斯对工业化城市和现代社会的反应与象征主义诗人的基本相同,狄更斯有着伟大作家的丰富的想象力,这种想象力使他能在有意无意中写出不为平常人所理解的作品来。《艰难时世》是以想象反击事实的小说,因此它绝对不会以描述"事实"的面目现身,相反,它要揭示科学与物质世界背后所潜藏的精神危机,于是就产生了我们最终看到的这样的文本。在这个文本里,我们看到的不是日常生活中的真实人物和事件,不是像狄更斯先前的那些大作家们所描绘的现实——社会现实和人物内心的现实,而是一些看起来不真实却更接近人性、拷问灵魂的东西。在评论象征主义诗人维利耶(Villiers de L'Isle-Adam)时,阿瑟・西蒙斯说:

> 正是出于某种极端的愤怒,他攻击人世间各种追求功利的力量:科学,进步,为世人所看重的"事实",以及"积极的""严肃的""体面的"事情。讽刺,对他而言,是美对丑的报复,是美对丑的迫害;它不仅仅是对社会的讽刺,它是一个相信精神世界的人对物质世界的讽刺。[②]

其实,这句话用于评判《艰难时世》是再贴切不过的。小说中的马戏团和童话故事以及像西西、勒奇、班特比的母亲之类的人物都是美的象征,美是与精神世界相联系的,而丑总是与物质事实紧密相关的,美在与丑的对比中展现出巨大的精神力量。

《艰难时世》所采用的象征和意象是带有预言性质的,维勒指出:

---

① 安德烈・莫洛亚:《狄更斯评传》,朱延生译,太原:山西人民出版社,1984年,第162页。

② Arthur Symons, *The Symbolist Movement in Literature*, London: Archibald Constable & Co. Ltd., 1908, p. 48.

> 在《艰难时世》(狄更斯最具预言风格的小说)中,火和灰的意象让人觉得死亡无时无刻不徘徊在焦炭市这个地狱里。由于作者公开对着先前“隐含”的读者说话,小说的结尾也包含了狄更斯对现代“文明”的看法。像路伊沙·葛擂硬常想着火和灰一样,读者也会思考末日论中的最后四样东西:死亡、审判、天堂和地狱。[①]

路伊沙眼中的火和灰,连同其他所有的意象,构成了工业社会的人间地狱。不仅如此,狄更斯希望人们深刻反省,了解发生这一切的缘由。原著分成三卷,三卷的标题分别是“播种”“收获”“归仓”,这三个标题与《圣经》的思想相对应:

> 不要自欺、神是轻慢不得的。人种的是什么、收的也是什么。
>
> 顺着情欲撒种的、必从情欲收败坏。顺着圣灵撒种的、必从圣灵收永生。(《圣经·新约》《加拉太书》6:7—8)[②]

原著里与“情欲”对应的是“事实”与“实利”。狄更斯把《圣经》与现实对应起来,用《圣经》的语言描写功利社会,说明这个社会价值观的错乱。如果这个社会继续按照这个思路发展下去,后果不堪设想。

象征在文学中的应用古已有之,并不是什么新鲜事。但是由于狄更斯在这样一部短短的作品中有目的地、系统地、大量地使用象征手法,我们可以断定他是现代象征主义文学的先驱之一。虽然他本人没有打出象征主义的旗帜,他在《艰难时世》中的艺术表现与成就却已经证明了这一点。狄更斯对功利社会的极端愤怒只能用象征主义的讽刺来表达,这与象征主义诗人是不谋而合的。西蒙斯认为象征主义艺术是维利耶创造的:“混迹于笃信功利社会的俗人之中,维利耶却并非毫无成效地在宣扬他对精神世界的信仰。与现实主义作家和高蹈派诗人为伍,维利耶却在

---

① Michael Wheeler, *The Art of Allusion in Victorian Fiction*, p. 62.

② 这段话的原文是:“Be not deceived; God is not mocked; for whatsoever a man soweth, that shall he also reap. For he that soweth to his flesh shall of the flesh reap corruption; but he that soweth to the Spirit shall of the Spirit reap life everlasting.” (Galatians: 6.7—8)

创造一种新的艺术形式,象征主义戏剧和小说象征主义的艺术。"[1]其实小说的象征主义艺术在奈瓦尔(G. de Gérard de Neval)和狄更斯的作品中已经存在,它们都出现在19世纪50年代(狄更斯的《艰难时世》和奈瓦尔的《西尔薇》都在1854年出版),[2]而维利耶直到1886年才为世人所识。因此我们可以说象征主义在作为一个文学艺术的运动之前就已经作为一种需要、一种表达人对精神荒原的不满的有效手段出现在文学作品当中了。

充满想象力的文学作品是作者苦心孤诣创造出来的,些许的变动都会改变原著的效果,因此原则上不允许译者任意发挥。彼得·纽马克的解释可以让我们清楚了解其中的原因:

> 如果文本写得好,也就是说,如果文本表达的方式与内容同样重要,用词准确、精练,鲜有冗笔,那么你就得认定作者意思的每一个细微的差别(尤其是当它微妙难解的时候)都比读者的反应更重要——假定不要求他们立即有所表现或做出反应;相反,假定或许他们会把译文读两遍。……如果文本写得好,那么其句法就会反映出作者的性格——复杂的句法反映的是作者的敏锐与细腻(像普鲁斯特、曼)——简洁明了的句法反映的是作者的简单质朴。新颖的措辞必定有其非同寻常的联想含义。写得不好的文本往往堆满了许多模式化的辞藻、新近流行的大众词语,或许结构还很混乱。并非好的作品不遵循语言的规则与惯例,重要的是要以新颖的方式反映已有的语言所不能表达的现实或作者的思想。[3]

纽马克的这番分析告诉我们,在艺术性强的文学中,形式与内容是有机的整体,不可分别而论,我们应该尊重原作,因为原作新颖的艺术形式比故

---

① Arthur Symons, *The Symbolist Movement in Literature*, p. 57.

② Ibid., p. 178. 奈瓦尔的《西尔薇》1853年发表在《两个世界的评论》杂志上,收录在1854年出版的短篇小说集《火的女儿》中。

③ Peter Newmark, *A Textbook of Translation*, New York: Prentice Hall, 1988, p. 16.

事更重要。

还有一个理由可以说明为什么作者意思的每一个细微的差别比读者的反映更重要，那就是艺术性强的作品为的是艺术和思想而不是大众。

> 在鉴赏一个艺术作品或一种艺术形式的时候，考虑受众的感受肯定是没有成效的。不仅指向某一群体或他们的代表容易误导公众，甚至连"理想"受众的概念在艺术的理论思考中都是有害的，因为它所假定的一切是人本身的存在与天性。艺术同样假定人的肉体与精神的存在，但是没有一部艺术作品关心人的反应。诗不是为读者而写的，画不是为观众而作的，交响乐不是为听众而谱写的。①

这种观点看似偏激，却不无道理。严肃的艺术作品只是有缘人才懂，把它简化成大众的读物，这艺术也就不复存在了。至于"读者群"这个概念在理论上是否合理，翻译批评家们也有自己的看法。在纽马克看来，在语义翻译②中，严肃的、富有想象力的文学作品的读者都是个体，而不是群体。

> 尽管不是完全忽略读者，译者在本质上都试图传达原著在*他自己*身上产生的效果（与作者产生共鸣，有同感），而不是传达任何公认的读者群的感受。当然，作品越有普遍性（想想"生存还是死亡"）就越有可能达到较大的同等效应，因为原著的理想是超越文化疆界的。……但无论如何，这种反应是个体的而不是文化的或普遍的。③

从这个意义上讲，译者只是一个读者，他对作品的反应是个人的，不能代表一个群体。所谓的读者群只是译者认为可能与他的译作产生共鸣的人群，但是译作的读者还是个体。如果译作的读者是群体而不是个体，那么

---

① Walter Benjamin, "The Task of the Translator: An Introduction to the Translation of Baudelaire's Tableaux Parisiens," in trans. Harry Zohn, *The Translation Studies Reader*. 2nd edn, ed. Lawrence Venuti, New York & London: Routledge, 2004, p. 75.

② Peter Newmark, *A Textbook of Translation*, pp. 46—47. 纽马克提出翻译可分为 semantic translation (for expressive or sacred texts) 和 communicative translation (informative or vocative, anonymous texts)。因此艺术性强的文学作品应该采用语义翻译法。

③ Ibid., pp. 48—49.

译作的艺术性和思想性就会大打折扣。人人都能看懂的东西基本上都是非常直白的、高度程式化的、诉诸情感的东西。

艺术性强的文学作品,尤其是象征主义作品,基本上应该采用直译的手法,直译不是指字对字的硬译,而是尽量保留原作的语言模式和修辞方法,尽量保留原作的艺术形式。金隄认为:

> 创造性的想象是艺术作品的标志,从某种意义上讲,这也是文学翻译首先要认识到的事情。对作品创造性的想象的认识以及文笔的流畅也许是使爱德华· 菲茨杰拉德、林纾和埃兹拉·庞德的译作获得成功的主要原因。……但是,据我看来,如果那些著名的翻译家能对作者的创造性想象有更多的尊重,他们就能制作出更伟大的译作。文学翻译的艺术,从根本上讲,是用新的语言生动再现作者的创造性的想象。①

金隄看重的是艺术效果,要达到这种效果,既不能字对字直译也不能意译,而是要采用"保持艺术的完整的译法"。②艺术的完整性是一个全局观念,艺术的语言是相互关照的,其意义不是局部的、个别的。艺术的语言不仅在文本内相互关照,而且与其文化紧密相关。

> 在一个艺术作品中,语言表达不仅仅与其所处的小语境相关。语言的涵义及言外之意与其所根植的文化现实是一体的。要想充分理解该作品,了解措辞的微妙比仅仅了解它们的功用要重要得多。③

林语堂在《论翻译》一文中也谈到了艺术作品形式的重要性:

> 译艺术文最重要的,就是应以原文之风格与其内容并重。不但须注意其说的什么,并且须注意怎么说法。……故文章之美,不在质而在体。体之问题即艺术之中心问题。……凡译艺术文的人,必先

① Di Jin, *Literary Translation*: *Quest for Artistic Integrity*, Manchester: St. Jerome Publishing, 2003, pp. 88—89.

② Ibid., p. 89.

③ Ibid., pp. 128—129.

> 把其所译作者之风度神韵预先认出，于译时复极力发挥，才是尽译艺术文之义务。①

在伟大的文学作品中体（本文）的作用是不可忽略的，体可以使质（故事）发生变化，对作品的精神面貌产生重要的影响。《劳苦世界》对原著的省译和改写，表面上只涉及体，而实际上却伤到了质。

伍光建的省略主要有以下几种：意象的省略，作者的评论或见解的省略，细节交代的省略，景物描写的省略，人物的个性、心态、神态或仪态描写的省略，人物内心活动描写的省略，文化典故的省略等等。这里有的是象征性的，有的不是。象征既是交流的符号又是思想的工具，像"词语、词语的组合、意象、姿态、以及像图画和拟声之类的表现形式"都是象征。②《劳苦世界》的省略等于把《艰难时世》中最重要的意象和隐喻删掉了一多半，把意象和隐喻的重复删除殆尽，把象征性的人物当作真实人物来看待，把非正常的对话都变成相对正常的对话，由此完全改变了文本的性质，把一部象征主义小说变成了现实主义小说。可见，对于某些文学作品而言，质就是体，体就是质，把故事从体中剥离出来，故事就会变质。对于像《艰难时世》这类艺术性强的作品，应该结合金隄的"保持艺术的完整"的译法，尽量完整地直译。

## 2.《劳苦世界》：求同去异的归化译法

作为西方文学早期的翻译家之一，伍光建基本采用的是"归化"译法。所谓归化译法，用施莱尔马赫的话说就是"译者尽量地让读者得到安宁，让作者迁就他"③。伍译文学作品的对象是"一般读者"，目的是教化大

---

① 林语堂：《论翻译》，罗新璋编《翻译论集》，第 431 页。

② C. K. Ogden & I. A. Richards, *The Meaning of Meaning*, New York: Harcourt, Brace & CO., INC 1956, p. 23.

③ André Lefevere, *Translation/History/Culture: A Sourcebook*, New York: Routledge, 1992, p. 149.

众,因此他采用中国传统小说的形式引进外国的故事。他这么做自有他的道理,就像歌德所说的:“如果你想影响大众,简单的译本便是最好的译本。能与原著相媲美的字斟句酌的译本其实只能在学者的对话中派上用场。”①伍译作品之所以能够在社会上广泛流传应该说是得益于“归化”策略的。译者的策略决定译本的生存和接受度,②在伍光建译介《艰难时世》的时代,大众对西方文学的形式还不太了解,不太愿意接受西方的文学形式。1935 年《文学》杂志《对于“翻译年”的希望》一文指出:

> 没有一个国家有像我们那样的对翻译的作品冷淡歧视的。读者们永远的被拘禁于“彭公案”“济公活佛”“七侠五义”“留东外史”“啼笑姻缘”“江湖奇侠传”一类低级趣味的小说圈子里,不想摆脱。也正和作者们的贪逸恶劳的念头一样,读者们也是十分的贪逸恶劳的。他们根本上便以“文学”为消遣品;略略要加思索的读物,他们便不愿意过问。③

为这样的读者设计译本,突出人物性格和故事情节,删除景物与心理描写、作者的评论及西洋典故等,④也是顺理成章的事。

伍光建之所以选择《艰难时世》是因为他看中了原作新颖的故事、故事的教益以及原作在形式上与中国古代小说的相似之处。在译本序中,

---

① André Lefevere, *Translation/History/Culture: A Sourcebook*, New York: Routledge, 1992, p. 6.

② André Lefevere, *Translation, Rewriting, and the Manipulation of Literary Fame*, p. 1.

③ 顺:《对于“翻译年”的希望》,《文学》,1935 年第 4 卷第 2 号,上海:生活书店,第 268 页。

④ 见茅盾:《〈简爱〉的两个译本》,罗新璋编《翻译论集》,第 364 页。

一、他并不是所谓“意译”的;在很多地方,他是很忠实的“直译者”。不过他又用他的尖利的眼光判断出书中哪些部分是表现人物性格的,哪些部分不是的,于是当译到后者时,他往往加以缩小或节略。

二、景物的描写和心理的描写(如上所举例),他往往加以缩小。

三、和结构及人物个性无多大关系的文句,议论,乃至西洋典故,他也往往加以删削。

这三个原则,从《侠隐记》到《孤女飘零记》,是一贯的。这三个原则,使得伍先生的译本尽管是删节本,然而原作的主要人物的面目依然能够保存;甚至有时译本比原作还要简洁明快,便于一般的读者,——例如《侠隐记》。(笔者注:原文如此)

伍光建提到了他选择《艰难时世》的原因：

> 迭更斯所著劳苦世界(*Hard Times*)。篇幅较短。而用意独深。惨淡经营。煞费心力。部署结构。无不先有成竹在胸。非如其他著作。落笔挥毫。任其所之。并不先谋布局者可比。此作尊重德性。有功于世道人心不浅。英国大画师大文豪勒士经(John Ruskin)谓此为迭更斯诸著作之冠。研究社会问题者不可不读。法国大文豪塔痕(H. A. Taine)谓此书独重天理人情。凡迭更斯所著小说。微言深思无不尽荟萃于此书中。堪为倾倒。则此书之价值可知。欧战之后。其价值尤为有增无减也。民国十四年秋分。君朔序。(《劳苦世界》,译者序) ①

如此看来,他选择这部作品的原因主要是两个:一是形式规整,布局巧妙,文字精练;二是注重道德,关注天理人心。这与中国古代白话小说的特点不谋而合。

中国古代小说强调道德修养和个人对社会的责任,强调文学的教化作用,而狄更斯的《艰难时世》恰恰被李维斯称为"寓言故事",是一部评判现实的严肃的文学作品。②《艰难时世》的篇幅较短。《大卫·科波菲尔》有 850 页,而《艰难时世》只有 260 页。

> 因此它就有狄更斯其他的任何一部作品中所没有的严谨的结构和精练的语言。但正是因为它与狄更斯的风格相差甚远,它也是狄更斯的主要小说中最不受欢迎的一部。③

尽管不受英国人的欢迎,但正因为它没有西方小说那些大量的铺陈描写,这部作品更接近中国人的趣味。

---

① 迭更斯:《劳苦世界》,伍光建译,上海:商务印书馆,1933 年。以下本书引文部分《劳苦世界》简称《劳》。

② F. R. Leavis, "*Hard Times*: The World of Bentham," p. 187.

③ 奥乔杰斯基(Paul M. Ochojski):《查尔斯·狄更斯的艰难时世》,姜红译,北京:外语教学与研究出版社,1997 年,第 206 页。

在结构上,《艰难时世》也与中国古代小说相近。它的每一个章节都有小标题,与中国古代小说章回的回目相似。西方小说不一定有章节小标题,而中国古代小说基本都有章回回目。遇到像《艰难时世》这样有章节小标题的,伍光建就直接翻译,如果没有标题,他就自己造一个,使之读起来更方便,更符合中国读者的阅读习惯。《简爱》(*Jane Eyre*)的原作是没有章回标题的,而伍译的《孤女飘零记》就加上了标题,如第一回约翰,第二回锁禁,第三回病榻,第四回泄恨等。[①]

《艰难时世》的另一个特点与中国古代小说也颇为相似:以第三人称全知视角叙述故事,作者时常介入,点评人物、事件。如 Is it possible, I wonder, that there was any analogy between the case of the Coketown population and the case of the little Gradgrinds? (*HT*, 22)[②]或者 I entertain a weak idea that the English people are as hard-worked as any people upon whom the sun shines. I acknowledge to this ridiculous idiosyncrasy, as a reason why I would give them a little more play. (*HT*, 51)这种说法冯梦龙的《喻世明言》第一卷也有:"看官,则今日我说'珍珠衫'这套词话,可见果报不爽,好教少年子弟做个榜样。"[③]作者介入在宋元话本的叙述中是很常见的:

> 在叙述角度方面,宋元话本的特点也很鲜明,那就是站在事件、人物之外的说书人的全知视角。……说书人明显地站在话本中的人物、事件之外,是由"他"来讲述"他们"的故事,讲述中明显带有说书人的语气,并不时地对话本中的人物、事件进行评论,对听众进行劝诫。说书人对话本中每个人物的活动、话语、内心隐秘都无所不知,

---

① 夏罗德·布纶忒(Charlotte Brontë):《孤女飘零记》(*Jane Eyre*),伍光建译,上海:商务印书馆,1935年。

② Charles Dickens, *Hard Times: An Authoritative Text, Contexts, Criticism*, 3rd edn, ed. Fred Kaplan & Sylvère Monod, New York: W. W. Norton & Co., 2001. 原著引文均出自该版本,引用书名缩略为 *HT*。所引原文着重部分系伍译《劳苦世界》省略未译文字,着重标记系笔者所加。

③ 冯梦龙:《喻世明言》,北京:中华书局,2009年,第1页。

所有的人物、事件都在说书人的视野之内，掌握之中。一方是话本中的故事和人物，一方是听众，说书人则是联系二者的纽带和桥梁。①

当然，除了这些共性，原著与中国传统小说在作者介入的方式和程度上还是存在着较大的差异。《艰难时世》的每一章开头没有明显的标志性语言，可能是直接对话，或描写人物、景物，或讲述事件。而中国古代小说在章回转换时则使用标志性语言，如"话说""且说""再说"等。这些标志性语言说明中国传统小说中作者的介入比西方小说要多。这样的差异在伍译《劳苦世界》中体现得相当充分。《劳苦世界》中的大部分章回（第一卷第八、九、十、十二、十三、十四回，第二卷第六回，第三卷第八回除外）都以"话说""且说""再说""却说"等开头，以适应中国读者的阅读习惯。作者介入的另外一个差异在于作者说话的时候采用的语言不同：中国古代小说常用的是"有诗为证""古人说得好"，像这样引用古人或他人说的话更具权威性；狄更斯通常是直接发话或评论，偶尔也直接出面，以"我"的口吻说话，比如"请问""让我们""我想""我略存一种想法"等。伍光建的《劳苦世界》里把"我"都译成了"作者"，效果跟林纾译著中的"迭更司曰"差不多，像是在引用第三方的权威意见。

原著与译本最显著的不同在于标题。尽管《劳苦世界》这个标题与《艰难时世》在某些重要方面有重合点，它们的差异却表明译者对 *Hard Times* 这两个字的理解也带有中国文化的烙印。关于标题，我们可以从字面和内容两个方面分别探讨其在原著与译本中的含义。从字面上理解，*Hard Times* 的意思是艰难的时光或时代，其重点在于时间；而《劳苦世界》强调的是空间，不是日子艰难而是世事艰难。从内容上理解，*Hard Times* 为读者传递的是两种信息：一、在工业化的进程中，英国工人正过着前所未有的艰难生活，高强度的单调乏味的工作、恶劣的工作环境、穷困贫乏的生活给他们造成了苦难；二、错误的观念造成一个时代的悲剧，所有受这个观念影响的人都不可能过上幸福的生活。当资本主义发展到

① 张稔穰：《中国古代小说艺术教程》，济南：山东教育出版社，1991 年，第 373 页。

某个阶段,功利主义思想的泛滥让整个社会陷入危机——对物质的追求让有产者迷失了自我,让无产者陷入极大的困境之中。狄更斯曾经给他的好朋友福斯特提供了 14 个小说标题,供他选择,①最后两人一致选择了 *Hard Times*。14 个标题大多集中在"事实""数据""计算""哲学"上,而这些东西最终就像石碾一样要把人碾碎。修饰词"hard"含有"坚硬的""不容怀疑的""冷酷的""艰辛的"和"艰难"等诸多意思,因此 *Hard Times* 这个标题具有更广泛、更深邃的含意,如果说上述其他标题更多的是指向功利主义的现象的话,那么这个标题既指向功利主义的现象也指向其连带后果。《劳苦世界》同样也传递着两个信息:一、在资本主义社会里,工人们被剥削、被压迫,这是极其不合理的,天理难容;二、人活在世上要积德行善,作恶必定会遭报应。无论是从字面上还是从内容上看,前者强调人类社会发展到某个阶段错误的观念和作为给人们造成了痛苦,痛苦的不仅仅是穷苦人;而后者则认为痛苦的根源是世道不好,因为世上有坏人,时代和观念并不重要,重要的是记住善有善报、恶有恶报。"艰难时世"对所有人都是艰难的,而"劳苦世界"则是侧重于穷苦人的苦难。原著与译本的重合点在于对工人阶级苦难生活的不满与同情,差异在于译文没有充分反映作者对功利主义的批判,而是更多地倾向于反映人性善恶这样一个永恒的话题。

*Hard Times* 与《劳苦世界》的最大差别在于前者是以象征主义的手法、比喻的语言和模式化的人物来刻画一个被金钱与实利异化了的资本主义社会,而后者因为要把故事装入中国传统白话小说的模子里,采用点烦手法,略去了原著极富象征性的意象系统,力求让故事更简洁,使人物更真实、生动。《劳苦世界》的叙述是讲事实的,译文保留下来的东西基本

---

① John Forster, *The Life of Charles Dickens*, Vol. 3, p. 65. 十四个标题分别是:1. According to Cocker; 2. Prove It; 3. Stubborn Things; 4. Mr. Gradgrind's Facts; 5. The Grindstone; 6. Hard Times; 7. Two and Two are Four; 8. Something Tangible; 9. Our Hard-headed Friend; 10. Rust and Dust; 11. Simple Arithmetic; 12. A Matter of Calculation; 13. A Mere Question of Figures; 14. The Gradgrind Philosophy。

上是清晰的故事情节：什么时代、什么地方、什么人、发生了什么事，人物说了什么、做了什么等等，按顺序描述，与中国古代小说叙述模式不符的、译者认为多余的东西能删就删。如下面一段：

原文：

Everything? Well, I suppose so. The little Gradgrinds had cabinets in various departments of science too. They had a little conchological cabinet, and a little metallurgical cabinet, and a little mineralogical cabinet; and the specimens were all arranged and labelled, and the bits of stone and ore looked as though they might have been broken from the parent substances by those tremendously hard instruments their own names; and, to paraphrase the idle legend of Peter Piper, who had never found his way into *their* nursery, If the greedy little Gradgrinds grasped at more than this, what was it for good gracious goodness sake, that the greedy little Gradgrinds grasped at! (*HT*, 12)

译文1：

那小孩子们。有许多橱柜。满装各种科学的东西。一个橱装介类壳子。一个橱装炼冶学的东西。一个橱装矿质。一石一砂。都摆得很整齐。每样都有纸片。写了名字。(《劳》，第9—10页)

译文2：

所有的东西都应有尽有吗？是的，我想来也是如此。那些小葛擂硬也有一些贮藏各种科学标本的柜子。他们有一个小小的贝壳标本柜，一个小小的陈列着金属的标本柜和一个小小的矿物标本柜，所有的标本都排列得好好的，加上标签，那些小块的石头和金属，看起来都是用那些硬梆梆的器具——其名称就是它们的那些咬舌头的专门名词——从原来的物体上敲了下来的；同时，我们可以把那无聊的传说中彼得·派拍(这传说中的人物是不会跑到他们的育儿室中去的)的语言略加改变来引用一下：如果这些贪得无厌的小葛擂硬掌握

得比这些更多的话，那么，老天爷呀，这些贪得无厌的小葛擂硬所掌握的又是些什么东西呢？（《艰难时世》，第14页）[①]

这段文字伍译的译文全是事实，但原文陈述的并不都是事实，还有作者的思想。柜子里的东西都是有形的、科学的事实，小葛擂硬们学得再多，也还是事实。没有人文知识，没有童话故事。伍译只陈述柜子里有什么，没有传递原作者的疑问“Everything?”译文追求简洁明快，读起来容易，而原著有很多的看似“啰嗦”的是必不可少的内容，这就形成了事实性描述与艺术性描述的差异。当然，我们也不能说伍译没有艺术，它遵循的是中国古代小说的艺术。值得注意的是，特定的艺术形式只有与特定的内容相结合才能产生特定的效果，如果二者分裂开来，以其他形式替代，必定产生不同的效果。

由于删除细节而丢失作者思想的例子还有很多，比如下面这一段：

原文：

Neither, as she approached her old home now, did any of the best influences of old home descend upon her. The dreams of childhood—its airy fables; its graceful, beautiful, humane, impossible adornments of the world beyond: so good to be believed in once, so good to be remembered when outgrown, for then the least among them rises to the stature of a great Charity in the heart, suffering little children to come into the midst of it, and to keep with their pure hands a garden in the stony ways of this world, wherein it were better for all the children of Adam that they should oftener sun themselves, simple and trustful, and not worldly-wise—what had she to do with these? Remembrances of how she had journeyed to the little that she knew, by the enchanted

① 查尔斯·狄更斯：《艰难时世》，全增嘏、胡文淑译，上海：新文艺出版社，1957年。以下引文部分《艰难时世》简称《艰》。

roads of what she and millions of innocent creatures had hoped and imagined; of how, first coming upon Reason through the tender light of Fancy, she had seen it a beneficent god, deferring to gods as great as itself: not a grim Idol, cruel and cold, with its victims bound hand to foot, and its big dumb shape set up with a sightless stare, never to be moved by anything but so many calculated tons of leverage—what had she to do with these? Her remembrances of home and childhood, were remembrances of the drying up of every spring and fountain in her young heart as it gushed out. The golden waters were not there. They were flowing for the fertilisation of the land where grapes are gathered from thorns, and figs from thistles. She went, with a heavy, hardened kind of sorrow upon her, into the house and into her mother's room. Since the time of her leaving home, Sissy had lived with the rest of the family on equal terms. Sissy was at her mother's side; and Jane, her sister, now ten or twelve years old, was in the room. (*HT*, 149—150)

译文:

快走近家门。也觉得无甚趣味。因为他在家的时候。从小儿就未作过小孩。毫无小孩子的纪念。也就觉得无什么可以留恋的。他母亲病重。自然是觉得很难过。走入病室。只有西西同自己的妹妹吉晤在病人身边。(《劳》,第 185 页)

狄更斯用大量的笔墨描写童年的梦和童年的幻想,说明理性是什么不是什么,是要具体告诉读者他们的教育到底缺了什么,错在哪里。这些字句与路伊沙内心的空虚与缺憾形成了强烈的明暗对比。当我们告诉别人什么是错的时候,应该同时告诉他们什么是对的。内容上的对称与形式上的反差在这段文字里不能分割。作者把孩童需要的东西详细列举是为了衬托路伊沙教育上一个重大的缺失。她缺少的是情感教育,没有童年的欢乐,一切美好的家庭影响都与她无关(What had she to do with these?),因此她对家、对母亲没有太多的留恋。原文接下来一句是:"She went, with a heavy, hardened kind of sorrow upon her, into the house and into her mother's room." 译文"他母亲病重。自然是觉得很难过"不准确,母亲将死,她当然难过,但这种难过是一种复杂的感情,她的悲伤更多的是源于自己的迷失。由于从小受父亲事实教育的控制,跟母亲的交流甚少,直到母亲病危,她都很难跟母亲建立起母女间应有的亲密关系。本句的重点是 hardened kind of sorrow,hardened 的意思是"心肠硬的""冷酷无情的"。此时的路伊沙,依旧是孤苦,依旧是冷静。把这样一大段话省略表明译者对小说的教育主题不甚留意。

伍光建看重这部小说的很大一部分原因在于它"研究社会问题","重天理人情",而实际上,《艰难时世》不仅仅是一部社会问题小说,它的目的不是向读者讲述一个真实感人的故事,真实与否对狄更斯来说并不重要,重要的是他要通过小说中他所展示的人物和事件引发人们对整个社会生存状况的思考。他迫切需要警告世人,让人们清楚地看到功利主义的后果。"在一部主要关注现代社会问题的作品中使用典故与象征,狄更斯打开了一个对所有社会都有重要意义的广阔的思想前景。"①

伍光建所见的《艰难时世》大多是它与中国古代小说的共性,对其突出的特点和差异却不敏感或有意忽略。他的这种译法也许是为了迎合读者的趣味不得已而为之,也许是因为他本人不太了解意象系统的象征意义及其对表达原作者思想的重要作用,认为那些文字是多余的、可有可无,删除之后不影响大局,或者两种原因兼而有之。到底是哪一种情况,我们不得而知。但不管是哪一种情况,结果都是一样的。总之,伍光建是尽力要把这个故事译得真实、生动、有趣,以中国读者能够接受的小说形式引进一个新鲜的故事,让读者了解国外的事情,达到教化大众的目的。但是,把《艰难时世》这样一部象征小说里的人物事件生活化、真实化还真不是一件容易的事情,尽管伍光建尽了很大的努力,我们在《劳苦世界》看

---

① Michael Wheeler, *The Art of Allusion in Victorian Fiction*, p. 77.

到的人物也还不是那么真实,不那么合乎情理。

### 3.《劳苦世界》:于象征外求真实

《艰难时世》中的意象大多靠隐喻来表现。而隐喻的翻译又是文学翻译中最难解决的难题,原因是众所周知的:译出语的隐喻常常在译入语里找不到现成的对应词语,或者译入语的读者不熟悉甚至是不能理解译出语的隐喻。尽管如此,纽马克依然坚持应该如实准确地翻译隐喻,①他认为所有的比喻性语言都是隐喻:一个自然词的转义,抽象词语的拟人化,把一个词或它的涵义用于其字面意义没有涵盖的地方,即从彼物的角度描绘此物。所有的多义词和大多数的英语短语都可能是隐喻。隐喻可能是单个的(一个词的)或者扩展的(词语的固定搭配,习语,句子,格言警句,寓言,整个富有想象力的文本)。②可以说,隐喻无处不在,翻译时须处处小心谨慎。遇到隐喻问题时,是直接翻译还是做一些变通,就看译者的选择了。图里总结出人们通常采用的六种办法:一、译成同样的隐喻;二、译成不同的隐喻;三、把隐喻译成非隐喻;四、省略隐喻(全部略去,在译入文本中不留丝毫痕迹);五、把非隐喻译成隐喻;六、添加隐喻(原文中没有的)。③ 伍光建采用的方法主要是第一、三、四种,他有时选择留下隐喻,有时把隐喻译成非隐喻,但是他经常做的是省略隐喻,部分或全部省略。他省略的不仅是隐喻,他还省略或改编其他种类的比喻。

原著中意象的呈现有多种方式,有直接呈现物件的:如矿井、贫民区的梯子;有使用明喻的,如海、蛇、蚂蚁、童话中的宫殿、蓝胡子、透明体;还有使用隐喻的,如大象、斯奶奶的梯子、鹰(鸟嘴、爪子)等,有些意象既用明喻又用隐喻。不论以何种方式呈现,这些意象主要用于描绘和象征,使作品的语言更具想象力与张力。《劳苦世界》保留了蛇、蚂蚁、斯奶奶的梯

---

① Peter Newmark, *A Textbook of Translation*, p. 168.

② Ibid., 104.

③ Gideon Toury, *Descriptive Translation Studies and Beyond*, p. 82.

子等意象,省略了大象、海、童话中的宫殿、蓝胡子等意象,其他的如鹰等则时有时无,随意性较大。原著中的意象是反复出现的,犹如音乐中反复出现的主题段落,若干主题作为结构与发展的基本要素,表现作品的思想。它们是一个系统,在重复与变奏中不断加深印象,给人以感官和精神上的冲击。当这个系统出现缺失或凌乱的时候,作品的艺术表现力就会下降。

一开始我们会感到奇怪,为什么毕业于天津北洋水师学堂、在英国格林尼治海军学院深造过的伍光建对海的比喻持相当谨慎的态度。在《劳苦世界》中,他译的海只与事实有关,如第一卷第九回的"海难"、第二卷第七回的"海岸线"与第八回的"海里一条大鱼"以及第三卷第六回的"一片海"。遇到用海的比喻表达思想或感受的时候,译文就回避了。如下面几段:

1. 原文:

… as the uplifted hand of the sublimest love and patience could abate the raging of the sea—yet it was a woman's hand too. (*HT*, 62)

译文:

着重部分:他现在心里是非常之烦恼。非常之杂乱。(《劳》,第70页)(隐喻→非隐喻)

2. 原文:

Slackbridge, the orator, looked about him with a withering smile; and, holding out his right hand at arm's length (as the manner of all Slackbridges is), to still the thundering sea, waited until there was a profound silence. (*HT*, 108)

译文:

着重部分:把右手伸得直直的。意思是要众人不要吵。等到台下很肃静。(《劳》,第129页)(隐喻→非隐喻)

3. 原文:

… something that occasionally rose like a sea, and did some harm and waste (chiefly to itself), and fell again; this she knew the Coketown Hands to be. But, she had scarcely thought more of separating them into units, than of separating the sea itself into its component drops. (*HT*, 120—121)

译文：

他晓得他们会起大风潮。把工人们自己糟蹋损害。过多少时。风潮平了。这都是路伊沙所晓得。焦炭市工人们的情景。他却未曾把工人们分别一个一个的考究过。(《劳》,第 147 页)(省略比喻)

4. 原文：

Even the coming sun made but a pale waste in the sky, like a sad sea. (*HT*, 125—126)

译文：

着重部分:天色是很惨淡的。(《劳》,第 154 页)(省略比喻)

5. 原文：

…for in natures, as in seas, depth answers unto depth; but he soon began to read the rest with a student's eye. (*HT*, 128)

译文：

因为是深心人才能够晓得深心人的思想。但是在浮面上的。他却晓得很清楚。(《劳》,第 157 页) (省略比喻)

6. 原文：

…as a remarkable man, and a self-made man, and a commercial wonder more admirable than Venus, who had risen out of the mud instead of the sea, he liked to show how little his domestic affairs abated his business ardor. (*HT*, 184)

译文：

他自以为是一个非常人。要把他怎样的精明敏捷夸示于人。他不把家事当作什么大事。仍然是对于商业上振刷精神。(《劳》,第 233 页)(省略比喻)

7. 原文：

"…I have told him what has been done against him," said

Rachael, throwing off all distrust as a rock throws off the sea, "and he will be here, at furthest, in two days." (*HT*, 189)

译文：

我已经告诉他。人家怎样的诬他是贼。至迟不过两天。他就可以到这里。(《劳》，第 239 页)（省略比喻）

第一段与第六段文字中海的意象虽然与宗教和文化有关——一个涉及耶稣，一个涉及维纳斯，但删节的原因应该不是出于忌讳，而是因为其中的联想太复杂或不宜多说。在伍光建的译本中，《圣经》中的人物姓名是可以译的，不但照译，而且还用括号加注，如"(斯奶奶又露出很不愿意听这些平民口出不畏上帝的话)"(《劳》，第 69 页)，"你晓得的。那一个无罪过的。可以拿第一块石头打他。这句话是谁说的(耶稣语见新约注)"(《劳》，第 76 页)，"也有以色加列之犹大这种人(见新约注)"(《劳》，第 129 页)。文化现象也有注解，如"(事见天方夜谈)"(《劳》，第 7 页)。在第一个例子中，作者要说明的是司提芬此时非常痛苦，只有一个人能安慰他，那就是勒奇。勒奇的手之所以有如此强大的抚慰力不是因为她的性别，而是因为她有着耶稣般崇高的爱和耐心。这种比喻不但复杂而且带有传教的意思，因此被略去不译。涉及宗教的省略或改动，我们在后面还有专门论述。第六个例子所说的维纳斯是罗马神话中爱与美的女神，她是克洛诺斯把自己的父亲乌拉诺斯的肢体投入海中时从泡沫中诞生出来的。作者把班特比先生与维纳斯相比是辛辣的讽刺，班特比不承认母亲的养育之恩，甚至抹煞她的存在，他靠个人奋斗成功的故事与维纳斯的出身相似，不是出自人母而是从污泥中冒出来的。译文只告诉读者班特比自视甚高，把事业放在家庭之上。把维纳斯从海水泡沫中诞生这个意象和 self-made man 这个形象一起省略是因为这个事情要是用括号简要注解可能不太容易，对中国读者来说似乎也没必要。从伍译看，班特比顶多是个不孝的疯子，而从原著看，班特比不只是不孝，他这个"专讲事实的人"在撒弥天大谎。作者说他是比维纳斯还要出色的商业奇才是暗讽，因为如果他的经历真如他所说的，他要么肯定活不下来，要么就是像维纳斯那样的神,有着神奇的生命力。这样的对比对1935年的中国大多数读者来说,确实难了点,即便是在西方也只有具备一定文学修养的人才能会意。

其他几段文字中的海是用作比喻的。英国是个岛国,许多事会让他们自然而然地联想到海:海是神秘的、广大的、深不可测的,海是阴郁的,是喧闹的。但是伍光建不希望人们对海有太多的联想。第二个例子中"喧闹的大海"译成"吵",在意思上差了许多。"喧闹的大海"表明听众不赞同斯拉克布瑞其的说法,激烈地反对他,而我们从"吵"这个字里看不出这种激烈的场面。在《艰难时世》这本书里,作者极力要说明的是,斯拉克布瑞其之流的人不能代表工人及工人的利益,工人们后来之所以听他的是被他给蛊惑了。在这个句子中"喧闹的大海"不是一个可有可无的比喻,他表明了工人与斯拉克布瑞其在本质上的区别,斯拉克布瑞其是极端、偏激的,而大多数工人是公道的。

在第三个例子中,译文直接说工人起风潮,也就是闹工潮;而原文的句子"something that occasionally rose like a sea",要表达的是工潮如海浪汹涌,是一种不由自主的、受外力影响的行为,这样的运动对自己的伤害更多。而且工人是群体,不是个体。路伊沙从来没有真正接触过工人,不了解他们,没有与他们建立起感情。在她眼里,工人是分不开的一堆人,是数据,如同大海是不可分的。由此我们可以推论,在资本家或经济学家的眼里,只有他们自己才是人,是需要被人们重视、尊重的个体。工人只是劳动力,不是人,是"人手"或者更确切地说是"工手"。工人只是机器的延伸,与机器部件无异。"未曾把工人们分别一个一个地考究过"与"从来没想到把他们分成一个一个的人"是两码事,前者是没做过,后者是想都没想过。在同一段文字中,像蚂蚁这样中国人非常熟悉的意象译文是完全照译的,但是昆虫的意象没有了。而昆虫的意象是与路伊沙所学的生物学相关的,昆虫类包含蚂蚁。译文强调的是苦工的劳苦,而作者这个比喻既指向路伊沙又指向工人:工人劳动辛苦,生活艰辛;路伊沙的书本知识或者说她所掌握的"什么学"(ologies)与现实世界是脱节的,使她无法真正了解现实生活。

第四段文字中“Even the coming sun made but a pale waste in the sky, like a sad sea”一句伍译是“天色是很惨淡的”,这样的描述尽管是以景物衬托人的凄凉境况,但相比原文还是比较客观的,没有直接跟司提芬此刻的心情联系起来。“a sad sea”中的 sad 从修辞上讲是移情表述(transferred epithet),直接把海洋描写成悲伤的。司提芬本来就很悲伤,而四周悲伤的一切(包括惨淡的天空)更加重了他的悲伤,就连阳光都不能给他解脱的机会,他此刻的心情是极度压抑的。可是,即便是这样的处境也不能使他改变信念,他依然选择出走,而不是向工会和资本家妥协。在无边的苦海衬托下,司提芬作为圣徒的光辉形象更加突出,给人留下深刻的印象。

第五段文字伍译解释得很不错:“深心人才能够晓得深心人的思想”,但仍是不提海。伍光建的译文告诉读者,这两个人的思想不在一个水平上,不能彼此了解;而作者用深海来强调路伊沙的心思藏得很深,旁人就算再机灵也轻易看不出来。原文与译文有重叠处,他们在“深”字上是一致的,不同之处在于原文还暗示深藏海底的思想的神秘性、不可预测性,因为这个思想浮出水面之日便是哈特厚计算之舟倾覆之时。

第七段文字的海在《劳苦世界》中略过不译,原文用抛石入海的比喻来表现勒奇的决心,由于路伊沙在场,她决定抛却对这些人的不信任,就像抛石入海一样。这是需要勇气的,因为石头入海就找不回来了。从以上分析来看,狄更斯对海的比喻是灵活多变的,而伍光建不译它们恐怕不仅是因为注解困难,应该还有别的原因,可能是因为这样的比喻不符合中国人的思维习惯,也可能是译者嫌它们太啰嗦或者不想给国人留下对海洋的任何不佳的印象。

在《劳苦世界》里,蓝胡子与透明体的意象都略去不译。仅有的两处提到透明体的文字一段根本没译,一段只是概括了大意。[①]《艰难时世》中蓝胡子与透明体的意象与加拉太太有关,与海的比喻不同,这两个比喻属于隐喻。这两个意象紧密相关,尽管出现的频率不高,但却是构成小说主

---

① 见 *HT*, pp. 16,75,152;《劳》,第 15、86、187 页。

题的重要因素。加拉太太在小说中所占分量不大,形象也很微弱,然而正因为如此,这个形象才显示出她的重要性。加拉太太的弱是与加拉先生以及整个事实世界的强相对应的。强悍的压倒一切的事实世界里没有加拉太太的位置,因为在这个世界里不是事实的东西、阴柔的东西、与感情有关的东西、不能立竿见影出成效的东西统统都被视为无用的,应该摒弃。功利主义只注重看得见的实利,轻视感情,轻视家庭生活,以为得到了实利就得到了一切。

《劳苦世界》略去不译的一段[①]是描写加拉太太的表情与形象的,这形象看起来不太真实,甚至可笑,但实质上是很准确到位的。加拉太太并不是刚结婚时就是这样的,她是在婚姻中慢慢地被专讲事实的加拉先生磨压成透明体,最终磨灭成灰的。加拉先生虽然长得不像蓝胡子,也没动手杀妻,但他最终还是像蓝胡子[②]那样要了他妻子的命。书房里蓝色的书暗示着加拉先生杀人用的是写在书本里的事实/思想,而不是用刀枪绳索。妻子的过世也没有让他感到悲痛,他只是回家草草料理后事,又像没事人一样回伦敦继续忙自己的公事去。书中的女性人物,在资本家这一边没有一个是令人称赞的,加拉太太被丈夫欺压成没有话语权的病秧子,无法担负起作为母亲的责任;路伊沙受的是事实(刚性的、男性化)的教育,从小缺乏母爱,也没有从母亲那里学到女性的本领与品行;斯奶奶更是厉害无比,连班特比都怕她三分。她们三人在狄更斯笔下分别是透明体、冷傲美人和鹰,不是狄更斯心目中的理想女性。狄更斯的理想女性必须有非凡的品德:无私的奉献(尤其是对穷苦男性的奉献),非同寻常的爱

① 原文:Mrs. Gradgrind, weakly smiling, and giving no other sign of vitality, looked (as she always did) like an indifferently executed transparency of a small female figure, without enough light behind it. (*HT*, p. 16)

② 蓝胡子是17世纪法国作家查尔斯·贝鲁特笔下的人物。蓝胡子娶过多个妻子,但把她们一个个都杀了,放在一个房间里。他的罪行被他最后一个妻子发现了,她的兄弟杀了他。加拉虽然没有杀妻,却把妻子弄得痛苦不堪、疾病缠身,最后郁郁而终。作者说加拉与蓝胡子并不相像,却又特意提及蓝胡子,给读者留下了想象与思考的空间。

的直觉,坚定稳妥地维护自己认定的价值观,巨大的精神力量与忍耐力。[1]这些美德只属于穷苦女性,如西西和勒奇。事实群体的男人们要么把女人压垮,要么将她们异化成非人类。

对加拉们而言,女人只是可利用的工具,她们想什么、有什么愿望、对社会和家庭起什么作用他们都不了解,也不想了解。加拉娶这位太太有两个原因:

> 首先,从嫁妆数额来讲是最令人满意的,其次呢,她没有愚蠢的想法。他的所谓愚蠢的想法就是幻想。真的,虽说她不是个百分百的白痴,说不定她还真没那个天赋。(*HT*, 18,笔者译)

原文[2]中 probable 一词用得很妙,它表明这只是加拉先生的猜测,其实加拉夫人不是没有思想,而是有思想也不能说,如果说了,不论她说什么都是"愚蠢"的。加拉太太临终时对路伊沙说的话是最好的证明:"你应该记得,我亲爱的,不管是什么话题,不管我说了什么,过后我都得没完没了地听闲话;所以,我已经好久不说话啦。"[3](*HT*, 151,笔者译)对她不满、训斥她的人当然是她的丈夫,在丈夫的压制下,加拉太太渐渐地变得沉默寡言,而加拉先生也就想当然地认为他的妻子"没有愚蠢的想法"。在长期的压抑中,加拉太太的身体慢慢地垮掉了。加拉太太的人生从她对路伊沙的话里可略知一二:

> "噢!"加拉太太说,"这么说你们已经决定了!好吧,那我可得祝愿你身体健康,路伊沙;如果你刚结婚就感到头痛欲裂——就像我当

---

① David L. Cowles, "Having It Both Ways: Gender and Paradox in *Hard Times*," Charles Dickens, *Hard Times*: *An Authoritative Text*, *Contexts*, *Criticism*, 3rd edn. p. 439.

② 原文是 "Firstly, she was most satisfactory as a question of figures; and, secondly, she had 'no nonsense' about her. By nonsense he meant fancy; and truly it is probable she was as free from any alloy of that nature, as any human being not arrived at the perfection of an absolute idiot, ever was."

③ 原文是 "You must remember, my dear, that whenever I have said anything, on any subject, I have never heard the last of it; and consequently, that I have long left off saying anything."

年那样，我就不认为你有什么值得羡慕的。我肯定你以为自己值得羡慕，姑娘们都这么想。但是，我还是要祝贺你，我亲爱的——我希望你能充分利用你学到的那些什么学的学问，我真心地希望！我一定要亲你一下，表示祝贺，路伊沙；但是不要碰我的右肩，这肩膀一天到晚都很不舒服。”说完这番充满挚爱的话，加拉太太整整她的披巾，抽抽搭搭地说，“你瞧，现在我从早到晚都得发愁了，我该怎么称呼他才好！”[①]（*HT*，80，笔者译）

从这段话里我们可以知道加拉太太的婚姻状况，她对自己婚姻的看法以及对路伊沙婚姻的看法：婚姻不幸就会痛苦；痛苦不仅伤心还会伤身；她自己的婚姻是很不幸的，只要看看她现在的样子就知道了；她不赞成女儿嫁给那么老、那么自以为是的男人；她担心女儿跟她一样不幸。母亲跟女儿说这番话的时候也是小心翼翼、拐弯抹角的，说完最后一句话她果然又遭到丈夫的严厉责问：“你这话是什么意思？”

读者初次见到加拉太太是在班特比吹嘘自己了不起的奋斗史的场景中，班特比的形象与加拉太太的形成了鲜明的对比，班特比“是一个身材魁梧，声音洪亮，眼睛老是盯着人，笑起来像破锣响的人”，他站着，加拉太太躺在沙发上，班特比居高临下对着加拉太太演说他瞎编的事实。加拉太太只是偶尔发现这些事实有悖常识，小声提出她的疑问。班特比先生就是加拉先生赞赏的“事实”，而加拉太太在事实面前则显得渺小无力。从这个戏剧化的场景中，班特比的高声与加拉太太的低声、班特比站立俯

---

① 原文是“Oh!” said Mrs. Gradgrind, “so you have settled it! Well, I'm sure I hope your health may be good, Louisa; for if your head begins to split as soon as you are married, which was the case with mine, I cannot consider that you are to be envied, though I have no doubt you think you are, as all girls do. However, I give you joy, my dear—and I hope you may now turn all your ological studies to good account, I am sure I do! I must give you a kiss of congratulation, Louisa; but don't touch my right shoulder, for there's something running down it all day long. And now you see,” whimpered Mrs. Gradgrind, adjusting her shawls after the affectionate ceremony, “I shall be worrying myself, morning, noon, and night, to know what I am to call him!”

视和加拉太太躺在沙发上仰视形成了对比,这种对比是有象征意义的,暗示在这个社会里事实对人的压迫感。加拉太太所承受的压力不是来自加拉先生一个人,而是一切专讲事实的男人,是整个社会。同样我们可以知晓路伊沙将来要面对的是一个极其强势的"事实"男人。窥一斑能见全貌,从这个家庭所发生的一切,我们看到了社会的基本面貌。

在分析 19 世纪英美国家的夫妻关系时,玛格丽特·富勒举过这样一个例子:丈夫之所以理直气壮地认为妻子应该服从他、为他着想,是因为他是头脑(head)而妻子只是感情/爱(heart),头脑高于感情,当感情与头脑不一致的时候,妻子就要压制自己的感情,听从头脑的安排。①在这样的思想指导下,自以为找到了绝对真理的加拉先生自然不把妻子的思想感情放在眼里,不仅如此,他还把"没有废话"当作妻子的美德,却全然不知妻子疲弱的身心状况与她的头脑有任何关系。加拉太太一生的痛苦最后让她蜕变成一个透明体,这个意象的象征意义是不可忽略的。透明象征着空缺,象征着女性或者说母亲的话语与作用名存实亡。它更是一个不祥的预兆,因为在一个阴阳严重失调的社会里,强者看似处处事事说了算,占据高位,享受荣华富贵,但他们很难过上幸福的日子,不但他们不幸福,他们还会在有意无意中给他人造成不幸。加拉最后似乎觉得自己在女儿的教育和婚姻方面做了错事,可他对妻子孤苦的一生从无反思或歉疚。没有了蓝胡子和透明体的意象,伍译中所有关于加拉夫人的故事就得不到提升,只能停留在场景与事件的层面,读者对故事的印象就不深,无法真正了解功利主义害人害己的本质。

原著中数次出现的贫民区的梯子与从焦炭市到班特比别墅之间的无数废矿井在《劳苦世界》里也没有出现。贫民区的梯子与废矿井是死亡与苦难的象征,它们的颜色都是黑的,与焦炭市常见的颜色是一致的。黑梯子的用途令人联想到贫民区里常常发生的死亡,狄更斯并没有直接控诉

---

① Margaret Fuller, *Woman in the Nineteenth Century: An Authoritative Text, Backgrounds, Criticism*, New York: W. W. Norton & Co., 1998, p. 16.

资本家的残酷剥削和压迫，但是这黑梯子却是无声的控诉，工人们生活在拥挤狭窄的棚屋里，离开人世的时候却是以这样的方式离开自己的家：从黑梯子上滑下来。小说中的黑梯子总共出现过三次，第一次出现在司提芬与勒奇告别时的街景描写，第二次是描述司提芬的房间，第三次是司提芬回到家，见到黑梯子后，思考生与死的问题。[①]这三次不是简单的重复，而是渐次发展的。作者前两次提到黑梯子是为司提芬的思考做铺垫。

满身龌龊、烂醉如泥的妻子的归来，让司提芬内心充满了痛苦和绝望。在送勒奇回家时，他看到了黑梯子。他自家的屋子里也曾死过几个房客，窗台上那朦胧微弱的烛光，给人一种生命脆弱、死神随时可能降临的暗示。这使他生发了好人不长寿，祸害活千年的感慨。如果没有前面黑梯子意象的铺垫，那一通关于死亡的不公平的感慨就颇为突兀，我们很难明白“窗台上暗暗的有烛光”怎么会勾起他的感慨。黑梯子—勒奇—妻子—死，这是司提芬此刻内心挣扎的写照，没有梯子，这一连串的思虑就没有头绪。黑梯子的意象将司提芬的痛苦、之后他看到妻子拿起药瓶时的复杂心情，以及最后对勒奇的皈依连成一个有机的整体。如果是一般的穷人，在绝望中杀人也不是不可能的，但对司提芬来说，这只是一个心路历程。黑梯子的意象首先在司提芬的脑子里不断闪现，然后又反映到读者的脑海里，变成一个可以在故事之外独立存在的一个经典画面。没有这个意象，译文里的这一段故事就只能是凌乱的事件的叠加，构不成一个有意义的叙述段落来表现一个与众不同的圣人般的司提芬。

从焦炭市到班特比别墅之间的无数“过去和现在的煤矿井”不仅与司提芬有关，更是涉及路伊沙的命运。司提芬最后死在一座废弃的煤矿井中，这既是偶然，也是宿命。焦炭市周围满是矿井，走多了（尤其是走夜路）就可能落入其中的一个。司提芬一次又一次地被逼入绝境，最后的结局十有八九是个死。相比之下，司提芬失足落入的矿井是实在的矿井，是具体的，而威胁路伊沙的矿井是象征性的，在文本中多次重复，像一张张

---

① 见 *HT*, pp. 54, 55, 65；第 61,62,75 页。

黑洞洞的大口,随时准备吞噬路伊沙。原著至少有四处提到矿井,但《劳苦世界》都省译了。[①]班特比及一干人等,带着路伊沙乘火车跨越架在无数过去和现在的煤矿井上的拱桥,来来去去。毕周像小鬼,斯奶奶像猎鹰,在阴森森的井口上游走。煤矿和火车是工业化的典型标志,它们既给人类社会带来文明和财富,也带来负面的影响,如污染、危险及环境恶化。矿井张开的大口,是给路伊沙们埋下的陷阱,是她在人生路上所要面临的精神磨难。意象或隐喻的重复在修辞上是很有用的,象征作品中的隐喻常常是重复出现的,与作品所要表达的中心思想有关。巴西尔·哈提姆与伊恩·梅森告诫译者不能把隐喻看成孤立的现象:"隐喻的重复出现有累积效应,累积效应意味着作者对现实世界的某种特殊的感受,而这正是译者想要捕捉到的东西。"[②]隐喻在这些段落的重复出现,除了表现工业社会的狰狞面目——危险、恐怖、死亡——之外,还营造了一种童话故事的气氛,人与鬼、人与动物之间没有严格的界线,空间的转换在瞬息间就能完成。路伊沙像个天真、无辜的孩子,在无知觉的状态中遭遇各种危险,历经艰难。《劳苦世界》从来不提这些矿井,原因不外乎两个:一是这种重复太罗嗦,可能引起读者的反感;二是译者不了解这种重复的用处。由于路伊沙并非真的追求物欲的满足,也不是没有道德观念的人,所以没有从斯奶奶的大楼梯落下,跌入深坑中。但是这些坑在读者心中已经留下深刻的印象,为后来司提芬失足落井埋下了伏笔;而司提芬的死又让读者看到路伊沙曾经走过的险境。

路伊沙最大的敌人是斯奶奶,后者在路伊沙未嫁之前在班特比家以女主人自居,巴望着有朝一日由管家晋升为班特比太太。路伊沙的入住打碎了她的如意算盘。她从此怀恨在心,想方设法毁掉班特比的婚姻。发现哈特厚勾引路伊沙的动机之后,斯奶奶就开始在一旁观察,为路伊沙摆下一个大梯子,冷冷地看着她一天天往下走。同时,她又像猎鹰一样盘

---

① 省略原文见 *HT*, pp. 128, 149, 149, 158,译文见《劳》,第 157、185、185、196 页。

② Basil Hatim & Ian Mason, *Discourse and the Translator* ,London: Longman, 1990, p. 4.

旋守候，准备在路伊沙跌到底的时候抓住她，把她撕碎吃了。

原著中与大楼梯和鹰的意象有关的段落出现了六次，[①]伍光建照译了“鹰”这个字眼和概念，却忽略了斯奶奶如鹰般的形象描写。第四次与第二次斯奶奶挥动或转动鹰爪般的手的动作没有出现在译文里：“对着往下走的那个人，挥动她右手的连指手套（手套里的拳头是紧握的）”；“让她的两只连指手套交叉着，慢慢地来回磨擦”。[②]第一次原文大部分是描写斯奶奶的鹰形外表，字里行间充满了讽刺：如此一个高贵的夫人如鹰般敏捷，不声不响地蹿上蹿下，做着不高贵的勾当。译文（《劳》，第 181 页）只道斯奶奶用心观察，神态从容，把她刻画成一个善于伪装、精明能干的寻常女子，而不是一只神出鬼没、机敏矫捷的猎鹰。第六次是描写斯奶奶跟踪路伊沙和哈特厚的情形，原文里斯奶奶的行为举止以及心态完全与鹰无二，她有鹰的感觉和知觉，有鹰的动作，她堪比一只真正的飞鹰。译文（《劳》，第 196 页）把这些鹰的意象与描写省略之后，读者还是知道斯奶奶在长相与性格方面像鹰，但不知如何像；而在原著中斯奶奶就是鹰，她是善变的，时而以鹰的面目上下翻飞，时而像贵妇般端庄文雅。

原文中大楼梯的意象常常跟鹰的意象同时出现，这部分的译文也是不完整的。在第四次出现鹰的形象的时候，原文关于楼梯的一段（*HT*, 155）侧重于斯奶奶的动机与盘算，不像译文所说的斯奶奶只是耐心地看着路伊沙向下溜。她不仅看，她还满心巴望着路伊沙快点溜下去，让梯子砸在她身上，叫她万劫不复。梯子不仅用于攀爬，还用来砸人。这楼梯是斯奶奶搭在心里的一座建筑，等路伊沙到底的时候，她要让它倾覆，把路伊沙压在底下，有点像把白娘子镇压在雷峰塔下的感觉。原文第五次出现楼梯和鹰意象的地方（*HT*, 156）是“越走越低”那一章的开头部分，这部分自然是跟楼梯有关，可是译文（《劳》，第 192 页）却直接从第二段加拉先生回家译起，没译第一段，因而忽略了该章的主题。其实加拉先生回家

---

① 见 *HT*, pp. 146, 147, 154, 155, 156, 158－159。

② 原文分别是：shook her right mitten (with her fist in it), at the figure coming down; causing her mittens slowly to revolve over one another。

处理丧事这段才是插曲，作者想告诉读者的是，加拉先生只管忙公事，对儿女家人漠不关心。此刻的路伊沙像一个没爹没妈的孩子，孤苦无依，只能靠自己内心或者冥冥中的某种力量摆脱困境。在此处，楼梯的意象起衔接、强调作用，引着读者抓住巨大的悬念往下读，看看路伊沙最终到底掉下去没有。楼梯的意象也是在不断的重复中为斯奶奶织起一张大网，最后又让这张网落空。译文对意象呈现得不完整，使得它们看似是随意安排的。值得注意的是，此处的意象如果堆积得不够厚，最后崩盘的效果就不显著。

小说中最后一组同样重要却被译文略去的意象是工厂那童话般亮堂的宫殿和大象的动作。宫殿是原著中的一个核心意象，它是工业社会的中心，社会繁荣的象征，又是各种问题的源头。"童话般的宫殿"这个说法使上述提到的大部分意象形成了一个体系，那就是"童话"。这个童话的主人公是路伊沙，中心是宫殿/工厂，在通往班特比别墅/家的路上处处是陷阱，宫殿的四周到处是黑色的毒雾、污水、单调重复的劳作和死亡，宫殿的主人以功利论成败，不把工人当人，以事实为真理——不管这些事实是否经得起推敲，也不管事实之间是怎样的关系，蔑视人的感情和想象力。破落贵族们一个引诱路伊沙，把她往深坑里带，一个四处追踪侦查，摆好梯子等着路伊沙落入坑中。家里(夫家和娘家)没有爱、没有温暖，宫殿里只有冷漠的事实，路上到处是陷阱。历尽艰险的路伊沙回到娘家时，发现自己是一个彻底的失败者，她父亲的事实教育的牺牲品。路伊沙的结局是孤独地度过余生，狄更斯没有让她再婚，因为她的教育使她不具备一个妻子的品质。她只是幸运地得救了，免去了更多的灾难，但没有经历脱胎换骨的改变，因为一旦教育错了，便难有挽回的余地。

宫殿本应是富丽堂皇的、温馨舒适的地方，但是在狄更斯看来，工厂只是外表看起来像宫殿，而实际上是个释放毒气的闷热箱子，对外污染环境，对内伤害工人。《劳苦世界》省译的三处宫殿的意象恰恰把这个核心意象删除了，使读者失去了将路伊沙与童话联系起来的可能。

1. 原文：

The lights in the great factories, which looked, when they were illuminated, like Fairy palaces—or the travellers by express-train said so—were all extinguished; ….(*HT*, 52,笔者所标的着重部分为伍译省略不译部分)

译文：

大工厂里的灯都灭了。工厂灯火通明的时候,看起来像童话里的宫殿——确切地说,乘快速火车的旅客是这么说的。(笔者译)

2. 原文：

The Fairy palaces burst into illumination, before pale morning showed the monstrous serpents of smoke trailing themselves over Coketown.(*HT*, 56)

译文：

在昏暗的晨光让人们看见烟雾的巨蛇在焦炭市上空缓缓缠绕之前,这些童话般的宫殿霎时间灯火齐明。(笔者译)

3. 原文：

The atmosphere of those Fairy palaces was like the breath of the simoom; and their inhabitants, wasting with heat, toiled languidly in the desert.(*HT*, 86)

译文：

这些童话般宫殿里的空气犹如沙漠里的热风,而工作在里面的工人们,在热浪的煎熬中,在沙漠里无精打采地辛苦劳作着。(笔者译)

原著中的事实童话与传统的童话在小说中形成一个对比,传统童话中的宫殿虽然可能被坏人占据,但是是可以回归的,而工厂这个宫殿从本质上讲是不适合人类生存的。

与宫殿意象紧密相连的是大象的意象,小说中五次出现大象的意象,第一次是明喻,把蒸汽机的活塞比作大象的头,大象处于阴郁疯狂的状态。第二次就变成暗喻,阴郁疯狂的大象在单调地干着重活。不论是什么天气、发生什么事,大象都按时开工,工人也都要去干活。我们把下面这些句子串起来,就能看到一幅完整的图画:单调,辛苦,阴郁疯狂。每个工作日只要这个大象开始工作,工人也开始工作,不同的是大象极其冷漠。

1. 原文:

the piston of the steam-engine worked monotonously up and down, like the head of an elephant in a state of melancholy madness. (*HT*, 20—21)

译文:

蒸汽机的活塞,像阴郁疯狂的大象的脑袋,一上一下,单调地劳作。(笔者译)

2. 原文:

and all the melancholy-mad elephants, polished and oiled up for the day's monotony, were at their heavy exercise again. (*HT*, 56)

译文:

所有阴郁疯狂的大象们,都早已为一天单调重复的劳动擦亮、上好了油,此刻又开始剧烈运动了。(笔者译)

3. 原文:

and the Elephant was getting ready. (*HT*, 63)

译文:

大象已经做好准备了。(笔者译)

4. 原文:

But no temperature made the melancholy mad elephants more mad ormore sane. (*HT*, 86)

译文:

但是不论什么温度都不能使阴郁疯狂的大象们变得更疯癫或更理智。(笔者译)

5. 原文:

the melancholy mad elephants, like the Hard Fact men, abated nothing of their set routine, whatever happened. (*HT*), 191)

译文：

跟那些只认事实的男人一样，阴郁疯狂的大象们，无论发生什么，日常该做的事一样都不能省。（笔者译）

在最后一句里，作者点明了大象跟那些只认事实的男人一样阴郁疯狂，或者说那些男人跟大象一样冷漠、固执、机械。大象身体庞大，能负重能打仗，在多数情况下这种动物不是好对付的。由于印度殖民地的关系，英国人对大象还是比较熟悉的，但是在中国，大象不常见，而且通常被当作是吉祥物，如果它在译文中以阴郁、疯狂且冷漠的形象出现，恐怕很难被读者接受。译文里不出现这个意象尽管是可以理解的，但却难以表现作者对冷酷的机器和机械的生活的反感。大象是宫殿的一部分，它把事实输入工厂，成为它的心脏，让它主宰城市的生活。

《艰难时世》用上述提到的各种意象编织成的意象系统组成了一个寓意深刻的童话世界。传统童话故事里通常有的清澈的溪流、茂密的森林在《艰难时世》里变成了臭气熏天、颜色古怪的水沟和冒着毒气的烟囱。女主人公的母亲死了——活着的时候对她也没什么影响，父亲认为自己是最正确的，对孩子强行灌输自己的价值观。他不理解她，把她当男孩养。故事中的邪恶势力以王子和鹰的形象出现，穷人都变成了机器——他们是"人手"，他们的手与机器同步运行。尽管故事的背景不同了，情节也稍为复杂了一些，但是主人公的历险是一样的，最后靠运气或自己的机灵脱险也是一样的。童话故事中的异常的环境与怪异的人物形态在《艰难时世》中都表现得很充分。小姑娘—路伊沙、可怜人—圣徒—司提芬、事实哲学家—加拉，透明体—加拉太太，鹰—斯奶奶、天使—勒奇、善良淳朴的人—西西/马戏团、小鬼—毕左尔、伪事实、冷酷的丈夫—班特比、事实—老婆子（班特比先生的母亲）、伪王子—哈特厚，所有这些人物构成了事实及其对立面的两个世界。这些人物与人们日常所认识的现实和现实中的人相去甚远，但又不是完全不同。狄更斯抓取现实中极具特点的景物，以浓重的色彩描绘它们，说明它们之间的关系，点明它们的危害，表明自己对工业社会发展的思想基础及其模式的担忧,希望引发人们对这种发展模式的警惕和反思。工业社会的种种丑恶现象尽管是明显存在的,但对沉浸在物质享受中的人们来说,污染、人性的异化和劳苦也许是必要的代价,可是当我们看到狄更斯把所有这一切以变形的象征性意象放在一个个画面里的时候,我们会发现,这个代价太沉重了。

狄更斯对19世纪英国城市的描写尽管不详细但并非不准确,他以突出意象的方式抓住了英国工业城市的主要特征。深不可测、密不可分、难以抗拒、神秘莫测的大海,贫民区和黑梯子,铁路桥和深矿坑,斯奶奶的楼梯和鹰,黑烟囱、蛇和大象,蚂蚁和工人,单调丑陋的街道、房屋和教堂,黑灰色的天空和黑色、紫色的河流,《艰难时世》中所有这些意象以强大的冲击力刺激着读者。这些意象中有很大一部分恰恰是以重复重要特征的手法准确地描绘了当时城市的概貌。烟囱、雾霭、黑色、死亡、臭气、丑陋拥挤的城市、铁路、煤矿、庞大的工厂、拥挤的贫民区等都以各种意象来表现。铁路的发明与建设是工业化的标志性事件:

> 对维多利亚时代的人而言,铁路的出现是区别过去与现在的一个巨大的分水岭……铁路的隧道、高架桥、桥梁,冒出的一道道蒸汽、烟雾和火花改变了地貌景观。而从中世纪起,这种由不同历史时期数次以灌木篱墙和壕沟圈地形成的棋盘式格局是从未改变过的……铁路给人口中心带来了商业的活力和大量的人口,这些人口中心有些是本来就存在的,有些是新近由村镇演变而来的。①

与铁路相连的是越来越壮大的城市:

> 昔日的城镇被新兴的城市所取代。昔日的小镇结构紧凑,一条街走不了几分钟就到旷野了,而在新兴城市的市中心,曾经是工匠商铺的街道上盖满了形态丑陋的银行和巨大的时隐时现的商店和仓库。每一座城市都有时髦的街区,还有不少在工厂附近盖起来的挤

---

① Richard D. Altick, *Victorian People and Ideas*, New York: W. W. Norton & Co., 1973, pp. 75—76.

> 挤挨挨的贫民窟、机器制造厂、铁道以及决定这些建筑选址的河流。维多利亚的城市是喧闹的,喧闹不是来自商贩刺耳的叫卖声——虽说这种声音是从古至今留存的习惯,而是出自马蹄声、马车声、运货马车声、公共汽车声以及后来的有轨电车声。城市也很脏。新建的公共建筑和庄严的教堂上的石头一样,都被煤烟熏黑了,也被工厂烟囱里冒出的烟尘腐蚀出点点凹坑。从远处望去,城市里烟囱林立,与古老的塔楼和尖顶并立高耸。烟囱本身无时不在提醒着人们这几年世界的变化有多大。①

城市和铁路一样给自然生态造成了很大的破坏,因此在有识之士的眼里,城市既是人类文明的巨大成就,也是人类文明的最具灾难性的错误。它既美丽又丑陋,既别致又怪异,既激动人心又令人忧惧,是一个矛盾组合体。②与这种观点有着异曲同工之妙的评论来自戏剧家萧伯纳:

> 19世纪的巨大转变所证明的不是个人的而是社会的罪恶。19世纪的前半叶认为自己是最伟大的世纪,到了后半叶却发现自己是有史以来最邪恶的世纪。19世纪前半叶鄙视、可怜中世纪,认为它野蛮、残酷、迷信、无知。后半叶它意识到如果不恢复中世纪的宗教信仰、艺术和人道,就看不到人类的希望。③

经济基础决定上层建筑,随着工业化的深入发展,不仅自然生态恶劣,就连社会的人文生态也会遭到毁灭性的破坏,人际关系与人的思想观念也会发生根本性的转变。因此《艰难时世》中不断重复的意象反映的不仅是外部环境的变化,也反映思想观念的变化,而这两者是紧密联系的。

意象的象征意义在《艰难时世》里更多地是来自隐喻的运用。隐喻是一种比喻性的、充满想象的语言,小说里许多新鲜的隐喻不是用来解说熟

---

① Richard D. Altick, *Victorian People and Ideas*, New York: W. W. Norton & Co., 1973, p. 76.

② Ibid., p. 77.

③ Bernard Shaw, "*Hard Times*," Charles Dickens, *Hard Times: An Authoritative Text, Contexts, Criticism*, 3rd edn, p. 357.

悉的概念,而是表达新思想。[①]狄更斯重复使用这些独特的隐喻意在构建一个概念系统,艺术地再现一个城市的矛盾组合体,突出资本主义的弊端。他不是用语言直接控诉或批判,而是用意象来呈现。不是证明谁对谁错,而是暗示一个思想体系或发展方向的错误。隐喻是一种想象的理性:

> 它不仅是个语言问题,它是一个概念结构。概念结构不仅是智力的问题,它还涉及我们天然的经验形态的方方面面,包括我们的感官体验的各个方面:色彩、形状、质地、声音等。这些方面不仅构建我们世俗的经验,还构建美学经验。每一种艺术媒介都会选择我们经验的某些形态,排除其他形态。艺术作品依照这些天然的经验形态为构建我们的经验提供新的方法。艺术作品提供新的经验主义的完型,由此产生新的连贯性。从经验主义的角度看,艺术,总的来说,是一种想象的理性,是创造新现实的一种手段。[②]

对某些读者来说,《艰难时世》中隐喻的运用太过夸张、罗嗦,重复的次数也是很随意的,因此不太在意它们的作用。而实际上,狄更斯靠有意识地、重复性地使用隐喻和意象给读者造成感官的冲击,这种重复不但给读者留下深刻持久的印象,还给人提供更多的思考与想象的空间。"想象的理性"使狄更斯的小说更具艺术性,像流传久远的童话故事一样更具经典性。

伍光建的译本《劳苦世界》省略的不仅是通常意义上的景物、心理描写、典故和作者的评说,而是以象征手法表现的景物、心理、典故和评说。有些隐喻,如"透明体"、斯奶奶的"楼梯"、"大象"很难归类,它们既不是景物也不是心理,既不是典故也不是作者的直接评论,它们就是隐喻。失去了原作的隐喻和象征,译本的"精神和面目"与原作就不一样了。伍光建对隐喻的翻译采取的是省略或解释的方法,这说明他认为这些东西是多余的或不重要的。因为狄更斯的象征具有系统性,所以伍光建删节这个

---

① George Lakoff & Mark Johnson, *Metaphors We Live By*, Chicago and London: The University of Chicago Press, 1980, p. 53.

② Ibid., pp. 235-236.

系统也很方便。他把所有与人物个性和故事情节无关的文字都删节了，但他不知道，就连小说中的人物也是象征性的。

## 4. 司提芬：《劳苦世界》的人道与 *Hard Times* 的宗教信仰

在《劳苦世界》里，司提芬·巴拉浦是个非常值得同情的可怜人，是一个比较真实的人，他的语言也都是一致的汉语白话。但是，在原著中，司提芬与其说是一个真实的人物，不如说是一个虚构的象征性人物。在小说发表之初，批评家们就对司提芬的形象表示不满，罗斯金说："司提芬是戏剧中的完美人物，不是诚实工人的典型代表。"①里维斯也不赞同司提芬的完美："当然，对《艰难时世》的批评是有针对性的。比如司提芬·巴拉浦，他不仅太好了，对殉道者的光环当之无愧，而且还招致人们对他类似黑人对汤姆叔叔的反感，让人觉得他是白人的好黑奴。"②吉辛认为他是个微不足道的人："司提芬·巴拉浦不代表什么；他是个典型的温良人。他被酗酒的老婆祸害，他所遭受的不幸人人都可能遇到。"③在他看来，司提芬不是工人阶级的代表，也不算是功利主义的牺牲品。这些批评家的意见不是没有道理的，司提芬确实不那么真实，单从狄更斯所使用的语言上看也知道司提芬不是一个普通的人。

在《英国小说中的话语》里，诺曼·佩奇指出司提芬操的是兰开郡方言。他认为作者让司提芬说方言既表明他是北方一个工业城镇的居民，又表明他的工人身份，还表明他是一个正直、诚实的人，不像班特比先生那样假装高贵。④他提到的这几点都对，但有一点他没有看到，那就是方

① John Ruskin, "A Note on *Hard Times*," Charles Dickens, *Hard Times: An Authoritative Text, Contexts, Criticism*, 3rd edn, p. 355.

② F. R. Leavis, "*Hard Times*: An Analytic Note," Charles Dickens, *Hard Times: An Authoritative Text, Contexts, Criticism*, 3rd edn, p. 381

③ George Gissing, "Dickens and the Working Class," *Dickens: Hard Times, Great Expectations and Our Mutual Friend*, ed. Norman Page, p. 37.

④ Norman Page, *Speech in the English Novel*, London: Longman, 1973, pp. 77, 62.

言与古语还是有差别的,司提芬有时候用方言有时候用古语。原著中司提芬与勒奇的对话用的是古语(汝—thou),与工人说话用的是方言(你—yo')。古语的使用突出了人物的特殊性与虚构性,在表明司提芬与其他工人和资本家都不同的同时,暗示了他与《圣经》①的关系。司提芬这个人物的塑造包含了《圣经》中的一些典故,他与《圣经》中第一个为信仰献身的基督徒圣·斯蒂芬(St. Stephen,《圣经·新约·使徒行传》6;7)②同名,圣·斯蒂芬是被那些自称遵守摩西戒律的人们用乱石打死的。司提芬的信仰与言行与圣·斯蒂芬相同,他与斯拉克布瑞其的冲突、对峙和圣·斯蒂芬与祭司的对抗如出一辙。他不听他人的蛊惑,只听从内心里神的声音。为了信仰,他不惧怕死亡。③

司提芬深爱的女子勒奇(Rachael,拉结)与雅各的第二个妻子同名,他的婚姻与雅各相似。他的妻子酗酒,而雅各的妻子眼睛不好,酗酒伤

---

① 如"No, Rachael, thou'rt as young as ever thou wast."与King James Bible所用语言相似。见*The Holy Bible*: *Authorized King James Version*. Iowa Falls, Iowa: World Bible Publishers.

② 见《圣经》中国基督教三自爱国运动委员会、中国基督教协会印发,年代、译者不详。以下《圣经》译文均取自本书。译文中的"斯提反"即圣·斯蒂芬。

③ 所以弟兄们、当从你们中间选出七个有好名声、被圣灵充满、智慧充足的人、我们就派他们管理这事。但我们要专心以祈祷传道为事。大众都喜悦这话、就拣选了司提反、乃是大有信心、圣灵充满的人,又拣选腓利、伯罗哥罗、尼迦挪、提门、巴米拿、并进犹太教的安提阿人尼哥拉、叫他们站在使徒面前、使徒祷告了、就按手在他们头上。神的道兴旺起来、在耶路撒冷门徒数目加增的甚多、也有许多祭司信从了这道。司提反满得恩惠能力、在民间行了大奇事和神迹。当时有称利百地拿会堂的几个人、并有古利奈、亚力山太、基利家、亚西亚各处会堂的几个人、都起来、和司提反辩论。司提反是以智慧和圣灵说话、众人抵挡不住、就买出人来说、我们听见他说谤渎摩西和神的话。他们又怂动了百姓、长老、并文士、就忽然来捉拿他、把他带到公会去、设下假见证说、这个人说话、不住的蹧践圣所和律法。我们曾听见他说、这拿撒勒人耶稣、要毁坏此地、也要改变摩西所交给我们的规条。在公会里坐着的人、都定睛看他、见他的面貌、好像天使的面貌。(《圣经·新约·使徒行传》6:3—15)那一个先知不是你们祖宗逼迫呢、他们也把预先传说那义者要来的人杀了。如今你们又把那义者卖了、杀了你们受了天使所传的律法、竟不遵守。众人听见这话、就极其恼怒、向司提反咬牙切齿。但司提反被圣灵充满、定睛望天、看见神的荣耀、又看见耶稣站在神的右边、就说、我看见天开了、人子站在神的右边。众人大声喊叫、捂着耳朵、齐心拥上前去、把他推到城外、用石头打他,作见证的人、把衣裳放在一个少年人名叫扫罗的脚前。他们正用石头打的时候、司提反呼吁主说、求主耶稣接收我的灵魂。又跪下大声喊着说、主阿、不要将这罪归于他们。说了这话、就睡了,扫罗也喜悦他被害。(《圣经·新约·使徒行传》7:52—60)

肝，肝的好坏决定眼睛的好坏。他和雅各一样不喜欢第一任妻子，都深爱一个叫勒奇的女子。[①] 雅各最终如愿以偿，得到了拉结，但司提芬却不能离婚，更谈不上再婚，他的人生因其所特有的圣人气质必须以死亡告终。勒奇也不是一般意义上的潜在的伴侣，而是司提芬的精神支柱，是上帝派来的天使。在司提芬绝望的时候，让他看到神的存在，让他坚定信念。司提芬和勒奇，一个是圣人，一个是天使。他们在世俗社会里存身，却不是俗人，形象自然就不真实。他们的所思、所想、所作、所为都异于凡人。

在司提芬与勒奇的对话中，常常用古语"thou"代替"you"。在第一卷第十三章里，我们可以看到第二人称的变化，两人刚见面的时候，他们用"you"，但是很快，当他们把话题转向慈悲和罪的时候，他们就改用古语"thou" "thy""thee"以及相关的动词形式：

原文：

"And next, for that I know your heart, and am right sure and certain that 'tis far too merciful to let her die, or even so much as suffer, for want of aid. Thou knowest who said, 'Let him who is without sin cast the first stone at her!' There have been plenty to do that. Thou art not the man to cast the last stone, Stephen, when is brought so low."

"O Rachael, Rachael!"

"Thou has been a cruel sufferer, Heaven reward thee!" she

① 拉班有两个女儿、大的名叫利亚、小的名叫拉结。利亚的眼睛没有神气、拉结却生得美貌俊秀。雅各爱拉结、就说、我愿意为你小女儿拉结服事你七年。拉班说、我把他给你胜似给别人、你与我同住罢。雅各就为拉结服事了七年、他因为深爱拉结、就看这七年如同几天。雅各对拉班说、日期已经满了、求你把我的妻子给我、我好与他同房。拉班就摆设筵席、请齐了那地方的众人。到晚上、拉班将女儿利亚送来给雅各、雅各就与他同房。拉班又将婢女悉帕给女儿利亚作使女。到了早晨、雅各一看是利亚、就对拉班说、你向我做的是什么事呢，我服事你、不是为拉结么，你为什么欺哄我呢。拉班说、大女儿还没有给人、先把小女儿给人、在我们这地方没有这规矩。你为这个满了七日、我就把那个也给你、你再为他服事我七年。雅各就如此行，满了利亚的七日、拉班便将女儿拉结给雅各为妻。(《圣经·旧约·创世记》29:16—28)

said, in compassionate accents. "I am thy poor friend, with all my heart and mind." (*HT*, 66—67)

这种宗教意味很浓的对话占据了两人对话的大部分篇幅,在第一卷第十章(*HT*, 53—55)和第三卷第六章(*HT*, 203—204)。他们互称对方"thou",这说明他们的不同,更说明他们之间有一种超越了世俗恋爱的关系,无论多么相爱,他们是不会做不合礼法的事情的。除了他们两人的对话,古语还用于司提芬与妻子的对话(*HT*, 55)以及《阿里巴巴与四十大盗》的故事(*HT*, 10)。司提芬的妻子可以算是勒奇的姐姐,与雅各的故事相对应,她也该算是与圣经有关,她用古语是在情理之中的,但是如果在引述《阿里巴巴与四十大盗》的故事的时候也用古语,我们就应该注意它与司提芬这个人物的关系。

在分析这两者的关系之前,我们还得回到司提芬的人物作用上来。对狄更斯而言,司提芬这个人物既有结构上的意义也有思想观念上的意义,如果没有这个人物,这部小说就没有现在的这种思想境界。司提芬这个人物与加拉相对立,小说的第一卷第一章"The One Thing Needful"里,加拉说我们唯一需要的是事实①,而这个短语在《圣经》里出现的时候,这唯一需要的东西是信仰②。司提芬对上帝的信仰与加拉对事实的信

---

① Now, what I want is, Facts. Teach these boys and girls nothing but Facts. Facts alone are wanted in life. (*HT*, p. 5)

② And she had a sister called Mary, which also sat at Jesus' feet, and heard his word.

But Martha was cumbered about much serving, and came to him, and said, Lord, dost thou not care that my sister hath left me to serve alone? bid her therefore that she help me.

And Jesus answered and said unto her. Martha, Martha, thou art careful and troubled about many things:

But one thing is needful: and Mary hath chosen that good part, which shall not be taken away from her. (Luke: 10.39—42)

他有一个妹子名叫马利亚、在耶稣脚前坐着听他的道。马大伺候的事多、心里忙乱、就进前来说、主阿、我的妹子留下我一个人伺候、你不在意么。请吩咐他来帮助我。耶稣回答说、马大、马大、你为许多的事、思虑烦扰。但是不可少的只有一件。马利亚已经选择那上好的福分、是不能夺去的。(《圣经·新约·路加福音》10:39—42)

仰形成一个强烈的对比，通过司提芬这个人物与整个功利社会的对立，作者意在指出社会错误的根源。

作者的思想主要是通过司提芬的言行来表达的。也许在吉辛眼里，司提芬太假，无足轻重，但他确实是狄更斯着意刻画的一个人物，在小说中占据着重要的地位。他的殉难也不是无谓的，作者是想以他的死来唤醒人们的良知和信仰。经过对 19 世纪 50 年代工潮的观察，狄更斯认为罢工不是摆脱“一团糟”的有效手段：

> 技工培训机构要遵循的一个首要原则就是要把不同的阶级融合起来，消除混乱，使雇主和雇工达成和解；让利益一致、相互依存、一旦进入不正常的对抗就得承受悲惨后果的人们达成更好的共识。在我们这个世界里，人们之间的许多怨恨都源于人与人之间缺乏充分的理解。①

狄更斯塑造一个完美的司提芬意在唤醒人们的良知与同情心，让人们意识到把工人逼入绝境对资本家是不利的，而把资本家搞垮对工人也没有好处。当然，总的来说作者还是站在工人一边的，他只是不赞同用激进的手段达到目的。

《劳苦世界》没有把司提芬和勒奇的语言特点翻译出来。我们不妨举两个例子来分析原文与译文的语言特点：一个是《阿里巴巴与四十大盗》的故事，一个是司提芬与勒奇的对话。

> 1. 原文：
>
> He went to work in this preparatory lesson, not unlike Morgiana in the Forty Thieves: looking into all the vessels ranged before him, one after another, to see what they contained. Say, good M'Choakumchild. When from thy boiling store, thou shalt fill each jar brim full by and by, dost thou think that thou wilt

① Charles Dickens, "Dickens' Comments on the Composition of *Hard Times*," Charles Dickens, *Hard Times*: *An Authoritative Text*, *Contexts*, *Criticism*, 3rd edn, p. 278.

always kill outright the robber Fancy lurking within—or sometimes only maim him and distort him! (*HT*, 10)

译文 1:

且说这位教员。果然就去弄那预备课。他与四十个强盗的故事里头那摩吉安不同。不是每个油罐都看过。看看里头装些什么。(事见天方夜谈)作者要对马初金先生问句话。你把熬滚的油。往罐子里灌的时候。你是不是把藏在里头的想象力以为是强盗。立刻一个一个都要烧死。还是有时不过烧伤他。或把他弄残废了。(《劳》,第7—8页)

译文 2:

接着他就开始上这堂预备课。正如《阿里巴巴与四十大盗》里的摩吉安纳一样,他一一查看摆在面前的所有的容器,看看里面都装着些什么。说说看,麻抽控掐得先生,当汝提着一桶滚油,把罐子逐个灌满时,汝是否以为汝定能将潜藏其中的盗贼"想象力"立刻杀死——或者有时只能致其残废或畸形!(笔者译)

2. 原文:

"No, Rachael, thou'rt as young as ever thou wast."

"One of us would be puzzled how to get old, Stephen, without t'other getting so too, both being alive," she answered, laughing; "but, any ways, we're such old friends, that t'hide a word of honest truth fro' one another would be a sin and a pity. 'Tis better not to walk too much together. 'Times, yes! 'Twould be hard, indeed, if'twas not to be at all," she said, with a cheerfulness she sought to communicate to him.

"'Tis hard, anyways, Rachael."

"Try to think not; and 'twill seem better."

"I've tried a long time, and 'ta'nt got better. But thou'rt right; tmight mak fok talk, even of thee. Thou hast been that to me, Rachael, through so many year: thou hast done me so much good, and heartened of me in that cheering way, that thy word is a law to me. Ah lass, and a bright good law! Better than some real ones."

"Never fret about them, Stephen," she answered quickly, and not without an anxious glance at his face. "Let the laws be."

"Yes," he said, with a slow nod or two. "Let 'em be. Let everything be. Let all sorts alone. 'Tis a muddle, and that's aw." (*HT*, 53—54)

译文1:

司提芬道。不然。你还是从前的一样少年。勒奇笑答道。两个人都活着的时候。这一个老了。那一个也自然老了。但是毋论怎样。我们是老朋友。彼此说话。若有丝毫不真实。就是罪过。有时我同你。不可同走得太多。若是简直的不同在一起走。却是难过的。司提芬答道。勒奇。很难过的。勒奇道。你不去作这样想。就觉得难过好些。司提芬答道。我试过好久。总不觉得会难过好些。但是你说的不错。难保人家不说闲话。这些年来。我很受你的益。你常常的鼓励我。使我不灰心。我听你话。如同遵守法律一样。你的法律。是有光采的好法律。比许多实行的法律好。勒奇很关切的看着他的脸。急忙答道。不必烦心我的话。也不必提法律。司提芬慢慢点点头说道。随法律去。什么事都随他去。世界上无论什么事。都是个一团糟。(《劳》,第60—61页)

译文2:

"不,瑞茄,汝与先前一样年轻。"

"司提芬,吾二人活在人世,若一个不老,另一个就不知怎样变老。"瑞茄笑出声来,答道:"但是,无论如何,吾是多年老友,如彼此不能坦诚,那就太罪过、太遗憾了。吾最好别总一起走。偶尔走走,不妨。若是再不一起走了,也真是难过。"她说话时,尽力让他感受愉快的心情。

"瑞茄,无论如何,就是难过。"

> "不这么想,也许会好受些。"
>
> "吾试了很久,也不觉得好受。不过,汝说得是。那样别人会说闲话。甚至说汝的闲话。这么些年来,瑞茄,汝一直都对吾好:汝给了吾许多好处,愉快地鼓舞吾。汝之言,对吾便是律法。啊,姑娘,是光明的好律法。胜过一些真正的律法。"
>
> "别管它们啦,司提芬。"她话说得很快,不无焦虑地看看他的脸。"别管什么律法啦。"
>
> "就是,"他说,慢慢点了点头。"管他呢。什么都别管。什么都不去想。说到底,就是一团糟。"(笔者译)

这两段话,伍光建总体上译得还不错。但是他的行文比较啰嗦,不够精练,不够准确。笔者试着用古汉语的某些词语来翻译它们,发现原文因为用了古语,有些半文半白,不太像日常的口语。正因为不像,才能让读者看出这些文字的特殊用意。从古语里我们能感觉到,质问麻抽控掐得的人不是凡人,而是作者或是像司提芬那样的圣人,而在很多时候,作者与司提芬持相同的观点。

笔者试着翻译了这两段文字,在翻译过程中感觉到可以把司提芬与勒奇的对话译得更简练,用"汝""吾"等古词和古文句式使我们感觉司提芬与圣贤的关联。或许有人会觉得用古语有些过于矫情,哪怕是《圣经》的汉译本也是译成通俗易懂的白话,用古语反倒不便阅读,不利于传道。从传道的角度来说,《圣经》当然应该通俗易懂,再说教会是希望人们把《圣经》中的人物都当作真人来认同,希望凡人们能向圣贤看齐。但是作为文学作品中极富象征意义的文字,古语必须保留。狄更斯在小说里有意用古语是为了区别圣贤与俗人,让人们看到差距,认识到自己做错了什么。不仅是用语,司提芬与勒奇的对话内容涉及的也多是"什么是对的什么是错的",有一种"更普遍的道德意识"。[①] 尽管他们看起来不真实,但他们的话语简单明了、直截了当,基本上只陈述事实和信仰,因而更有说

---

① Michael Wheeler, *The Art of Allusion in Victorian Fiction*, p. 116.

服力，更有影响力。人们读着他们的对话，就好像在读《圣经》一样。但是对汉译本的读者来说，如果他们不懂英语，又没读过钦定本的英文《圣经》，不管他们读不读中文的《圣经》都不可能知道这个"汝"的来由。只有当译者认为这些古语重要，不可删除的时候，他才会设法保留，并用注释解释"汝"的用意和出处。

由于去除原著中的古语，《劳苦世界》中的司提芬就只是一个可怜的、无奈的穷苦人，一个普通的基督徒。正如吉辛所说的，他是一个懦弱、驯服的老实巴交的工人，要不是妻子酗酒败家，他就不会那么惨。他的故事不具任何代表性。伍光建在译文中并没有刻意回避《圣经》中的人物和典故，如在注解中写"耶稣语见新约注"（《劳》，第 76 页）或"沙麻列旦人见新约。此句指怜恤人是不合算之事。注"（《劳》，第 201 页），也不避讳"上帝"这个词（《劳》，第 69 页），译文对圣经典故的解释只是文化典故注解的一部分，既不回避也不强调。伍光建不仅没有把古语译出来，还把文本中的一个关键词给省略了，这个词是 Amen。

原文：

The M'Choakumchild school was all fact, and the school of design was all fact, and the relations between master and man were all fact, and everything was fact between the lying-in hospital and the cemetery, and what you couldn't state in figures, or show to be purchaseable in the cheapest market and saleable in the dearest, was not, and never should be, world without end, Amen.

A town so sacred to fact, and so triumphant in its assertion, of course got on well? Why no, not quite well. No? Dear me!

No. Coketown did not come out of its own furnaces, in all respects like gold that had stood the fire. (*HT*, 21, 下划线为笔者所加)

译文：

马初金先生的小学校。是个事实。画样学校也是事实。资本家

> 同工人的关系是事实。这市上一头是坟地。一头是产妇院。从坟地到产妇院。中间都有事实。除了有数目可算的。除了可以买贱卖贵的。其余都不算什么。都不能成世界。这个只讲事实的制造市。自然是很有好效果。进行很好的了。但是却不尽然。为什么呢。读者须晓得。这焦炭市上。发生出来的。并不是都是炼过的金子。(《劳》，第22页)

Amen是基督徒祈祷的结束语或表示赞成的用语。在这段话中应该是两个意思都有，既是赞美又表达心愿。在陈述焦炭市事实的时候用这个词，说明了事实的神圣。该市的人崇拜的不是上帝，而是事实。所有不能给人带来商业利益的东西都不是事实，都没有存在的理由。这里没有是非，没有对错，没有艺术，没有情感，只有事实，只有利益。这个Amen与司提芬用的古语形成一个对照，说明正如《圣经》中的圣·斯蒂芬，司提芬对上帝有坚定的信仰，而那些自称虔诚信徒的人的言行是违背信仰的。

Amen与下一段的"A town so sacred to fact, and so triumphant in its assertion, of course got on well? Why no, not quite well. No? Dear me!"(这样一个把事实奉为神圣、得意洋洋地宣扬事实的市镇，自然一切都很好吧？唉，不，不尽然。不尽然？天哪！)形成了一个反差，这种反差令人愕然。"Amen"(但愿如此)后面跟着的这几句话说明这些自以为是的人并不能达到他们的目的。原文的写法是对话式的，而译文就有所改变，问了一句"为什么"，然后自答，这样不但把原文的他问变成自问，还减轻了问句的力度，与Amen的上下呼应也没有了。

由于没有凸显司提芬的宗教特征，在下面这段文字中，伍译给人的感觉是司提芬有点"轴"、有点傻，听了女人一句话，就不顾自己的安危，跟工友们决裂；工友与斯拉克布瑞其之间的界限也不甚清晰。

> 原文：
>
> "'Tis this Delegate's trade for t' speak," said Stephen, "an he's paid for't, an he knows his work. <u>Let him</u> keep to't. <u>Let him</u>

give no heed to what I ha had'n to bear. That's not for him. That's not for nobbody but me."

There was a propriety, not to say a dignity in these words, that made the hearers yet more quiet and attentive. The same strong voice called out, "Slackbridge, let the man be heern, and howd thee tongue!" Then the place was wonderfully still.

"My brothers," said Stephen, whose low voice was distinctly heard, "and my fellow-workmen—for that yo are to me, though not, as I knows on, to this delegate heer—I ha but a word to sen, and I could sen nommore if I was to speak till Strike o' day. I know weel, aw what's afore me. I know weel that yo are aw resolved to ha nommore ado wi' a man who is not wi' yo in this matter. I know weel that if I was a lyin parisht i' th'road, yo'd feel it right to pass me by, as a forrenner and stranger. What I ha getn, I mun mak th' best on."

…

"I ha thowt on't, above a bit, sir. I simply canna coom in. I mun go th' way as lays afore me. I mun tak my leave o' aw heer." (*HT*, 109,下划线为笔者所加)

译文1:

司提芬说道。演说是这位代表的行业。他是受了薪水来演说的。他晓得怎么说法。让他说他的。我受什么苦。叫他不要管。这不是他的事。这完全是我的事。不是别人的事。这几句话。不独说得大方。而且说得公道。听他说的人。更安静。更留心。有人大声说道。斯拉毕。你不要说。让司提芬说。于是那演说场静寂无哗。司提芬声音很低的说道。我的同胞。我的工友。我只有一句话说。我没得再说的了。我很晓得我将来我所受的罪。我很晓得我不同你们一致。你们都要同我脱离关系。不理我。我很晓得我若是倒毙在路上。你们看见。也就走过去。不理我。当我是个异乡人。当我是个外国人。我原是自取。我只好自受。……司提芬答道。先生。我想过了。我很想过了。我简直的是不能同你们一致。我只好走我的路。我只好同众工友们分手了。(《劳》,第130—131页)

译文2:

"演说是这位代表的职业,"司提芬说,"他拿了薪水,知道该怎么说。让他说他的,让他别理会我曾经承受了什么。这不是他该承受的,不是别的什么人该承受的,只有我该承受这些。"

这些话不独透着尊严,还有礼有节。这让听众更加安静,更加留心。又是那个有力的声音大声喊道:"斯拉克布瑞其,让这个人说,汝闭嘴!"于是那地方就变得出奇的安静。

"我的兄弟们,"司提芬说,他的声音虽然小但大家都听得很清楚,"我的工友们——你们是我的工友,但我向来知道,这位代表不是——我只有一句话说,就算让我说到天亮,我也只有这句话说。我很清楚我将面临什么,我很清楚如果一个人在这件事情上不跟你们一致,你们就决意跟他断绝关系。我很清楚如果我倒毙在街头,你们会不理不睬地走过去,就像对待外国人和异乡人那样。既得了这样的下场,我会好自为之。"

……

"我想过了,想得很清楚,先生。我就是不能参与这件事。我必须走摆在我面前的这条路。我必须跟大家告别了。"(笔者译)

伍译所传达的意思是:这是我的事,你们别管,我自作就愿意自受。之所以会产生这样的效果是因为译文没注意到原文的句式及其所蕴含的宗教意义。重要的句式有两个,一个是"let him";另一个是I must(原文是"I mun"),这两个句式是前后呼应的。虽然《劳苦世界》有两处译出了"Let him"的句式("让他"),但后面的must变成了"只好"。这说明他对整个段落的宗教意义不甚了解。"只好"表达的意思是"不得不",而"必须"指的是事理上和情理上的必要,前者是被动的,而后者是主动的。对照原文之后，我们可以看到与斯拉克布瑞其声嘶力竭形成鲜明对比的是司提芬说话声很低，但谁都听得清楚，这正应了那句“有理不在声高”的说法。司提芬坚定的信仰用那两个句式（Let him，I must）表达得很充分：“走我的路，让他说去吧。”他的对手不是工友，而是斯拉克布瑞其，因为他不是工友。那个工友说话时用古语 thee（howd thee tongue）说明了工友中有些人并没有受蒙蔽，他们心中还有正义。

除了上面这段话，相关的“Let him”的句式在《艰难时世》中还出现过多次，而《劳苦世界》都没有把这个句式译出来，这说明他译不译这个句式是凭感觉而不是清楚地知道它的重要性。

1. 原文：

He was a good power-loom weaver，and a man of perfect integrity. What more he was，or what else he had in him，if anything，let him show for himself.（*HT*，52，下划线为笔者所加，下同）

译文：

他不过是个纺织机的好手。是个诚实无欺的人。其余他还有什么长处。看他行事便晓得了。（《劳》，第 59 页）

2. 原文：

“… Thou knowest who said，‘Let him who is without sin among you，cast the first stone at her!’ ….”（*HT*，66）

译文：

你晓得的。那一个无罪过的。可以拿第一块石头打他。这句话是谁说的。（《劳》，第 76 页）

3. 原文：

If Stephen Blackpool was not the thief，let him show himself. Why didn’t he?（*HT*，197）

译文：

假使司提芬巴拉浦不是贼。他就可以出面。为什么他不露面

呢。(《劳》,第 251 页)

从这些段落看,我们知道"Let him"的句式套用的是《圣经》中"Let him who is without sin among you, cast the first stone at her!"(《新约·约翰福音》8:7)。司提芬不是能说会道、善于蛊惑人心的人,但他是善于思考的人,有自己的观点和立场。他的话语简短清晰,既有事实,又有道理,充满了自信。他所用的助动词"cannot""must"显示出他对上帝的坚定信仰,相信自己做得对。他也相信工人并不是跟他本人作对,"I know weel that yo are aw resolved to ha nommore ado wi' a man who is not wi' yo in this matter."一句说的是,"任何人"在这件事上跟你们不一致你们都要跟他断绝关系,而不是如伍译所说的要"同我脱离关系"。司提芬的自信还表现在他的声音虽然低,但是清晰。他不认为斯拉克布瑞其是真正的工人,能代表工人。这些意思在伍译中都没有体现。司提芬的话不多,却措辞严谨,环环相扣,意味深远。在仔细的比较中,我们就发现原著中的司提芬充满圣徒的正义与大无畏的气概,他的特立独行与他的坚持都是有原因的。而译文中的司提芬因为没有宗教信仰支撑,显得比较怪异,不识时务。

司提芬与勒奇的关系也不是一般的恋爱中的男女关系,勒奇是"天使",跟他用的是同一种语言,她总是那么恬静、安详、端庄,在司提芬痛苦迷乱的时候,安慰他、帮助他,她是指引司提芬的那颗明亮的星。伍译中的勒奇是"仙女",是司提芬的"福星"。

1. 原文:

"Thou art an Angel. Bless thee, bless thee!"(*HT*, 70)

译文 1:

你是一位仙女。上帝保佑你。上帝保佑你。(《劳》,第 80 页)

译文 2:

"汝乃天使。愿上帝保佑汝,保佑汝!"(笔者译)

2. 原文：

The wind blew from the quarter where the day would soon appear, and still blew strongly. It had cleared the sky before it, and the rain had spent itself or travelled elsewhere, and the stars were bright. He stood bare-headed in the road, watching her quick disappearance. As the shining stars were to the heavy candle in the window, so was Rachael, in the rugged fancy of this man, to the common experiences of his life. (*HT*, 71,笔者所标着重部分为伍译省略不译部分)

译文 1：

这时候还是刮大风。天却晴了。星也出来了。司提芬光着头。眼送勒奇回家。把勒奇看作是他照路的福星。(《劳》,第 81 页)

译文 2：

风从白昼即将降临的那个方向吹来,风力依然强劲。风到处天空放晴了,雨下尽了或者落到别处去了,天上繁星点点。他站在街上,没戴帽子,目送着她迅速地从眼前消失。在这个男人狂乱的想象中,他平凡的人生就像窗内昏暗的烛光,而瑞茹就像天空中明亮的星,他跟她是没法比的。(笔者译)

"仙女"让人联想到七仙女与董永的故事,仙女在中国古代传说中往往是可爱的小姑娘,"福星"顾名思义就是能给人带来福气的人。但勒奇不是这样的人。勒奇不能给司提芬带来福气,司提芬被工友排斥、丢掉工作时她也无能为力,帮不上什么忙。她只是有着坚定的信仰,在司提芬迷失的时候帮他回到正道。"天使"才是她的角色。小说几处提到微弱的烛光,烛光代表司提芬的人生,星光则是勒奇。星光有宗教意义,[①]星星指引着

---

① 星星代表天国的使者或天子,如耶稣。当希律王的时候、耶稣生在犹太的伯利恒,有几个博士从东方来到耶路撒冷、说、那生下来作犹太人之王的在那里,我们在东方看见他的星、特来拜他。(《圣经·新约·马太福音》2:1—2)

司提芬一心向善,不做错事。“福星”则具有较浓厚的中国世俗气息。

勒奇首次出现的时候,就是一个与众不同的形象(*HT*, 53)。勒奇如同修女般戴着头巾,司提芬单是看见她的影子就能认出她,这既说明他们之间的熟悉程度,也说明了她的特别。司提芬对她既爱又敬重,他不是大呼小叫地冲过去,而是在接近她的时候又放慢了脚步,以免吓着她。她是一个安详、柔和的发光体,她的眼睛能抚慰人心,而不是柔媚、勾人心魄的。《劳苦世界》中的勒奇也很美,但在去除了宗教特征后,她充其量只是一个善良、柔美、贤德的女子,是一个个例,不是一种精神。在焦炭市那种地方,没有信仰的女人在生活的重压之下,很容易像司提芬的妻子一样垮掉。

如果勒奇是天使,那么司提芬的死就是注定的。司提芬虽然是失足落井而死,但他的死不是偶然的。在原著“勒奇”那一章,有两个字是首字母大写的,一个是第一段中的“Death”,另一个是两人将要分手时对话里出现的“Angel”。勒奇与司提芬的妻子谁生谁死关系到司提芬的生死。如果妻子死了,司提芬就有希望了(因为他不能离婚),由于在关键时刻天使勒奇挽救了司提芬妻子的性命,司提芬就彻底无望了。失去希望的司提芬的唯一希望就是在另一个世界与勒奇相聚。天使勒奇在救了司提芬妻子的同时,坚定了司提芬的信仰,也决定了他的结局。

“Death”这个词是拟人化的,死神夺取人命的时候不分高低贵贱,也不管好人坏人。十三章开头对死亡的思考预示了司提芬的妻子不会死,于是就有了后面扣人心弦、惊心动魄的死亡与救赎的戏剧性情节。必须要注意的是,“Angel”这个词无论在《圣经》里还是在司提芬的嘴里都不是大写的,只是在小说中是首字母大写,这是作者的处理,意在引起读者的注意,让他们感觉到其中特殊的含义。司提芬—勒奇的存在以及司提芬的死都是有教育和启示意义的:司提芬不是一个特别倒霉的老实人,而是以身殉道的义士。他是一个自主的人,他要选择正当的离婚,他选择走自己的路,他有自己的原则和目标。他的死给世人的是警告和鞭策。需要同情的是工人,他不需要同情,他要的是正义,是社会各阶层对人生的思考。

与意象系统一样，狄更斯的宗教思想也是系统性的。他通过文字和形象的设计，使人物具有突出的标志性和象征性。伍光建的译文所缺乏的正是这种系统性，他在撕裂打破一个系统的时候，没有建立起另一个系统。他只是换一些词，省略一些话语甚至大段地删除（如司提芬梦见十诫上的那一行字，那段文字反映了他既怕犯罪又怕失去勒奇的复杂心情），目的是使译文少一些宗教的痕迹，多一些人伦正义。诚然，这种省略对当时中国大多数读者来说是无所谓的，能够读到一个有趣、新奇的故事对他们来说就足够了。再说他们对基督教的教义和《圣经》都不甚了解，也没人知道原文是怎么写的。但是在对比研究中我们会发现这是一个大的缺陷，原著中至少有四群人：工人、资本家、司提芬—勒奇—作者和马戏团的人。而译文中却少了司提芬—勒奇—作者这一方，他们的声音变得非常微弱。一旦他们（或者说作者）的声音变得微弱，小说就失去了主旨——功利主义和功利主义的教育是社会的首要祸害，小说的各个部分就失去了联系。在《劳苦世界》里，我们看到教育很机械、贻害无穷，资本家很凶恶，工人很可怜，各种各样的社会问题都摆在我们的面前，但是问题的根源在哪里呢？该如何解决呢？译文似乎没有给出一个确定的答案。是不是不再把人当机器或者多读点童话故事就可以解决问题呢？这恐怕还不够。

如果不讲信仰，司提芬这个人物的确很难被人理解，不但伍光建不太理解，《艰难时世》的译者全增嘏也不理解。

> 至于斯梯芬·布拉克普儿不参加工人的组织，这倒没法子替狄更斯来解释了。除非他是要用这件事做转折点使斯梯芬不得不离开焦煤镇而死在矿井之中。斯梯芬对瑞茄有过诺言，答应她，他决不轻举妄动。但瑞茄之所以这样劝他还是怕他杀死那个酗酒的老婆。斯梯芬误会了瑞茄的意思，所以不参加工会。这样说来，可能狄更斯是想用这件事作为促成斯梯芬的悲剧的原因，这也可以说是他用的一种艺术上的手法。不过这种手法结果是削弱了此书的中心思想的

> 力量,冲淡了工人阶级与资产阶级间的矛盾那个主题。一本小说中的情节应为它的主题服务;情节如与主题脱节,那就要降低书的价值。所以我们无论怎样来为狄更斯在这一点上作解释,总是解释不通的。当然,这也难怪。由于狄更斯虽是出身于小资产阶级的较低层,比较能了解无产阶级,但他究竟还是跟他们隔了一层。因此他所塑造的这个工人形象就不能算是典型的。(《艰》,第 391 页)

显然,全增嘏所说的"书的价值"和主题与狄更斯的价值和主题不是一回事。他们对人物和故事有不同的解释,全增嘏要的是阶级斗争,是矛盾,而狄更斯要的是阶级调和,是和谐。中国的评论家往往在承认狄更斯无情揭露资本主义社会的弊端的同时,批评他反对阶级斗争。罗经国认为:

> 在阶级社会里,不触动阶级剥削、阶级压迫的根源,企图通过阶级间互相接近,互相了解来改变"一团糟"的局面,只可能是一种"幻想"。狄更斯怀着这种"幻想",敏感地观察到资本主义社会里的不合理、不公正现象,揭示了英国社会表面繁荣下的社会极大贫困和种种弊端,使他创作了一部又一部感人肺腑的作品。但他的"幻想"在很大程度上削弱了他的作品的批判力量,使他在很多作品中迎合维多利亚时代中产阶级的趣味,以阶级调和的大团圆收场。这种"幻想"也损害了他的作品中的正面人物形象,如本书中的斯梯芬和西丝。[①]

华林一看到狄更斯小说中的人物"只有贫富之别,而无阶级之分"。"《劳苦世界》虽第一次触及劳资间的斗争,但狄更斯似乎始终不承认社会里有敌对阶级的存在,因而他的道德观念是抽象的,绝对化的。"[②]狄更斯不提倡阶级斗争,让许多中国评论家为他感到惋惜,认为这都是因为他"软弱"、好"幻想",因为他是小资产阶级分子,他所有的揭露只是为资产阶级

---

① 罗经国:《狄更斯的创作》,沈阳:辽宁大学出版社,2001 年,第 112 页。

② 华林一:《谈谈狄更斯的"劳苦世界"》,《南京大学学报》,1957 年第 1 期,第 69—80 页。华林一在文中只是用了伍光建的译本的标题,文中引用的译文系华林一自己所译。但从这个标题上我们可以看出华林一的立场与伍光建相近。

考虑，怕工人起来革命，消灭了资产阶级。其实资产阶级也不喜欢狄更斯，没有人觉得他写的东西是真实的，他之所以塑造像司提芬、西西和勒奇这样的人物是因为他不是站在资产阶级的立场看问题，而是站在第三方的立场上，警告统治阶层，告诉他们社会出了什么问题，如果不及时纠正，将出现灾难性的后果。阶级斗争或者革命不是解决问题的最佳手段。

朱虹认为狄更斯以人道主义对抗资本主义的非人道，她说："从根本上说，狄更斯对资本主义关系的批判是浪漫主义的，即以心灵、以美、以人的正常发展、以人性、人情、以同情与友爱，总之以'人'的名义向资本主义制度提出抗议。"[①]她说对了一半，狄更斯确实提到了人性、友爱和人的正常发展，可是他的批评非但不浪漫还是严峻的、现实的。只是他的手法既不是浪漫主义的也不是现实主义的，而是象征主义的。按照常人的思维，一个不与劳苦工友团结一心的工人一定是坏人，被劳苦大众唾弃的工人也一定是坏人，但是狄更斯很肯定地告诉我们，司提芬不是坏人，他是非暴力不合作的英雄，他不是利益集团的代言人，他是正义的化身。司提芬的象征性在于他的话语，包括说话的内容和方式，在于作者对他所有的描写都让人不能不联想到《圣经》。

他是圣徒工人，不是一般的工人。狄更斯的批评是犀利的，一个把圣徒逼上绝境的社会怎么能称得上是一个好社会？如果我们把司提芬重写成一个实实在在的穷苦工人，那么这个人物的确是挺怪异的，不但不让人理解，还不讨人喜欢。由于这个原因，在《劳苦世界》里，司提芬这样一个英勇无畏、为正义献身的宗教形象变成了迂腐、懦弱、为了一个让许多读者都搞不明白怎么回事儿的诺言就白白送掉了性命的傻瓜。狄更斯不是为资本家辩护，而是以宗教思想呼唤良知和觉悟，希望资本主义社会矛盾对立的双方能达成和解。采用象征性的话语塑造象征性的人物，是以观

① 朱虹：《〈艰难时世〉的寓言性》，朱虹《狄更斯小说欣赏》，太原：山西人民出版社，1985年，第148页。

念塑造人物,以基督教的人道主义对抗资本主义的功利主义,把人物意象与其他意象相结合组成象征性的意象系统,是《艰难时世》反映现实、批判现实的有效手段,象征主义的写作手法使作品的批判性更强、更深刻、更切中要害。它不仅揭示了阶级关系,更揭示了功利主义对整个社会的危害。《劳苦世界》把宗教人物司提芬及其相关人物写实化、通俗化,改变其话语的表达方式,减弱这个人物的象征性,把他变成了不可理喻的懦夫。译者的操纵意在弱化原著中的宗教思想,增加译文的可读性。但是减弱人物的象征性也简化了原著中复杂的、通过象征展示的理性批判,削弱了原著的主题。没有了象征的话语形式,与之相应的批评挞伐就难以得到充分的体现。

## 5. *Hard Times* 中其他人物话语的象征性

与司提芬一样,《艰难时世》中的其他人物基本上都是象征性的,象征性人物有突出的特点,无论语言、动作、长相、穿着等都有标志性,他们的性格是固定地属于某一类型,没有发展变化,变化的是故事情节以及随着故事情节而来的命运转折。人物的表现采取戏剧化的方式,作者设计一个个的场景给人物提供表演的空间。作者设计他们的话语、姿态、形象等不只是为了展示他们的类型性格,他还要告诉我们这些人物与我们尚未知晓的某些东西的关联。“象征从定义上讲是双重的:用一个具体的意象表现某种不可言喻的元素。”①借助那些“干巴巴“的不真实的象征性人物,狄更斯试图帮助我们发现真理、了解真相。

《艰难时世》与《劳苦世界》在人物刻画上的不同主要体现在叙述技巧和叙述方式上。原著的人物是戏剧化的人物,他们的话语及说话方式与某一种个性有关,而且常常是重复的。狄更斯用关键词来塑造人物,使他

① Linn B. Konrad, “Symbolic Action in Modern Drama: Maurice Maeterlinck,” *Drama and Symbolism*, ed. James Redmond, Cambridge: Cambridge University Press, 1982, p. 32.

们具有某种与众不同的个性特征，[①]他们就像象征剧舞台上的人物一样，是人性的标本，[②]以个性揭示共性，使个体象征化，而不是表现真实的个人。经过舞台设计——包括动作和台词的设计，我们日常生活中普通的物件和人在舞台上就会呈现出特殊的寓意；经过艺术设计的小说也会产生同样的效果。我们从象征符号或意象上看到的不仅是它的表面意义，而是看到“更深、更高，或者更深奥的含义”，因为这种符号、物体或意象带有更多的情感和顿悟，表达这些情感和顿悟的语言常常是“诗意的、崇高的”。[③]有了象征功能的戏剧性的人物，在出场和表演上也呈现诗歌的节奏和韵律。而《劳苦世界》最重要的目标就是呈现真实生动的人物和故事，让读者相信在世界的某个角落真有这样一些人、一些事。它忽略了原著对人物话语的设计，把所有的事件按中国读者习惯的顺序编排，采用了平铺直叙的写实手法。由于没有意识到原著中人物的象征性，《劳苦世界》舍弃了原著中人物话语的表现方式。

《艰难时世》与《劳苦世界》在人物话语表现上一个很大的差别是前者经常采用话语先行的方式，而后者总是把话语后置。原著的开篇是加拉先生的一段演讲，这段演讲给读者一种未见其人先闻其声的感觉，而且这段话一下子就让观众看到了事实哲学，而这正是狄更斯这部小说要批判的东西。但是原著的叙述顺序和结构在伍光建的译文中有了相当大的变动，《劳苦世界》采用的是古代白话小说的形式，先介绍时间地点，再介绍人物。这种变动的基本原则是尊重中国读者的阅读习惯。中国读者在小说的开头一定要先知道故事发生的背景，因此中国古代小说

在开篇即以“话说某朝某某年间某地有某某人”这样的叙述话语领

① David Lodge, *Language of Fiction: Essays in Criticism and Verbal Analysis of the English Novel*, pp. 152—153. 洛奇以班特比为例说明关键词对人物刻画所起的作用，描写班特比的词语都与金属有关：brassy, metallic, brazen 等等。这些词显示了他性格的方方面面：“他冷酷无情、虚荣，粗鄙地享受财富，最重要的是，他是一个厚颜无耻的说谎者。”

② Martin Esslin, “The Stage: Reality, Symbol, Metaphor,” *Drama and Symbolism*, ed. James Redmond, Cambridge: Cambridge University Press, 1982, p. 4.

③ Ibid., p. 2.

起,使故事洋溢着浓烈的时代气息和质实的空间氛围。①

以简明扼要的叙述来快节奏开篇的设计一方面满足了人们对于故事讲述要有本有自,来历务必清楚的要求,另一方面可以为整个小说故事搭建一个相对较大、文化含量较为丰富的艺术时空,同时还能够让读者在极短的阅读时间内迅速掌握大量故事背景信息,为下文的阅读理解以及价值评判提供支撑平台。根本上说,古代小说的开头方式是符合中国传统审美趣味的,这与西方许多小说开篇即采取慢节奏表达方式,将对一事一景的细致描写作为整体故事开头,以获取强烈感官印象的艺术旨趣大相径庭。②

《艰难时世》就是从一事开始的,只是更富戏剧性。

中国的白话小说在成书之前是说书人嘴里的故事,故事的节奏衔接等都由说书人掌控,成书之后,小说依然保留着说书的风格。作者以简洁的话语先把背景交待清楚,接着就进入故事,以生动的人物对话和动作把握故事的节奏,所有的场景都得与对话和情节相关,最后的结尾也要简洁扼要。原著没有背景介绍,上来就是对话,不见其人,先闻其声,从说话人的说话方式、内容、语气上读者可以自己判断说话人的气质与性格。尽管原著和译本从开篇看都是听的艺术,但是叙述的方式却迥然不同。叙述方式的不同造成了叙述节奏的变化。译文中发生的叙述方式和节奏的变化反映了译者介入的程度及其连带的文化与观念的变异程度。《劳苦世界》的叙述更注重情节,所有的视角都是说书人的;原著除了事实还有许多心理描写,除了第三人称全知视角外,还有不同人物的固定视角。由于注重对话和动作以及开头结尾的简洁扼要,译本的节奏比原著的要快,不但省去显见的内容,还把言外之意、暗示和反讽等都略去了。为了能深入

---

① 黄霖等:《中国古代小说叙事三维论》,上海:上海世纪出版集团上海书店出版社,2009年,第115页。

② 同上书,第423页。

分析叙述方式的不同所带来的意义上的不同，本节的分析将集中在人物话语的呈现方式上，探讨其在原著与译本中的不同面貌。

《艰难时世》与《劳苦世界》在开篇上的不同不能简单地用"显示"与"讲述"这两种不同的叙述方法来表述。根据里蒙-凯南的理解，

> "显示"被认为是事件和人物的直接再现，叙述者仿佛消失了（如在戏剧中一样），留下读者自己从他们所"见"所"闻"的东西中得出结论。反之，"讲述"是以叙述者为中介的再现，他不是直接地、戏剧性地展现事件和对话，而是谈论它们，概括它们，等等。①

从原著和译文的开篇看，应该说原著是"显示"，而译文是"讲述"。但是从总体考察却不尽然，因为译文在开头顺序上的变化不等于说它全部都是讲述，它在人物刻画和故事情节上还是用了"显示"的叙述手法的，而且用什么样的叙述手法译者也有自己的考量，不是随意安排的。正如布斯指出的，不论是"显示"还是"讲述"，其中都包含作者的意图，都显示出作者雕琢的痕迹。②因此原著与译文的对比应该研究作者与译者的叙述方法及其所期望达到的效果，从效果上找差异。

《艰难时世》的最大特点就是"前景化"（foregrounding）。前面几节提到的意象的重复、关键词首字母大写、使用古语等等都是这一技巧的体现。作者通过把某些东西放在突出的位置或者让它们重复出现，让读者关注它们，意识到它们的重要性。前景化是作者对小说形式的艺术处理，其重要性在于它是一种能够"带来额外意义的附加形式"③。《艰难时世》的开头部分不仅有单词的首字母大写等诉诸视觉的前景化内容，还有诉诸听觉的言语行为的再现。

---

① 里蒙-凯南：《叙事虚构作品》，姚锦清等译，北京：生活·读书·新知 三联书店，1989 年，第 193 页。

② Wayne Booth, *The Rhetoric of Fiction*, 2nd edn, Chicago & London: The University of Chicago Press, 1983, p. 20. "雕琢"就是布斯所说的"artificiality"。

③ Roger Fowler, *Literary Criticism*, p. 71.

原文：

"Now, what I want is, Facts. Teach these boys and girls nothing but Facts. Facts alone are wanted in life. Plant nothing else, and root out everything else. You can only form the minds of reasoning animals upon Facts: nothing else will ever be of any service to them. This is the principle on which I bring up my own children, and this is the principle on which I bring up these children. Stick to Facts, sir!"

The scene was a plain, bare, monotonous vault of a schoolroom, and **the speaker's square forefinger emphasized his observations by underscoring every sentence with a line on the schoolmaster's sleeve. The emphasis was helped** by the speaker's square wall of a forehead, which had his eyebrows for its base, while his eyes found commodious cellarage in two dark caves, overshadowed by the wall. **The emphasis was helped by** the speaker's mouth, which was wide, thin, and hard set. **The emphasis was helped by** the speaker's voice, which was inflexible, dry, and dictatorial. **The emphasis was helped by** the speaker's hair, which bristled on the skirts of his bald head, a plantation of firs to keep the wind from its shining surface, all covered with knobs, like the crust of a plum pie, as if the head had scarcely warehouse-room for the hard facts stored inside. The speaker's obstinate carriage, square coat, square legs, square shoulders,—nay, his very neckcloth, trained to take him by the throat with an unaccommodating grasp, like a stubborn fact, as it was,—**all helped the emphasis.**

"In this life, we want nothing but Facts, sir; nothing but Facts!"

The speaker, and the schoolmaster, and the third grown person present, all backed a little, and swept with their eyes the inclined plane of little vessels then and there arranged in order, ready to have imperial gallons of facts poured into them until they were full to the brim. (*HT*, 5—6　文中黑体为笔者所加)

**原著的顺序是话语、地点、动作、相貌、话语、动作和其他人物，而译文的顺序是地点、人物、人物的相貌、人物的行为话语和其他人物。**

译文：

话说有一天。在一个学校的课堂里。(这个课堂。只有四面墙。罗锅背房顶。什么铺陈悬挂的东西也没有。)有一个人在那里说话。说得很郑重的。他的面貌声音。无一件不衬出他郑重的话。他的额像是一排四方墙。拿两道浓眉作墙脚。墙脚下两个洞。洞里就是两个眼睛。却被四方墙的额遮盖住。他的嘴又大又薄又紧凑。声音是又干又板。说话就同发号令一样。头上中间。是光了顶。四围却还有猪鬃那么硬的头发。很像几棵小松树。特为生在那里替他那光秃秃的头顶挡风。那头却是高一处低一处。很像一个烧坏了的硬皮饼。头顶凸出来的地方。很像是脑袋里。不够地方装他平生所最喜欢的事实。所有他的呆板举动。披的四方褂。挪动那两条四方腿。耸耸他的四方肩膀。扎一条死板板的领条。在胸前打一个死板板的结。都很凑趣的帮助显露他说话的郑重。他在课堂里说道。我要的是事实。不要教男女小学生别的东西。只要教他们事实。混世只要事实。别的什么东西都不要。都同我连根拔起来。也不种别的东西。凡是会思想的动物。只要拿事实去造他的心。别的东西是毫无用处。我教我自己的儿女。就是实行这个主义。我也就用这个主义教这班小学生。先生是紧抱着事实要紧。这个人每说一句话。总拿手指在教员袖子上划一条线。表示郑重。又说道。在这世界上。我们只要事实。别的都不要。先生。别的都不要。他说完了。和一位

> 教员。还有一位年纪大的人。往后稍退。他们的眼睛。左右的向小学生们一看。这班学生整整齐齐的坐在那里。好像是摆好了多少个小瓶子小罐子。张大口。预备满装事实。(《劳》,第1—2页)

原文富有戏剧性,突出重点;译文则中规中矩,完全是说书艺术的程式。这不仅体现了不同文化对可读性的不同理解,更体现了作者与译者对什么是重点有不同的理解。对狄更斯而言,说什么、怎么说比谁说、在什么地方说更重要,说话者的长相、穿着打扮以及教室的布局都是他的世界观和价值观的外在表现,是附带的东西。译文把加拉先生说话的大意都译出来了,关键词如"事实""种""思想"等都在。但它用概括性的语言代替了"emphasis"串成的排比句:"他的面貌声音。无一件不衬出他郑重的话。"排比句除了说明他的形态、外貌与他的思想的关系外,还具有重要的修辞功能,它说明了说话者的武断和强势,强调这个人从外貌到思想,从里到外,除了事实没有别的。"emphasis" 的意思不是"郑重",是"强调"。他不断强调事实,以各种方式强调事实,在他看来,事实,只有事实才是推动人类进步、造福人类的唯一动力。在这样的开场中,场景描写除了附带向读者交代事件发生的地点外,主要是烘托说话者的怪异、偏执、疯狂及其过度的理性。原著的话语很突兀,掷地有声,听得人一愣一愣的,有很强的音响效果,给读者造成的首先是感官上的冲击,而后才是思想上的震撼。而感官冲击给人的思想造成的影响更持久、更深刻,因为人们看到的和听到的会变成长久的印象,影响未来对许多事情的判断。原著中"强调"引发的排比句加快了开场的节奏,加拉先生的气势咄咄逼人,给人一种喘不过气的感觉。译文的顺序则放缓了节奏,拉大了人物、场景与话语的距离,使读者不能马上察觉它们之间的关系。"他很郑重地说这些话"与"他的话被什么强调"的不同在于,前者的重点是"郑重"而后者的重点是"话",是说话者的思想。另外,在这一章的结尾处,原文说的是加拉先生和在场的其他人"扫了一眼面前倾斜摆放得整整齐齐的小小容器,预备把无数加仑的事实灌到里面,直到溢满为止"。他是行为的主体,但到了译文里,这个预期的动作却变成了"他们的眼睛。左右的向小学生们一看。这班学生整整齐齐的坐在那里。好像是摆好了多少个小瓶子小罐子。张大口。预备满装事实”。为了向读者解释学生就是那些坛坛罐罐，译文化掉了隐喻，变换了句子顺序，把加拉先生准备“灌”的动作变成了学生们预备接受事实的状态。译文对叙述顺序的调整及由行为到状态的突然转换改变了行为主体，好像是小学生主动请求灌输，而不是加拉强行灌输。把隐喻改成明喻也减弱了原文的戏剧性。

译文的这种叙述顺序不是偶然的，而是习惯性的。原著第二卷第四章的开头也是以演说开始，但译文还是改变了它的叙述顺序，按照时间、地点、人物、话语这样的顺序来译。原文没有的话译者则自行添加。

> 原文：
>
> “Oh my friends, the down-trodden operatives of Coketown! Oh my friends and fellow countrymen, the slaves of an iron-handed and a grinding despotism! …”(*HT*, 106)
>
> 译文：
>
> “话说有一天有一个人。在大厅里头。站在台上。对人群演说道。我的朋友们呀。……”(《劳》,第127页)

同开场的演说一样，原著说话者对自己的话语非常武断、充满自信，而作者却不赞同他说的话。话语先行的叙述方式让读者从中看到话语的偏执及其煽动性，看到话语(或者观念)对大众的影响力。

原著的叙述方式与其所要表达的思想是一致的：批判功利主义的思想。加拉先生嘴里说的是事实，浑身上下都是事实，他家的房子也是事实。他不是一个个体，而是一个群体的代表。随着科学技术的日益发展，资本主义社会的精英们自以为得到了征服世界的法宝，以为数字和事实就是一切。他们目空一切，想以自己认为对的方式建设理想社会。加拉先生的经历告诉我们，这些人其实是很可笑的。原著开场的方式是让读者了解当时社会的主导思想观念，知道它是如何从根子上破坏人文生态的。

现代社会的社会主导观念与教育关系密切。作者之所以把开场选在学校的教室是因为他抓住了学校教育的特点。在现代社会里,教会—家庭的生活模式已经被学校—家庭的生活模式所替代,学生每周在学校呆五六天,每天八小时,因此学校便成为思想教育的最佳场所。① 学校教育是如此的重要,一旦学校教育出现问题,社会生活就会出现问题。狄更斯正是看到了学校教育的重要性,才把开场场景设在教室里,把读者的注意力集中在教育上,让他们了解社会问题的根源。当教室里所有的一切都指向"事实"的时候,矛盾的焦点便清晰地凸显出来了。译文的故事编排符合中国读者的习惯,却没能反映原著的设计思路,失去了原著的重点与反讽。

话语先于人物出现的手法在第二章的开头再次出现,但这一次用的是自由直接引语、第三人称,表面上像是介绍别人,而实际上是自我介绍("Thomas Gradgrind now presented Thomas Gradgrind to the little pitchers before him.")。这种叙述方法很适合表现加拉先生的自大和自负。

原文:

Thomas Gradgrind, sir. A man of realities. A man of facts and calculations. A man who proceeds upon the principle that two and two are four, and nothing over, and who is not to be talked into allowing for anything over. **Thomas Gradgrind**, sir—peremptorily **Thomas—Thomas Gradgrind**. With a rule and a pair of scales, and the multiplication table always in his pocket, sir, ready to weigh and measure any parcel of human nature, and tell you exactly what it comes to. It is a mere question of figures, a case of simple arithmetic. You might hope to get some other nonsensical belief into the head of **George Gradgrind**, or **Augustus Gradgrind**, or **John Gradgrind**, or **Joseph Gradgrind** (all supposititious, non-existent persons), but into the

① Louis Althusser, *On Ideology*, New York: Verso, 2008, pp. 24—30.

head of **Thomas Gradgrind**—no, sir!

In such terms Mr. Gradgrind always mentally introduced himself, whether to his private circle of acquaintance, or to the public in general. In such terms, no doubt, substituting the words "boys and girls," for "sir," **Thomas Gradgrind** now presented **Thomas Gradgrind** to the little pitchers before him, who were to be filled so full of facts.

Indeed, as he eagerly sparkled at them from the cellarage before mentioned, he seemed a kind of cannon loaded to the muzzle with facts, and prepared to blow them clean out of the regions of childhood at one discharge. He seemed a galvanising apparatus, too, charged with a grim mechanical substitute for the tender young imaginations that were to be stormed away. (*HT*, 6, 文中黑体为笔者所加)

译文：

且说那说话的。不是别人,就是姓加拉加蘭(以下简称加拉)名妥玛。是一个讲实在的人。专讲事实。专打算盘。只晓得两个加两个就是四个。既不会多。也不会少的。别的都不管。他的衣袋里不装别的。只装的是尺是秤和乘数表。无论见着什么。他只有拿尺秤乘数表计算计算。某人值多少。某人值多少钱。无论什么大小事。到了他的手上。都不过是一个加减乘除的题目。只拿十百千万去算答数。无论什么人我们都可以拿令人相信的话灌入他脑袋里。惟有这一位妥玛加拉。是灌不进的。他无论见了什么人。心里都是这样对付。对于私交的朋友们是这样。对于公众也这样。对于这班小学生也是这样。不过改个称呼。对朋友们称先生。对小学生们称小孩子小女孩子。他这番对小学生们说话。很像是一尊大炮。炮膛里装满了事实当弹子。只想放一炮。就要把小孩阶级时代打消个精光。立刻就变成个大人。(《劳》,第 2—3 页)

原文的第一段是自由直接引语,描述的是加拉的心理,是他的自画像,实际主语是"我"妥玛加拉,不是译文中的第三人称"他"。妥玛加拉不断重复自己的名字,对着别人演讲。跟班得比一样,妥玛总是重复自己的全名。重复名字是为了显示他的重要性,说明他是一个有名的、了不起的人物。不说"我"说名字,是让自己与这个名字产生距离感,让人们把他当作了不起的人来崇拜,名字比人更重要。比如那位著名的李敖先生就经常说"我李敖",以此显示他的重要性。译文把主语改成"他"并把自由直接引语改成叙述语,采用第三人称全知视角。虽然自由直接引语不如直接引语那么真实生动,但原文的话语还是加拉先生的,作者之所以不用直接引语,一是为了强调这种话语的重复性,加拉先生不止在此处说这些,他到哪儿都这么说;二是让这段话与叙述融为一体,"使读者能在无任何准备的情况下,直接接触人物的'原话'"①。作者在这个地方用自由直接引语更多的是表现人物的心态,"与直接引语相比,它的自我意识感减弱了,更适于表达潜意识的心理活动"②。原文中 mentally introduced himself 可以证明,这是他的日常心态。译文的全知叙述加大了叙述的距离,没有自由直接引语那么生动形象、直接、真实。叙述与直接呈现之间毕竟隔了一层,"我就是这种人"和"他是这种人"的叙述效果是不同的。"我就是这种人"直接呈现给读者一个绷得紧紧的、被事实捆得结结实实、头脑僵化却自信满满的加拉先生。专讲事实的人通常都认为自己的所思、所想甚至他们内心外表都是事实,他们就是事实。因为事实胜于想象,事实是压倒一切的,他们就可以压倒一切。但是,最后的事实表明,加拉先生的事实教育是愚蠢的、毁家误国的教育。

像加拉先生这样直呼自己姓名的人也不止他一个。另一个是班特比先生。班特比先生在吹嘘自己的发迹史时喜欢称自己为"Josiah Bounderby of Coketown/焦炭市的约时阿班特比",在第四章对加拉夫人

① 申丹:《叙述学与小说文体学研究》(第三版),北京:北京大学出版社,2004年,第299页。

② 同上书,第300页。

的演说中，班特比一连说了四个 Josiah Bounderby of Coketown。[①]如果加拉强调的是他这个人是多么讲求事实，班特比要的是社会地位。班特比是焦炭市那个响当当的、有名的实业家，他不是一般人，他的名字一定得跟焦炭市连在一起。译文中这四个完整的称谓只剩下一又四分之三个：焦炭市的约时阿班特比，约时阿班特比，班特比，只有第一个是全的。译文没有多次完整地重复这个名字，就无法表现班特比的骄横自大。他把名字当作一个事实来不断宣扬，而实际上他宣扬的只是自己的感觉。尽管他的这段话是直接引语，他也是用第三人称的"他"来称呼自己。他讲述自己的故事就像在叙述一段传奇，用"他"与名字相对应更容易得到别人的认可。话语先行的叙述方式拉开了叙述者与人物的距离，让叙述更客观可信，说话者把自己变成"他"，是为了拉开自己与传奇人物"班特比"的距离，让自己的话更真实可信。这部分译文在人称上还是忠实于原著的，但是总要在话语前加上"××说道"，这句话把话语的直接呈现变成了叙述，因此放慢了叙述的节奏，减弱了话语的戏剧效果。

话语先行的叙述方法有助于反映加拉与班特比的"虚假的意识"[②]。他们都相信思想可以战胜一切，于是就抓住每一个机会以各种方式向人们灌输自己的思想，其中最重要的方式就是说话。在《意识的本质》一文中，莫斯和齐因指出，语言是有创造力的，语言反映了人对世界的意识，人

---

① 见 *HT*, pp. 16－17;《劳》，第 15－16 页。

② 弗里德里希·恩格斯：《恩格斯致弗·梅林》，《马克思恩格斯选集》(第四卷)，北京：人民出版社，1972 年，第 501－502 页。

恩格斯提出"虚假的意识"这个概念是批评把一切都看作是思想的胜利的人。"意识形态是由所谓的思想家有意识地、但是以虚假的意识完成的过程。推动他的真正动力始终是他所不知道的，否则这就不是意识形态的过程了。因此，他想象出虚假的或表面的动力。因为这是思维过程，所以它的内容和形式都是从纯粹的思维中——不是从他自己的思维中，就是从他的先辈的思维中得出的。他只和思维材料打交道，他直率地认为这种材料是由思维产生的，而不去研究任何其他的、比较疏远的、不从属于思维的根源。而且这在他看来是不言而喻的，因为在他看来，任何人的行动既然都是**通过**思维进行的，最终似乎都是以思维为**基础**的了。"(第 501 页)

不但能用语言构筑意识，还能用语言改变意识，继而改变世界。[①]加拉与班特比深知语言的力量，他们试图用话语构建并改变外部世界。他们说话时总是充满自信，声音很响亮。但他们在说话时是巨人，在事实面前是侏儒。话语先行的叙述方式使这两者形成更大的反差。他们俩说的话(所陈述的事实)都不正确或者不符合事实。加拉与班特比都是自认为正确的人，他们的主张都是以极其强硬、武断的方式表达出来的。不同的是，加拉比较诚实，他的问题在于信仰错误，主观片面；而班特比则是个吹牛、撒谎的人。班特比不遗余力地鼓吹资本主义的价值观——白手起家、个人奋斗，这样他就可以在所有人面前占上风：贵族不努力奋斗，所以只能给他当奴仆；工人不努力奋斗，所以只能吃苦受累；只有像他这样的传奇超人才配受人追捧、崇拜。如果说加拉完全被功利主义的思想蒙蔽了，看不到人生还有别的重要的东西，不知道什么是推动人类社会和谐发展的力量，那么班特比则是为了抬高自己、作践他人而寻找借口。为了批判他们的虚假意识，作者在写作时有意突出他们的话语，他们说得越响、越言之凿凿就越可笑。

另外，为了照顾读者的阅读习惯，《劳苦世界》把原著中所有的自由间接引语都变成直接引语，那么原著中自由间接引语的功用就自然消失了。自由间接引语除了兼具人物话语与叙述者的叙述功能之外，还在《艰难时世》中表现人物的关系。在某些情况下，作者用自由间接引语表达人物对说话者的敷衍、蔑视和不信任。这种情况在哈特厚与班特比的对话中尤其明显。

原文：

"My name, sir," said his visitor, "is Josiah Bounderby of Coketown."

---

① Donald M. Moss & Ernest Keen, "The Nature of Consciousness," *The Metaphors of Consciousness*, ed. Ronald S. Valle and Rolf von Eckartsberg, New York and London: Plenum Press, 1981, p. 115.

Mr. James Harthouse was very happy indeed (though he scarcely looked so), to have a pleasure he had long expected.

"Coketown, sir," said Bounderby, obstinately taking a chair, "is not the kind of place you have been accustomed to. Therefore, if you'll allow me—or whether you will or not, for I am a plain man—I'll tell you something about it before we go any further."

Mr. Harthouse would be charmed. (*HT*, 97)

译文：

我就是焦炭市班特比。哈特厚说。久已渴想。今天果然见面。很高兴。(嘴里虽说是高兴。脸上还是很不高兴)班特比拿把椅子坐下。说道。先生。我们这焦炭市地方。同你走惯的地方不同。我请你让我说。你让我说也罢。不让我说也罢。我是个平常粗俗人。是要说的。让我先说焦炭市。再谈别的。哈特厚说。我听了一定是很高兴的。(《劳》,第114—115页)

原文对话显示出两个人的个性与态度。班特比的话是直接引语,话多且响亮,而哈特厚的话用自由间接引语,他话少,说的是言不由衷的客套话。表面上班特比很强势,实际上是哈特厚对他没兴趣,在敷衍他。响亮自信、长篇大论的直接引语遇到简短的自由间接引语的回答就像响锣掉进棉花堆里,无声无息,话语的力量一下子消失了。译文把哈特厚的回答变为直接引语,[①]抹掉了作者借引语方式的对照要传达的这个主题信息。自由间接引语包含着作者对人物的解读,从作者的角度看,班特比十分愚蠢可笑。从哈特厚的角度看,班特比说什么都无所谓,都一样。随后几处两人的对话都是重复这样的模式:班特比的话是直接引语,哈特厚的是自由间接引语或叙述者对人物话语的概述,而译文全部都是直接引语。[②]

---

① 《劳苦世界》句与句之间只有句点。所有的直接引语都没有引号,但是根据话语特征(哈特厚说。我……)可以判断它们是直接引语。

② 见 *HT*, pp. 98,99;《劳》,第116、118页。

译文把自由直接引语变成直接引语的做法不仅限于哈特厚的话语。如果说哈特厚与班特比的对话表现了前者对后者的不屑，那么下面这段话里的自由直接引语则表达了作者对说话者斯拉克布瑞其的轻蔑。

原文：

Slackbridge, the delegate, had to address his audience too that night; and Slackbridge had obtained a clean bill from the printer, and had brought it in his pocket. Oh my friends and fellow countrymen, the down-trodden operatives of Coketown, oh my fellow brothers and fellow workmen and fellow citizens and fellow men, what a to-do was there, when Slackbridge unfolded what he called "that damning document," and held it up to the gaze, and for the execration, of the working-man community! "Oh my fellow men, behold of what a traitor in the camp of those great spirits who are enrolled upon the holy scroll of Justice and of Union, is appropriately capable! Oh my prostrate friends, with the galling yoke of tyrants on your necks and the iron foot of despotism treading down your fallen forms into the dust of the earth, upon which right glad would your oppressors be to see you creeping on your bellies all the days of your lives, like the serpent in the garden—oh my brothers, and shall I as a man not add, my sisters too, what do you say, *now*, of Stephen Blackpool, with a slight stoop in his shoulders and about five foot seven in height, as set forth in this degrading and disgusting document, this blighting bill, this pernicious placard, this abominable advertisement; and with what majesty of denouncement will you crush the viper, who would bring this stain and shame upon the Godlike race that happily has cast him out for ever! Yes my compatriots, happily cast him out and sent him forth!"(*HT*, 185)

译文：

当天晚上。那个代表斯拉毕。开会演说。先取了一张赏格。装在口袋里。于是当着众工人说道。我的同胞呀。你们看看反对我们工会的一个人。什么作不到。被富豪恶霸打倒在地上的朋友们呀。富豪恶霸们把牛轭架在你们脖子。他们的铁脚把你们跐在地下。他们最喜欢不过的是要看见你们在地下同蛇一样的爬。你们看见捉拿司提芬的赏格没有。说的是他身高五尺七寸。背有点驼。这一张打低人格令人讨厌的赏格。很玷辱我们可比神圣的工人。好在我们已经先逐他出会。(《劳》,第 233 页)

原文前面一段对工人的称呼是自由直接引语,译文略去不提。在原著中,斯拉克布瑞其的长篇大论主要是跟工人套近乎,证明他多么为工人着想。其中最重要的又被译者删去的话语是称呼:我的朋友们,我的乡亲们,我的工友们,我的兄弟们,我的市民朋友们,我的同胞们。这些词的核心是 fellowship/伙伴关系。司提芬曾经很郑重地声明,说斯拉克布瑞其不是工友。当斯拉布瑞其一再强调自己与工人的亲密关系时,读者会想起司提芬的话,二者在读者心里形成了对比。用自由直接引语让斯拉克布瑞其大声强调的话语变成苍白无力的陈词滥调。而后面响亮的直接引语又是他根据布告得出的错误结论:“工友们,这份布告证明了司提芬不是好人,他是个贼,幸亏我们把他赶出去了,我以及我们的决定是正确的;被剥削压迫的工友们,我们要同资本家做坚决的斗争。”无论是自由直接引语还是直接引语,作者想说明的是,这个伪工友离真相和真理都太远,他的话根本就不可信,他自己才不是个好人。译文把原文中最重要的话语删掉的同时,也删掉了话语的呈现方式,把原著复杂丰富的语境变成简单直白的演讲。

与上述情况形成鲜明对比的是,在译文里下面的一些自由间接引语都变成了叙述者的概述。译者要么把自由间接引语改成直接引语,要么改成叙述者的叙述,难以定性的自由直接引语在译本中是不存在的。把自由间接引语变成叙述者的概述加强了叙述者对转述内容的掌控。①

原文:

"Is there nothing," he thought, glancing at her as she sat at the head of the table, where her youthful figure, small and slight, but very graceful, looked as pretty as it looked misplaced; "is there nothing that will move that face?"

Yes! By Jupiter, there was something, and here it was, in an unexpected shape! Tom appeared. She changed as the door opened, and broke into a beaming smile.

A beautiful smile. Mr. James Harthouse might not have thought so much of it, but that he had wondered so long at her impassive face. She put out her hand—a pretty little soft hand; and her fingers closed upon her brother's, as if she would have carried them to her lips. (*HT*, 101,下划线为伍译省略部分)

译文:

他看看路伊沙坐在主位。年纪很轻。身材小巧。面貌很美。态度很雅。心里想道。有什么事能够变动他的板脸呢。很想不到的。忽然间有一件事。竟变动这美人的死板面。原来是妥玛一开门走出来。路伊沙就有了笑脸。这一笑现出他非常之美。他同妥玛拉手。抓得很紧的。很像就要把他兄弟的手举起来接吻。(《劳》,第120页)

原文中的"Yes! By Jupiter, there was something, and here it was, in an unexpected shape!"和"A beautiful smile"都是自由间接引语。自由间接引语的一个作用就是把叙述与话语融为一体。尽管如此,原文的自由间接引语是能一眼看出来的,而译文却融合得更紧密,更倾向于叙述。叙述

---

① G. N. Leech & M. H. Short, *Style in Fiction*, Beijing: Foreign Language Teaching and Research Press, 2001, p. 324. 此页有一表格列出 NRA, NRSA, IS, FIS, DS, FDS, 说明叙述者对转述内容的控制力依次对 NRA 最强,对 FDS 最弱。

者描述哈特厚一直在观察路伊沙，他这会儿看到了路伊沙的表情怎么变，为谁而变。他问自己问题，自己找到了答案。作者这时观察的重点不是路伊沙而是哈特厚，通过哈特厚的眼睛了解他的心理。由于译文改变了原文话语先行的写法，把重心由问题“Is there nothing that will move that face?”移到对人物行为和思想的描写上，叙述的戏剧性就减弱了。原文的这部分比译文有更强的戏剧性，是实时记录作者所见的哈特厚对路伊沙的观察与反应。我们如果把后两段的标点处理一下，把自由间接引语改成直接引语，就会发现不同。

> “Yes! By Jupiter, there is something, and here it is, in an unexpected shape!” Tom appeared. She changed as the door opened, and broke into a beaming smile.
>
> “A beautiful smile.” Mr. James Harthouse might not have thought so much of it, but that he had wondered so long at her impassive face. She put out her hand—a pretty little soft hand; and her fingers closed upon her brother’s, as if she would have carried them to her lips.

笔者试着翻译一下处理过标点的原文，似乎可以找到一种与伍光建译文不同的感觉：

> “有了！天哪，还真有，就是这个，没想到是这样！”汤姆出现在门口。门一开她的表情就变了，顿时喜笑颜开。
>
> “甜美的微笑。”要不是长久以来对她那张冷漠的面孔感到惊奇，哈特厚先生也不会觉得这微笑有如此之美。她伸出手——一只漂亮绵软的小手；她的手和她弟弟的手十指相扣，像是要把它们送到唇边亲吻。

笔者的译文尽量贴近原文，采用原文简短的句式，表达哈特厚的紧张、激动的心情。如果把自由间接引语都改成直接引语，我们会清晰地看到哈特厚内心的自言自语。原文里只有“Mr. James Harthouse might not have thought so much of it, but that he had wondered so long at her impassive face."一句完全是是叙述者的,而伍光建的译文里恰恰少了叙述者的那句话。其他句子又都是叙述者的概述,因此没能整体地展示原文所描绘的戏剧性的场面和哈特厚暗藏的心机。下面这一段话的译文也是把自由间接引语改成叙述者的概括,而且因为没有译对,没能准确反映人物的心理。

> 原文:
>
> There was little enough in him to brighten her face, for he was a sullen young fellow, and ungracious in his manner even to her. So much the greater must have been the solitude of her heart, and her need of some one on whom to bestow it. "So much the more is this whelp the only creature she has ever cared for," thought Mr. James Harthouse, turning it over and over. "So much the more. So much the more." (*HT*, 102)
>
> 译文:
>
> 妥玛原是个不说话不理人的。仪容更是不堪。并无可以使他妹妹高兴之处。可见得路伊沙心里是非常之孤冷。只有一个亲兄弟可以谈谈开心。金末哈特厚想到。他心里太过又孤又冷。只好心里有什么话同亲兄弟说。(《劳》,第121页)

原文整段话都是描述哈特厚的心理活动,前一半是自由间接引语,后一半是直接引语。作者用自由间接引语反映哈特厚的心理活动,哈特厚一直在思考他的这个重大发现,他经过推理得出结论:汤姆是路伊沙唯一在乎的人,路伊沙之所以在乎这个狗崽是因为她孤单寂寞。原文的话语表达方式从自由间接引语转向直接引语,从暗自琢磨到激动万分地得出结论有一个推向高潮的过程。结论用引号是起强调作用,说明他此刻兴奋的心情,他激动得在心里喊了起来,他相信他现在完全了解这个小女人了。译文中,由于改变了人称,从"他""她"变成人名,就把哈特厚隐秘的内心独白变成了叙述者的概述。后半部分的直接引语的形式虽然还在,但是话却不同了。译文"金末哈特厚想到。他心里太过又孤又冷。只好心里有什么话同亲兄弟说"跟原文"So much the more is this whelp the only creature she has ever cared for," thought Mr. James Harthouse, turning it over and over. "So much the more. So much the more"("这狗崽子就更是她唯一关心的人了,"詹姆斯·哈特厚想着,心里反复说着一句话:"就更是如此,更是如此了")。原文强调的是妥玛是路伊沙唯一在乎的人,哈特厚并不关心路伊沙是否孤苦,他是在找路伊沙的弱点,他欣喜地发现妥玛就是她的弱点,而译文没译引号里的话,只是重复地概括了上半段的话,只强调路伊沙内心孤苦,有话只能与兄弟说。译文的改动不仅减弱了原著的戏剧性,更误读了哈特厚的潜台词。

话语表达的形式及其出现的时机是《艰难时世》与《劳苦世界》的一个最重要的差异。产生这个差异的一个重要原因是中国古代小说没有完整的标点符号系统,人物的话语一般都是以直接引语的方式呈现的。叙述方法一般都是全知叙述,人物说话一定要有"××说道"或"××想道";自由直接引语、间接引语或自由间接引语容易与叙述混淆,基本不用。通过大量的省略,《劳苦世界》加快了叙述的速度,但是总是用"××说道"或"××想道"又同时减缓了叙述的速度。因此我们可以断定,对译者而言,简洁明快固然重要,但速度不是最重要的,重要的是小说的叙述方式是否符合当时中国一般读者的阅读习惯。

变换话语的表达方式不仅可以调节叙述距离、叙述角度,变化感情色彩及语气,[①]还可以表现作者对人物的态度与看法、人物与人物之间的关系。除了表现方式,话语的多寡及其发生的时间顺序也反映作者对作品的总体设计思想。原著呈现的一个个戏剧性场面有着重要的象征意义,因为戏剧场景都是作者精心布置的,当特别的人物出场的时候,人物及其

① 申丹:《叙述学与小说文体学研究》(第三版),第288页。

周围的一切物件都具有了象征的意义。①作者通过戏剧的话语表现方式——话语先行，对着戏内外观众演说——突出了各个人物的特征，揭露了事实哲学的非人性、伪事实的邪恶、伪工友的蛊惑、伪王子的浮浪。无论是加拉、班特比、斯拉克布瑞其，还是哈特厚，他们的个性都在话语中表现出来，前一个是只认事实的人，而后三个都在忙于制造、玩弄、利用事实，这三个人与其他的反面人物一起构成了对事实哲学的极大的嘲讽。当然，不管他们如何对待事实，这几个人都是功利社会的弄潮儿，代表各自不同的利益集团：国会议员、资本家、工会领袖、贵族公子哥。每一个人物形象都极具代表性，功利是他们的信仰，巧言是他们的道义，事实压倒了想象，技术挤压了艺术，金钱泯灭了人性。

除了直接采用戏剧舞台的表现手法，作者还用小说叙述的手法达到话语戏剧化的目的，即在直接引语、间接引语、自由直接引语、自由间接引语和叙述话语之间的转换，像前面提到的"Thou art an Angel"中的Angle是戏剧表演无法表现的，只能通过阅读来感受。用自由间接引语表现的哈特厚的态度，在戏剧里要用别的方法（如声音、肢体语言等）来表现。哈特厚的内心活动也是要靠话语模式的戏剧化来表现的。

话语的前景化不但与话语的突出位置有关，还与话语的关键词的重复相关。在这种情况下，省略重复的关键词是不可取的做法。话语无论是简短精练还是罗嗦冗长，无论是间接转述还是直接呈现，都有其特定的用意，一旦删节或改写，随着形式的改变，意义也发生改变。伍光建的"归化"译法把原著复杂多样的话语形式及呈现方式化成直接引语或叙述的做法必定在很大程度上削弱了原著的艺术成就，而话语上的删节改动也不仅是内容的损失，因为话语的多寡与表达方式也是艺术，犹如绘画中明暗的对比、色彩的浓淡、图形的对称/不对称等等。话语的表达形式对《艰难时世》的重要作用是显而易见的，话语及其表现形式是塑造人物性格，

---

① Martin Esslin, "The Stage: Reality, Symbol, Metaphor," *Drama and Symbolism*, ed. James Redmond, p. 2.

展示人物的思想境界、精神状态和社会角色的有效手段，话语越精练、越有意识地重复、越异于常规，其象征性就越强。译文对话语的改动使得作品的思想性大大削弱，作者透过话语所表达的种种反讽、批判、立场、观点都被或多或少地消解掉了。

## 6. 小　结

从前面的分析我们可以看到，《劳苦世界》没能充分表达原作者的思想，也没有充分展示原作的精神面目。原著中所有的人物和意象都具有象征性，它们相互关联形成一个象征性的意象系统。译文省略了一些意象，删除了原著中重复的意象和话语，把宗教人物司提芬变成世俗人物、改变人物话语的表达方式，减弱人物的象征性。为了达到简洁的效果，译文省略了许多貌似无关紧要的句子和段落，但是“紧密产生强效”，形式越多内容就越多，[①]这条规则对象征主义的小说尤其重要。工业社会的种种弊端给人们造成的压迫感不是单纯的内心感受，它是一种外部的压力，是有形可见的东西，人们的感官、身体无时无刻不在感受着这样的压力。这样的感受单靠故事情节、对话及动作是无法全面真实地表达的，还要靠语言的全方位的运用，打造一种刺激感官的质感。

在评论托尔斯泰的《战争与和平》时，卢伯克指出这本小说的寓意就存在于谋篇布局当中，没有精心的设计，一个个散乱的场景就构不成一幅图画。[②]这个断言同样适合狄更斯的《艰难时世》。艺术地再现功利主义的工业化社会的弊端是《艰难时世》的主要特征，它的主要目的不是写一个看上去很真实的引人入胜的故事，而是以象征主义的方式探讨工业文明给人类生活带来的影响，引发思考，所以认识它的表现方式有助于对小说思想内容的理解。象征呈现给读者的是一个个意象、一幅幅图画，尽管

---

① George Lakoff & Mark Johnson, *Metaphors We Live By*, Chicago and London: The University of Chicago Press, 1980, p. 131.

② Percy Lubbock, *The Craft of Fiction*, London: Jonathan Cape, 1928, p. 52.

象征主义文学作品的故事与现实有关,但它不是写实的,象征主义更注重观念,注重因果,对事件的来龙去脉不做详细描述,更多的是以比喻和意象来引发联想。由于象征是发散性的,大象征里往往有套着小象征,小象征不是直接与主题相关,而是间接地表现主题。[①]在《艰难时世》所有的意象和象征都是为主题服务的,大小意象都是象征系统中不可或缺的部分,象征的完整性和系统性构成了狄更斯的反功利主义的完整的思想体系。

狄更斯描写的是重事实的社会和重事实的人,所采用的艺术手法却不是写实的。一方面他以象征性的比喻刻画工业社会的重要特征,抓住精神与要点,让读者对工业化城市有一个从感性到理性的认识。他从没有过分夸张到不严肃,相反,他的夸张里透着极度的严肃与悲悯,他用比喻来造就一种"充满想象的理性",而不是数字化、事实化的看似理性的不理性,也不是试图以情感人。象征性的比喻有较大的阐释空间和想象空间,比较符合他的第三方态度。他既不站在邪恶的资本家一方,也不站在工潮领袖的一方,而是在一个思想的高度来审视人类的苦难与冲突。他用前景化的叙述手法把小说提高到一个艺术的高度,使之与一般的现实主义小说有了质的区别。当然,前景化其实是一个比较笼统的概念,前景化的手段也是多种多样的,许多小说都有自己的前景化手法。但是,当狄更斯的前景化手法与象征的比喻结合之后,就有了与众不同的特质。

在对原著与译本比较的过程中,我们对原著有了更深刻的理解。对比不仅是一次细读,还是从不同的文化视角用心品味作者的意图,体会当时英国评论家不看好《艰难时世》的原因。伍光建的删节和改动给了我们一个启示:当西方的批评家们觉得因为篇幅太短狄更斯才写出这么不像样的小说的时候,译者却认为还可以把它删节得更短。西方的批评家感觉篇幅长一点才能更真实,因为这样才有足够的空间拓展故事;伍光建则断定只有删掉一些内容和细节故事才更简练明快、更真实可信。二者都

---

① Kenneth Burke, *On Symbols and Society*, ed. & intro. Joseph R. Gusfield, Chicago: The University of Chicago Press, 1989, p. 113.

不喜欢狄更斯的写作方式，因为它不真实。其实用意象未必就不真实，意象也能反映现实生活，只是方式不同。叙述事件的来龙去脉和人物的心理活动是真实，而用意象表达世间万象也是一种真实，是作者以特殊的艺术手法呈现的真实。庞德说诗歌意象是“呈现人们瞬间的智力与情感的复合体”①，戴-刘易斯则认为诗歌的意象“是一幅多少给人一些感官享受的文字图画，它在一定程度上是比喻性的，在语境中暗含人类的某种感情，但同时也充满了并向读者释放一种特别的诗意的感情或激情，让人觉得‘不，这样不成，失控了’”②。从这两个定义看，狄更斯小说的意象比较接近诗歌的意象，但是，狄更斯的意象不仅有愉悦感官的，还有刺激感官的。他的某些意象不是绞尽脑汁想出来的，而是受刺激后从现实世界记录下来的。因此我们说他的意象及其反映的世界是真实的。除了真实，我们还从狄更斯的意象中看到了强烈的思想感情。西方的批评家和伍光建对狄更斯的见解促使我们不得不思考什么是真实，像狄更斯这样抓住特征，以现代艺术的风格反映变化了的社会生活的文学作品算不算真实呢？一个正经历急剧社会变革的作家是否可以以新的手法反映社会现实呢？从历史的角度看，答案是肯定的。从艺术的角度看，更是如此。艺术的真实也是真实，不同的艺术手法表现的是不同的真实。

意象不是不可译的，翻译意象不是技术上的难题。在谈到诗歌翻译时，庞德说诗歌分三种：音律诗、意象诗和措辞诗，他认为音律和措辞都是很难译的，唯有意象几乎可以原封不动地移译。③他的这种说法经过实践证明基本正确。既然诗歌意象可以译，那么小说的意象就更不难译了。译不译完全看译者的决定。伍光建省略了原著中大量的象征性意象和表达思想的细节，除了追求真实、方便读者阅读、与译入文化不冲突以外，还

---

① Ezra Pound, *Literary Essays of Ezra Pound*, ed. T. S. Eliot, New York: A New Directions Book, 1968, p. 4.

② C. Day-Lewis, *The Poetic Image*, London: Jonathan Cape, 1947, p. 22.

③ Ezra Pound, *Literary Essays of Ezra Pound*, ed. T. S. Eliot, p. 25. “音律诗、意象诗和措辞诗”也有人译为“音象诗、形象诗和义象诗”。

有艺术上的原因。伍光建本人不是文学家,尽管一生译著颇丰(包括文、史、哲类图书共130多种),但他对文学尤其是西方文学没有做过深入的研究,他做翻译基本上出于兴趣和直觉。从其译本序中,我们可以看出他做翻译的目的是宣扬道德、伸张正义、启蒙大众,他的兴趣在于思想意识而不是小说艺术。介绍外国文学的通常顺序是翻译先于评论,如果译者在翻译文本之前对文本的研究不够,就很难把握作品的艺术特征。由于当时国内对象征主义艺术和文学意象的研究极少,伍光建对象征主义艺术(或技术)尚不了解,更谈不上有意识地运用它。假如伍光建真的知晓象征主义艺术的思想价值,或许他不会做这么武断的删节和改动。伍光建在翻译策略上的决定既是出于他个人对社会思想观念和读者接受力的判断,也出于他本人及整个社会的西方文学修养和文学知识的局限。

或许有人要说,即使伍光建不了解象征主义艺术,如果他忠实地翻译原著,不做任何删改的话,他就可以保留原作的精神面目。这种想法不但从思想观念角度来说是不现实的,从模仿角度来说也有些过于理想化,模仿需要知识,知识有两种,一种是对模仿对象的认识,一种是对艺术手段的认识,这两种知识结合起来才能造就精确的模仿。模仿者首先要了解其模仿的对象,对其外表、构造、精神面貌和细节有一个透彻的认识,然后运用相应的艺术手法把它描摹下来。对文学作品的模仿者而言,艺术手法是知识的重要组成部分。评论家们清楚地意识到,要想领略文学作品的艺术魅力,读者或译者需要有很高的文学修养,需要与作者有同感。康拉德说象征不是随意的,"但是,它确实要求观众极其敏感才有效果"①。金隄认为:

> 读者要有想象力才能欣赏作者的创造性想象,读者要有既能观察细节又能纵览全局的慧眼才能看到原著的意象。那就是保持艺术的完整的译法总是强调而字对字和"意译"译法总是忽略的东西,后

---

① Linn B. Konrad, "Symbolic Action in Modern Drama: Maurice Maeterlinck," *Drama And Symbolism*, ed. James Redmond, Cambridge: Cambridge University Press, 1982, p. 33.

> 两种译法虽说是两种手段相反的极端译法，但同样倾向于忽略原著的创造性意象。①

如果与作者没有同感，译者就不知道作者的艺术构思，不了解结构、句式、词语的用途，就会不自觉地跑偏，会认为有些东西不重要或者多余，会对他/她感兴趣的部分多费心思，忽略不感兴趣的部分。一旦译者决定节译，那么这种模仿只要大概像就行了，如果部分模仿还比较像的话，这个节译本也可算得上是好译本了。但是对象征主义作品而言，局部的像，尤其是故事情节的像意义不大。《艰难时世》是集诗歌与散文、舞台戏剧与小说戏剧、音乐与绘画的集合体，是感性与理性的高度集合体，中国古代小说这个旧“体”跟原著的“质”很难兼容。

本章花费大量的篇幅研究原著是为了还原原著的精神面目。不对比原文，只按照译入文化的标准来谈原作的精神面目是没有意义的。从《劳苦世界》产生的历史背景看，它还是很不错的。与现在的读者不同，当时的读者不熟悉西方文化，对西方世界的工业化进程也不甚了解，如果一下子引进一个忠实的译本，他们未必能够接受。阿英在《晚清小说史》中指出：

> 晚清翻译小说，林纾影响虽是最大，但就对文字的理解上，以及忠实于原作方面，是不能不首推周氏兄弟的。问题是，周氏弟兄的理想不能适合于当时多数读者的要求，不能为他们所理解，加以发行种种关系，遂不能为读者所注意。②

由此可见，翻译文学作品不能不考虑读者的接受能力。《劳苦世界》虽不那么忠实，却引进了一个新奇的故事，让读者初步了解西方的人与社会。作为这本小说最早的译者，伍光建的贡献是不可忽视的。伍译虽然有删节更改，但总体语言还是忠实于原著的，他的文字也正如茅盾所说的，有

---

① Di Jin, *Literary Translation: Quest for Artistic Integrity*, p. 89.

② 阿英：《晚清小说史》，北京：东方出版社，1996，第220页。

神韵、不死板,有较强的可读性。[1]既然与狄更斯同时代的英国文学评论家都不懂狄更斯的象征主义艺术,伍光建不了解狄更斯的象征主义艺术的重要性也不是什么可以指摘的事情。尽管如此,笔者不能赞同茅盾关于节本的看法:删节部分篇幅不影响原作全文的精神和面目。

对于什么是原作的精神和面目以及什么样的文字能反映原文的精神和面目,人们是有不同见解的,而这见解上的不同不仅因文化而异,甚至因人而异。茅盾对伍译的判断无疑是以中国文化的标准和传统为依据,出发点是中国人对文学的理解和好恶,而不是西方文学的标准和传统,也就是说无论是译文本身还是茅盾的评论都是根据当时"译入"文化的标准来操作的。如果我们从原著出发,对原著有一个深入的了解,我们就会发现不是所有的文本都可以节译。作为普及外国文学的一个译本,《劳苦世界》有它独特的历史价值,但从文学艺术的角度看,它的思想性和艺术性与原作是不能比的。

---

① 茅盾:《〈简爱〉的两个译本》,罗新璋编《翻译论集》,第 357—359 页。

# 第五章 *A Tale of Two Cities* /《双城记》：四字词语与象征艺术的拼贴效应

在中国，《双城记》是一本畅销书，单是从1989年至今的译本也不下十几种。而其中最畅销的要数张玲、张扬译的《双城记》全译本，这个译本，有译本序，有注解，自1989年初版以来光是上海译文出版社就再版多次（1998年版，2003年版，2006年版，2011年版及2012年版等）。畅销的译本一般来说是可读性较强的、流畅的归化译本，用韦努蒂的话说就是："流畅的译文是可直接辨认、理解的文字，'是通俗化的'，归化的，而不是'令人不安的'外语，它能够让读者清晰地理解'伟大的思想'，了解'呈现在原文里'的东西。"[①]这样的译文看起来很自然，像是用译入语写的，而不像译文。但这些只是流畅译本的共同特征，不同的文本做法不同。林纾的做法是系统性的改写，即在语篇、句式及词语方面均有自己的一套写法，借译文重塑汉语文言文的地位、建立民族文化自信；而张玲、张扬的译本（以下简称张译）只是在词语上采用中国人喜闻乐见的四字词语，以词语的改变带动句子和语篇的部分改变，以朗朗上口的、有节奏的、形象生动的词语愉悦读者的眼球和耳朵，打造了一个符合中国大众思维习惯

① Lawrence Venuti, *The Translator's Invisibility*, pp. 4-5.

的通俗易懂的全译本。通俗易懂的全译本更容易被当作是忠实的译本,不太会引起读者的怀疑,但是以四字词为措辞基调的通俗译法如何表现原著的象征、紧凑的故事情节以及精练的语言却是一个无法回避的问题。实际上,由于缺乏林纾式的总体设计,张译文本中随处可见的四字词语像一张张信手拈来的碎片,粘贴在原著那原本精致完整的图画上,没读过原文的人以为这幅画原本就是如此。与原文比对,我们就会发现它是两种思维方式的拼贴,画面有趣但画风凌乱,故事完整但画面重叠、模糊。作为通俗译本这或许已经是不错的效果了,毕竟大众不懂也不关心小说的艺术手法,只要故事有趣、语句通顺易懂、听起来悦耳就是好小说。可是如果我们把它作为一个文学名著经典译本来研究,我们就会发现其中的问题,我们可能需要分析词语与小说总体思想结构及象征的艺术手法之间的关系,分析词语层面的改变在何种程度上模糊了原著通过象征所表达的严肃性、连贯性和整一性。

## 1. 象征:严肃性与通俗性

一般来讲,狄更斯小说是严肃性与通俗性共存的,但总的来说其前期作品的通俗性强一些,后期作品则趋向严肃,也因为严肃而引发了一些负面的评论。《双城记》是继狄更斯的"黑暗"小说[①]之后的一个更加严肃的作品。《双城记》主题深刻,与主题相对应的是别具特色的创作手法,情节紧凑,语言精练,篇幅短小,仅350页左右,是作者其他小说的一半甚至四分之一。[②]早期的批评家认为这部小说"像情景剧,矫揉造作,沉闷无聊透顶"[③]。芭芭拉·哈代的评论代表了现代一部分人的看法:"这是一部由

---

① Edward Guiliano & Philip Collins, eds., *The Annotated Dickens*, Vol. 2, London: Orbis Book, 1986, p. 578. 该书编者指出,狄更斯的这几部作品之所以被称为"黑暗"小说,是因为它们都持续关注社会的不公与低效、个人的失败与苦恼。

② Ibid., p. 584.

③ George Taylor, *Charles Dickens: A Tale of Two Cities*, York Notes, London: Longman, 1980, p. 12.

象征和情节贯穿而成的作品,运用了一些有趣的心理学观念,但缺少讽刺或幽默的力度,人物相当乏味。……人物的扁平与空洞、对外在行动的依赖不是这个时期作品的特征,甚至不是狄更斯总体的创作特征。"[①]关于人物塑造方面的缺陷,乔治·泰勒是这么解释的:"这部小说的特点是故事所表达的思想多于人物通过对话所表达的思想,相对而言,人物本身不仅数量少,还缺乏作为狄更斯创造性想象标志的怪诞特征。"[②]另一种解释是《双城记》的短小凝练是受到出版方式的制约,即每周在杂志上连载的方式。受出版方式的制约,"狄更斯缺乏施展的空间,他没法展开来写次要情节,写不是情节绝对必要的事件,全面展示人物性格(如米考伯先生)。他只能关注于主要情节的发展"[③]。这些评论表明,《双城记》的优势在于象征、故事情节,弱点在于缺乏作者一贯的风趣幽默怪诞的风格,人物塑造不够丰满。然而就是这样一部被认为深奥、乏味的狄更斯的非典型作品,后来却成为狄更斯最受欢迎的小说之一,不仅纸质出版物畅销不衰,还不断地被搬上舞台,改编成电影、电视剧、话剧,甚至歌剧。[④]为什么大众会喜欢狄更斯这么一部严肃乏味的作品呢?只是因为他讲了一个好故事[⑤],还是因为他的文本建构艺术与深刻思想的有机结合锻造出了一个传世的文学经典巨著呢?其实,这个故事虽然严肃,但并不乏味。有人发现这部小说具有超强的戏剧活力,大量运用文本构建艺术,随处可见的高水平的大段、大段的描写以及对卡屯这个人物的成功塑造显示出作者超凡的想象力。[⑥]作品所表现的个人命运与国家、社会命运的关联让故事必然牵动读者的心,让他们感觉必须一口气把它读完。对经典的文学作品而言,文本建构艺术是关键,好故事需要好文字、好的艺术设计,以象

---

① Barbara Hardy, *Dickens: The Later Novel*, London: Longman, 1977, pp. 23—24.

② George Taylor, *Charles Dickens: A Tale of Two Cities*, p. 47.

③ Edward Guiliano & Philip Collins, eds., *The Annotated Dickens*, Vol. 2, p. 584.

④ Ibid., p. 578.

⑤ John Forster, *The life of Charles Dickens*, Vol. 3, Philadelphia: J. B. Lippincott Company, 1897, p. 360.

⑥ Ibid., p. 361.

征性的语言带动故事的《双城记》完全具备这些特征。

可以说,《双城记》是狄更斯小说中严肃性与通俗性完美结合的典范,翻译时要想保住他的通俗性就必须保持它的严肃性,即简洁凝练的特点。把《双城记》改编成戏剧既能通过演员的表演达到叙事、演绎故事情节的目的,又能最大程度地保留原著的象征优势,象征通过画面表达能给观众造成强烈的视觉和心灵冲击,容易与原著的戏剧性与思想性相契合。但是如果把《双城记》翻译成一个完整的汉译本,如何保持原著的通俗性和严肃性的完美结合便是一个难题。人们对于怎样的译文才算是通俗的译文有不同的理解,是辞藻华丽的描述性写法算通俗/严肃,还是简单又深刻的象征性写法算通俗/严肃?是只是措辞看起来对应工整算通俗/严肃,还是内在的思想结构和艺术结构对应工整看起来通俗/严肃?是只用漂亮话讲故事通俗/严肃,还是用准确的话语讲故事通俗/严肃?对狄更斯的《双城记》而言,答案应该是后者。狄更斯用简单的语言讲了一个有趣的故事,这么做很通俗;简单的象征所引发的联想都是大众能够理解的,这个也很通俗。那么为什么有人会觉得这个作品没意思呢?因为它不关注小人物,它关注大的主题,它太严肃。这样问题就出来了,严肃的话题难道不该用文学性强的、能表达宏大主题、重大思想的唯美、文艺的辞藻来写作吗?我们在翻译它的时候难道就不能用这样的词语吗?当然不能,因为原著的象征写作手法和故事结构不允许。要想知道为什么,我们就有必要深入了解原著的主题、结构和象征艺术手法。

## 2. 象证:主题与结构

在西方评论家眼里,《双城记》的主题是复活(resurrection),①从宗教

---

① Francesco Marroni, *Victorian Disharmony: A Reconsideration of Nineteenth-Century English Fiction*, Rome: John Cabot University Press, 2010, p. 78.

George Woodcock, "Introduction," *A Tale of Two Cities*, by Charles Dickens, ed. George Woodcock, Harmondsworth: Penguin, 1970, p. 23.

意义上讲是抱着坚定的宗教信仰通过牺牲生命而获得重生，因而这个故事主要是关于主人公卡屯的牺牲与复活，小说中其他的人物和故事情节也都围绕着复活这个主题来展开叙述的。虽然卡屯在临刑前心中不断地默念着那段基督教安葬祷文，[①]有很强的宗教仪式感，但这不是最重要的，作者只是借宗教来思考人生与社会。卡屯的死不仅具有宗教意义，更具有深刻的社会、道德意义，而且后者要大于前者。卡屯与威尔基·柯林斯的戏剧《冰海深处》中的沃德相像，狄更斯在前言里也说明此小说与《冰海深处》的渊源。沃德与卡屯在许多方面是相同的，同是恋爱中的失败者，他们最后都决定做出自我牺牲，为自己的所爱救下情敌的生命，成全一对相爱的恋人。不同的是沃德是在复仇途中觉悟过来，决定为心爱的人救下情敌的，他的故事相对来说比较简单，是个人的个别的行为；而卡屯的故事因为有了法国大革命做背景要复杂得多，其意义因此也就重大得多。

卡屯与沃德的一个根本差异在于沃德是一个人，没有备份，而卡屯的世界里有一个与他长得极像的人，就是被他救了两次的达奈。相貌相像不是作者用来哗众取宠的一个噱头，而是出于主题与结构的需要。众所周知，《双城记》原著结构工整，多平行对应。有评论家列举出各种对比，如英国与法国的对比，伦敦和巴黎这两座城市的对比，如德发日太太与露茜的对比。还有伦敦与巴黎两市聚集人群的对比，达奈在伦敦与在巴黎受审的对比，斯揣沃和卡屯的关系与圣埃弗瑞蒙德侯爵和达奈的关系的对比；[②]斯揣沃与卡屯的对比，圣埃弗瑞蒙德侯爵与达奈的对比，位于索藿区的马奈特医生家的宁静、舒适与位于圣安东区的德发日酒馆的混乱与简陋的对比，法国贵族奢侈的慵懒与他们所压迫和虐待的法国农民贫

---

① 耶稣对他说、复活在我、生命也在我。信我的人、虽然死了、也必复活。凡活着信我的人、必永远不死。(《圣经·新约·约翰福音》11:25—26)

② Catherine Waters, "A Tale of Two Cities," *Charles Dickens's A Tale of Two Cities*, ed. Harold Bloom, New York: Infobase Publishing, 2007, p. 104.

苦的小步快跑的对比;[1]品德高尚的达奈与冲动急躁、嗜酒成瘾的卡屯的对比;[2]马奈特医生的复活与克软彻掘墓取尸的所谓复活的对比,[3]等等。评论家列举这些平行对应的例子多是为了分析小说的某个方面或话题,不是对平行对比的专门研究,所举例子随意性较大,不够系统详尽。其实平行对应的关系结构归根到底是与小说的主题“复活”相关联的,但在公认的“复活”这个主题下还潜藏着更深层的思想观念,即因果报应的观念。从因果报应的角度看,所有平行对应的关系中最重要的一个关系是卡屯与圣埃弗瑞蒙德侯爵的对比关系。作者相信是以圣埃弗瑞蒙德侯爵为代表的法国贵族对贫苦人民的欺压与剥削导致了法国大革命的爆发,贵族的恶行在小说里当然是多有体现的,总的说来,不外乎骄奢淫逸、劫财劫色、杀人放火。卡屯与圣埃弗瑞蒙德侯爵的直接对比是在“色”上,与女人有关。除去其他的大小事件,我们会看到圣埃弗瑞蒙德侯爵孪生兄弟俩为了得到德发日太太的姐姐狼狈为奸,侯爵不但害死了弟弟心仪的女子,还害死了她的丈夫、父亲和弟弟。卡屯爱上了达奈的未婚妻,当他意识到这个女人爱的是另一个男人,他这辈子不可能得到她时,他便决定成全她,如果需要,他可以随时为了她的幸福牺牲生命。卡屯在一定程度上也是过着纵情酒色的堕落的生活,他没有自己的事业,没有家庭,一直跟着斯揣沃混。他的人生是失败的,当他见到露茜时真希望自己的人生能够重新来过,但同时他又意识到这是不可能的。卡屯对露茜是真爱,圣埃弗瑞蒙德侯爵孪生弟弟只是想占有德发日太太的姐姐。真爱可以成全对方,而占有欲却可能毁掉得不到的人。可以说,在法国的监狱里替换出达奈是他给自己找到的复活的机会。圣埃弗瑞蒙德侯爵兄弟俩把坏事做绝,至死不悟,自然就没有这个机会。

---

① George Taylor, *Charles Dickens: A Tale of Two Cities*, p. 62.

② Carolyn Dever, “Psychoanalyzing Dickens,” *Charles Dickens's A Tale of Two Cities*, p. 104.

③ Leona Toker, *Towards the Ethics of Form in Fiction*, Columbus: The Ohio State University Press, 2010, p. 99.

因果报应的观念狄更斯在《艰难时世》里就已经生动地演绎过一次，这次在《双城记》里又再次向世人敲响警钟。在《艰难时世》中，因果报应的观念直接呈现在卷标题中："播种，收割，入仓"，一目了然；而在《双城记》里这种观念是隐藏在复活的主题之下的。复活比因果报应要高一个层次，《双城记》的因果报应展现的是人际与社会关系的恶性循环，只有个人（每一个人）主动的救赎行为才能终结恶性循环，让人生与社会生活回归正道。它通过分析法国大革命的因果来辨明善恶对错——这就是为什么这个故事并不是关于法国大革命的却一定要以它为背景，借以警示世人。爱德华·基里亚诺和菲利普·柯林斯说狄更斯描写法国大革命的意图是对同时代人的警告：

> 在这一点上他的观点与卡莱尔是一致的，卡莱尔对历史的描述是极具教化性、劝告性和警告性的。哪里有压迫哪里就有反抗，暴力只会带来更多的暴力；法国大革命是不可避免的，也是正义的，但是民众的暴力以及随后而来的恐怖统治让法国陷入比革命前更坏的境地中去。①

狄更斯描写革命是希望革命不要发生，他把法国大革命看成是社会的悲剧，因为一旦发生革命和暴力冲突，复仇者便会失去理智，所有人将身不由己地卷入暴乱的旋涡，局势将难以控制，社会将陷入混乱的泥潭。除了压迫者受到应有的惩罚之外，反抗者也会流血牺牲，无辜者会受到牵连，甚至丢掉性命。人们在和平时期要做的事就是防止革命的发生，也就是避免压迫和剥削，避免劫掠杀戮，避免一切恶行。卡屯的自我牺牲向世人表明要防止革命就必须扼制自己的欲望，约束自己的行为，行善而不是作恶，给予而不是索取，以自觉的行动争取救赎而不是恣意妄为，任凭自己走向万劫不复的无底深渊。卡屯与达奈不仅面貌相像如孪生兄弟，他们

---

① Edward Guiliano & Philip Collins, eds., *The Annotated Dickens*, Vol. 2, p. 584. "恐怖统治"（从约 1793 年 3 月至 1794 年 7 月）指法国大革命期间雅各宾派的统治时期，期间近千人因叛国罪被处决。

的价值取向也颇为一致,达奈弃财取义,卡屯舍命救人;圣埃弗瑞蒙德侯爵和他的孪生弟弟则是欺男霸女,无恶不作,他们不仅自食其果还殃及子孙。

卡屯-达奈与圣埃弗瑞蒙德侯爵孪生兄弟这两条线索构成了小说的主体框架,作者循着这两条线索阐释因果报应的规律。如此看来,与其说这部小说的形态和篇幅是由其出版方式决定的,不如说是由其主题和故事框架结构决定的。狄更斯从《冰海深处》借来的卡屯这个人物形象以及他在书中不断编织的复活主题都决定了他需要以象征的手法来诠释这个严肃的主题。首先,卡屯这个人物的象征性大于现实性。其实为自己的心上人献出生命这个动机从严格意义上讲并不是特别高尚,[①]况且卡屯还觉得自己的一生相当失败,活着也没太大意义。可是因为后来卷入法国大革命,当作者把他与复活的主题相关联、把他的牺牲与圣埃弗瑞蒙德侯爵孪生兄弟的邪恶相对立之后,这个人物形象便高大了许多。这样,他的献身就不仅是个人的选择,而是择善弃恶的抉择,那段不断重复的"复活在我,生命也在我"的安葬祷文更体现出他赎罪的觉悟,足以为世人树立榜样。其次,小说的章节标题绝大部分是象征性的。措辞以名词居多,即便用到动词也是简洁明了,给读者呈现出一个场景、一幅画。这种戏剧性的场景呈现说明在这部小说里视觉效果和听觉效果一样重要,标题的象征倾向于视觉效果与联想,故事的论说倾向于听觉效果与节奏。叙述中象征性词语通过平行对比结构构成一个联想的网络,故事随着情节的深入发展一环扣一环,节奏越来越快,直至结尾。但无论是象征还是节奏,精炼简洁的行文措辞才是关键。

在写给约翰·福斯特的一封信中,狄更斯本人解释了这部小说的写作手法:

---

① Leona Toker, *Towards the Ethics of Form in Fiction*, pp. 7—8. 莉奥娜·透克分析了无私奉献行为的动机,把它们分为高、中、低三级,高尚的动机一般来说是出于宗教的信仰,人们从中可以看到无私的力量,而为了自己的利益或让自己的心理得到满足的动机是中级动机。高尚的动机一般用于小说中虚构的人物,在描写虚构人物的动机时,作者具有叙述的权威。

只是对这个主题感兴趣,只是享受克服叙述形式困难的过程,我的意思是,无法单纯以金钱来衡量为不断的凝练所付出的时间和辛劳。但是我给自己布置了一个小任务:写一个生动逼真的故事,在每一章成功地塑造出真实的人物,只不过人物的性格主要是通过故事来表现,而不是通过人物对话来表现。换句话说,也就是我设想写一个讲述事件的故事,而不是打着讲故事的幌子描写兽性,用事件的白捣出人物,敲打出人物的人生与思想来。①

主题—叙述形式—故事—人物这一连串的关联最后都归于凝练,故事的主题要求人物服从于故事的叙述形式,而故事是以凝练的笔法写的,以象征性的框架和精炼的词语带动联想,提高叙述的效率与力度。因此,象征与凝练是《双城记》译者必须正视的事情。

## 3. 四字词语:象征与隐喻

汉语中有大量的四字格词语,无论在日常口语还是书面语中都大量使用。从音律角度讲,四字格不仅读起来朗朗上口,还悦耳动听。吕叔湘的研究发现:

四音节好象一直都是汉语使用者非常爱好的语音段落,最早的诗集《诗经》里的诗以四言为主。启蒙的课本《千字文》、《百家姓》、《李氏蒙求》、《龙文鞭影》等等都是四言。亭台楼阁常常有四言的横额。品评诗文和人物也多用四个字(或八个字)的评语。流传最广的成语也是四言为多。②

四字格节奏鲜明、结构整齐、语义精练。有语言学者把以成语为代表的四字格视为中国民族文化的活化石,还有人认为"四字格的恰当使用,直指

---

① Charles Dickens, *The Letters of Charles Dickens*, Vol. 2, 1857—1870, eds., Mamie Dickens & Georgina Hogarth, London: Chapman and Hall, 1880, pp. 99—100.

② 吕叔湘:《现代汉语单双音节问题初探》,《中国语文》,1963 年第 1 期,第 22 页。

语言使用者的文化造诣,也是一个人教育水平和文化修养的直接体现"①。换言之,四字格承载着汉语语言和文化的伟大传统,不会用四字格的人就不是有文化的中国人。因为这个原因,中国人不但写作爱用四字词语,在译文里也大量使用四字词语。

冯树鉴认为四字格词组"涵意深刻,构型短小,生命力旺盛,表现力强。……'四字格'在译文中运用得十分广泛,只要运用得当,不但使译文大为增色,而且能发挥'锦上添花'的作用"。他说的"锦上添花"有以下几点:(1)使译文笔墨经济,以少胜多;(2)有助于译文通顺流畅,雅俗交融;(3)有助于译文生动活泼,形象鲜明;(4)提高译文语言的整齐匀称和韵律感。当然他也强调切忌盲目追求辞藻华丽而超出"信"的范围。②所谓的通顺流畅和韵律感都是针对译入语(即汉语)而言的,这是典型的归化的翻译原则,看似很有道理,实则不大经得起推敲。这些原则在实际运用中会引发一些问题,如四字格笔墨是否一定经济,四字格约定俗成的表达是否能保证译文的"信",四字格的"以实指虚"是否"有助于再现原文的语感、情态和形象,增加译文的感染力",四字格如何运用才算恰当,等等。

讲到"以实指虚"的熟语,我们不能不提到一个英语的概念 metaphor(隐喻)。按照彼得·纽马克的说法,隐喻是任何一种形象化的表达,如一个词的转义,一个抽象概念的拟人化,一个词或词语的搭配使用的不是字面的含义(如用一件事情来描述另一件事情)。所有的多义词和大多数的短语动词都是潜在的隐喻,隐喻可以是单个的词,也可以是扩展的,如词语的固定搭配、习语(成语,熟语)、句子、谚语、寓言,一个完整的想象性文本。③按照这个说法,四字词语属于隐喻的范畴。纽马克把隐喻分成六类:过时的隐喻,陈腐的隐喻,常备的或标准的隐喻,改编的隐喻,近期流行的隐喻,独创的隐喻。他认为独创的隐喻是一定要直译的。④那么作为

---

① 朱赛萍:《汉语的四字格》,北京:北京语言大学出版社,2015 年,第 22 页。

② 冯树鉴:《"四字格"在译文中的运用》,《翻译通讯》,1985 年第 5 期,第 19 页,第 19—21 页。

③ Peter Newmark, *The Textbook of Translation* , p. 104.

④ Ibid. , pp. 106—112.

隐喻的四字词能否用来翻译象征呢，答案恐怕是否定的。“象征引发联想，而隐喻倾向于类比。”[1]隐喻形象化的表达与象征还是有区别的，象征是“以实物代表概念”，[2]而不是以此喻彼；是靠画面的呈现而不是靠语言的灵活运用。

《双城记》象征性的章节标题以名词、动名词和呈现状态的词语居多；标题简短且字数长短不一。标题打造了原著的叙述框架，把标题连起来我们就能看到作品的思想脉络。象征不能译成隐喻，因为只有保留了象征画面中的实物，我们才能把一个个实物连接起来，看到小象征背后的象征系统，也就是把象征所表达的一个个概念连接起来，构建小说的主题。张译《双城记》的小标题在字数上是很齐整的，卷标题用的是四字词语，除了第一卷的六章采用二字双音词语，其他的章节标题都是四字词语。此处用“四字词语”而不是“四字格”来描述这些章节标题是因为这些词语表面上有四字格的形态和韵律感，却与真正意义上的四字格相去甚远。[3]它们多是译者自编的仿四字格的四字词语，这些四字词语用在译文中会出现至少三个问题，一是因韵害意；二是翻译所用的四字词语未必切合卷、章的主题和内容，甚至会切断各个章节及各个象征意向之间的联系；三是四字词语的组合表意不准确，没能反映作者的意图。我们不妨把张译的目录与原著以及之前的几个旧译本做一个比较：

第一卷　起死回生

第一章　时代　第二章　邮车　第三章　夜影　第四章　准备　第五章　酒铺　第六章　鞋匠

第二卷　金色丝线

第一章　五年之后　第二章　观者如堵　第三章　眼福未饱

---

① Ralph Berry, *The Shakespearian Metaphor*, London: Macmillan, 1978, p. 2.

② Peter Newmark, *The Textbook of Translation*, p. 106.

③ 四字词语不一定是四字格，包括成语在内的四字格是固定的词组，是四音节的熟语，不能拆分，只能整个应用，而除了四字格，四字词语还包括不固定的四字词组合和自由组合的四字词语。中国人对四字词语的爱好源于对四字格的喜爱。

第四章 庆贺逃生 第五章 为狮猎食 第六章 宾客数百 第七章 大人进城 第八章 大人回乡 第九章 女妖之头 第十章 两相许诺 第十一章 另一光景 第十二章 善体恤者 第十三章 不体恤者 第十四章 正经商人 第十五章 编织毛线 第十六章 一直编织 第十七章 难忘之夜 第十八章 九天九夜 第十九章 一则高见 第二十章 一个请求 第二十一章 足音回响 第二十二章 波澜壮阔 第二十三章 星火燎原 第二十四章 吸赴魔礁

第三卷 风踪雨迹

第一章 秘密监禁 第二章 磨刀霍霍 第三章 阴影逼来 第四章 风暴暂息 第五章 锯木嚓嚓 第六章 凯旋而归 第七章 有人敲门 第八章 斗牌好手 第九章 赌局已定 第十章 虚影实显 第十一章 暮色朦胧 第十二章 黑夜深沉 第十三章 五十二个 第十四章 编织完结 第十五章 足音永逝 (张玲 张扬译,《双城记》)①

Book the First—Recalled to Life(复活) 1. The Period 2. The Mail 3. The Night Shadows 4. The Preparation 5. The Wine-shop 6. The Shoemaker(时代,邮车,夜影,准备,酒馆,鞋匠)

Book the Second—the Golden Thread(金线)1. Five Years Later 2. A Sight 3. A Disappointment 4. Congratulatory 5. The Jackal 6. Hundreds of People 7. Monseigneur in Town 8. Monseigneur in the Country 9. The Gorgon's Head 10. Two Promises 11. A Companion Picture 12. The Fellow of Delicacy 13. The Fellow of No Delicacy 14. The Honest Tradesman 15. Knitting 16. Still Knitting 17. One Night 18. Nine Days

① 狄更斯:《双城记》,张玲、张扬译,上海:上海译文出版社,2011 年。

19. An Opinion 20. A Plea 21. Echoing Footsteps 22. The Sea Still Rises 23. Fire Rises 24. Drawn to the Loadstone Rock (五年之后，一场好戏，大失所望，庆贺，胡狼，成百上千的人，城里的大人，乡下的大人，戈尔工的头，两个承诺，配图，感情细腻的人，感情不细腻的人，诚实的生意人，编织毛线，仍在编织，一夜，九天，专家意见，一个请求，回响的足音，波涛依然汹涌，火光冲天，被吸向磁礁)

Book the Third—the Track of a Storm(暴风雨的足迹)1. In Secret 2. The Grindstone 3. The Shadow 4. Calm in Storm 5. The Wood-Sawyer 6. Triumph 7. A Knock at the Door 8. A Hand at Cards 9. The Game Made 10. The Substance of the Shadow 11. Dusk 12. Darkness 13. Fifty-two 14. The Knitting Done 15. The Footsteps Die Out For Ever (Dickens, *A Tale of Two Cities*, 31—32)(秘密监禁，磨刀石，阴影，暴风雨中的平静，锯木工，营救成功，敲门声，打牌高手，胜负已决，阴影的实质，黄昏，黑暗，五十二个，织完了，足音永绝)(笔者译)

第一卷 一 时代 二 邮车 三 露意 四 酒肆 五 制履

第二卷 一 五年以后 二 庭审 三 狱决 四 庆生 五 恨人 六 朕兆 七 逞权 八 预警 九 暗杀 十 要信 十一 侈谈 十二 意沮 十三 述怀 十四 盗棺 十五 秘谈 十六 暗探 十七 溯旧 十八 疾发 十九 巧探 二十 闺劝 二十一 惊兆 二十二 川溃 二十三 焚堡 二十四 归国

第三卷 一 下狱 二 营救 三 遇仇 四 暴民政治之一班 五 私探 六 出狱 七 再捕 八 密谋 九 志决 十 遗书 十一 泣别 十二 惊闻 十三 探监 返国 (魏易，《双城故事》)①

① 查利斯·狄更斯：《双城故事》，魏易译述，上海：民强书店，1930年。

第一卷 第五回 酒铺 第六回 鞋匠 第三卷 第九回 搭尔尼二次入狱 第十回 医师在狱里所写的血书(原文作影子的体质——译者注) 第十二回 卡尔敦入酒铺 第二十五回 卡尔敦替死(伍光建《二京记》)①

第一集 生命的回忆 第一章 时代 第二章 邮车 第三章 夜间的影 第四章 预备 第五章 酒家 第六章 鞋匠

第二集 黄金的线索 第一章 五年以后 第二章 一见 第三章 失望 第四章 祝贺 第五章 豺豹 第六章 无数的民众 第七章 都市间的贵族 第八章 贵族在乡村之间 第九章 乔刚的头 第十章 二个允许 第十一章 同伴的画像 第十二章 良伴 第十三章 失意的伴侣 第十四章 忠实的商人 第十五章 结绒绳 第十六章 依旧的结绳子 第十七章 一夜 第十八章 九天 第十九章 一个意见 第二十章 恳求 第二十一章 足步的回声 第二十二章 骇浪惊涛 第二十三章 烽火 第二十四章 怪石

第三集 劫后余灰 第一章 在秘密之中 第二章 磨石 第三章 幻影 第四章 风潮平息 第五章 锯木的人 第六章 胜利 第七章 叩门声 第八章 机谋 第九章 人间游戏 第十章 疑云中之事实 第十一章 黑夜 第十二章 昏黑 第十三章 五十二 第十四章 结绳的终结 第十五章 足走的声音停止了(奚识之,《双城记》)②

第一卷 生活的回忆 第一章 时期 第二章 邮车 第三章 黑夜的憧影 第四章 预备 第五章 酒家 第六章 靴匠

---

① 狄更斯:《二京记》,伍光建译,上海:商务印书馆,1934 年。

② 狄更斯:《双城记》,奚识之译注,上海:三民图书公司,1934 年。

第二卷 黄金的线索 第一章 五年后 第二章 观望 第三章 失望 第四章 祝贺 第五章 纵饮 第六章 万人鼎沸 第七章 法都之显爵 第八章 乡间之显爵 第九章 乔刚的头 第十章 二个诺言 第十一章 伴侣之像 第十二章 腻伴 第十三章 失意的伴侣 第十四章 忠实的商人 第十五章 绒结 第十六章 依然绒结 第十七章 一夕 第十八章 九天 第十九章 一个意见 第二十章 恳求 第二十一章 足步的回声 第二十二章 浪涛依然 第二十三章 烽火 第二十四章 怪石

第三卷 劫后余灰 第一章 秘密中 第二章 磨石 第三章 幻影 第四章 风潮平息 第五章 锯木者 第六章 胜利 第七章 叩门 第八章 机谋 第九章 计随 第十章 影像之实望 第十一章 黑夜 第十二章 昏黑 第十三章 五十二 第十四章 绒结告竣 第十五章 足音绝响 (张由纪,《双城记》)①

第一卷 复活 第一章 时代 第二章 邮车 第三章 夜影幢幢 第四章 准备 第五章 酒店 第六章 鞋匠

第二卷 黄金的线索 第一章 五年后 第二章 看热闹 第三章 失望 第四章 庆贺 第五章 胡狼 第六章 上百的人 第七章 城里的贵人 第八章 乡间的贵人 第九章 女夜叉的头 第十章 二诺言 第十一章 一幅姊妹画 第十二章 知趣的人 第十三章 不知趣的人 第十四章 规矩的生意人 第十五章 编结 第十六章 仍在编结 第十七章 一夜 第十八章 九天 第十九章 一种意见 第二十章 一个请求 第二十一章 回响的足音 第二十二章 波涛仍在汹涌 第二十三章 烽火遍地 第二十四章 被吸往磁礁上

① 迭更司:《双城记》,张由纪译,上海:达文书店,1939年。

第三卷 暴风雨的进程 第一章 幽禁 第二章 磨刀石 第三章 影子 第四章 暴风雨中的平静 第五章 木匠 第六章 胜利 第七章 叩门的声音 第八章 斗牌的能手 第九章 定局 第十章 影子的实质 第十一章 黄昏 第十二章 黑暗 第十三章 五十二 第十四章 编结完竣 第十五章 足音绝响 (许天虹,《双城记》)①

第一部 复活 第一章 时代 第二章 邮车 第三章 夜影 第四章 准备 第五章 酒铺 第六章 鞋匠

第二部 金线 第一章 五年之后 第二章 看热闹 第三章 失望 第四章 庆贺 第五章 胡狼 第六章 几百人 第七章 爵爷在城里 第八章 爵爷在乡间 第九章 戈耳贡的头 第十章 两个约言 第十一章 一幅插图 第十二章 雅人 第十三章 不雅的人 第十四章 正直的生意人 第十五章 编织 第十六章 还在编织 第十七章 一夜 第十八章 九天 第十九章 一个意见 第二十章 一个请求 第二十一章 回响的足音 第二十二章 海还在奔腾 第二十三章 火起 第二十四章 被磁性礁所吸引

第三部 暴风雨的踪迹 第一章 秘密 第二章 磨石 第三章 暗影 第四章 暴风雨中的镇静 第五章 锯柴匠 第六章 胜利 第七章 敲门 第八章 斗牌好手 第九章 定局 第十章 暗影的实质 第十一章 黄昏 第十二章 黑夜 第十三章 五十二 第十四章 编织完了 第十五章 足音永绝 (罗稷南,《双城记》)②

仔细研究列出的几个译本的目录,我们便知准确理解标题的含义是多么

① 迭更斯:《双城记》,许天虹译,上海:平津书店,1947年。

② 狄更司:《双城记》,罗稷南译,上海:新文艺出版社,1955年。

不易。标题之间相互联系构成故事的基本框架,标题与每一章的内容紧密相关,任何的误译和发挥都会造成叙述的损失和模糊。张译的标题非常严整,第一卷章节标题是清一色的双音二字词语,后两卷的章节标题全是四音节四字词语。这样处理标题音律虽然完整,但是这种完整是以损害词义为代价获得的。纵观上列七个译本的标题,只有张译做到连续两卷用四字词语做标题。魏易译本的标题均为双音二字词语(唯一个例外是"暴民政治之一班")。魏易的译本章节不全,标题显然也是经过译者加工过的,像第二卷"十八 疾发 十九 巧探 二十 闺劝 二十一 惊兆"这样的标题与中国传统戏剧如《牡丹亭》每一出的标题("标目、言怀、训女、腐叹、延师")相像,这说明魏易翻译比较自由,他在译本中建立了一套自己的话语系统,因此绝大多数标题从头到尾用双音词也自有他的逻辑。以他的这种译法,哪怕是全用四字词熟语也不成问题。张译与魏译不同,张译还是力图以地道的汉语忠实地移译原著,试图在韵律和语义两方面完美呈现原作。但是要做到这一点实在是太难了,凑出一个四字词语容易,要译得准确到位却不易,我们常常会因为凑字数或压缩字数而不得不牺牲语义。像卷标题"起死回生""金色之线"和"风踪雨迹"应该译成"复活""金线"和"暴风雨的足迹"更贴切一些,"起死回生"一般用来描述医生高超的医术,而"复活"的含义则更广一些,可指身体、精神及心理层面的新生,与小说结尾卡屯的救赎相关;"金色之线"强调的是线的颜色,而"金线"既可以是金色的线也可以是金质的线,代表露茜高贵贤良的品德和维多利亚时代美好的价值观;"风踪雨迹"对风雨的强度没有描述,重点说明踪迹,而"暴风雨的足迹"则两者兼顾。由此可见,用四字词语未必经济,有时二字词语表达的含义更多,而在该多用字的地方也不可任意压缩,以免造成表达不到位的情况。张译四字词语标题的另一个问题是与章节内容不符,如"大人进城"和"大人回乡"两章的"大人"不仅仅指圣埃弗瑞蒙德侯爵,前一章主要描述被四个人伺候着吃巧克力的那位朝中大员,后一章主要描写在朝中失势、气急败坏地坐着车在街上横冲直撞的圣埃弗瑞蒙德侯爵以及他在乡下的所作所为。这两章文字的重点不是描述圣埃弗瑞蒙德侯爵进城、回乡的过程,而是揭露了贵族阶层的穷奢极欲的生活以及他们对市民、农民的剥削和欺压,圣埃弗瑞蒙德侯爵是重点叙述对象,但不是叙述的焦点,叙述的焦点是社会矛盾。“大人进城”与“大人回乡”看似简洁对称,实际上模糊了叙述的焦点,把读者的注意力全部引到圣埃弗瑞蒙德侯爵身上。

魏译的标题忽略了《双城记》的象征性,侧重于它的故事性和戏剧性,有改写的意思在里面;张译的四字词语标题不是改写,只是试图解释或者使用漂亮的说辞,既不是讲故事也不是象征的客观呈现,而是把具有象征性的具体事物变成对章节内容的描述。比如把第二卷第五章的标题译为“为狮猎食”而不是“胡狼”“猎狗”“豺狗”或“走狗”,把第九章“戈耳工的头”译成“女妖之头”,把第十七、十八章的“一夜”“九天”译成“难忘之夜”“九天九夜”,把第三卷第二章的“磨刀石”译成“磨刀霍霍”,把第五章的“锯木工”译成“锯木嚓嚓”,使之与“磨刀霍霍”相映成趣,还把第七章的“敲门声”译成“有人敲门”。原著的象征性标题不仅用来构架叙述进程,还用于构架作品的思想。从提高可读性的角度看,这种改写没有太大的必要,因为张译是用了脚注的,比如译者给“有人敲门”做的注解是:

> 莎士比亚的《麦克白》中,麦克白弑君后曾听到敲门声,并因此而增加了恐怖感。英国19世纪著名文学批评家德·昆西(1785—1859)曾著专文评论这一情节,遂使此敲门声成为英国文学上著名的敲门声。狄更斯以敲门作为此章标题,或许也有渲染气氛的用意。①

有了此注,把这章的标题直译成“敲门声”是完全可行的,也更贴近原著的气氛。卡屯的“胡狼”形象与后来他决定自我救赎主动上断头台的“复活”是一个对比,“为狮猎食”这个标题是对他职业状态和生存状态的描述,本身没有什么问题,只是没法直接让读者感受他从一个醉生梦死的走狗帮

① 狄更斯:《双城记》,张玲,张扬译,上海:上海译文出版社,2011年,第320页。

凶到牺牲生命寻求救赎的好人之间的转变。“胡狼”(走狗)这个词是一个定义、概念,说明他是一个怎样的人,而“为狮猎食”则是描述一个替他人卖命的状态。“一夜”和“九天”两章被译成“难忘之夜”和“九天九夜”,译者忽略了一和九、日与夜的对比,忽略女儿出嫁前一夜父女幸福的相处和之后九天里父亲的痛苦的对比,而这父亲的痛苦不是无缘无故的,因为他知道女婿是圣埃弗瑞蒙德侯爵家的人,是仇人的后代。“锯木工”这个标题被改成“锯木嚓嚓”让锯木工这个人物失去了应有的象征作用,细心的读者应该会记得前文读到的那关于名为“死亡”的庄稼人和名为“命运”的伐木工的预言:

> 很有可能,在那个受难者赴难之时,一些植根于法国或挪威森林里正在生长的树木,已经让名为“命运”的伐木人打上标记,以备砍伐,锯成木板,做成一种带口袋的刀子和活动木架,名垂青史,令人心惊胆战。(张玲、张扬,《双城记》,第4页)

锯木工与伐木工是同行,他锯下的木头是用来做断头台的。这位锯木工在本作品中的地位很独特,他从前是修路工,他修的路既可以让贵族的大车通行无阻,也可以让名为“死亡”的庄稼人藏身的大车通行,他也是雅克们从乡村发动起来的千千万万革命者的代表。张译创造出“锯木嚓嚓”这个四字词语,将它与“磨刀霍霍”相对应,说明译者似乎知道二者的关系,然而自创的词语“锯木嚓嚓”与有典故出处的“磨刀霍霍”并不匹配,更别说二者都把作为象征的事物的直接呈现变成了描述,原标题的象征作用不复存在。磨刀石像地球一样飞快地滚动着,磨着各种凶器,上面染着红色,就像被夕阳照得通红的地球,用劳瑞的话说“他们正在屠杀囚犯”。磨刀石、锯木工和屠杀,敲门声和死神,戈耳工的头和复仇,这些都是作者希望读者看在眼里、怕在心里的象征性事物。在因果报应的循环中这些是悲剧性的恶果,它们必须是恐怖可见的,不是可以轻易被甩到脑后的。在这种情况下直译是最好的策略,漂亮的改写不仅改掉了原著设定的象征效果还改掉了作者凝练的写作笔法。直译带脚注是文学翻译一种比较好的做法,如果既用脚注又采用解释或用熟语、隐喻来翻译,那就说明译者有别的考虑,而这些考虑多半有可读性的因素在内,希望自己的译文读起来既有趣又通俗易懂。解释、熟语和隐喻的使用本身会带来张译标题的第三个问题,即词语组合不当或使用不当的问题。

在标题翻译中,四字词语的组合和使用要兼顾语义和语法的正确性。比如第二卷第二十二章的"波澜壮阔"是形容词,一般用作谓语或定语,单独用来做标题从语法上讲是不太妥当的,第二十三章的"星火燎原"不如许天虹的"烽火遍地"准确,第二十四章的"吸赴魔礁"中的"吸"和"赴"是相反的动作,前者被动后者主动,这一章的叙述重点不在于达奈是怎么去的巴黎,而是在于这次旅行的危险性,在于磁礁的夺命特性,出于道义达奈认为必须前去救人,却不知前途有多么险恶。前两章的标题还都是汉语中现成的四字熟语,只是使用不当,而"吸赴魔礁" 以及"虚影实显"之类的就是组合不当意思不清的问题了。张译把第二卷中相对应的第十二、十三章"感情细腻的人"和"感情不细腻的人"译为"善体恤者"和"不体恤者"也是不准确的。在"配图"一章,斯揣沃认为自己是感情细腻的人,什么都懂,他对卡屯说:

> If you had been a fellow of any sensitiveness or delicacy of feeling in that kind of way, Sydney, I might have been a little resentful of your employing such a designation; (*A Tale of Two Cities*, p. 160)[①]
>
> 假如在这个方面你是个感觉稍稍敏锐或是感情稍稍细腻的家伙,西德尼,我对你用的这种称呼本来是会有点儿怨恨的;(张玲、张扬,《双城记》,第 156 页)

作者用 delicacy 这个词来做标题有反讽的意思在里面。到底谁感情更细

① Charles Dickens, *A Tale of Two Cities*, London: Chapman & Hall, 1930. 此后原著引文书名均简化为 *TTC*.

腻，我们从相应的两章内容可以看到。还有像“暮色朦胧”“黑夜深沉”这样的标题也因为感受式的描述而丧失了具象以及由具象引发的广泛的联想，第三卷第十一、十二章的标题与死亡有关，与时间的关系要小于与死亡的关系，它们应该与前面的“阴影”有更多的联系。或许译者意识到了用现成的四字成语或熟语无法完成标题的全部翻译，但是出于对韵律和字数的执着，译者就自行组合四字词语，只要凑成四个字就行，这么做的风险是显而易见的。理想的象征要兼具以下几个特征：准确性、适宜性（适合作者对读者的态度）、适应性（与所指对象相适应）、合理性（容易产生预期的效果）以及个体性（表明参照关联的稳定性或不稳定性）。[①] 这些在翻译中难以完全做到，但是就《双城记》而言，加上注解，原著中卷章标题的象征对中国人而言都不是文化上难以理解的，只要不受韵律的限制，正确的翻译应该不难。

张译的标题从严肃性上讲比不上许天虹、罗稷南的译文，从通俗性讲要弱于魏易的译文。魏易的二字标题故事性更强，更容易引发读者的兴趣。从象征、主题与结构三者的关联度，语言的准确度上看，罗稷南和许天虹的译本在上列的七个译本中质量算是比较高的。他们不追求字数和韵律的一致性，基本采用直译，而张译为迎合中国一般读者的语言习惯把具有象征意义的简单的词语加以铺陈转换，以感觉替代具象，这样的译文在追求语言韵律美和描述性语言的朦胧美当中模糊了叙述焦点，用看似工整的四字词语毁坏原著中无处不在的语言和结构的平行对比以及由词义和思想主题建立起来的内在工整。象征的语言以具体的事物指抽象概念，通过意象触动思想和灵魂；比喻性、描述性的语言是以此喻彼，以具体指具体或抽象，通过五官感受的美触动情感。虽然我们不可否认二者有重叠的可能，但是以具体的形象来比喻抽象常常会失之偏颇，丧失广阔的联系及全局感。

---

① C. K. Ogden & I. A. Richards, *The Meaning of Meaning*, p. 234.

## 4. 语言功能:词语、句子与篇章

《双城记》语言的凝练与象征不仅限于标题,其语言特点是以标题为主线贯穿全文的。作为通俗的译本,张译的文字因大量双音词和四字词语的存在而加入了较多的感情和文化因素。欧格登和理查兹认为从严格的意义来讲,象征性语言的使用没有直接或间接的情感效应。应该严格区分象征性语言与引发情感共鸣的语言。象征性语言必须考虑象征的准确性和关联物的真实性,而激发情感的语言必须考虑这种语言所引发的态度特征。直接激发情感的语言因素有音效、发音的口腔动作、微妙的联想网络以及之前使用的语境等,这些都能对情感—意志系统的有序的冲动产生直接的作用。间接的手法是采用陈述、比喻的刺激——隐藏在说明的伪装之下,为了修改、调整情感基调或达到其他各种效果提供新奇的、出乎意料且引人注目的所指搭配。这样,词语就有了无穷的情感激发力。[①]在翻译象征性叙述文本时,如果频繁使用激发情感的语言,包括韵律感很强的二字、四字词语(隐喻、熟语、成语等),就会让文本偏向情感共鸣,而打乱象征与事物的直接关联,削弱这种关联所引发的思想共鸣。激发情感的语言在译文中体现为既是情感的又是文化的介入,或者说是情感以文化的方式介入。如果作为读者的译者感觉原著的象征性语言比较乏味,就会决定以中国人熟悉的、可以接受的感性的语言来翻译这部文学作品。这种语言不仅可能改变原著标题的象征性,还改变原著象征的联想所指和语言节奏。

说到改变原著,有人必定会反问:不改变如何翻译?但是翻译的根本是在移译中尽量传达原文的意思——包括字面的意思、言外之意和通过文学形式表达的意思,否则就是随意改写了。从外文翻译到中文未必一定用二字或四字结构,一个字、三个字、五个字也是可以的,它们也有很强

---

① C. K. Ogden & I. A. Richards, *The Meaning of Meaning*, pp. 231—240.

的韵律节奏,也能确切地表意,用多少字要视情况而定。标题用四字词语只影响标题本身,而在句子或篇章中使用描述性的双音词或四字词语则会影响到语言的节奏和功能。在《双城记》的故事中,与象征性标题相对应的很多词语也是象征性的,不能用描述性词语替代,如那著名的开篇段落:

> It was the best of times, it was the worst of times, it was the age of wisdom, it was the age of foolishness, it was the epoch of belief, it was the epoch of incredulity, it was the season of Light, it was the season of Darkness, it was the spring of hope, it was the winter of despair, we had everything before us, we had nothing before us, we were all going direct to Heaven, we were all going direct the other way — in short, the period was so far like the present period, that some of its noisiest authorities insisted on its being received, for good or for evil, in the superlative degree of comparison only. (*TTC*, 15)

这段话形式工整,节奏感很强。在古登堡免费电子书网上上传的一个原著版本中 It is… 的句子是这样排版的,让人一眼看清结构,翻译的难点也就是 of 前后的两个词,而除了前两句后面的词语都是名词。

| | |
|---|---|
| *It was the best of times,* | 那是最好的时代 |
| *it was the worst of times,* | 那是最坏的时代 |
| *it was the age of wisdom,* | 那是智慧的年代 |
| *it was the age of foolishness,* | 那是愚蠢的年代 |
| *it was the epoch of belief,* | 那是信仰的时期 |
| *it was the epoch of incredulity,* | 那是怀疑的时期 |
| *it was the season of Light,* | 那是光明的季节 |
| *it was the season of Darkness,* | 那是黑暗的季节 |
| *it was the spring of hope,* | 那是希望的春天 |

*it was the winter of despair*,① 那是绝望的冬天(笔者译)

张译这一段也极其工整:

> 那是最昌明的时世,那是最衰微的时世;那是睿智开化的岁月,那是混沌蒙昧的岁月;那是信仰笃诚的年代,那是疑云重重的年代;那是阳光灿烂的季节,那是长夜晦暗的季节;那是欣欣向荣的春天,那是死气沉沉的冬天;我们眼前无所不有,我们眼前一无所有;我们都径直奔向天堂,我们都径直奔向另一条路——简而言之,那个时代同现今这个时代竟然如此惟妙惟肖,就连它那叫嚷得最凶的权威人士当中,有些也坚持认为,不管它是好是坏,都只能用"最"字来表示它的程度。(张玲、张扬,《双城记》,第 3 页)

原文和译文虽说都工整,但是句子的重音不同,强调的词语不同,语言的功能不同。约瑟夫·帕特里克·乔丹对这段文字的韵律的研究或许会给我们一点启发。乔丹以布莱克的《老虎》中的"Tyger, Tyger burning *bright* / In the forests of the *night*—"为例,说明韵在声音和概念上的作用,bright 和 night 在声音上押韵而概念上却是相反的。同样,本段前两句"*It was the best of times*,*it was the worst of times*"句法相同,其中只有一个词意思相反,其他都一样,best 和 worst 都有 st 这个音,也算是押韵,所以它们必须是两个句子,不能改写为一个句子,如:"The times were both the best and the worst."节奏要保留,句法对应也要保留,这样才有诗意,才有意义上的对应。②仔细阅读原文,我们可以看到,除了字词重复外,原文其实没有什么严格的韵,所以其实句法和概念的对应更重要。

从下列根据原文和拙译制出的表格,我们可以了解一下这几个句子中措辞的逻辑关系:

---

① Charles Dickens, *A Tale of Two Cities*: *A Story of The French Revolution*, Project Gutenberg, 1994, p. 1.

② Joseph Patrick Jordan, *Dickens Novels as Verse*, Ann Arbor: UMI Dissertation Publishing, ProQuest LLC., 2009, p. 58.

| | | | | |
|---|---|---|---|---|
| 最好的时代<br>the best of times | 年代<br>age | 时期<br>epoch | 季节<br>season | 春天<br>spring |
| | 智慧<br>wisdom | 信仰<br>beliefs | **光明**<br>Light | 希望<br>hope |
| 最坏的时代<br>the worst of times | 年代<br>age | 时期<br>epoch | 季节<br>season | 冬天<br>winter |
| | 愚蠢<br>foolishness | 怀疑<br>incredulity | **黑暗**<br>Darkness | 绝望<br>despair |

原文的 Light 和 Darkness 首字母都是大写的,因此应该在译文用黑体标明。**“光明”**与 **“黑暗”**是象征,它们分别象征着“智慧、信仰、希望”,“愚蠢、怀疑、绝望”,而所有这些词语都是概念性而非比喻性、描述性的,原著每句六个字,文字看起来干巴巴的,但是寓意深远。保持字数的简练也就保持了节奏,保留象征就可以保持联想的灵活度,不会因为词语特指而切断叙述的关联与连贯性。

张译的这一段译文的字数还是工整的,但是工整不等于有节奏、有力度。像这样断言性的句子,字数越少越好。在这部小说里,作者不仅要论说那个时代,还要评说这个时代,他甚至还可以是在评说任何时代。他的评说不仅限于社会政治,他的评说最终涉及的是道德人心,人心善变,而道德人心是每一个时代、每一个人——不论是穷人还是富人——都会遇到的问题,也正因为如此,卡屯这个人物才会成为小说的中心人物。论断本身的性质决定了它的文字是概念而不是描述,要简短而不能啰唆,话多必然削弱话语的权威性。啰唆不只是字数的问题,在翻译中解释、特指、用比喻性和描述性文字来替代概念性象征性文字的问题是使叙述碎片化,造成段落和篇章的所指不清,思想不明。我们再比较一下两种译文:

好——**光明**:智慧、信仰、希望

坏——**黑暗**:愚蠢、怀疑、绝望

昌明——阳光灿烂:睿智开化、信仰笃诚、欣欣向荣

衰微——长夜晦暗:混沌蒙昧、疑云重重、死气沉沉

首先我们要看词语在本语境中的意思,昌明指国家兴盛发达,衰微指国家衰败、不兴盛,这两个词的涵义比"好"和"坏"要窄很多。"阳光灿烂"似乎是与"长夜晦暗"相对立的,但是长夜也不一定是不光明的,月色也光明,晦暗指昏暗阴沉,与之相对的应该是小标题的 Dusk,而不是 Darkness。"Light"与"Darkness"首字母大写,这样的大写方式在英文里表达真实性、规律性和普遍性,首字母大写的词有较高的地位,因而原文这几句话中词语的排列是按抽象到具体的级别排列的,第一级:好、坏;第二级:**光明、黑暗**;第三级:智慧、信仰、希望,愚蠢、怀疑、绝望。反过来说就是智慧意味着光明,光明意味着好。但是如果把译文反过来说,我们就必须小心,如果阳光灿烂意味着光明,欣欣向荣意味着希望,光明却不仅仅是阳光灿烂,希望也不仅仅是欣欣向荣,欣欣向荣指事业蓬勃发展,是希望的比喻说法,却不是希望本身,它的级别在希望之下。而这至少处于第四级的比喻性词语或意象应该是出现在文本的叙述当中的,而不是在开篇的富有哲理的断言性的文字里。

张译的措辞更倾向于具体的社会、政治因素,但是上下文词语所指并不一致。"昌明"一词用于形容国家的兴盛,如《红楼梦》中那句"携你到那昌明隆盛之邦",与之相对的"衰微"也是指国家社会不兴旺,"欣欣向荣"与"死气沉沉"不是反义词,尽管前者喻指事业蓬勃发展,与昌明的意思一致,"死气沉沉"形容气氛沉闷,没有生气,或形容人精神消沉,缺少活力。本段译文概念相对的说法还有"我们都径直奔向天堂,我们都径直奔向另一条路","另一条路"可以是任何不同于天堂的路(another road),应该译为"相反的那条路"。张译比上列其他译本好的一点是,它没有把"the other way"译为"地狱"。在研究狄更斯《双城记》的手稿之后,玛莉亚·K.巴赫曼和唐·理查德·考克斯指出了作者对本段的两处重要修改。一个是把"loudest authorities"改成"noisiest authorities",另一个是"we were all going direct to heaven, we were all going direct to hell”改成“we were all going straight to heaven, we were all going straight to hell”,后又把“straight to hell” 改成 “straight the other way”,再把两个“straight”改为“direct”以便让“the other way”前面的词更达意。我们可以直接去天堂或地狱,直接去天堂的相反方向这种说法似乎不太合适,所以改成径直朝着那条路走。①“loudest authorities”指说话最大声的权威们,而“noisiest authorities”指的是喊得最响的权威们,后者带有贬义;而狄更斯不直接写地狱自有他的道理,另一条路是什么,他让读者自己去想,或者可以从他将要描述的灾难中去体会。可见作者对措辞是很讲究的,如何对应,用什么词语都在掌控中,翻译的时候应该细心体会。

尽管有着种种的不一致,张译的四字词语对江山社稷的所指还是延续到下一段文字,重点是像“地阁方圆”“ 江山永固,国运绵长”这样的四字词语。

> There were a king with a large jaw and a queen with a plain face, on the throne of England; there were a king with a large jaw and a queen with a fair face, on the throne of France. In both countries it was clearer than crystal to the lords of the State preserves of loaves and fishes, that things in general were settled for ever. (*TTC*, p. 15)
>
> 那时候,英国的宝座上坐着的是一位地阁方圆的国王和一位容貌欠佳的王后;法国的宝座上坐的是一位地阁方圆的国王和一位容颜姣好的王后。在这两个国家那些享有高官厚禄的肉食者们看来,有一点比水晶还要明澈透亮,那就是江山永固,国运绵长。(张玲、张扬,《双城记》,第 3 页)

---

① Maria K. Bachman and Don Richard Cox, “Beginning Dickens: Designing the Opening Sentence of *A Tale of Two Cities*,” *The Dickensian*, Vol. 110, No. 494 (Dec., 2014), pp. 217, 219.

试比较许天虹和罗稷南的译文:

> 那时在英国的宝座上,坐着一位宽下巴的国王和一位容貌平庸的王后;在法国的宝座上,坐着一位宽下巴的国王和一位容貌美丽的王后。在两国的亲贵权要们心目中,有一点是比水晶还要明澈,就是世事大致已经确定,永远不会再发生什么变化。(许天虹,《双城记》,第1页)
>
> 这时在英格兰皇座上的是一个大下巴的国王和一个容貌平常的皇后;在法兰西皇座上的是一个大下巴的国王和一个面目姣好的皇后。在这两个国家里那些坐享利禄的爵爷们,看得明白,比水晶还更明澈,觉得天下大势永远安定了。(罗稷南,《双城记》,第3页)

"地阁方圆""江山永固,国运绵长"这几个词极具中国特色。"地阁方圆"这个词的完整说法应该是"天庭饱满,地阁方圆",形容富贵吉利的面相,额头宽阔,下巴方圆饱满是贵寿之相。所谓额头与下巴是通俗的说法,其实地阁也不完全指下巴,从面相学上来讲相当复杂,在此不必赘述。大下巴不一定是骨相,还可以指肥胖多赘肉。在法国大革命时期的一些绘画中,国王的形象是胖子,显示路易十六的两个弱点:他是一个虚弱的、戴绿帽子的男人;他是胖路易,是个酒囊饭袋。①如此看来"地阁方圆"还不如"宽下巴",或许像罗稷南那样把"large jaw"译为"大下巴"或"下巴宽大"更合适。如果国王真的"地阁方圆",当然就会"国运绵长",如果国运不绵长,那么"地阁方圆"就有反讽的意味。但是从原文看反讽似乎不存在。虽然两国王后的相貌不同,但两国的共同点是王权统治,仗着王权的庇佑,王亲贵族们觉得他们可以一直横行霸道下去。江山永固、国运绵长的想法应该是来自国王,但是这个句子的主语是 the lords of the State preserves of loaves and fishes,是王亲贵族们(当然也包括国王和王后)认为"世间万物,各安其位,一成不变"(笔者译)。再比较其他译本的这

---

① Antoine de Baecque, *The Body Politic: Corporeal Metaphor in Revolutionary France*, trans. Charlotte Mandell, California: Stanford University Press, 1997, p. 68.

句话：

> 两国中攀龙附凤之大臣。以为当日时局。已一完不能再易。天荒地老。而贵贱贫富之阶级。则永远不变矣。（魏易，《双城故事》，第1页）
>
> 在这二个国家之中，这是显然易见，明晳如水晶，这亲信权要公卿大臣，享他们的荣华富贵，以为普通的世事已经确定，永远的将没有如何的变化了。（奚识之，《双城记》，第1页）
>
> 这两国中的公卿大臣，把事情看了透彻得像水晶一般了，他们只是保持着他们的权贵和云华，对于一般平泛的事情，认为已经一劳永逸地解决妥贴了。（张由纪，《双城记》，第1页）

与这些译文相比还是许天虹、罗稷南的稍好。他们的译文感觉上比较对，语句指向普遍的情况，并没有特指阶级、政权或江山之类的。原文在第二段沿袭了第一段的抽象措辞，只有到第三段开始谈论两国的实际情况时，才开始比较具体的描述。第二段抽象词语呈现的是人们固定的想法，而这"一成不变"的感觉是与王亲贵族们所谓"神授君权"相关的，这个词语被作者写在了第一章的最后一段。

> All these things, and a thousand like them, came to pass in and close upon the dear old year one thousand seven hundred and seventy-five. Environed by them, while the Woodman and the Farmer worked unheeded, those two of the large jaws, and those other two of the plain and the fair faces, trod with stir enough, and carried their divine rights with a high hand. Thus did the year one thousand seven hundred and seventy-five conduct their Greatnesses, and myriads of small creatures—the creatures of this chronicle among the rest—along the roads that lay before them. (*TTC*, p. 17)
>
> 所有这些事情，以及千百件类似的事情，都发生在过去那美好的

1775 年及随后的日子里。在这种情势下,那个**伐木工**和那个**农夫**在默默地劳作着,而那两个下巴宽大和那两个相貌平平及相貌姣好的人却飞扬跋扈,用高压手段来行使他们神授的王权。就这样,1775年,岁月引领着他们治下位高权重的**大人物**以及卑微的芸芸小民——包括本书所叙的这些小民——沿着摆在他们面前的条条大路走下去。(笔者译)

当死亡和命运这两样东西悄悄向他们逼近的时候,国王和贵族们还在做着"一成不变"的美梦。这一段的一个关键词清晰地勾勒出一个框架:发生的事情—伐木工和农夫—国王与大人们—小民—道路(其中伐木工、农夫和大人物都是首字母大写的,因此他们之间有着必然的对应关系),这是法国革命前法国社会的写照,社会上层并不知道即将会发生什么,而实际上"命运"和"死亡"正在向他们步步逼近,道路已经为他们铺就,王亲贵族和小民都有他们各自的归宿。这结尾一段与第二段一样,所指明确,对比清晰,没有丝毫的拖泥带水。这两段文字相互呼应,长着宽大下巴的强悍的国王们相信君权神授,而神的意志是不可动摇的。他们的所作所为都是神规定的(divinely ordained)、合法的,因此他们根本不必在意自己的行为。作者却在此暗示了他们即将为自己的罪恶行为付出代价,报应在所难免。狄更斯塑造的主人公卡屯与这些大人们形成了对照,说明不论是什么人,做人行事要依据高尚的道德准则,只有保守高尚的道德,人类社会才能美好和谐,像露西·马奈特那样的普通人才能过上幸福安宁的生活。本章的第一、二段和结尾段落狄更斯写的干净利落,尽管说的是过去的事情,却是预言性质的,既是写给读者看的(如首字母大写的词),也适合铿锵有力的演说。

除了这种对整体思想构架把握不到位的问题,张译对故事叙述中象征的运用也缺乏一个整体的认识。最典型的例子莫过于译文对 Saint Antoine 的处理。圣安东是一个地名,是巴黎的一个区,那个区里住的都是穷人。故事中描述的饥饿、贫穷、复仇、革命都是以这个区为代表。在原著中,圣安东这个名字的使用有时是拟人化的,代表的不仅仅是一个地区，而是一个阶层，一种被过度压制之后可能爆发出的巨大的力量，那排山倒海、横扫一切的人群。地名在拟人化的运用中代表的是集体的力量。[①]在"波涛依然汹涌"那章的第一段有一个句子，提到了这位圣人："Madame Defarge wore no rose in her head, for the great brotherhood of Spies had become, even in one short week, extremely chary of trusting themselves to the saint's mercies."(*TTC*, p. 249)在这里，Saint Antoine 是一个人，而不是区。据粗略统计，Saint Antoine 这两个词在文中共出现了 51 次，张译 29 次将它译为"圣安东区"，措辞里没写区字但译文还是指地点的有 18 次，只有 4 次把它译成人名：

(1)将圣安东圣颜上的乌云驱走

(2)他们的到来，给圣安东的胸中点燃了一把火。

(3)圣安东的咽喉里，迸发出惊天动地的吼声

(4)至于圣安东怀抱中的男男女女，他们的嘶哑的声音却再也不会恢复原样了。"(张玲、张扬，《双城记》，第 33、184、239、251 页)

而除了张译译出的这四处，原著里把这个词语当作人名的次数还有不少，我们可以列几个看看：

(1) … there was a flutter in the air that fanned Saint Antoine and his devouring hunger far away.(把圣安东和他那吞噬一切的饥饿吹走。——笔者译注，以下同)

(2) Thus, Saint Antoine in this vinous feature of his, until Midday.(圣安东酒意浓浓的样子)

(3) Madame Defarge and monsieur her husband returned amicably to the bosom of Saint Antoine.(回到圣安东的怀抱)

(4) When Saint Antoine had again enfolded theDefarges in his dusky wings, and they, having finally alighted near the Saint's

① Leona Toker, *Towards the Ethics of Form in Fiction*, p. 100.

boundaries, were picking their way on foot through the black mud and offal of his streets, … (圣安东再次把德发日夫妇包裹在他那昏暗的羽翼之下……)

(5) It was remarkable, but the taste of Saint Antoine seemed to be decidedly opposed to a rose on the head-dress of Madame Defarge. (圣安东的品味与德发日头饰上的玫瑰花不符。)

(6) Either Saint Antoine had an instinctive sense that the objectionable decoration was gone, or Saint Antoine was on the watch for its disappearance; howbeit, the Saint took courage to lounge in, very shortly afterwards, and the wine-shop recovered its habitual aspects. (圣安东本能地感觉到那讨厌的装饰被拿掉了,圣安东一直在等待它的消失,圣安东鼓起勇气走进去,酒馆又恢复了原样。)

(7) In the evening, at which season of all others Saint Antoine turned himself inside out, and sat on door-steps and window-ledges, and came to the corners of vile streets and courts, for a breath of air, … (圣安东到了晚上便里朝外翻了个个,出来透口气……)

(8) Saint Antoine had been, that morning, a vast dusky mass of scarecrows heaving to andfro, with frequent gleams of light above the billowy heads where steel blades and bayonets shone in the sun. A tremendous roar arose from the throat of Saint Antoine, … (那天早上,圣安东是乌压压一大群吓鸟人,人潮奔涌,起伏翻腾的脑袋上不时地闪过几道亮光,那是钢刃和刺刀在阳光下熠熠发光。一声震天动地的怒吼,从圣安东的喉咙里发出……)

(9) The hour was come, when Saint Antoine was to execute his horrible idea of hoisting up men for lamps to show what he could be and do. Saint Antoine's blood was up, and the blood of tyranny

> and domination by the iron hand was down—down on the steps of the Hotel de Ville where the governor's body lay—down on the sole of the shoe of Madame Defarge where she had trodden on the body to steady it for mutilation.（时候到了，圣安东开始执行他那可怕的计划，圣安东的血往头上涌，暴君的血往地上流。）（*TTC*, pp. 125, 189, 199, 200, 204, 210, 210, 242, 247）

狄更斯为圣安东用的代词是 his 或 himself，即使不用代词的时候我们也可以从上下文读出拟人的用法，圣安东是一个人，一个整体，他有统一的特点与个性，有统一的思想和行动。他像一只被饥饿逼疯的巨大的野兽，具有不可抗拒的压倒一切的威力，他有逻辑没理性，因此有着极大的毁灭性和破坏性。圣安东带着“命运”与“死亡”向压迫者发起了总攻。作者用“圣安东”代表“圣安东区”和“圣安东的人”，如果我们在翻译时再把它的内涵解释出来，就消除了原著的语言修辞，削弱了圣安东这位圣人的集体力量及其作为复仇者的象征意义。

四字词语的使用应该与词语所处的语境和叙述视角相适应，在某些语境里，简单的词语或许更能准确地刻画人物、表达人物的内心感受。张译中有些段落的措辞是不太适合语境或叙述视角的，其中两段的问题比较典型：

> …a glittering multitude of laughing ladies and fine lords; and in jewels and silks and powder and splendour and elegantly spurning figures and handsomely disdainful faces of both sexes, …（*TTC*, p. 197）
>
> 他们鲜服华冠，璀璨夺目；夫人们笑容可掬，老爷们风度翩翩。这些珠围翠绕、绫飞缎舞、粉香四溢、光华耀眼的景象以及那些男男女女潇洒倨傲的身姿和秀雅骄矜的容貌，……（张玲、张扬，《双城记》，第 194 页）

这段话的叙述视角既是叙述者的也是修路工的，如果叙述不是聚焦在这

些具体的人的形象上,而是用一些笼统的四字词语描绘一个景象,那么修路工的视角就不存在了。笔者试着把这一段译为:

> 随行的是一众光鲜亮丽的达官显贵,夫人们谈笑风生,老爷们风度翩翩;他们戴着金银珠翠,穿着绫罗绸缎,傅着厚脂香粉,浑身上下珠光宝气,不论男女都是一副优雅端庄却又倨傲自矜的神态。

张译中另一段文字的问题是词语搭配不当,所指不明:

> Sadly, sadly, the sun rose; it rose upon no sadder sight than the man of good abilities and good emotions, incapable of their directed exercise, incapable of his own help and his own happiness, sensible of the blight on him, and resigning himself to let it eat him away. (*TTC*, p. 109)
>
> 太阳无精打采地冉冉升起,它所普照的景物再也没有比这个人更令人痛心的了。他富有才能,情感高尚,但却不善于运用这些才能和情感,不善于帮助自己和获取自己的幸福。他意识到自己身上这种病害,但却任凭它将自己蚕食殆尽。(张玲、张扬,《双城记》,第101页)

译者在本段用了一个四字词语"无精打采",原文的意思不是太阳无精打采,而是太阳为卡屯的痛苦感到悲哀。作者在借太阳抒发自己的悲哀,卡屯不是不善于而是不能运用自己的才华和情感,因此痛苦过后,第二天太阳照样升起,而卡屯的人生却没有希望了。笔者对这段文字的理解是这样的:

> 悲哀,太阳在悲哀中冉冉升起,普天之下的光景再没有比这个更可悲的了:此人才华出众,情感丰富,却无法直接施展他的才华、表达他的情感,无法帮助自己,让自己获得幸福,他明知道自己有这个毛病,却任凭它一天天将自己侵蚀殆尽。

由措辞不当引发的叙述及表达问题在张译中不限于此,比较明显的还有一些，比如：

(1)把"吓鸟人"(scarecrows)译成"吓鸟草人"

(2)把"锁门"或"上锁"(turn the key)译成"拿钥匙开锁"

(3)把"轻便单人马车"(chair)译成"轿子"

(4)把"他们是早已被吓怕了的"(so cowed was their condition)译成"他们所处的地位是那样威震慑服"

(5)把"万事万物都照常运作"(all things run its course)译成"万事按部就班"

(6)把"出城"(left town)译成"离开城里"

(7)把"按照常理"(in common sense)"按普通情理"

(Dickens, *A Tale of Two Cities*, pp. 46, 51, 101, 131, 132, 162, 168)(张玲、张扬,《双城记》, 第 34、40、91、126、126、157、163 页)

除了误译之外，这些译文的问题在于用字过多，尤其是为了凑四字词语让语言远离原著的思想。"吓鸟人"是人，不是草人，圣安东的穷苦人骨瘦如柴，穿着破烂衣裳，就像是个稻草人。"turn the key"是开门还是锁门是由上下文决定的。"威震慑服"这四个字无论从词义上还是语法上讲都说不通。而且，"吓鸟人"在文本中也是个小象征，有前后关联的，译错了整个段落都不好理解，故事的前后关联也无法构建。

章节标题的象征性和第一章的措辞、句法表明作者或叙述者的声音在本作品是很强的。有评论家指出，《双城记》叙述的戏剧性是靠叙述者的声音而不是人物对话来实现的。[①]这也符合狄更斯本人的说法，作品的"人物性格主要是通过故事来表现，而不是通过人物对话来表现"，而故事里充满了叙述者的声音。叙述者的声音通过词语、句子及其节奏得以呈现，句子和句子的节奏又严重依赖词语的节奏。对于像《双城记》这样充满了象征和论说的小说，词语的选择和组合便因此成为了译文的关键。

---

① Anny Sadrin, "The 'Paradox of Acting' in *A Tale of Two Cities*," *The Dickensian*, Vol. 97, No. 454 (Summer 2001), p. 126.

关于节奏与词语的关系,我们可以通过下面这段话的译文略加说明:

> The wine was red wine, and had stained the ground of the narrow street in the suburb of Saint Antoine, in Paris, where it was spilled. It had stained many hands, too, and many faces, and many naked feet, and many wooden shoes. (*TTC*, p. 44)
>
> 这酒是红葡萄酒,在巴黎圣安东区狭窄街道上洒出来,浸染了那里的地面。这酒也浸染了许多手,许多脸,还有许多赤脚,而且还有许多木屐。
>
> (张玲、张扬,《双城记》,第 32 页)

如果严格对照原文的节奏,译文这样或许更准确:

> 这酒是红葡萄酒,被洒在巴黎圣安东郊外狭窄的街道上,染红了地面。这酒也染红了许多双手,许多张脸,许多双赤裸的脚,许多双木鞋。

一次酒桶装卸事故、圣安东酒馆里雅克们正在酝酿的革命、酒染街道和血染街道的关联,都在遣词造句中表现了出来。酒洒在什么地方跟在什么地方洒洒出来是有区别的,前者强调的是地点,后者强调的是酒洒出这个动作,而地方之所以重要是因为这里是被饥饿折磨得疯狂的赤贫的贫民区。原文后一句的几个 and 不一定每个字都要译出来,它的作用是罗列细节,译文把细节列出即可,“还有”和“而且还有”不但使句子变得沉重,还隔离了动词“浸染”与宾语“许多赤脚”和“许多木屐”。这两句话与下一段的一个预言相呼应:

> The time was to come, when that wine too would be spilled on the street-stones, and when the stain of it would be red upon many there. (*TTC*, p. 44)
>
> 总有那么一天,那种酒也要流到铺路石上,那种酒也要把那里很多东西染红。(张玲、张扬,《双城记》,第 33 页)
>
> 过不了多久,那酒也会被人洒到这些铺路石上,给路上的许多东

西染上红色。(笔者译)

这铺路石不是任意一处铺路石,而是与上一段提到的是同一处。通过比较我们会发现,较简练短小的句子更适合其预言的功能,让语句更有节奏感,读起来更响亮,给人影响更深刻。一个句子是否念起来顺口、富有节奏感跟词语的选择以及词语编排的顺序紧密相关,而节奏感又跟句子所要表达的思想紧密相关。叙述者声音的强弱与句子节奏的强弱是相对应的,节奏强则表现力强,节奏弱则叙述者的声音不能得到完整体现。段落或句子的音韵节奏应该从整体效果来看,而不是单从词语本身是否优美、是否吸引读者来做判断。措辞到位,句子节奏清晰,这样的译文才更接近原著所要达到的思想和艺术效果。

纽马克结合布勒和雅各布森的语言功能分类,把语言功能总结为六类:表达功能、信息传递功能、号召功能、审美功能、交际功能和元语言功能。其中表达功能与严肃的文学作品关系密切,表达功能的核心是作者的思想,作者用话语表达情感,并不顾及他人的反应。召唤功能与通俗小说相关,其目的是把书卖出去、娱乐读者。美学功能主要以音韵和隐喻的方式呈现,由于音(美学功能)与义(表达功能)在翻译表达性文本时常常不可兼顾,在翻译中会出现两种极端的做法,即丑陋(刺耳)的直译或悦耳的意译。[①]悦耳的意译在张译中则表现为四字词语的大量使用,通过把象征变为隐喻或解释、改写等手段把表达变为召唤,使译文的语言通俗易懂,容易引发大众读者的共鸣。《双城记》象征的表达其实并非没有太多的召唤功能,它主要诉诸思想而非情感,要求读者有一定的知识和想象力。译文中常用的和陈腐的隐喻部分传递了原著的故事和思想,这样的传递有一点过嘴瘾的感觉,属于"多话"(mouthy)文体,对感官享受的追求——朗朗上口,轻松悦耳——胜过对叙述愉悦的追求。[②]这样的语言从

---

① Peter Newmark, *A Textbook of Translation*, pp. 39—44.

② Jenny Davidson, *Reading Style: A Life in Sentences*, New York: Columbia University Press, 2014. pp. 31—32.

耳边飘过,好听却不走心。文本最基本的单位是词语,《双城记》中词语的象征性决定了从词语到句子到段落都具象征性,词语构建了文本的象征网络,这样的小说对"真"的追求超过了对"美"的追求,这就决定了激发情感的语言在此基本没有位置,即便有也在少数,不会大量出现。象征性的语言也触动情感,但那是深层的、心灵深处的情感,是能够引发思考、产生思想共鸣的情感。

像《双城记》这样的象征性文学作品的美学功能蕴藏在精巧的结构和凝练的文字当中,其最基本的节奏在于句子和意象的工整,词语的象征性是在重复与关联中产生效应的,词语本身并不存在太多的音韵美,词语更多的是与象征性意象,与图画、场景相关联,词语所创造的美是在总体形式中体现的,是总体结构的一部分,是狄更斯本人的艺术创造的一部分。词语、句子与篇章在总体构造中紧密相连,按照作者的设计编织成一个集主题、形式、语言为统一整体的艺术作品。作品的艺术性是从作品的结构形式出发的,它为表达主题思想的语言界定了一个框架,决定了作品的思想以什么方式以及用什么样的语言来表达,才能达到最佳的效果。

## 5. 小 结

尽管批评界对《双城记》有不少的负面评价,狄更斯本人却认定这是一个成功的作品。在一封给友人的信中,狄更斯说他希望《双城记》是他"写过的最好的故事"[1]。威尔基·柯林斯也认为这部小说是狄更斯创作的最完美的建构艺术作品。[2]批评家眼中狄更斯的不足之处恰恰是他的突出特点,正如芭芭拉·哈代所指出的:"狄更斯常常创造出一种既表现

① Charles Dickens, *The Letters of Charles Dickens*, Vol. 2, 1857—1870, p. 103.

② Maria K. Bachman and Don Richard Cox, "Beginning Dickens: Designing the Opening Sentence of *A Tale of Two Cities*," *The Dickensian*, Vol. 110, No. 494 (December 2014), p. 215.

结构又构建结构的象征。”[①]象征与文本的建构在《双城记》中是密不可分的两件事，也就是说，狄更斯《双城记》的象征在内容、形式和语言方面是一致的，是一个精心编织的有完整系统的文本，《双城记》以象征性的语言和语言建构来说明寓言性的思想内容，探讨因果报应的可控性和不可控性。狄更斯既不反对革命也不赞成革命，因为这不是赞成不赞成的问题，是因果循环的问题。如果种下恶果且不知收敛，革命即是不可避免的。所以在关键时刻，卡屯做出了正确的选择，种下了善因，也可以期待善果。小说中一切的象征都在为这个主题服务，其语言的象征形式与内容决定了语言的意义。

用叶姆斯列夫的话来说，语言的形式决定语言的内容，语言是靠形式而不仅仅是靠意思来表达思想的，语言大意的形成是随意的，它不是基于大意，而是基于形式的特定原则。[②] 词语，尤其是四字词这样的熟语代表着一个特定语言和特定文化的思维方式，它不仅是内容的实体和形式也是表达的实体和形式。[③]四字词语在汉语译文中的大量使用从根本上改变了原著的简洁凝练的象征性呈现，这种习惯性或选择性使用的所谓美的或文学性的词语破坏了原著的思维和艺术纹理。文学是通过特定的事物来表达普遍的观念，因此文学所传达的信息就变成了一个密码，一个象征结构，是象征造就了文学的严肃性。[④] 文学作品的文学性要靠词语来建构，但是描述性的、感性的、唯美的词语并不一定代表文学性，也不一定能建构文学的主题与框架，在某些情况下，它对象征性文学作品不但起不

---

① Barbara Hardy, *Charles Dickens: The Later Novels*, London: Longman, 1977, p. 23.

② Louis Hjelmslev, *Prolegomena to a Theory of Lunguage*, trans. Francis J. Whitfield, Madison: The University of Wisconsin Press, 1961, p. 77.

③ Leona Toker, *Towards the Ethics of Form in Fiction*, 2010, p. 2. 此处借用“叶姆斯列夫之网”来解释语言实体与形式一致在象征性建构中的必要性：“内容的实体—内容的形式；表达的实体—表达的形式”。内容的实体指的是思想、意义，而表达的实体则是语言所表现出来的文字或语音实体；内容的形式指的是主题、意向模式及主旨之间的关系，表达的形式与文体和叙述技巧相关。

④ G. N. Leech & M. H. Short, *Style in Fiction: A Linguistic Introduction to English Fictional Prose*, pp. 155—156.

到建构的作用,还可能起到破坏作用。

翻译文学作品不是简单地照着译就行了,如果我们不了解该作品的艺术建构或者说其内容、表达的实体和形式,照着译几乎是不可能的。我们很可能被自己固有的思维习惯所引导,认为只要是同样的意思,换句话说(或者换个词)在翻译实践中是很正常的事情。但是词语和句子在象征的框架中就是形式的组成部分,在某些情况下是不可换的。所以所谓"照着译"常常是觉得怎么对就怎么译。文学翻译首先要了解原作者的艺术设计,对狄更斯这种设计大师级的作家和设计精密到极致的《双城记》来说更应如此。

四字词语是汉语的瑰宝,不是不可以在译文里用,而是要善用,要用得准确恰当才能发挥出它的优势。该用的时候用,不该用的时候不用。汉语的韵律美靠的不是某个词语的字数,而是不同字数的词语搭配出的节奏美。汉语的词语无论是一个字、两个字还是三个字、四个字都有其恰当的用处,把它们巧妙搭配用好才能体现汉语的力与美,四字词用的过多有时反倒显得单调乏味。冯树鉴虽然鼓励在翻译中用四字格,他也知道滥用四字格的风险,他坚持四字词的使用不能超出"信"的限度,要在形式和内容上忠实于原文。[①]在小说翻译中词义的准确比韵律美更重要,当韵律与词义发生冲突时,译文应该以词义为重,在翻译标题的时候更应该把标题与内容对应考虑,提升词语的效率和准确度。小说家毛姆说过:"词语串起来如悦耳的乐音落入耳中,这是感官享受而不是智力享受,音韵之美很容易让人断定没必要在意词义。但是词语是专制的东西,它们是为词义而存在的,如果你不关注这些,你就不会关注。你的注意力就不能集中。"[②]在译文中,这不只是注意力不集中的问题,更是为了音韵撕裂原著的语言组织,让其主旨不清、措辞繁冗、表达模糊、结构凌乱的问题。频繁使用四字词语反倒造成语言的不经济,造成简文繁译的后果,这种译法尤其不利于像《双城记》这样简洁凝练的象征性文学作品。

---

① 冯树鉴:《"四字格"在译文中的运用》,《翻译通讯》1985年第5期,第19页,第21页。

② W. Somerset Maugham, *The Summing Up*, London: Pan Books, 1976, p. 26.

# 结　　语

文学作品是一种特殊的文类，翻译文学作品一定要翻译形式，这是许多翻译研究者的共识。文学的形式不仅是艺术，形式是技巧和美的展示，也是思想的表达，有时形式与思想是密不可分的，有时形式就是内容，就是思想，形式变了，思想内容也会跟着变。在翻译的实践中，人们常常把体与质、形式与内容、艺术与思想、故事与叙述分别而论，认为换一种形式照样可以讲故事，自信的译者甚至认为以自己的方式可以把故事讲得更好；而实际上，形式与内容是不可分割的。一部文学作品的艺术成就越高，其思想内容就越博大精深，形式既是表达内容的方式也是内容表达的方式，语言形式决定语言的内容。

受译入语各种社会文化因素的影响，译者在翻译文学作品过程中会有意无意、或多或少地改变形式，但形式的改变未必全是受社会文化观念的影响，有时是文化观念改变形式，继而改变思想，有时是形式的改变造成思想的改变，前者是直接受文化观念影响，后者可能是受译者个人的判断、知识和能力的影响。前者是译者出于对译入文化的考虑，有意为之，后者是在翻译过程中自然发生的，出于译者的本能。当然译者个人的判断不会完全独立于文化之外，只是后一种情况受文化的影响要小一些，影响也更微妙些，对于像林纾那种特别有文化的译者来说，译入文化与译者个人的判断、知识和能力是同时起作用的。

讨论文学翻译就不能不讨论艺术形式的变化与译入国文化思想观念的关系。译入语社会文化观念会影响译者对形式的选择，而译者对形式的选择又决定了译本的思想内容及其最终形态。这种形态是独特的，带着深深的译入国及译者的思想观念和主导诗学的烙印。文学的艺术形式与社会文化是密不可分的，因为文化思想观念包含了诗学。我们探讨它们之间的关系，是为了说明形式既是思想观念也是为思想观念服务的，或者说思想观念是通过形式来表现的。文学翻译中对形式的改变可能涉及文化思想观念的考虑，而文化思想观念又时时渗透在译本的文本框架、修辞和叙述模式之中。要探讨这个复杂的问题，我们有必要借助多学科的知识，把翻译学、批评文体学、女性主义文体学和后经典叙述学的相关理论与方法引入本书的个案研究，探讨文学形式与文化思想观念的关系，分析文学的语言、风格、结构技巧、叙述模式与思想观念的关联。

本书选取的研究对象有历史文化方面的考虑：一方面要选取像林纾、伍光建这样早期外国小说译者翻译的删节译本，另一方面要选取 20 世纪 90 年代以前的比较流行的全译本，如张谷若、董秋斯和张玲、张扬的译本。选取林纾和伍光建的四个译本（《贼史》《孝女耐儿传》《块肉余生述》《劳苦世界》）作为研究对象是看中了它们的特点。虽然这些译本有那么多的增删改写，有这样或那样的问题，但狄更斯是因为他们的努力才得以被国人认识与欣赏的，笔者也从他们的译本中获益匪浅。这四个译本对原著的系统性改造使译本与原著在内容和形式上形成鲜明的对照。通过对原著的深入了解，我们可以看到译本删改掉的内容和形式正是狄更斯艺术创作的精华。这样的对照有助于我们深入了解林纾、伍光建译本的成因，也有助于我们进一步了解狄更斯小说的艺术和思想。

林纾和伍光建所处的时代是中西方文学刚刚开始交流的时代，也是中国人对西方文学技巧比较陌生的时代。对西方思想观念的抵制和对西方文学技巧的陌生自然会使两位熟读中国文史的译家采用归化的译法。他们的四个译本都采用归化译法，这样做使文本更加流畅易懂，在诗学和文化思想观念上更符合译入语的趣味，更容易被译入语的目标读者所接受，但它们并没有让译者隐身。相反，译者正是以归化的策略操纵译文，让作者隐身，于是我们就有了“林译”小说，译者比作者还要有名。译者改变原著的文本框架，增删原文，通过改写或转述造成一种假象的对等。他们用本国语和本国文学的叙述模式讲述一个异域的故事，他们认为只要故事相似，思想就不会相去太远；只要基本的道德标准一样，阐释的方式就不必计较。但是文学作品中语言和艺术技巧的不同确实会造成思想上的巨大差异。两位译者在翻译的过程中应该是感觉到了原著形式上的“怪异”和思想观念上的差异。为了消弭思想上的差异，为了变基督教的人文思想为孔孟学说，他们也要相应改变原著的文本形式。他们删除了他们不喜欢的和他们认为繁冗、烦琐的语句，使译文的措辞符合中国传统小说的文本模式和叙述方式。这样做既能满足他们对本民族文学、文化的自豪感，又能抵制译出语文化思想的侵袭。

但是这样的译法有一个致命的弱点，那就是译文只能粗浅地引进原著的思想和内容。译文对原著文本形式的改造不仅改变了形式，还在一定程度上损伤了原文的主题思想。林纾译书的一个重要目的就是“醒世救国”，伍光建译书也是要人们了解西方国家的社会问题，他们想引进西方的思想，可是他们的译法却是在阻碍思想的引进。以中国传统小说的模式移译狄更斯的小说只能削弱原著的思想和内容，其“醒世救国”或教育国人的效果也大大减弱。狄更斯时代的英国已经进入工业化社会，工业社会的发达使人们变得功利、冷酷、自私、自以为是，工业的发展也严重破坏了自然和社会人文环境。为了批判这些社会痼弊，狄更斯采用夸张的描述和象征性的意象系统、象征性的语言来叙述事件和人物，他以各种巧合和恐怖的戏剧性场景来对抗人的理性，以不理性的理性对抗理性的不理性。尽管译者和作者都相信人可欺、天不可欺，相信善恶必报，以揭露丑恶、唤醒良知为己任，但是因为译文和原著的形式不同，他们的思想层次就不同。狄更斯根据不同的需求采用不同的叙述模式，他的重复不是啰嗦，象征性意象的叠加不仅诉诸理性，更诉诸心灵，让人们从内心里本能地畏惧罪恶；他的人物的思想性是在对比中建立起来的，没有比较就没有鉴别;他的人物话语解释了人的精神世界,恶人的虚伪、愚蠢和邪恶以及善人的真诚与正信都休现在话语和话语模式中。无论是文本框架还是意象的重复、人物的对比和叙述话语都不能轻易删改,一旦删改简化,原著中广阔、深刻的思想就会变得肤浅,批判的力度也会因此而大打折扣。由于当时中国社会发展还相对落后,译者对资本主义的社会现象以及批判资本主义社会弊病的文学还不太了解,对资本主义特有的一些现象不够敏感,所以只是抓住其中的一些关乎人性善恶的内容来翻译,忽略了作者对社会问题的分析和阐释。

两位译者在翻译时注重写实,而狄更斯却不是一个写实的作家,他的小说确实深刻地反映了社会现实,但是他的这四部小说都不是写实的。狄更斯是具有诗人气质的小说家,他既传承了英国小说的传统作法又有自己的创新和突破,他用流浪汉小说的笔法写 *Oliver Twist* 和 *The Old Curiosity Shop*,用象征主义的手法写 *Hard Times* 和 *A Tale of Two Cities*。象征主义的手法在狄更斯写作 *Hard Times* 之时还无人能识,是很先进的文学艺术手法。即便是在西方,狄更斯的艺术成就也是经过一个漫长的过程才渐渐为人们所认识,两位译者在当时的历史条件下不懂象征也是情理之中的事,但是不懂所造成的直接后果就是无法让读者真正了解狄更斯小说中所蕴含的精深细腻的思想感情。由于文化思想观念上的差异和社会发展的阶段不同,译文无论是在艺术手法还是思想观念上都与原著有较大的差距。

在《贼史》里,林纾以中国传统小说和史传的文本框架来接纳狄更斯小说,把狄更斯虚构性极强的小说变成写实的批判,既引进了新颖的故事,拓展了小说反映现实的视野,又弘扬了史传经典的写作艺术和中国传统的"忠、孝、节、义"等价值观。在《孝女耐儿传》里,林纾忽略了耐儿的天使特征,他靠增删和演绎把中国"孝"的观念推向了极致。在译《块肉余生述》时,林纾注意到了原著的骨节勾连、伏脉至细的写作手法,但还是删节了他认为繁冗的部分。林纾看重的是故事,对自传体第一人称创伤叙述的叙述模式不理解,删掉了原著刻意繁冗的部分,留下了原著痛苦的叙述,忽略了叙述的痛苦。《劳苦世界》虽然没有像林译的《贼史》那样对原著的文本框架做太大的改动,但也套用了章回小说的文本形式。《劳苦世界》删节了原著中的很多意象及意象的重复,删除了原著中使人物象征化的话语模式,以世俗的人道精神代替了原著的基督教的人道精神。

《贼史》与《孝女耐儿传》显示了译者的主体意识,林纾相信只有保留中华民族特有的文化,我们国家的强盛复兴才有意义。在林纾看来,我们不怕向西方学习,但如果我们的文化被西方同化,我们就不再是中国人了。中国的科技虽然落后,可中国的文化并不比任何国家的差,甚至可以说是更好。林纾担心中国传统的价值观和古文字在学习西方先进科学和思想的过程中被国人抛弃,就设法以译文的形式保存并发扬光大中国的传统文化。虽然伍光建的主体意识没有林纾的那么强,但他也不想传播基督教的思想,他采用的归化策略跟林纾的差不多。两位译者的差别在于,林纾试图把小说提高到史传的高度,他基于先入之见改变原著的形式,从而达到改变其思想观念的目的,而伍光建则是将原著通俗化,在对原著的缩略与改造中改变了原著通过形式来表达的思想观念。两位译者的主体意识反映了他们的社会文化立场:西方的文学必须为中国人所用,不能取代中国的文学。

林纾的关于中国文化强而国力弱的论断是值得我们思考的。文化是一个民族的根本,中国的文学和文字是值得我们骄傲的文化遗产,需要我们去保护和珍惜。但是文学和文字是随着社会发展而变化的,文学的形式和思想都是对现实生活的反映,当社会发展到一个新的历史阶段,现实必然要呼唤新的文学形式和新的表达方式。忽略中国古代小说与英国19世纪小说的时代差异,把狄更斯小说与《史》《传》相提并论无益于我们了解资本主义社会所特有的问题,以及这个时代所特有的复杂的思想意识。伍光建虽然没有提及马班,也没有用文言文翻译,但是他也采用中国传统小说的模式,大量删节文字,改造形式,既简化了叙述又简化了思想。译者拘泥于固有的文学形式自然有他们的道理,但是忽略原著形式的做法使他们很难跟上时代前进的步伐。那个时代普遍采用的增删改写的译法有些简单粗略，如果译者能在译书前对整个作品的思想有一个清晰的认识，如果他们对文学形式有更多的了解，或许他们能译得更准确、更全面一些。所以说，影响译文质量和形态的不只是译者的判断和策略，译者的知识与见识在一定程度上也决定了译文的质量和形态。

对张谷若译的《大卫·考坡菲》，董秋斯译的《大卫·科波菲尔》和张玲、张扬译的《艰难时世》这样全译本的研究让我们有机会从语言文字的运用和细节处理上了解译者所作的调整与改变。从某种意义上讲，删节译本的归化操作比较容易辨识，而全译本看起来都很忠实于原著，愿意引入原著的文化和艺术形式，不细读、不做对比研究是不太能看出问题的。但是，全译本并非一定就是忠实的译本。从本书的研究来看，措辞和句式的改变可能并不比删节给原著带来的变异要小。词语和句式可能改变原著的思想、叙述视角和象征框架的建构。词语和句式也是形式，是形式的基本单位。原著《大卫·科波菲尔》的特点在叙述模式，在于叙述模式所表达的难以言表的悲伤，原著里时态的穿插变化、视角的转换、修辞手段的运用以及字句的重复等都与思想内容相关，也与措辞句法相关。所谓浅显易懂和深奥严肃的区别都在语言文字上，浅显易懂的行文会破坏语言的结构，对指示语和语域的错误判断和使用都会像删节译本一样，只传达了故事而忽略了形式。对形式的忽略又反过来削弱了原著的思想和艺术。张译《双城记》与《大卫·考坡菲》一样，都大量使用双音词和四字词语，不太注意句子的结构，可是原著《艰难时世》偏偏是一部以象征建构故事和人物的小说，是一部完美的建构艺术作品，其语言的形式决定了语言的内容，象征的语言表达象征的思想和思想的严肃性，译入文化中大众喜爱的华丽的、唯美的、有文化的、文学性强的描述性、激发情感的语言是无法表达原著的思想的。通过全译本与原著的对比研究我们发现：有意识的删节和有意无意的改写都体现了译者的文化选择；对译入文化思想观念的保护和译入语语言文字的保护都是“归化”的译法。所谓译文的“通顺”和“地道”既是对译出语语言、诗学的抵制，也是对译入语语言和诗学的保护，既关乎自尊心和自信心，也关乎思想、阅读甚至写作的舒适度。

在现阶段，对全译本的形式和文化思想观念的研究更有学术意义，因为现在的译本几乎都是全译本。

对狄更斯五部小说汉译本的个案研究也给了我们一个重要的启示：小说不是随便说的，小说的形式和内容不能分别而论，语言不只是表达思想的工具。在小说里，很多时候形式即思想，表达方式和叙述方式也不仅仅是艺术，也是思想。要想系统全面地传达作者/作品的思想，就要关注作品的艺术形式。所谓翻译小说，不是把原著的酒装进译入语的酒瓶子，而是用译入语把原著的故事用原著的叙述模式和风格笔调来讲述。旧酒换新瓶，酒还是那个酒，换了叙述模式和风格笔调，故事就不是原来的故事。基本的人物和故事情节都在，但是思想内容会发生变化。采用归化译法的译者往往聚焦于译出语文化和译入语文化的共同点而忽视差异，这么做基本上就是把复杂的作品简单化、通俗化，而只有对原著的艺术形式和思想特点有了充分的认识，了解作品的形式与内容的关系，了解作者是如何通过形式表达思想的，译者的决定才会更加合理、更加明智。唯有突破旧有的文学形式，才能全面引进新思想、新诗学。我们不应该拒斥外国文学的形式，因为丢掉形式可能就丢掉了思想。当然，如果我们想抵制某一部小说的思想，我们可以先从改变小说的形式开始。

# 参考文献

## 文　本①


### *Oliver Twist*

Dickens, Charles, *Oliver Twist: Authoritative Text, Backgrounds and Sources, Early Reviews, Criticism*, ed. Fred Kaplan, New York: W. W. Norton & Co., 1993.

狄更斯:《奥立弗·退斯特》,荣如德译,上海:上海译文出版社,1984年。

迭更司:《奥列佛尔》,蒋天佐译,北京:骆驼书店,1948年。

却而司迭更司:《贼史》,林纾、魏易译,上海:商务印书馆,1908年。

### *The Old Curiosity Shop*

Dickens, Charles, *The Old Curiosity Shop*, ed. Angus Easson, Harmondsworth, Middlesex: Penguin Books, 1972.

查尔斯·狄更斯:《老古玩店》(上、下册),许君远译,上海:上海文艺联合出版社,1955年。

却而司迭更司:《孝女耐儿传》(卷上、中、下),林纾、魏易译,上海:商务印书馆,1914年。


① 此项所列书目为本书中用作比较引用的原著和译本,其他狄更斯的中译本及书中所涉及的其他著作的文本列入参考书目。

***David Copperfield***

Dickens, Charles, *David Copperfield: Authoritative Text, Backgrounds, Criticism*, ed. Jerome H. Buckley, New York: W. W. Norton & Co., 1990.

查尔斯·狄更斯:《大卫·科波菲尔》(上、下),董秋斯译,北京:中央编译出版社,2010年。

狄更斯:《大卫·考坡菲》(上、下),张谷若译,上海:上海译文出版社,2011年。

迭更司:《块肉余生述》,林纾、魏易译,北京:商务印书馆,1981年。

***Hard Times***

Dickens, Charles, *Hard Times: An Authoritative Text, Contexts, Criticism*. 3rd edition, ed. Fred Kaplan & Sylvère Monod, New York: W. W. Norton & Co., 2001.

查尔斯·狄更斯:《艰难时世》,全增嘏,胡文淑译,上海:新文艺出版社,1957年。

迭更斯:《劳苦世界》,伍光建译,上海:商务印书馆,1933年。

***A Tale of Two Cities***

Dickens,Charles, *A Tale of Two Cities*, London: Chapman & Hall, 1930.

查利斯·狄更斯:《双城故事》,魏易译述,上海:民强书店,1930年。

狄更斯:《二京记》,伍光建译,上海:商务印书馆,1934年。

狄更斯:《双城记》,奚识之译注,上海:三民图书公司,1934年。

狄更司:《双城记》,罗稷南译,上海:新文艺出版社,1955年。

狄更斯:《双城记》,张玲,张扬译,上海:上海译文出版社,2011年。

迭更司:《双城记》,张由纪译,上海:达文书店,1939年。

迭更斯:《双城记》,许天虹译,上海:平津书店,1947年。

**参考书目:**

Abel, Elizabeth, Marianne Hirsch, and Elizabeth Langland, eds., *The Voyage In*:

*Fictions of Female Development*, Hanover: University Press of New England, 1983.

Althusser, Louis, *On Ideology*, London: Verso, 2008.

Altick, Richard D., *Victorian People and Ideas*, New York: W. W. Norton & Co., 1973.

Anderman, Gunilla & Rogers, Margaret, eds. *Translation Today: Trends and Perspective*, Clevedon: Multilingual Matters, 2003.

Andrews, Malcolm, "Introduction," *The Old Curiosity Shop*, Charles Dickens, New York: Penguin, 1972, pp. 11—31.

Andrews, Molly, "Beyond Narrative: The Shape of Traumatic Testimony," *Beyond Narrative Coherence*, eds. Matti Hyvärinen et al., Amsterdam: John Benjamins Publishing Company, 2010, pp. 147—166.

Axton, William F., *Circle of Fire: Dickens' Vision & Style & the Popular Victorian Theatre*, Lexington: University of Kentucky Press, 1966.

Bachman, Maria K. & Cox, Don Richard, "Beginning Dickens: Designing the Opening Sentence of *A Tale of Two Cities*," *The Dickensian*, 110(494) (Dec., 2014), pp. 210—223.

Bal, Mieke, *Narratology: Introduction to the Theory of Narrative*, 2nd edn, Toronto: University of Toronto Press, 1997.

—, *Lethal Love: Feminist Literary Readings of Biblical Love Stories*, Bloomington: Indiana University Press, 1987.

Bar-Yosef, Eitan, "'It's the Old Story': David and Uriah in II Samuel and David Copperfield," *The Modern Language Review*, Vol. 101, No. 4 (Oct., 2006), pp. 957—958.

Barthes, Roland, *Writing Degree Zero*, New York: Hill & Wang, 1977.

Bassnett, Susan & Lefevere, André, "Introduction: Where Are We in Translation Studies?" *Constructing Cultures: Essays on Literary Translation*, eds., Susan Bassnett & André Lefevere, Clevedon: Multilingual Matters, 1998, pp. 1—11.

—, *Constructing Cultures: Essays on Literary Translation*, Clevedon: Multilingual Matters, 1998.

Bassnett, Susan, *Translation Studies*, 3rd edition, New York and London:

Routledge, 2002.

Bell, Vereen M., "The Emotional Matrix of David Copperfield," *Studies in English Literature*, 1500—1900, Vol.8, No.4, *Nineteenth Century* (Autumn, 1968), pp. 633—649.

Benjamin, Walter, "The Task of the Translator: An Introduction to the Translation of Baudelaire' s Tableaux Parisiens," trans. Harry Zohn, *The Translation Studies Reader*. 2nd edn, ed. Lawrence Venuti, New York: Routledge, 2004, pp. 75—83.

Berman, Antoine, "Translation and the Trials of the Foreign," *The Translation Studies Reader*, 2nd edn, ed. Lawrence Venuti, New York: Routledge, 2004, pp. 276—289.

Berry, Ralph, *The Shakespearean Metaphor: Studies in Language and Form*, London: Macmillan, 1978.

Bolinger, Dwight & Sears, Donald A., *Aspects of Language*, 3rd edition, New York: Harcourt Brace Jovanovich, 1981.

Booth, Wayne C., *The Rhetoric of Fiction*, 2nd edn, Chicago & London: The University of Chicage Press, 1983.

Bornstein, George, "Miscultivated Field and Corrupted Garden: Imagery in *Hard Times*," *Nineteenth-Century Fiction* Vol. 26, No. 2 (Sep., 1971), pp. 158—170.

Bradford, Richard, *Stylistics*, London & New York: Routledge, 1997.

Brown, E. K., "The Art of 'The Crowded Novel'," Charles Dickens, *David Copperfield: Authoritative Text, Backgrounds, Criticism*, ed. Jerome H. Buckley, New York: W. W. Norton & Co., 1990.

Burke, Kenneth, *On Symbols and Society*, ed. & intro. Joseph R. Gusfield, Chicago: The University of Chicago Press, 1989.

Burton, D., "Through Glass Darkly: Through Dark Glasses," *The Stylistics Reader: From Roman Jacobson to the Present*, ed. J. J. Weber, London: Arnold, 1996, pp. 225—238.

Carmichael, Virginia, "In Search of Beein': Nom/Non Du Pere in David Copperfield," *ELH*, Vol. 54, No. 3 (Autumn, 1987), pp. 653—667.

Chapman, Siobhan, *Pragmatics*, Shanghai: Shanghai Foreign Language Education

Press, 2016.

Chatman, Seymour, *Coming to Terms: The Rhetoric of Narrative in Fiction and Film*, Ithaca: Cornell University Press, 1990.

Chesterton, G. K., *Charles Dickens: A Critical Study*, New York: Dodd Mead & Company, 1906.

—, *Criticism & Appreciations of the Works of Charles Dickens*, London: J. M. Dent & Sons Ltd., 1992.

Collins, Philip, *Dickens and Education*, London: Macmillan & CO LTD, 1963.

Collins, Wilkie, *The Frozen Deep: and Other Stories*, Leipzig: Bernhard Tauchnitz, 1874.

Cowles, David L., "Having It Both Ways: Gender and Paradox in *Hard Times*," Charles Dickens, *Hard Times: An Authoritative Text, Contexts, Criticism*, 3rd edition, ed. Fred Kaplan & Sylvère Monod, New York: W. W. Norton & Co., 2001, pp. 439—444.

Davidson, Jenny, *Reading Style: A Life in Sentences*, New York: Columbia University Press, 2014.

Day-Lewis, Cecil, *The Poetic Image*, London: Jonathan Cape, 1947.

DeBaecque, Antoine, *The Body Politic: Corporeal Metaphor in Revolutionary France*, trans. Charlotte Mandell, California: Stanford University Press, 1997.

Dever, Carolyn, "Psychoanalyzing Dickens," *Charles Dickens's A Tale of Two Cities*, ed. Harold Bloom, New York: Infobase Publishing, 2007, pp. 191—210.

Dickens, Charles, *The Letters of Charles Dickens*, Vol. 2, 1857—1870, eds. Mamie Dickens & Georgina Hogarth, London: Chapman and Hall, 1880.

Dickens, Charles, *A Tale of Two Cities: A Story of The French Revolution*, Project Gutenberg, 1994.

Dickens, Charles, *The Personal History, Adventures, Experience, And Observation of David Copperfield The Younger of Blunderstone Rookery (Which He Never Meant to Be Published on Any Account)*, Boston: Berwick & Smith, 1890.

Dickens, Charles, "Dickens' Comments on the Composition of *Hard Times*," Charles Dickens, *Hard Times: An Authoritative Text, Contexts, Criticism*. 3rd edition, ed. Fred Kaplan & Sylvère Monod, New York: W. W. Norton & Co., 2001, pp. 277—285.

DuPlessis, Rachel Blau, *Writing Beyond the Ending: Narrative Strategies of Twentieth Century Women Writers*, Bloominton: Indiana University Press, 1985.

Eagleton, Terry, "Ideology and Literary Form: Charles Dickens," *Charles Dickens*, ed. Steven Connor, London: Longman, 1996, pp. 151—158.

Esslin, Martin, "The Stage: Reality, Symbol, Metaphor," *Drama and Symbolism*, ed. James Redmond, Cambridge: Cambridge University Press, 1982, pp. 1—12.

Ford, George H., *Dickens and His Readers: Aspects of Novel-Criticism Since* 1836, New York: Norton, 1965.

Ford, Richard, "From Quarterly Review 1839," Charles Dickens, *Oliver Twist: Authoritative Text, Backgrounds and Sources, Early Reviews, Criticism*, ed. Fred Kaplan, New York: W. W. Norton & Co., 1993, pp. 405—408.

Forster, John, *The Life of Charles Dickens*, Vol. I, Philadelphia: J. B. Lippincott Company, 1897.

—, *The Life of Charles Dickens*, Vol. Ⅲ, Philadelphia: J. B. Lippincotte Company, 1897.

Fowler, Roger, *Linguistic Criticism*, Oxford: Oxford University Press, 1986.

Friedman, Norman, "Point of View in Fiction," *The Theory of the Novel*, ed. Philip Stevick, London: The Free Press, 1967, pp. 108—137.

Fuller, Margaret, *Woman in the Nineteenth Century: An Authoritative Text, Backgrounds, Criticism*, New York: W. W. Norton & Co., 1998.

Genette, Gerard, *Narrative Discourse: An Essay in Method*, trans. Jane E. Lewin, Ithaca: Cornell University Press, 1980.

—, *Paratexts: Thresholds of Interpretation*, trans. Jane E. Lewin, Cambridge: Cambridge University Press, 1997.

Ginsburg, Michal Peled, "Truth and Persuasion: The Language of Realism and Ideology in *Oliver Twist*," *NOVEL: A Forum on Fiction* Twentieth Anniversary Issue: III. Vol. 20, No. 3 (Spring, 1987), pp. 220—236.

Gissing, George, "Dickens and the Working Class," *Dickens: Hard Times, Great Expectations and Our Mutual Friend*, ed. Norman Page, London: Macmillan,

1979, p. 37.

Gold, Joseph, *Charles Dickens: Radical Moralist*, Minneapolis: University of Minnesota Press, 1972.

Graham, Joseph F., ed., *Difference in Translation*, Ithaca & London: Cornell University Press, 1985.

Guiliano, Edward & Colllins, Philip, eds., *The Annotated Dickens*, Vol. 2, London: Orbis Book, 1986.

Hanna, Robert C. ed., *The Dickens Christian Reader: A Collection of New Testament Teachings and Biblical References from the Works of Charles Dickens*, New York: AMS Press, INC., 2000.

Hardy, Barbara, *Dickens: The Later Novel*, London: Longman, 1977.

Hatim, Basil & Mason, Ian, *Discourse and the Translator*, London: Longman, 1990.

—, *The Translator as Communicator*, London & New York: Routledge, 1997.

Hatim, Basil, *Teaching and Researching Translation*, London: Pearson Education, 2001.

Herman, David, *Narratologies: New Perspectives on Narrative Analysis*, Columbus: Ohio State University Press, 1999.

Hite, Molly, *The Other Side of the Story: Structures and Strategies of Contemporary Feminist Narrative*, Ithaca: Cornell University Press, 1989.

Hjelmslev, Louis, *Prolegomena to a Theory of Language*, trans. Francis J. Whitfield, Madison: The University of Wisconsin Press, 1961.

Hornback, Bert G. "*The Hero of My Life*": *Essays on Dickens*, Athens: Ohio University Press, 1981.

House, Humphrey, *The Dickens World*, 2nd edn, London: Oxford University Press, 1942.

House, Juliane, *A Model for Translation Quality Assessment*, Tibingen: TBL-Verlag Narr, 1977.

Ingham, Patricia, "The Name of the Hero in *Oliver Twist*," *The Review of English Studies New Series*. Vol. 33, No. 130 (1982), pp. 188—189.

—, *Dickens, Women and Language*, Toronto: University of Toronto Press, 1992.

Jin, Di, *Literary Translation: Quest for Artistic Integrity*, Manchester: St. Jerome Publishing, 2003.

Jordan, Joseph Patrick, *Dickens Novels as Verse*, Ann Arbor: UMI Dissertation Publishing, ProQuest LLC., 2009.

Kearns, Michael S., *Rhetorical Narratology*, Lincoln: University of Nebraska Press, 1999.

Klein, Violo, "The Emancipation of Women: Its Motives and Achievements," *Ideas and Beliefs of the Victorian*, BBC Talks, London: Sylvan Press, 1949, pp. 261—267.

Konrad, Linn B., "Symbolic Action in Modern Drama: Maurice Maeterlinck," *Drama and Symbolism*, ed. James Redmond, Cambridge: Cambridge University Press, 1982, pp. 29—39.

Lakoff, George & Johnson, Mark, *Metaphors We Live By*, Chicago and London: The University of Chicago Press, 1980.

Lamarque, Peter, *The Opacity of Narrative*, London: Rowman & Littlefield, 2014.

Lanser, Susan S., *The narrative Act: Point of View in Prose Fiction*, Princeton: Princeton University Press, 1981.

—, "Sexing the Narrative: Propriety, Desire, and the Engendering of Narratology," *Narrative*. Vol. 3, No. 1 (Jan., 1995), pp. 85—94.

—, *Fictions of Authority: Women Writers and Narrative Voice*, London: Cornell University Press, 1992.

—, "Toward a Feminist Narratology," *Feminisms: An Anthology of Literary Theory and Criticism*, ed. Robyn R. Warhol & Diane Price Herndl, New Brunswick: Rutgers University Press, 1997, pp. 674—693.

—, "Sexing Narratology: Toward a Gendered Poetics of Narrative Voice," *Narrative Theory: Critical Concepts in Literary and Cultural Studies*, Vol. IV, ed. Mieke Bal, London & New York: Routledge, 2004, pp. 123—139.

Larson, Janet, "*Oliver Twist* and Christian Scripture," Charles Dickens, *Oliver Twist: Authoritative Text, Backgrounds and Sources, Early Reviews, Criticism*, ed. Fred Kaplan, New York: W. W. Norton & Co., 1993, pp. 537—552.

Leavis F. R., "*Hard Times: The World of Bentham*," *Dickens: The Novelist*, F. R. Leavis & Q. D. Leavis. London: Chatto & Windus, 1973, pp. 187—212.

—, "*Hard Times*: An Analytic Note," Charles Dickens, *Hard Times*: *An Authoritative Text*, *Contexts*, *Criticism*, 3rd edition, ed. Fred Kaplan & Sylvère Monod, New York: W. W. Norton & Co., 2001, pp. 364—384.

Leech, Geoffrey N. & Short, Michael H., *Style in Fiction*: *A Linguistic Introduction to English Fictional Prose*, Beijing: Foreign Language Teaching and Research Press, 2001.

Lefevere, André, ed., *Translation/History/Culture*: *A Sourcebook*, London and New York: Routledge, 1992.

Lefevere, André, *Translation*, *Rewriting*, *and the Manipulation of Literary Fame*, London & New York: Routledge, 1992.

—, "Mother Courage's Cucumbers: Text, System and Refraction in a Theory of Literature," *The Translation Studies Reader*, ed. Lawrence Venuti, New York and London: Routledge, 2004, pp. 239—255.

Lewis, Philip E., "The Measure of Translation Effects," *Difference in Translation*, ed. Joseph F. Graham, Ithaca: Cornell University Press, 1985, pp. 31—62.

Lodge, David, *Language of Fiction*: *Essays in Criticism and Verbal Analysis of the English Novel*, New York: Columbia University Press, 1966.

Lubbock, Percy, *The Craft of Fiction*, London: Jonathan Cape, 1928.

Macherey, Pierre, *A Theory of Literary Production*, trans. Geoffrey Wall, London: Routledge & Kegan Paul, 1978.

Marcus, Steven, "Who Is Fagin?" Charles Dickens, *Oliver Twist*: *Authoritative Text*, *Backgrounds and Sources*, *Early Reviews*, *Criticism*, ed. Fred Kaplan, New York: W. W. Norton & Co., 1993, pp. 478—495.

Maugham, W. Somerset, *The Summing Up*, London: Pan Books, 1976.

Marroni, Francesco, *Victorian Disharmony*: *A Reconsideration of Nineteenth-Century English Fiction*, Rome: John Cabot University Press, 2010.

Mezei, Kathy, *Ambiguous Discourse*: *Feminist Narratology and British Women Writers*, Chapel Hill: University of North Carolina Press, 1996.

Miller, J. Hillis, *Charles Dickens*: *The World of His Novels*, Cambridge, Massachusetts: Harvard University Press, 1958.

Miller, Nancy K., *The Heroine's Text*: *Readings in the French and English Novel*.

1722—1782, New York: Columbia University Press, 1980.

Morini, Massimiliano, "Point of View in First-Person Narratives: A Deictic Analysis of David Copperfield," *Style*, Vol. 45, No. 4 (Winter, 2011), pp. 598—695.

Moss, Donald M. & Keen, Ernest, "The Nature of Consciousness," *The Metaphors of Consciousness*, ed. Ronald S. Valle & Rolf von Eckartsberg, New York and London: Plenum Press, 1981, pp. 107—120.

Newmark, Peter, *A Textbook of Translation*, New York: Prentice Hall, 1988.

—, *Approaches to Translation*, Oxford: Pergamon Press, 1981.

Nida, Eugene, *Toward a Science of Translating: With Special Reference to Principles and Procedures Involved in Bible Translating*, Leiden: E. J. Brill, 1964.

Nord, Christiane, *Translating as a Purposeful Activity*, Manchester: St. Jerome Publishing, 1997.

—, *Text Analysis in Translation*, 2nd edn, Amsterdam & New York: Rodopi, 2006.

Ogden, C. K. & Richards, I. A., *The Meaning of Meaning*, New York: Harcourt, Brace & CO., INC., 1956.

Page, Norman, *Speech in English Novel*, London: Longman, 1973.

Phelan, James, "Foreword," *Before Reading: Narrative Conventions and the Politics of Interpretation*, Peter J. Rabinowitz, Columbus: Ohio State University Press, 1987, ix-xxvi.

—, "Narrative Discourse, Literary Character, and Ideology," *Reading Narrative: Form, Ethics, Ideology*, ed. James Phelan, Columbus: Ohio University Press, 1989.

Pound, Ezra, *Literary Essays of Ezra Pound*, ed. T. S. Eliot, New York: A New Directions Book, 1968.

Preston, Shale, *Dickens and the Despised Mother*, Jefferson, North Carolina: McFarland & Company, 2013.

Prince, Gerald, "On Narrative Studies and Narrative Genres," *Poetics Today*, Vol. 11, No. 2, *Narratology Revisited I 1990*, pp. 271—282.

Pym, Anthony, *Method in Translation History*, Manchester: St. Jerome, 1998.

Rabinowitz, Peter J., *Before Reading: Narrative Conventions and the Politics of*

Interpretation, Columbus: Ohio State University Press, 1987.

Robinson, Douglas, ed., *Western Translation Theory*, Manchester: St. Jerome, 1997.

Robinson, Douglas, *The Translator's Turn*, Baltimore and London: The Johns Hopkins University Press, 1991.

Ruskin, John, "A Note on *Hard Times*," Charles Dickens, *Hard Times: An Authoritative Text, Contexts, Criticism.* 3rd edition, ed. Fred Kaplan & Sylvère Monod, New York: W. W. Norton & Co., 2001, pp. 355—356.

Sadrin, Anny, "The 'Paradox of Acting' in *A Tale of Two Cities*," *The Dickensian*, Vol. 97, No. 454 (Summer, 2001), pp. 123—136.

Sanders, Andrew, *Charles Dickens, Resurrectionist*, London: Macmillan, 1982.

Schäffner, Christina, ed., *Translation and Norms*, Clevedon: Multilingual Matters, 1999.

Shaw, Bernard, "*Hard Times*," Charles Dickens, *Hard Times: An Authoritative Text, Contexts, Criticism*, 3rd edition, ed. Fred Kaplan & Sylvère Monod, New York: W. W. Norton & Co., 2001, pp. 357—363.

Simon, Sherry, *Gender in Translation: Cultural Identity and the Politics of Transmission*, London & New York: Routledge, 1996.

Simpson, John A. & Weiner, Edmund S. C., eds., *Oxford English Dictionary*, 2nd edn, Oxford: Oxford University Press, 2009.

Slater, Michael, "On Reading *Oliver Twist*," Charles Dickens, *Oliver Twist: Authoritative Text, Backgrounds and Sources, Early Reviews, Criticism*, ed. Fred Kaplan, New York: W. W. Norton & Co., 1993, pp. 508—514.

Smith, Richard, "A Strange Condition of Things: Alterity and Knowingness in Dickens' *David Copperfield*," *Educational Philosophy and Theory*, Vol. 45, No. 4 (2013), pp. 371—382.

Snell-Hornby, Mary, "Literary Translation as Multimedia Communication: On New Forms of Cultural Transfer," *Translation Translation*, ed. Susan Petrilli, Amsterdam & New York: Rodopi, 2003, pp. 477—486.

Sonstroem, David, "Fettered Fancy in *Hard Times*," PMLA, Vol. 84, No. 3 (May, 1969), pp. 520—529.

Stone, Harry, "Dickens and Leitmotif: Music-Staircase Imagery in Dombey and Son," *College English*, Vol. 25, No. 3 (Dec., 1963), pp. 217—220.

Styron, William, *Darkness Visible : a Memoir of Madness*, New York: Random House, 1990.

Sucksmith, Harvey Peter, *The Narrative Art of Charles Dickens: The Rhetoric of Sympathy and Irony in His Novel*, London: Oxford University Press, 1970.

Symons, Arthur, *The Symbolist Movement in Literature*, London: Archibald Constable & Co. Ltd., 1908.

Tahir-Gürçaĝlar, Şehnaz, "What Texts Don't Tell: the Uses of Paratexts in Translation Research," *Crosscultural Transgressions*, ed. Theo Herman, Manchester: St. Jerome Publishing, 2002, pp. 44—60.

Thale, Jerome, "The Imagination of Charles Dickens: Some Preliminary Discriminations," *Nineteenth-Century Fiction*, Vol. 22, No. 2 (Sep., 1967), pp. 127—143.

Taylor, George, *Charles Dickens: A Tale of Two Cities*, York Notes, London: Longman, 1980.

Toker, Leona, *Towards the Ethics of Form in Fiction*, Columbus: The Ohio State University Press, 2010.

Toury, Gideon, *Descriptive Translation Studies and Beyond*, Amsterdam & Philadelphia: John Benjamins Publishing Company, 1995.

Tracy, Robert, "'The Old Story' and Inside Stories: Modish Fiction and Fictional Modes in *Oliver Twist*," Charles Dickens, *Oliver Twist: Authoritative Text, Backgrounds and Sources, Early Reviews, Criticism*, ed. Fred Kaplan, New York: W. W. Norton & Co., 1993, pp. 557—574.

Tredell, Nicolas, *Charles Dickens: David Copperfield/Great Expectation*, Houndmills: Palgrave Macmillan, 2013.

Trosborg, Anna, ed., *Text Typology and Translation*, Amsterdam & Philadelphia: John Benjamins, 1997.

Uzzell, Thomas H., *Narrative Technique*, 3rd edn, New York: Harcourt, Brace and Company, 1934.

Venuti, Lawrence, ed., *The Translation Studies Reader*, 2nd edn, New York &

London: Routledge, 2004.

Venuti, Lawrence, *The Translator's Invisibility*, London and New York: Routledge, 1995.

Vermeer, Hans J., "Skopos and Commission in Translational Action," trans. Andrew Chesterman, *The Translation Studies Reader*, ed. Lawrence Venuti, New York & London: Routledge, 2004, pp. 227—238.

Vogel, Jane, *Allegory in Dickens*, Alabama: University of Alabama Press, 1977.

von Flotow, Luise, *Translation and Gender*, Manchester: St. Jerome Publishing, 1997.

von Goethe, Johann Wolfgang, "Translations," *Western Translation Theory: From Herodotus to Nietzsche*, ed. Douglas Robinson, Manchester: St. Jerome, 1997, p. 222.

Wareing, Shân, "And Then He Kissed Her: The Reclamation of Female Characters to Submissive Roles in Contemporary Fiction," *Feminist Linguistics in Literary Criticism*, ed. Katie Wales, Cambridge: D. S. Brewer, 1994, pp. 117—136.

Warhol, Robyn R. & Herndl, Diane Price, eds. *Feminisms: An Anthology of Literary Theory and Criticism*, New Brunswick: Rutgers University Press, 1997.

Warhol, Robyn R., *Gendered Interventions: Narrative Discourse in the Victorian Novel*, New Brunswick: Rutgers University Press, 1989, pp. 25—44.

—, "Feminist Narratology," *Routledge Encyclopedia of Narrative Theory*, ed. David Herman et al., London & New York: Routledge, 2005, pp. 161—163.

Waters, Catherine, "*A Tale of Two Cities*", *Charles Dickens's A Tale of Two Cities*, ed. Harold Bloom, New York: Infobase Publishing, 2007, pp. 101—128.

West, Nancy M., "Order In Disorder: Surrealism and *Oliver Twist*," *South Atlantic Review* Vol. 54. No. 2 (1989), pp. 41—58.

Wheeler, Burton M., "The Text and Plan of *Oliver Twist*," Charles Dickens, *Oliver Twist: Authoritative Text, Backgrounds and Sources, Early Reviews, Criticism*, ed. Fred Kaplan, New York: W. W. Norton & Co., 1993, pp. 525—537.

Wheeler, Michael, *The Art of Allusion in Victorian Fiction*, London: The Macmillan Press LTD, 1979.

Widdowson, H. G., *Stylistics and the Teaching of Literature*, London: Longman,

1975.

Woodcock, George, "Introduction," *A Tale of Two Cities*, Charles Dickens, ed. George Woodcock, Harmondsworth: Penguin, 1970.

Zhang, Yu, *Chinese Translations of "David Copperfield": Accuracy and Acculturation*, Ann Arbor, Mich.: UMI, 1992. Doctoral disertation.

Zohar, Itamar Even, "The Position of Translated Literature Within the Literary Polysystem," ed. Lawrence Venuti, *The Translation Studies Reader*, 2nd edn, New York: Routledge, 2004, pp. 199—204.

A. 莫洛亚:《迭更司的哲学》,许天虹译,《现代文艺》,1941 年第 3 卷第 1 期,上海:改进出版社,第 26—34 页。

A. 莫洛亚:《迭更司与小说的艺术》,许天虹译,《译文》,1937 年第 3 卷第 1 期,上海:生活书店,第 134—164 页。

E. 兰:《年轻的迭更司》,克夫译,《译文》,1937 年第 3 卷第 1 期,上海:生活书店,第 103—108 页。

阿英:《晚清小说史》,北京:东方出版社,1996 年。

埃德蒙·威尔逊:《论象征主义》,朱仲龙译,《文化批判》,1936 年第 3 卷第 3 期,上海:文化批判社,第 117—127 页。

艾思奇:《谈翻译》,罗新璋编《翻译论集》,北京:商务印书馆,1984 年,第 435—437 页。

安德烈·莫洛亚:《狄更斯评传》,朱延生译,太原:山西人民出版社,1984 年。

奥乔杰斯基:《查尔斯· 狄更斯的艰难时世》,姜红译,北京:外语教育与研究出版社,1997 年。

卞之琳:《魏尔伦与象征主义》,《新月》,1933 年第 4 卷第 4 期,上海:新月书店,第 1—20 页。

蔡明水:《狄更斯的象征手法初探》,《外国文学研究》,1985 年第 2 期,第 36—42 页。

蔡熙:《21 世纪西方狄更斯研究综述》,《当代外国文学》,2012 年第 2 期,第 168—174 页。

蔡熙:《中国百年狄更斯研究的精神谱系》,《中国社会科学报》,2012 年 4 月 27 日,北京:中国社会科学杂志社,第 A04 版。

查理·迭更司:《贼窟—孤儿》,编者(重述),《儿童世界》,1929 年第 23 卷,第 8 期,第 36—42 页;第 9 期,第 7—16 页;第 10 期,第 11—18 页。

查理兹·狄更斯:《雾都孤儿》,熊友榛译,北京:通俗文艺出版社,1957 年。

陈启:《从文化角度对〈大卫·科波菲尔〉四个中译本的比较》,华东师范大学硕士论文,中国知网中国优秀硕士论文全文数据库,2005年。

陈晓兰:《腐朽之力:狄更斯小说中的废墟意象》,《外国文学评论》,2004年第4期,第135—141页。

陈紫云:《现代小说叙述维度下的狄更斯小说再研究》,《学术评论》,2012年第4、5期合刊,第137—140页。

程章灿:《鬼话连篇》,南宁:广西师范大学出版社,2011年。

春山行夫:《近代象征主义诗的发生和发展》,陈勺水译,《乐群》,1929年第1卷第4期,上海:乐群月刊编辑部,第14—19页。

戴镏龄:《谈伍光建先生的翻译》,《观察》,第2卷第21期,1947年7月19日,第23页。

狄更斯:《孤儿柯理化》,余多艰译述,《新儿童》,1945年第9卷第3期,第16—17页;英冰若译述,《新儿童》,1945年第9卷第4期,第28—31页;第5期,第34—37页;第6期,第36—43;1946年第10卷,第1期,第32—35页;第2期,第28—32页;第3期,第28—32页;第4期,第28—31;第5期,第34—37;第6期,34—38;1946年第11卷第1期,第26—31;第2期,第36—39页;第3期,页码不详;第4期,页码不详;第5期,第42—44页;第6期,第36—40页。

董秋斯:《论翻译原则》,《新文化》,1946年第2卷,第11—12期,第24—26页。

《翻译通讯》编辑部编:《翻译研究论文集》(1949—1983),北京:外语教学与研究出版社,1984年。

范烟桥:《林译小说论》,《大众》,1944年第22期,第141—145页。

冯梦龙:《喻世明言》,北京:中华书局,2009年。

冯树鉴:《"四字格"在译文中的运用》,《翻译通讯》,1985年第5期,第19—22页。

弗里德里希·恩格斯:《恩格斯致弗·梅林》,《马克思恩格斯选集》(第四卷),北京:人民出版社,1972年,第500—504页。

弗斯特:《狄更斯的生活与著作》,怀谷译述,《金沙》,1942年第1卷第4期,成都:新蜀图书文具公司,第47—50页。

傅云霞:《狄更斯象征艺术的诗化效果》,《湘潭大学社会科学学报》,第24卷第3期,2000年6月,第73—75页。

龚千炎:《汉语的时相 时制 时态》,北京:商务印书馆,1995年。

顾延龄:《浅议〈大卫·科波菲尔〉的两种译本》,《翻译通讯》,1983年第8期。第40—

43,12 页。
郭沫若:《艺术之象征》,《学艺》,1911 年第 3 卷第 1 期,上海: 中国公学同学会,第 125—126 页。
哈罗德·尼柯孙:《魏尔伦与象征主义》,卞之琳译,《新月》,1933 年第 4 卷第 4 期,上海:新月书店,第 1—21 页。
韩洪举:《林译小说研究》,北京:中国社会科学出版社,2005 年。
贺麟:《林纾严复时期的翻译》,《清华周刊》,1926 年,纪念号增刊,第 235—239 页。
侯维瑞主编:《英国文学通史》,上海:上海外语教育出版社,1999 年,第 275—285 页。
华林一:《谈谈狄更斯的'劳苦世界'》,《南京大学学报》,1957 年第 1 期,第 69—80 页。
华盛顿·欧文:《拊掌录》,林纾、魏易译,北京:商务印书馆,1981 年。
黄霖等:《中国古代小说叙事三维论》,上海:上海世纪出版集团上海书店出版社,2009 年。
黄霖、韩同文选注:《中国历代小说论著选》(修订本,上、下),南昌:江西人民出版社,2000 年。
姜秋霞、郭来福、金萍:《社会意识形态与外国文学译介转换策略——以狄更斯的〈大卫·考坡菲〉的三个译本为例》,《外国文学研究》,2006 年第 4 期,第 166—175 页。
蒋天佐:《关于迭更司》,《文汇丛刊》,1947 年第 4 辑,上海:上海文汇报馆,第42—44 页。
杰克·林赛:《最后定评》,吴柱存译,罗经国编选《狄更斯评论集》,上海:上海译文出版社,1981 年,第 170—181 页。
金隄:《谈准确和通顺的关系》,《翻译通讯》,1984 年第 9 期,第 17—20 页。
金绍禹:《文学翻译漫谈》,《外国语》,1982 年第 4 期,第 19—23 页。
静恬主人:《金石缘序》,黄霖、韩同文选注《中国历代小说论著选》(修订本,上),南昌:江西人民出版社,2000 年,第 436 页。
柾不二夫:《狄更斯论》,一木译,《金沙》,1942 年第 1 卷第 4 期,成都:新蜀图书文具公司,第 1—11 页。
卡内基:《苦出身的迭更斯》,张直舆译,《春秋》,1943 年第 1 卷第 2 期,上海:上海春秋杂志社,第 140—141 页。
雷宇:《乔治·斯坦纳翻译四步骤下的译者主体性——〈雾都孤儿〉四个中译本对比分

析》,《长春理工大学学报》(社会科学版),2012 年第 25 卷第 3 期,第 85—87 页。

李慧:《翻译家张谷若研究》,四川大学硕士论文,中国知网中国优秀硕士学位论文全文数据库,2005 年。

李娜:《狄更斯〈双城记〉中的编织意象》,《焦作师范高等专科学校学报》,2011 年第 27 卷第 1 期,第 25—28 页。

李莹莹:《论翻译的损失与补偿——兼评张谷若的翻译技巧》,《合肥工业大学学报》,2004 年第 5 期,第 198—202 页。

李莹莹:《试析 *David Copperfield* 的两个中译本》,《长春工程学院学报》(社会科学版),2005 年第 1 期,第 29—31 页。

里蒙-凯南:《叙事虚构作品》,姚锦清等译,北京:生活·读书·新知 三联书店,1989 年。

梁启超:《清代学术概论》,北京:商务印书馆,1930 年。

梁宗岱:《象征主义》,《文学季刊》,1934 年第 1 卷第 2 期,北平:立达书局,第15—25 页。

廖衡:《〈双城记〉中的象征艺术探析》,《湖北函授大学学报》,第 22 卷第 3 期,2009 年 9 月,第 143—147 页。

林琴南:《北京大学新旧思潮冲突实录:林琴南氏致蔡孑民氏书》,《新教育》,1919 年第 1 卷第 3 期, 第 336—338 页。

林纾:《〈冰雪姻缘〉序》,罗新璋编《翻译论集》,北京:商务印书馆,1984 年,第 181 页。

林纾:《〈黑奴吁天录〉例言》,罗新璋编《翻译论集》,北京:商务印书馆,1984 年,第 163 页。

林纾:《〈洪罕女郎传〉跋语》,罗新璋编《翻译论集》,北京:商务印书馆,1984 年,第 171 页。

林纾:《〈迦茵小传〉序》,罗新璋编《翻译论集》,北京:商务印书馆,1984 年,第 166 页。

林纾:《〈剑底鸳鸯〉序》,罗新璋编《翻译论集》,北京:商务印书馆,1984 年,第 176 页。

林纾:《〈撒克逊劫后英雄略〉序》,罗新璋编《翻译论集》,北京:商务印书馆,1984 年,第 167 页。

林纾:《〈兴登堡成败鉴〉序》,罗新璋编《翻译论集》,北京:商务印书馆,1984 年, 第 184 页。

林纾:《〈译林〉序》,罗新璋编《翻译论集》,北京:商务印书馆,1984 年,第 161—162 页。

林纾:《译〈孝女耐儿传〉序》, 罗新璋编《翻译论集》,北京:商务印书馆,1984 年,第

177 页。

林纾:《〈吟边燕语〉序》,罗新璋编《翻译论集》,北京:商务印书馆,1984 年,第 165 页。

林纾选评:《归震川集》,上海:商务印书馆,1924 年。

林微音:《伍光建的译笔》,《人言》,第 1 卷,1934 年第 27—50 期下册,第 792 页。

林语堂:《论翻译》,罗新璋编《翻译论集》,北京:商务印书馆,1984 年,第 417—432 页。

刘芳:《论规范对翻译事件的影响——董秋斯翻译个案研究》,中国英汉语比较研究会第七次全国学术研讨会论文,中国重要会议论文全文数据库,2006 年。

刘宏照:《林纾小说翻译研究》,上海:上海译文出版社,2011 年。

刘明:《试析张谷若先生的翻译风格》,《安徽工业大学学报》(社会科学版),2005 年第 2 期,第87—88 页。

刘尚云:《〈聊斋志异〉"异史氏曰"叙事艺术论略》,《山东师范大学学报》(人文社会科学版),2009 年第 54 卷第 6 期,第 93—96 页。

刘小刚:《传统与现代:林纾在翻译中的两难处境》,《杭州师范大学学报》(社会科学版),2012 年第 1 期,第 101—105 页。

刘晓华:《再论语域理论与翻译批评——兼论〈大卫· 科波菲尔〉的两个汉译本》,《三峡大学学报》(人文社会科学版),2006 年第 5 期,第 89—93 页。

刘延龄:《法国诗之象征主义与自由诗》,《诗》,1922 年第 1 卷第 4 期,上海:中国新诗社,第 7—22 页。

刘知几:《明本史通》,第二册,国家图书馆出版社,2019 年。

刘忠纯:《论狄更斯小说意象的圣经原型》,《湖南科技学院学报》,2011 年第 32 卷第 5 期,第 68—71 页。

楼沪光:《笔耕墨耘五十春——记老翻译家张谷若》,《翻译通讯》,1983 年第 9 期,第 32—36 页。

吕叔湘:《现代汉语单双音节问题初探》,《中国语文》,1963 年第 1 期,第 10—22 页。

伦道夫·休斯:《马拉尔美神秘的象征主义的研究〉》,侍桁译,《时事类编》,1935 年第 3 卷第 5 期,南京:中山文化教育馆,第 82—95 页。

罗宾·R. 沃霍尔:《歉疚的追求:女性主义叙事学对文化研究的贡献》,戴卫· 赫尔曼主编,《新叙事学》,马海良译,北京:北京大学出版社,2002 年,第 231—246 页。

罗经国:《狄更斯的创作》,沈阳:辽宁大学出版社,2001 年。

罗列:《翻译与性别:论林纾的女性观》,《社会科学家》,2007 年第 2 期,总 124 期,第 196—199 页。

马建忠:《适可斋记言》,中华书局,1960年。

茅盾:《〈简爱〉的两个译本》,罗新璋编《翻译论集》,北京:商务印书馆,1984年,第354—365页。

茅盾:《直译·顺译·歪译》,罗新璋编《翻译论集》,北京:商务印书馆,1984年,第351—354页。

梅林格:《论迭更斯》,画室译,《语丝》,1929年第5卷第11期,上海:语丝社,第643—651页。

孟志明:《狄更斯与欧洲小说叙述学》,《青年作家》,2014年第22期,第144页。

弥尔顿:《失乐园》,朱维之译,天津:天津人民出版社,1996年。

钱锺书等:《林纾的翻译》,北京:商务印书馆,1981年。

全增嘏:《读狄更斯》,狄更斯,《艰难时世》,全增嘏、胡文淑译,上海:新文艺出版社,1957,第363—394页。

却尔司狄根司:《〈贼史〉之一节:野心》,瘦鹃译,《游戏杂志》,1914年第3期,第29—31页。

尚新:《英汉时体类型语翻译策略》,上海:上海人民出版社,2014年。

申丹:《文学文体学与小说翻译》,北京:北京大学出版社,1995年。

申丹:《叙述学与小说文体学研究》(第三版),北京:北京大学出版社,2004年。

申丹、韩加明、王丽亚:《英美小说叙事理论研究》,北京:北京大学出版社,2005年。

顺:《对于"翻译年"的希望》,《文学》,1935年第4卷第2号,上海:生活书店,第267—272页。

苏珊·S.兰瑟:《虚构的权威——女性作家与叙述声音》,黄必康译,北京:北京大学出版社,2002年。

孙迎春:《张谷若翻译艺术研究》,北京:中国对外翻译出版公司,2003年。

王东风:《译学关键词:abusive fidelity》,《外国语》,2008年第4期,第73—77页。

王建丰、刘伟:《张谷若方言对译评析》,《淮北煤炭工业大学学报》(哲学社会科学版),2007年第5期,第95—97页。

王力:《狄更斯小说的视点与小说叙述观念的衍化》,《天津社会科学》,1986年第3期,第85—89页。

王以铸:《作者的风格,还是译者的风格》,《翻译通报》,1952年3月号,第9页。

王治国:《谈新译的〈大卫·考坡菲〉》,《读书》,1983年第9期,第85—86页。

威尔逊:《迭更斯的悲剧》,丁咏璐编译,《行建月刊》,北京:北平民友书局,1934年第5

卷第3期，第168—171页；1934年第5卷第4期，第173—176页；1934年第5卷第5期，第166—167页。

威尔逊：《论象征主义》，朱仲龙译，《文化批判》，1936年第3卷第3期，上海：文化批判社，第117—127页。

威廉·莎士比亚：《李尔王》，《莎士比亚全集》（五），朱生豪译，北京：人民文学出版社，1994年，第423—552页。

威廉·燕卜荪：《狄更斯的象征手法》，乔佖译，罗经国编选《狄更斯评论集》，上海：上海译文出版社，1981年，第262—265页。

文月娥：《副文本与翻译研究——以林译序跋为例》，《北京科技大学学报》（社会科学版），2011年第27卷第1期，第45—49页。

伍蠡甫：《〈伍光建翻译遗稿〉编后记》，伍蠡甫编《伍光建翻译遗稿》，北京：人民文学出版社，1980年，第277—278页。

伍蠡甫：《〈伍光建翻译遗稿〉前记》，《翻译通讯》编辑部编《翻译研究论文集》（1949—1983），北京：外语教学与研究出版社，1984年。第323—327页。

希真：《霍普德曼的象征主义作品》，《小说月报》，1922年第13卷第6期，上海：商务印书馆，第16—20页。

夏罗德·布纶忒：《孤女飘零记》（*Jane Eyre*），伍光建译，上海：商务印书馆，1935年。

《孝经》，《弟子规 三字经 千字文 孝经》，北京：人民文学出版社，2002年。

肖石英：《翻译腔的句法结构探析——以〈大卫·科波菲尔〉的两种译本为例》，《南华大学学报》（社会科学版），2006年第5期，第100—102页。

谢人堡：《论林译小说》，《三六九画报》，1941年第8卷第1期，第10页。

徐永煐：《论翻译的矛盾统一》，《翻译通讯》编辑部编，《翻译研究论文集》（1949—1983），北京：外语教学与研究出版社，1984年，第179—203页。

许乔林：《镜花缘序》，黄霖、韩同文选注《中国历代小说论著选》（修订本，上），南昌：江西人民出版社，2000年，第559页。

薛绥之、张俊才编：《林纾资料研究》，北京：知识产权出版社，2009年。

亚尼克尼斯德：《迭更司论》，天虹译，《译文》，1937年第3卷第1期，上海：生活书店，第96—102页。

严复：《〈天演论〉译例言》，罗新璋编《翻译论集》，北京：商务印书馆，1984年。第136—137页。

颜静兰编写：《乔纳森·斯威夫特》，侯维瑞主编《英国文学通史》，上海：上海外语教育出版社，1999 年，第 281 页。

杨建华：《句法严谨　选词精妙——评张谷若的〈大卫・科波菲尔〉》，载《山西教育学院学报》（自然科学版），2000 年第 1 期，第 17－19 页。

伊凡士：《作家・新闻记者迭更斯》，《人物杂志》，1949 年第 4 卷第 1 期，上海：上海人物杂志社，第 34－35 页。

殷企平：《〈董贝父子〉中的“铁路意象”》，《外语与外语教学》，2003 年第 1 期，第37－41 页。

于峰：《林纾翻译思想研究》，河北大学硕士论文，《中国知网全文期刊数据库》，2011 年。

余石屹编著：《汉译英理论读本》，北京：科学出版社，2008 年。

俞久洪：《林纾翻译作品考索》，薛绥之、张俊才编《林纾资料研究》，北京：知识产权出版社，2009 年，第 348－371 页。

约翰・弥尔顿：《失乐园》，朱维之译，天津：天津人民出版社，1996 年。

曾光湖：《意识形态操控下的译者的策略》，贵州大学硕士论文，中国知网中国优秀硕士学位论文全文数据库，2006。

曾宪辉：《试论林纾对小说地位和作用的认识——兼谈林氏的政治思想倾向》，《福建师范大学学报》（哲学社会科学版），1984 年第 3 期，第 97－103 页。

翟尔斯莱：《迭更斯》，潘纫秋译，《青年生活》，1946 年第 8－9 期，上海：青年生活出版社，第 143 页。

张谷若：《地道的原文，地道的译文》，《翻译通讯》，1980 年，第 1 期，第 19－23 页。

张俊才：《林纾评传》，北京：中华书局，2007 年。

张俊才、王勇：《顽固非尽守旧也：晚年林纾的困惑与坚守》，太原：山西人民出版社，2012 年。

张稔穰：《中国古代小说艺术教程》，济南：山东教育出版社，1991 年。

张霞：《修辞格的翻译与风格的传达——对比 *David Copperfield* 两个译本所得启示》，《外国语》，1992 年第 5 期，第 43－47 页。

赵炎秋：《狄更斯长篇小说研究》，北京：社会科学文献出版社，1996 年。

赵炎秋：《中国狄更斯学术史研究》，北京：中国社会科学出版社，2016 年。

哲生：《小狄更斯的孺慕谈》，《东方杂志》，1928 年第 25 卷第 15 号，上海：商务印书馆，第 99－102 页。

郑明明：《浅探张谷若先生译作中的注释》，《安徽工业大学学报》（社会科学版），2008

年第 6 期,第 68—69 页。

郑贞:《思索着的"再创作者"——董秋斯的翻译思想和翻译实践简介》,《江苏外语教学研究》,2006 年第 1 期,第 56—60 页。

郑振铎:《林琴南先生》,《小说月报》,1924 年第 15 卷第 11 号,第1—12 页。

朱虹:《狄更斯小说欣赏》,太原:山西人民出版社,1985 年。

朱赛萍:《汉语的四字格》,北京:北京语言大学出版社,2015 年。

朱耀先、张香宇:《林纾的翻译:政治为灵魂,翻译为实业》,《郑州大学学报》(哲学社会科学版),2009 年第 42 卷第 5 期,第 134—137 页。

# 后　记

狄更斯是在英国文学史乃至世界文学史上占有重要地位的经典作家，西方学界对他的研究已经相当深入，各种相关的研究成果数不胜数。以这样的作家作为研究对象是要冒风险的，要想有所发现就必须采用新的视角和新的研究方法。我之所以选择狄更斯作为研究对象，一是出于多年以来对其作品的兴趣和热爱，二是考虑到其作品在我国文学翻译史上所占据的重要位置，三是认为狄更斯作品的中译研究还有进一步挖掘的余地。1996 年我跟随英国米德尔赛克斯大学的 Peter Bush 教授学习翻译理论与实践，开始大量接触西方翻译理论，对社会文化观念与文学翻译的关系有了一个全新的认识。2005 年我有幸跟随申丹教授攻读博士学位，开始把翻译理论与文学文体学及叙述学的理论与方法相结合，对社会文化观念与文学形式之间的关联做深入的研究，经过长时间的打磨，慢慢地把多年的研究心得诉诸文字，最终形成现在的这本书。在写书的过程中，申老师给了我许多关键性的学术指导。申老师的学术训练是系统的、严格的，使我在不断进步的同时也看到了自己的问题和弱点，让我受益无穷。也是在申老师的指导和帮助下，我申请到了和“北京大学人文学科文库·北大欧美文学研究丛书”项目。有了项目资金的支持，我的研究才得以顺利完成。在此我谨向我的恩师申丹教授表达我最诚挚的敬意和最衷心的感谢。

感谢刘树森教授、黄必康教授、辜正坤教授、刘锋教授、苏耕欣教授、王克非教授和薛鸿时教授在我写作此书的过程中给予我的宝贵意见和建议。感谢我的同学和同事许娅、李荣睿、贺赛波和卢炜老师在写作过程中所提供的支持和帮助。感谢王爱京老师在文字排版过程中所给予的技术指导。感谢所有在此书完成过程中帮助过我的人。

感谢我的先生傅浩教授在中文解读上给予我的指导。林纾的国学修养深厚，林译小说中一些生僻的字词和文言句法对我而言是不小的挑战，每当遇到这样的困难，傅浩都能一一解答，或者指导我去查相关的资料。正是因为有了这样强大的学术后援，我才能顺利地完成文本的对比工作，没有出太大的纰漏。感谢我的孩子和家人在我写作此书期间给予的理解和支持。